Michael Bernans

Zur Entstehungsgeschichte des Schlegelschen Shakespeare

Michael Bernans

Zur Entstehungsgeschichte des Schlegelschen Shakespeare

ISBN/EAN: 9783741193026

Hergestellt in Europa, USA, Kanada, Australien, Japan

Cover: Foto ©Andreas Hilbeck / pixelio.de

Manufactured and distributed by brebook publishing software
(www.brebook.com)

Michael Bernans

Zur Entstehungsgeschichte des Schlegelschen Shakespeare

Zur

Entstehungsgeschichte

des

gelschen Shakespeare

von

Michael Bernays.

Leipzig
Verlag von S. Hirzel.
1872.

Dem Vorstande

der

deutschen Shakespeare-Gesellschaft

gewidmet.

Inhalt.

III. Ergänzte und berichtigte Stellen. Betrachtung einzelner Verse S. 173—247.

Durch die folgenden Mittheilungen löse ich ein Versprechen, das schon vor mehr als zwei Jahren öffentlich gegeben worden. Die Andeutungen, mit denen ich damals auf die Beschaffenheit und den Inhalt der Hefte hinwies, welche die von Schlegel übersetzten Dramen Shakespeares in des Uebersetzers eigener Handschrift enthalten, mußten die Aufmerksamkeit aller derer wecken, die mit der Erforschung unserer Litteraturgeschichte ein ernstes Studium des englischen Dichters verbinden. Was ich im Folgenden vorlege, ist geeignet, von dem Werthe und Gehalt dieser Manuscripte eine deutlichere Anschauung zu geben. Dieser Werth ist ein zwiefacher: denn die glücklich wieder ans Licht gezogenen Hefte verleihen nicht nur an vielfachen Stellen dem Schlegelschen Texte Ergänzung und Berichtigung, sie verstatten uns auch eine überraschende Einsicht in die allmähliche Entstehungsgeschichte der großen Uebersetzungsarbeit, durch welche die deutsche Litteratur den englischen Dichter für immer als einen ihr Angehörigen gewonnen hat. Wir gewahren, wie der junge Schlegel, noch unsicher in der Anwendung der Mittel, so wie in der Erkenntniß des Zwecks und Zieles seiner Kunst, sich in tastenden Versuchen bewegt, ohne seine ungeübte Kraft auf die einzig richtige Bahn lenken zu können; wir nehmen ferner wahr, wie er diese Unsicherheit überwindet, wie er zu einem klaren Verständniß seiner Aufgabe gelangt und sie mit wachsender Lust und geläutertem Kunstsinn von neuem ergreift, um nun in ihrer glücklichen Lösung die gereifte Meisterschaft zu bewähren. Eine nähere Betrachtung wird uns zugleich in der Entwickelungsgeschichte der Schlegel'schen Arbeit dieselben Einwirkungen erkennen lassen, welche damals in dem großen Ganzen unserer Litteratur bestimmend walteten: die Ausbildung des einzelnen Künstlers wird bedingt, gefördert und beschleunigt durch die Ausbildung, welche unsere gesammte Poesie unter dem mächtigen Antriebe ihrer Führer und Meister empfängt.

Es erscheint zweckmäßig, zuvörderst über die äußere Beschaffenheit der Handschriften das Nöthige anzumerken, alsdann aus der reichen Fülle des Inhalts dasjenige herauszuheben, was über die Entstehung und die allmählich fortschreitende Gestaltung des Schlegel'schen Werkes ein erwünschtes Licht verbreitet; endlich eine bescheidene Auswahl der Ergänzungen und Verbesserungen vorzulegen, welche dem Texte der Uebersetzung durch diese Manuscripte zu Theil werden.

Natürlicher Weise kann mein Absehen nicht auf eine Mittheilung alles dessen, was die Handschriften in sich bergen, gerichtet sein. Die folgenden Blätter bieten nur Proben, welche zum tieferen Studium dieser kostbaren Hefte anreizen mögen. Förderlich aber wird dies Studium für alle sein, die es sich zur würdigen Aufgabe machen, die Uebersetzungskunst, der unsere Litteratur so viel verdankt, in Schlegels Sinne, das heißt mit wissenschaftlicher Strenge und dichterischem Feingefühl, auch ferner zu üben. Diese mögen hier ganz eigentlich bei Schlegel in die Schule gehen; sie mögen sich bei ihm Raths erholen und von ihm Anweisung empfangen über alles, was in dieser Kunst lehrbar und erlernbar ist. Indem sie den Meister im Eifer und Drang der Arbeit erblicken, indem sie beobachten, wie er sich mit willenskräftigem Ernst zu selbständiger Sicherheit emporringt und auch, nachdem er diese erlangt hat, bei einzelnen Stellen seines Werkes noch mit angestrengter Mühe bildend und umbildend verweilt, mögen sie eine lebendige Anschauung von den bedenklichsten Schwierigkeiten der Kunst gewinnen und sich zugleich eine umfassende Kenntniß der Mittel aneignen, durch welche es allenfalls gelingen kann, dieser Schwierigkeiten Herr zu werden. Kurz, diese Handschriften sind eben so aufschlußreich und gehaltvoll für den Kritiker, der sein Urtheil schärfen und seine Einsicht erweitern will, wie be= lehrend und anregend für den Künstler, der seine Kräfte in gedeih= licher Thätigkeit zu entfalten strebt.

Gerechtfertigt ist daher die Wiederholung des schon mehrfach laut gewordenen Wunsches: das Manuscript des Schlegelschen Shakespeare möge bald der Bibliothek einer deutschen Hochschule einverleibt, und so der Wissenschaft erhalten, dem wissenschaftlichen Gebrauche für immer zugänglich bleiben.

Die Handschriften.

Sechzehn Dramen Shakespeares, von Schlegel übertragen, erschienen in den Jahren 1797 bis 1801 in Berlin bei Johann Friedrich Unger. [1] Sie füllten acht Bände; diesen folgte nach Verlauf von neun Jahren die erste Abtheilung eines neunten Bandes, Richard den Dritten enthaltend. Daß dieser erste Druck an vielfachen Fehlern und Mängeln litt, konnte niemanden verborgen bleiben, der eine Vergleichung mit dem englischen Text anzustellen fähig war. Freilich genoß Schlegel unter seinen Freunden den Ruhm eines zuverlässigen Correctors, und vielfache Aeußerungen, die uns aus dem Kreise der romantischen Schule erhalten sind, bezeugen deutlich genug, daß man dort die Wichtigkeit einer saubern und gewissenhaften Correctur nicht unterschätzte. Aber den Druck seines Shakespeare konnte Schlegel nicht selbst überwachen. Einer rastlosen und vielseitigen litterarischen Thätigkeit hingegeben, lebte er in Jena, während die einzelnen Bände in Berlin rasch nachein-

---

[1] Der erste Band erschien zur Ostermesse 1797; am 22. Mai ward er an Herder, am 25. an Eschenburg gesandt. In der zweiten Hälfte des Mai 1801 ward die Uebersetzung der drei Theile Heinrichs des Sechsten abgeschlossen; im Beginn des November war der achte Band fertig gedruckt (Schlegel an Tieck 25. Mai und 2. November 1801).

anter aus der Presse hervorgingen. Zwar verweilte er 1798 etwa zwei Sommermonate hindurch in Berlin, zu einer Zeit, da am dritten Bande der Uebersetzung — er enthielt den Sturm und Hamlet — gedruckt ward; aber der rege Verkehr mit dem neugewonnenen Freunde Tieck, die Sorge für das zweite Heft des Athenäums, dessen Erscheinen damals bevorstand, die Theilnahme an einem äußerst lebhaften gesellschaftlichen Treiben — dies alles mag dem Uebersetzer wohl kaum hinlängliche Muße zu einer aufmerksamen Revision des Druckes verstattet haben. Ebenso darf man bezweifeln, daß sein längerer Aufenthalt in Berlin während des Jahres 1801 ihm Anlaß gab, dem siebenten und achten Bande eine Sorgfalt zuzuwenden, die er den früheren hatte entziehen müssen. Tieck bestätigt uns denn auch, daß sein Freund die Correctur des Shakespeare „nicht selbst besorgen konnte". [2]

Nun hätte es allerdings nicht der Hilfe Schlegels, sondern nur einer genauen Durchsicht und eines vergleichenden Blickes auf das Original bedurft, um manche der augenfälligsten Fehler auszumerzen. Es konnte z. B. kein Zweifel darüber bestehen, daß Schlegel den Ausruf Hamlets 1, 5, 92: O all you host of heaven! [3] nicht durch: O Herr des Himmels wiedergegeben, sondern Heer des Himmels geschrieben hatte; [4] und mit gleicher Sicherheit durfte man behaupten, daß, wenn Rosenkranz 2, 2, 331 von den Schauspielern sagt: and hither are they coming to offer you service, Schlegel ihn nicht hatte sagen lassen: „sie kommen her, um euch ihre Künste anzubieten." Das man in der letzten ergreifenden

---

[2] Dies Zeugniß findet sich in dem Vorworte zur ersten Gesammtausgabe des Schlegel = Tieck'schen Shakespeare (1825) S. V. Tieck verheißt hier zugleich die Ergänzung der Lücken und die Beseitigung der Fehler — ein Versprechen, das er bekanntlich nur sehr unvollständig erfüllt hat.

[3] Ich citire, dem Vorgange des verehrten Alexander Schmidt folgend, nach der von Clark und Wright besorgten Globe Edition, welche bekanntlich den Text der Cambridger Ausgabe bietet.

[4] Wie die Handschrift nun ausweist, hatte Schlegel zuerst geschrieben: O Himmelsheer! O Erde!

Rede Heinrichs des Vierten die Worte Wounding supposed peace
2 K H IV 4, 5, 196) übersetzt durch den Vers: den vorgegebnen
Feinden Wunden schlagend, so war es offenbar, daß Schlegels
Worte nicht so sinnlos, sondern, dem Texte gemäß, richtig gelautet
hatten: „Dem vorgegebnen Frieden Wunden schlagend"; [5]) und
ebenso offenbar mußte es jedem Aufmerkenden sein, daß in den
Vers 2 K H IV 1, 3, 103: Du, die ihm Staub warfst auf
fein nacktes Haupt (Thou, that threw'st dust upon his goodly
head — es ist von König Richard dem Zweiten und dessen trau=
rigem Einzug in London die Rede — vergl. K R II 5, 2, 30 But
dust was thrown upon his sacred head;) daß in diesen Vers
das Wort nacktes sich unerlaubter Weise eingeschlichen; mit einiger
Divinationsgabe hätte man wohl den vom Uebersetzer gewählten
Ausdruck wackres treffen können. [6])

In diesen und ähnlichen Fällen war also die Säuberung des
Textes durch einen von Scharfsinn nicht ganz verlassenen Philologen
mit Sicherheit zu vollziehen. Der Text war aber auch mit manchem

---

[5]) In der Handschrift lautete der Vers zuerst: Und dem verstellten
Frieden Wunden gab. Die später angenommene Lesart ist an den Rand
geschrieben.

[6]) Aus der beträchtlichen Masse solcher corrumpirten Stellen mögen noch
einige hier vorgelegt werden. Im zweiten Theil Heinrichs des Vierten 2, 1 fand
sich das Wort channel (throw the quean in the channel) dreimal hinterein
ander mit Gasse statt Gosse übersetzt. — In der Rede, mit welcher Heinrich
der Fünfte sein Regiment einweiht, las man die widersinnigen Worte: Daß
Krieg und Frieden ohne beides auch | Zugleich, bekannt uns
und geläufig sei. Shakespeares Text (That war or peace, or both at
once 2 K H II 5, 2, 138) zeigte deutlich, daß Schlegel geschrieben hatte: Daß Krieg
und Frieden oder beides auch. — Im Sturm 4, 1, 161 rief Prospero dem Ariel
zu: Komm wie ein Wind! Auch ohne die Handschrift vor Augen zu haben,
konnte man wissen, daß hier zu lesen sei: wie ein Wint (come with a thought);
dies ergab sich schon aus den gleich darauf folgenden Worten Ariels: Thy
thougths I cleave to — An deinen Winken häng' ich. — In demselben Drama
5, 172 antwortet Ferdinand der Miranda auf deren scherzenden Vorwurf, er
spiele falsch: Nein, theures Leben! | Das thät' ich um die Welt nicht.
No, my dear'st love.) In allen Drucken stand zu lesen: „Mein theures
Leben". Es begegnet hier also derselbe Fehler, der eine bekannte Stelle in
Goethes Werther so schmählich verunziert hat.

andern Schaden behaftet, der dem Auge nicht so offen dalag und dessen Heilung, selbst nachdem er entdeckt worden, nicht so sicher gelingen konnte. Wenn man z. B. für den Vers 2 K H IV 4, 1, 118 Being mounted and both roused in their seats die Worte fand: Im Sattel beide festgezwungen nun, so mußte man wohl glauben, die Ueberse kung sei hier absonderlich mißglückt, und man konnte schwerlich auf die Vermuthung gerathen, daß Schlegel festgeschwungen geschrieben habe.

Die bedeutendsten Schwierigkeiten aber stellten sich der Wiederherstellung des Textes da entgegen, wo es auf Ausfüllung der Lücken ankam, durch welche die meisten Dramen mehr oder minder empfindlich geschädigt wurden. Zwar hat sich hier die Sorgfalt späterer Herausgeber bethätigt; vor allen hat Alexander Schmidt bei seiner in jedem Sinne rühmenswerthen Revision des Schlegelschen Textes auch diesen Theil seiner Aufgabe trefflich gelöst. [7]) Aber es möchte kaum möglich sein, diese Ueberse kung zu ergänzen, ohne daß dem feineren Blicke die fremde Hand dabei sichtbar würde, ohne daß sich in Haltung und Ton des Ganzen eine leise Störung bemerklich machte. Denn man weiß es ja, Schlegel hat seinem Shakespeare eine Sprache geliehen, die mit dem Stempel selbstständiger Originalität bezeichnet ist; er hat dieser Sprache freie, ungezwungene Bewegung mitzutheilen und sie, mit sicherer Kraft, in edlem künstlerischem Gleichmaß zu halten vermocht; er hat nicht die einzelnen Worte des Dichters, er hat die Dichtung Shakespeares als ein lebendiges Ganze übertragen, und für diese Uebertragung sich einen Kunststil geschaffen.

---

[7]) Aber selbst ihm — und wie sollte nicht auch der Sorgsamste während einer so ausgedehnten, die Aufmerksamkeit in steter Spannung erhaltenden Arbeit hie und da zum Uebersehen geringfügiger Einzelheiten verleitet werden! — selbst ihm ist manche Lücke unbemerkt geblieben. In Romeo und Julia ist die Jammerklage der Wärterin am Lager der vermeintlich todten Julia (4, 5, 49) um zwei Verse verkürzt. Heinrichs des Fünften großartiges Selbstgespräch vor dem Entscheidungskampfe ist um einen Vers (4, 1, 253) ärmer geworden, und in den prosaischen Theilen des Sturms, Heinrichs des Fünften und anderer Dramen ist zuweilen ein Wort, zuweilen ein kleiner Satz ausgefallen.

dessen Geheimniß ihm bis auf diesen Tag nur wenige abgelauscht haben.

Mag es uns daher zur Freude gereichen, daß die meisten der Ergänzungen, deren der Text bedürftig ist, uns nun von der Hand des Uebersetzers selbst dargeboten werden.

Die Handschriften, für deren Erhaltung Eduard Böcking mit der ihm eigenen gewissenhaften Sorgfalt bemüht gewesen ist, liefern den Text folgender Stücke: — ich zähle diese auf in der Reihenfolge, in welcher die erste Ausgabe sie dem deutschen Leser vorgeführt hat:

Romeo und Julia, Sommernachtstraum, Julius Cäsar, Was ihr wollt, Sturm, Hamlet, Kaufmann von Venedig, König Johann, Richard der Zweite, Erster und Zweiter Theil Heinrichs des Vierten, Heinrich der Fünfte.

Diese zwölf Stücke füllen vierzehn Hefte; denn vom Romeo und dem Sommernachtstraum haben sich, neben dem vollständigen Text, auch die ausführlichen Entwürfe erhalten. Der Text des Romeo liegt in einer Abschrift von der Hand Caroline Schlegels vor; alle übrigen Hefte zeigen des Uebersetzers eigene Handschrift.

Aus der Reihe der siebenzehn von Schlegel übertragenen Dramen fehlen also die Komödie: „Wie es euch gefällt" und die Historien von Heinrich dem Sechsten und Richard dem Dritten.

Das Manuscript der Komödie, deren Uebersetzung in den ersten Monaten des Jahres 1799 entstand,[*] muß sich im Laufe der Zeit aus des Uebersetzers Papieren verloren haben; warum aber Heinrich der Sechste fehlt, erklärt uns Schlegel selbst. Auf einem Blatte, welches jetzt dem ersten Theile Heinrichs des Vierten vorgebunden ist, hat er eigenhändig den Titel verzeichnet: Erste Abschrift von Heinrich IV, 1 u. 2ten Th. u. Heinrich V. Darunter folgt die Notiz: NB. Von Heinrich VI, 1—3 Th. sind keine ersten Abschriften vorhanden.

---

[*] Dies wird bezeugt durch ein Billet Friedrich Schlegels an Caroline, das Waitz mittheilt Caroline 1, 239.

Diese Notiz wird ohne weiteres begreiflich, sobald man sich vergegenwärtigt, daß Schlegel die verhältnißmäßig leichte Arbeit an Heinrich dem Sechsten begann, nachdem er einige der schwierigsten Aufgaben, wie sie Hamlet, Heinrich der Vierte dem Uebersetzer stellen, mit so außerordentlichem Glück gelöst hatte. In jener trilogischen Jugenddichtung, besonders im ersten Theile derselben, spricht Shakespeare eine einfache, ebene Sprache; nur hie und da sind die gewaltigen Eigenthümlichkeiten seiner Rede wie im Keim angedeutet. Nachdem sich also Schlegel, wie er selbst gesteht, mit saurer Arbeit abgemüht hatte, die verschiedenen Töne, die Heinrich der Fünfte in raschem, buntem Wechsel zu vernehmen gibt, treulich nachzubilden, konnte er bei dieser dreitheiligen Historie gleichsam ausruhen. Als er im Herbste 1800 in Bamberg verweilte, trauernd um die eben hingeschiedene Auguste Böhmer, gewährte ihm, der damals nur in ununterbrochener Thätigkeit sein Lebenselement finden konnte, Heinrich der Sechste eine Beschäftigung, die ihn von seinem Schmerze abzog, ohne an seine künstlerische Kraft die strengsten Anforderungen zu erheben. Leicht flossen die Verse aus der geübten Feder; er mochte sich rühmen, daß er in sechs Tagen zwei Akte zu Stande gebracht habe.⁹) Mit dem regiamsten Eifer ward dann in Braunschweig die Arbeit fortgeführt; ¹⁰) in Berlin erhielt sie ihren Abschluß. Die Handschrift zeigte ein so sauberes Aussehen, daß Schlegel sie gleich für den Druck herrichten und die Anfertigung einer Copie unterlassen konnte.

Was hier von Heinrich dem Sechsten gilt, wird auch für Richard den Dritten zutreffend sein. Auch dieses Schauspiel, das aus dem Kreise der Shakespeareschen Jugendpoesie so mächtig heraus-

---

⁹) Schlegel an Tieck 14. September 1800.

¹⁰) „Schlegel ist noch da und tief in den Shakespeare hineingerathen“, berichtet Caroline im Januar 1801 aus Braunschweig an Schelling, bei Waitz 2, 23. Wenn sie kurz hernach erzählt, Schlegel sei mit drei Akten des Shakespeare fertig (S. 25), so wird sich diese Nachricht wohl auf den zweiten Theil der Trilogie beziehen.

tritt, das noch so viele Merkzeichen der früheren Kunstweise des Dichters an sich trägt und doch schon von dem Geiste, der seine späteren und reifsten Darstellungen belebt, durchdrungen ist, — auch dieses Schauspiel konnte der Uebersetzer mit leichter Hand der deutschen Sprache aneignen. Und als er diese Arbeit vornahm, hatte er ja inzwischen seine nachbildende Kunst an den schwierigen Formen der südlichen Dichtung noch bedeutend gesteigert und vermanigfaltigt. Wir mögen ihm also wohl glauben, daß er zur Ausführung des Ganzen, wie er später erzählte, nur des kurzen Zeitraums von vier Wochen bedurfte; und alles spricht auch hier für die Annahme, daß eine Copie der im April 1809 vollendet vorliegenden Handschrift unnöthig erschien und der Druck nach dem Originalmanuscript veranstaltet ward. [11])

Jene oben mitgetheilte Notiz über die Trilogie von Heinrich dem Sechsten belehrt uns zugleich über die eigentliche Beschaffenheit der erhaltenen Handschriften und gibt den Gesichtspunkt an, unter dem sie zu betrachten sind.

Wir haben in ihnen nicht die für den Druck bestimmten Manuscripte vor uns; Schlegel bezeichnet sie vielmehr als erste Abschriften, und als solche erweisen sie sich auch bei näherer Prüfung.

Sie enthalten weder die ersten Entwürfe, noch bieten sie den, bis in alle Einzelheiten hinein, endgültig festgestellten Text; sie erscheinen vielmehr in der Mitte zwischen dem Entwurf und der zum völligen Abschluß gediehenen Ausführung. Zwischen ihnen und dem Druck wird das verbindende Mittelglied durch eine zweite Abschrift gebildet; und diese zweite Abschrift hat offenbar den größten Theil der Fehler und Mängel, von denen der Text bisher heimgesucht war, verschuldet.

Schon bei flüchtiger Musterung der Manuscripte wird dies Sachverhältniß deutlich und einleuchtend. Nachdem mehr oder minder

11) Vergleiche Cechelhäusers Bericht im Shakespeare-Jahrbuch 3, 45 und Schlegels Brief an Tieck vom 4. April 1809.

ausführliche Entwürfe vorangegangen, dergleichen uns noch von
Romeo und Julia aufbewahrt sind, stellte Schlegel in dieser ersten
Abschrift das ganze Stück zusammen. Aber so wie es hier erscheint,
konnte es keineswegs unmittelbar in den Druck gegeben werden; denn
nicht nur ist manche dieser Quartseiten mit Correcturen aller Art
so überladen, daß schon eine innige Vertrautheit mit dem Schlegelschen
Text erfordert wird, um deutlich zu erkennen, welche von den in
Vorschlag gebrachten verschiedenen Ausbrucksformen endlich, als die
treffendste, gewählt worden; sondern zuweilen, wie im Sturm,
Julius Cäsar, Hamlet, vermißt man sogar die nöthigen scenischen
Anweisungen. Blättert man in der Handschrift des Hamlet, so
sucht man vergebens nach dem Reimpaar am Ende des Monologs,
der den zweiten Akt beschließt: es ist offenbar nur nach langen
Uebersetzungsmühen zu Stande gekommen, und erst in die druckfertige
Abschrift ward es eingetragen. Eine noch auffälligere Erscheinung
bietet der erste Akt des Sturms. Hier fehlt, in dem ausgedehnten
Gespräche zwischen Prospero und Miranda, eine sehr beträchtliche
Anzahl von Versen. Und weshalb? — Schlegel hatte diesen ersten
Akt, mit Ausschluß der kurzen Eröffnungsscene, schon 1796 im
sechsten Stück der Schillerschen Horen bekannt gemacht. Aber diese
gleichfalls noch in der Handschrift vorliegende Uebersetzung, die etwa
im ersten Viertel des Jahres 1796 entstanden war, konnte er nicht
mehr gelten lassen, als er sich gegen Ende des Jahres 1797 anschickte, das Schauspiel vollständig in den Kreis seiner Arbeiten
aufzunehmen: er mußte sie, nach Maßgabe seiner erweiterten Einsichten,
einer sorgfältigen Umbildung unterwerfen, 12) konnte aber manchen

---

12) Eine genaue Vergleichung dieser beiden, nur durch einen so kurzen Zeit-
raum getrennten Bearbeitungen möchte ich allen empfehlen, die, auch ohne Hilfe
der Handschriften, in das Innere der Schlegelschen Technik eindringen wollen.
Kein Zweifel, daß manches in der ersten Uebersetzung ein noch unvollkommnes
Ansehen hat; aber ebenso zweifellos ist es, daß diese Unvollkommenheit damals
nur von Schlegel selbst erkannt, daß sein Werk nur von ihm selbst so herrlich
übertroffen werden konnte. Man studire besonders die Verse, in denen Ariel den
von ihm durch Zauberkunst bewirkten Brand des Schiffes beschreibt (I boarded

Vers, der ihm schon früher im ersten Wurf trefflich gelungen war, unverändert beibehalten. Als er nun den ersten Akt in der neuen Form zu Papiere brachte, ersparte er es sich, die aus der ältern Arbeit stammenden Verse noch einmal niederzuschreiben; so daß also der vollständige Text dieses Aktes erst in der zweiten Abschrift erschien.

Diese Beweise genügen für die Behauptung, daß der Druck nicht auf unsere Handschriften gegründet werden konnte. Und noch mehr werden wir in dieser Ueberzeugung bestärkt, wenn wir zu einer genauen, durch alle Hefte gleichmäßig sich erstreckenden Prüfung schreiten. Denn alsdann gelangen wir zu der Wahrnehmung, daß an gar manchen Stellen der Text der Handschriften abweicht von dem, welchen die Ausgaben uns überliefern, und daß die Ausdrucksform, welcher Schlegel nach vielfältigen Ueberlegungen endlich den Vorzug ertheilte, erst in die zweite Abschrift Eingang gefunden hat. Solchen Abweichungen begegnen wir wohl am häufigsten im Julius Cäsar und im Sturm. Es mag der Mühe lohnen, dies Verhältniß an einigen Beispielen darzulegen:

Jul. Caes. 3. 2. 139. Yea, beg a hair of him for memory,
And, dying, mention it within their wills.
Bequeathing it as a rich legacy
Unto their issue.

Handschrift:	Druck:
Ja bäten um ein Haar zum Angedenken, (von ihm zum Denkmal) Und sterbend nennten sie's im Testament, Den Erben als ein köstliches Vermächtniß Es hinterlassend.	Und hinterließen's ihres Leibes Erben Zum köstlichen Vermächtniß.

the king's ship etc). Mit Recht hat Tieck (kritische Schriften 2, 48) diese leicht beschwingten Verse, die er es an wundersamer Beweglichkeit dem Original gleichthun, durch sein Lob ausgezeichnet. Schon in der ersten Form hatte Schlegel hier viel geleistet; aber erst in der Umarbeitung finden sich die eigentlich vollendenden Züge der Künstlerhand.

3, 2. 224. For I have neither writ, nor words, nor worth, [13]
    Action, nor utterance, nor the power of speech.

Ich habe weder Schrift, noch Worte, Würde,	Ich habe weder schriftliches noch Worte,
Gebährde, Vortrag, noch die Macht der Rede,	Noch Würd' und Vortrag, noch die Macht der Rede,

4, 1, 12. This is a slight unmeritable man.
    Meet to be sent on errands:

Dieß ist ein schwacher unbrauchbarer Mensch,	
Den man auf Botschaft senden muß:	Zum Botenlaufen nur geschickt.

4, 3, 87. I do not, till you practise them on me.

Das thu' ich nicht, bis ihr an mir sie übt.	Das thu' ich nicht, bis ihr damit mich quält.

3, 1, 265. Blood and destruction shall be so in use
    And dreadful objects so familiar
    That mothers shall but smile when they behold
    Their infants quarter'd with the hands of war;

Verheerung, Mord wird so zur Sitte werden (Mord und Verheerung wird so Sitte werden) Und schreckenvolle Dinge so gemein,	Und so gemein das Furchtbarste, daß Mütter
Daß Mütter lächeln, wenn sie ihre Kinder Geviertheilt von des Krieges Händen sehn.	Nur lächeln, wenn sie ihre zarten Kinder Geviertheilt von des Krieges Händen sehn. [14]

---

[13] Im Anschluß an Johnson und Malone folgt Schlegel hier dem Text der ersten Folio.

[14] Eine dritte Lesart, die zwischen den beiden von mir verzeichneten den Uebergang bildet, ist in dem Abdruck des dritten Actes zu finden, den 1797 das vierte Stück der Horen brachte: „Und so gemein das Furchtbarste, daß Mütter Nur lächeln werden, wenn sie ihre Kinder u. s. w. — Dieser Druck ist, wie mich eine genaue Vergleichung gelehrt hat, nach einer Abschrift unseres Manuscripts veranstaltet, in welche der größte Theil der Lesarten, welche später in der ersten Ausgabe erschienen, schon eingetragen war. Nur zwei Verse könnten zu der Annahme verleiten, der in den Horen enthaltene Text sei älter und stehe den ersten Entwürfen noch näher als selbst derjenige, den die Handschrift bietet. Es sind die Verse 3, 1, 59: If I could pray to move, prayers would move me,

Am Sturm, dem unvergleichlichen Pracht- und Musterstück der
hochromantischen Komödie, hat Schlegel offenbar mit besonderer
Lust und Vorliebe gearbeitet. Er konnte sich nicht genug thun in
der charakteristischen Ausbildung des Verses, in der Wiedergabe der
manigfachen Wendungen des Dialogs. In die zweite Abschrift
wurden daher noch zahlreiche kleine Verbesserungen eingeführt, deren
volle Bedeutung freilich nur bei zusammenhängender Betrachtung
des Ganzen ins Licht tritt: sie dienen alle dem e i n e n Zweck, die
Eigenthümlichkeit des Tons, der dies Zauberspiel durchzieht, auch
im Deutschen zu wahren, und die zarten und derben Laute, deren
Mischung hier eine so wundersam phantastische Wirkung hervor-
bringt, in ungestörtem Einklang zu verschmelzen. Einige Beispiele
mögen wenigstens andeuten, mit welcher leichten, sichern und glücklichen Hand diese letzten Aenderungen vorgenommen worden.

I, 2. 210. All but mariners
    Plunged in the foaming brine and quit the vessel,
    Then all afire with me:

           Alle,
        (tauchten)
Bis auf das Seevolk, sprangen in die
      schäum'ge Flut,
Und flohn das Schiff, das ganz in   Und flohn das Schiff, jetzt Eine Glut
      Feuer stand.   durch mich.

---

und 3, 1, 269: All pity choked with custom of fell deeds. In der Handschrift wie in der ersten Ausgabe lauten sie gleichmäßig: „Mich rührten Bitten,
bät' ich um zu rühren", und „die Fertigkeit in Gräueln würgt das Mitleid".
In den Horen aber lesen wir: „Mich rührten Bitten, könnt' ich bitten, um zu
rühren", und „die Fertigkeit in Gräueln wird das Mitleid würgen". Diese
ungefügen Zeilen haben ganz das Ansehen eines früheren Versuchs; es ist un-
denkbar, daß Schlegel sie gewählt haben sollte, nachdem er jenen Versen schon
die uns bekannte schickliche Form gegeben hatte. Ist die Vermuthung zu gewagt,
daß der Herausgeber der Horen, um der beliebten Deutlichkeit willen, sich diese
Erbreiterung der Verse verstattete? Schiller pflegte auch in solchen Kleinigkeiten
den dramatischen Instinkt nicht zu verleugnen; er mußte, und hat es durch seine
Praxis bewährt, daß für eine lebensfähige Theatersprache die deutlichste Bestimmtheit das erste und unerläßlichste aller Erfordernisse ist.

Diese Lesart des ersten Druckes ist von Schlegel in das Manuscript eingetragen, ohne daß jedoch die frühere gestrichen worden. In folgenden Stellen bringt aber erst der Druck die gültige Lesart:

1, 2, 297. I will be correspondent to command
And do my spiriting gently.

Ich will mich ja Befehlen fügen, Herr,
(Gern, Meister, will ich mich Befehlen fügen)
Mein Spüken zierlich thun.   Und ferner zierlich spüken.
(artig treiben.)

1, 2, 435. Who with mine eyes, never since at ebb, beheld
The king my father wreck'd.

Und sah mit Augen, die seitdem nie | Und sah mit meinen Augen, ohne Ebbe
ebben, |
Den König, meinen Vater, untergehn. | Seitdem, den König, meinen Vater sinken.

3, 1, 73. I am a fool
To weep at what I am glad of.

Ich bin thöricht,
Zu weinen über das, was mich erfreut. | Zu weinen über etwas, das mich freut.

5, 1, 37. By moonshine do the green sour ringlets make.

Bei Mondenschein die grünen Ringlein | Bei Mondschein grüne saure Ringlein
macht. | macht.

5, 1, 142. — — of whose (patience) soft grace
For the like loss I have her sovereign aid
And rest myself content.

durch deren
Sanftmüth'ge Huld bei ähnlichem Verlust
(gelinde)   (eben dem)
Ich ihren hohen Beistand hatt', und mich   Ich ihres hohen Beistands theilhaft
(höchsten)   (nun)   ward,
Zufrieden gab.   Und mich zufrieden gab.
(bin.)

Ariels Liedlein (ditty), das von Ferdinands todtem Vater spricht, hatte schon in der früheren Bearbeitung des ersten Aktes eine Gestalt gewonnen, die damals wohl jeden Uebersetzer wie jeden Leser befriedigt hätte. In der späteren Handschrift erscheint es jedoch gänzlich umgearbeitet; aber auch noch in dieser Umarbeitung glaubte der Künstler den Märchen= und Zauberton des Originals verfehlt zu haben. Ariels Lied gehört zu denen, von welchen Schlegel selbst (Horen 1796, 4, 109 vgl. Werke 6, 209) gerühmt hatte, sie seien süße kleine Spiele und ganz Gesang, man höre beim Lesen in Gedanken eine Melodie dazu. Es mußte also eine neue An= strengung gemacht werden, die Melodie, welche die kurzen Zeilen schwebend begleitet, zu erhaschen: der Druck weist daher eine dritte Form auf, die wir aus der Handschrift noch nicht kennen gelernt:

> 1, 2, 396. Full fathom five thy father lies;
> Of his bones are coral made;
> Those are pearls that were his eyes:
> Nothing of him that doth fade
> But doth suffer a sea-change
> Into something rich and strange.
> Sea-nymphs hourly ring his knell:
> Hark! now I hear them, — Ding — dong, bell.

Erste Bearbeitung in den Horen:

Tief in Meeresgrund gefallen,
Liegt dein Vater wohl bewahrt.
Sein Gebein wird zu Korallen,
Jedes Aug 'ne Perle zart.
Alles wird an ihm erhalten,
Muß sich köstlich umgestalten.
Nymphen läuten stündlich ihm
Todtenglöcklein: Bim! bim! bim!

Handschrift:

(Faden)

Fünf Klafter tief der Vater dein
Liegt am Meeresgrund; erstarrt
Zu Korall' ist sein Gebein,
Jedes Aug 'ne Perle ward.
Nichts von ihm soll untergehn,
See=verwandelt, köstlich schön.
Nymphen läuten Trauer ihm;
Da horch! ihr Glöcklein: Bim, bim, bim.

Fünf Faden tief liegt Vater dein.
Sein Gebein wird zu Korallen,
Perlen sind die Augen sein.
Nichts an ihm, das soll verfallen,
Das nicht wandelt Meeres Hut
In ein reich und seltnes Gut.
Nymphen läuten stündlich ihm,
Da horch! ihr Glöcklein — Bim! bim! bim!

Schlegel ruhte also nicht eher, als bis Vers dem Verse an= gepaßt und das Ganze aus der herkömmlichen deutschen Lied= und Reimweise in den naiv kindlichen, halb volksmäßigen Ton hinüber-

geleitet war, der in der phantaſtiſchen Welt, welche der Dichter hier
in die Wirklichkeit ruft, allein vernommen werden durfte. Und in
der That war ihm Anlaß gegeben, an dies ſcheinbar ſo leicht hin=
geſungene Lied alle Mühe zu wenden. Tieck hatte in ſeiner Be=
arbeitung des Sturms (1796) dieſe zarten lyriſchen Gebilde durch
freie Umdichtung ins Breite gezogen und ihnen dadurch Reiz und
Wirkung benommen; Schlegel ſprach über dies Verfahren des jugend=
lichen Dichters den einſichtsvollſten Tadel aus.[15] Hier fühlte er
ſich nun verpflichtet, den Grundſatz zu beobachten, den er ſpäter
(Athenäum 3, 334; vgl. Werke 12, 165) für die Kritik der poetiſchen
Ueberſetzungskunſt mit ausdrücklichen Worten feſtſtellte: daß nämlich
der Kritiker ſeinem Tadel gleich den Beweis der Möglichkeit, es
beſſer zu machen, beifügen müſſe. Es war ihm alſo daran gelegen,
ſeinen Vorgänger hier recht augenſcheinlich durch die That zu übertreffen
und dadurch den gefällten Urtheilsſpruch erſt wahrhaft zu bekräftigen.

In den Handſchriften der ſpäter überſetzten Stücke werden die
Abweichungen vom Druck ſeltener; doch ſind ſie noch immer zahl=
reich und bedeutſam genug, um ein unzweideutiges Zeugniß für die
Thatſache zu liefern, daß Schlegel der zweiten Abſchrift des Textes
noch eine ſorgfältige Durchſicht angedeihen ließ. In Hamlets erſter
Anrede an den Geiſt lautet der Vers 1, 4, 47 Why thy canonized
bones, hoarsed in death, Warum dein fromm Gebein, im Tode
ruhend (im Druck: verwahrt im Tode); Hamlet ſagt zu
Ophelia 3, 1, 108, daß ihre Tugend kein Geſpräch (no discourse)
mit ihrer Schönheit pflegen muß (im Druck: keinen Verkehr); der
eine Todtengräber nennt den andern 5, 1, 14 „ehrlicher Schaufler"
(goodman delver), (im Druck: Gevatter Schaufler).[16] In der

---

[15] In der allgem. Lit.=Zeit. 1797 No. 78, Werke 12, 17. Wir leſen hier das
treffende Wort: „Die Kürze iſt keine unweſentliche Eigenſchaft an dieſen Liedern:
es ſollen gleichſam nur abgeriſſene Laute aus der Geiſterwelt zu dem Hörer
hinüber ſchallen."

[16] Schon Wieland ſetzte hier: Gevatter. Die gleich hernach im Text
beſprochene Stelle giebt Wieland ſo: „Wird hierinn etwas übertrieben, oder auch
zu matt und unter dem wahren Leben gemacht."

Unterweisung, die Hamlet den Schauspielern ertheilt, waren die Worte Now this overdone or come tardy off (3, 2, 27), so wiedergegeben, wie es in unsern Ausgaben zu lesen steht: „Wird dieß nun übertrieben oder zu schwach vorgestellt"; — die letzten drei Worte aber sind von Schlegel durchstrichen, und er schrieb dafür an den Rand „nicht erreicht"; in der zweiten Abschrift ward also mit richtigem Urtheil die ursprünglich gewählte freiere Uebersetzung wiederhergestellt.

Wenn im Kaufmann von Venedig 2, 9, 61 Porzia jetzt schön und prägnant sagt: „Fehlen und Richten sind getrennte Aemter" (To offend and judge are distinct offices), so heißt es in der Handschrift: „verseh'n und richten"; und Lorenzo's Vers in dem vom Hauche der Musik durchzogenen fünften Akt And bring your music forth into the air lautet hier noch ungeschickt genug: „Und bringt, was für Musik ihr habt, ins Freie" (im Druck: „und bringt die Musikanten her ins Freie").

In dem mit Recht vielbewunderten Chorus, der dem vierten Akte Heinrichs des Fünften vorangeht und an welchem der Ueber= setzer, zum höchsten Wettkampf mit dem Dichter angespornt, seine Kunst wahrlich nicht gespart hat, lautet der siebente Vers nach dem Manuscript: „Das heimlich Flüstern gegenseit'ger Wacht" (The secret whispers of each other's watch); erst in der zweiten Abschrift ward die Härte beseitigt durch Umstellung der Wörter: „Der gegen= seit'gen Wacht geheimes Flüstern". [17] Wenn im ersten Theil Heinrichs des Vierten (3, 1) Percy von Mortimer und Worcester wegen seines unfreundlich barschen Benehmens gegen Glendower zurecht gewiesen wird, giebt er in der Handschrift die matte, zu der Lebhaftigkeit seines Wesens und Redens schlecht stimmende Antwort: „Ich bin belehrt" (oder: belehrt? Well, I am school'd); über=

---

[17] Die frühere Lesart verstieß also gegen die von Schlegel selbst in der Recension des Lüttemüllerschen Ariost eingeschärfte Regel, daß „die Bie= gungssilbe des Adjectiv nach dem bestimmten Artikel nicht wegbleiben dürfe." Werke 11, 385.

aus glücklich ward in der zweiten Abschrift geändert: „Gut, meistert mich." Mit einer gar zu derben Reminiscenz aus der deutschen Volkslitteratur nennt Percy im Manuscript den gehaßten und gering geachteten Prinzen von Wales einen „Finkenritter" (1, 3, 230 And that same sword-and buckler Prince of Wales; jetzt im Druck: „Und jenen Schwadroniter"). In der umfangreichen Scene des zweiten Aktes, in welchem der Prinz und Falstaff ihren Humor gleichsam um die Wette in so großartiger Kühnheit spielen lassen, entwirft Heinrich jene bis ins Groteske verzerrte und doch so natur= wahre Schilderung seines fetten Zechgenossen, welche dieser nur ungern auf sich beziehen will; er giebt sich die Miene, als wisse er nicht, wem die Schilderung gelte: I would your grace would take me with you: whom means your grace? Falstaff braucht hier dieselbe Phrase, deren sich der alte Capulet bedient, wenn er von seiner Frau die für ihn unglaubliche Kunde vernimmt, seine Tochter weigere sich, ihm willfährig zu sein und den Grafen Paris zu ehelichen: Soft! take me with you, take me with you, wife (3, 5, 142). Im Romeo hatte Schlegel diese Worte ganz falsch wiedergegeben: „Sacht, nimm mich mit dir, nimm mich mit dir, Frau" — er hatte diese verfehlte Auffassung sogar noch durch eine scenische Anweisung illustrirt und bekräftigt. [18]) Daß einige Jahre hernach ihm in Falstaffs Munde die Phrase gleich vollkommen ver= ständlich klang, darf man billig bezweifeln, wenn man in der Handschrift liest: „Ich wollte, Euer Gnaden ließen mich nach= kommen." [19]) Erst der Druck läßt uns erkennen, daß Schlegel endlich

---

[18]) In Carolinens Abschrift des Romeo hat Schlegel eigenhändig die Worte eingetragen: „Die Gräfin will gehn." Alexander Schmidt hat hier die noth= wendige Aenderung vorgenommen. — Vgl. Massinger, A very woman 4, 3: Pray you take me with you. In einem anders gewendeten Sinne finde ich die Phrase von Massinger gebraucht in The great duke of Florence 4, 2 und The Maid of Honour 3, 3.

[19]) Die oben besprochenen Stellen aus dem ersten Theil Heinrichs des Vierten hat Schlegel auf der letzten Seite der Handschrift angemerkt, gleichsam zum Denkzeichen, daß sie in der zweiten Abschrift eine neue Form erhalten

den vollen Sinn dieser Redensart gefaßt hatte: „Ich wollte, Euer Gnaden machten sich verständlich."

Wozu nun noch weitere Beispiele häufen? Durch die gegebene Darlegung ist das Verhältniß der Handschriften zur ersten Ausgabe unzweifelhaft festgestellt, und genau bestimmt ist das Maß der Bedeutung, die ihnen für die endgültige Gestaltung des Textes zukommt.

Es kann demnach keine Rede davon sein, die in den Handschriften enthaltenen Lesarten, die Schlegel in der zweiten Abschrift mit andern, in der ersten Ausgabe erscheinenden vertauscht hat, in den Text einführen zu wollen. Ueberall da, wo die Abweichung des Druckes von der Handschrift aus einer von Schlegel selbst vorgenommenen Aenderung entsprungen ist, entbehrt die Handschrift dem Drucke gegenüber jeglicher Autorität. [20])

Dahingegen muß den Manuscripten eine unbedingte Geltung zuerkannt werden, wenn sie uns in den Stand setzen, die Lücken, die wir im Texte entdecken, mit Schlegels eigenen Worten auszufüllen; ferner gebührt ihnen dieselbe Geltung natürlich auch da, wo sie für ein, sei es in der zweiten Abschrift, sei es im Druck entstelltes Wort dasjenige bieten, welches sich nach Vergleichung mit dem Original als das richtige ausweist.

Noch ein dritter Fall kann eintreten, in welchem die Handschrift

***

müßten. Neben einigen andern flüchtig hingeschriebenen Worten, die auf den Text des Stückes Bezug haben, finden sich auf jenem Blatte die Sätze: „Hof meistert nur", „nehmt mich mit euch"; auch der Tintenritter ist ausgezeichnet.

[20]) Auch da, wo man auf den ersten Blick noch zweifelhaft sein könnte, ob die Verschiedenheit zwischen Manuscript und Druck aus einer von Schlegel selbst vorgenommenen Aenderung abzuleiten ist, wird meist das Original die sichere Entscheidung an die Hand geben. In Hamlets großem Monolog am Schlusse des zweiten Aktes schrieb der Uebersetzer v. 596 „Und kann nichts sagen; nichts für einen König | An dessen Eigenthum und theurem Leben" u. s. w. Findet man nun in der ersten Ausgabe: „Und kann nichts sagen, nicht für einen König" — so möchte man vielleicht der Lesart des Manuscripts, um ihres scheinbar stärkeren Nachdrucks willen, den Vorzug ertheilen. Das Original zeigt aber, daß Schlegel mit gutem Grunde die frühere Lesart geändert hat: And can say nothing; no, not for a king.

nicht nur gegen den Druck, sondern auch gegen Schlegel selbst Recht behält. Dieser hat bei schwierigen und ebenso oft auch bei sehr einfach erscheinenden Stellen sich nicht damit begnügt, nur eine Uebersetzung derselben in der ersten Abschrift zu verzeichnen: durch alle diese Manuscripte hindurch können wir vielmehr verfolgen, wie er, gleichsam noch in der Ueberlegung begriffen, sich selbst die verschiedenen Versuche, mit denen er dem Grundtext nachzukommen strebt, zur Wahl vorlegt. Trifft er dann endlich die Entscheidung, so verfährt er meist mit dem sichersten Tacte, mit fast untrüglichem Urtheil. Zuweilen indeß hat die allzu bedachtsame Erwägung ihn von dem schon betretenen richtigen Pfade in die Irre gelenkt; zuweilen bemerken wir, daß er einer zuerst gehegten Auffassung, die wir nach unserer jetzigen Kenntniß der Shakespeareschen Sprache für die allein richtige erklären müssen, bei erneuter Ueberlegung untreu geworden, daß er den zuerst gewählten vollkommen zutreffenden Ausdruck hernach mit einem minder genügenden oder ganz und gar ungenauen vertauscht hat. Ja, einigemale findet sich sogar in der Handschrift als später verworfene Lesart dasselbe Wort, das Alexander Schmidt nunmehr mit voller Berechtigung in den von ihm so musterhaft revidirten Text aufgenommen hat. In solchen Fällen also, wo über die wahre Auffassung des Dichterwortes auch nicht der leiseste Zweifel zurückbleiben kann, in solchen Fällen ist es zulässig, ja nothwendig, aus der Handschrift das Richtige hervorzuziehen, und so vor allem dem Dichter, auf den es ja zunächst ankommt, sein Eigenthum nach Gebühr zurückzuerstatten, dann aber auch dem Uebersetzer, wenn schon gegen dessen eigenen Einspruch, zu seinem guten Rechte zu verhelfen.

Ist nun bisher zumeist das Verhältniß erörtert worden, das zwischen den erhaltenen Manuscripten und dem Drucke der ersten Ausgabe obwaltet, so legt sich uns von selbst die Frage nahe, wessen Hand die zweiten Abschriften gefertigt habe, die sich uns als unmittelbare Quellen des Druckes erweisen. Eine durchaus genügende Antwort ist hier nicht zu erlangen. Nur das steht fest, daß Caroline

Schlegel zuweilen die Arbeit der zweiten Abschrift übernahm. Ein Zeugniß dafür besitzen wir in dem durch ihren Fleiß hergestellten Manuscripte des Romeo, dem Schlegel dann noch eine sorgfältige Durchsicht widmete;[21]) ein ferneres Zeugniß liefert ihr an Luise Gotter gerichteter Brief vom 7. September 1797 (Waitz 1, 196). Sie erzählt dort mit behaglicher und gewiß durchaus wohlbegründeter Selbstzufriedenheit, wie unentbehrlich sie dem Freunde Schlegel sei; ein ganzes Shakespeare'sches Stück habe sie abzuschreiben gehabt, — „das unter die Presse muß, und wo sich kein Fremder in die erste Handschrift finden kann." — Das Stück, das Carolinens Feder im September 1797 beschäftigte, ist offenbar dasselbe, von dem Schlegel am 23. August an Schiller schreibt, er habe noch viel daran zu arbeiten und es müsse nächstens abgehen. Wir können mit Sicherheit den Namen dieses Stückes angeben: es war Was ihr wollt. Das Manuscript dieser Komödie zeigt auf der ersten Seite die von Schlegel selbst eingetragene Bemerkung: Angef. d. 23. Jul. 1797.[22])

Zwei Stücke sind also sicherlich durch Carolinens Hand ge-

---

[21]) Doch auch aus dieser Abschrift kann der Druck nicht unmittelbar hervorgegangen sein, denn es finden sich auch hier einzelne Abweichungen, von denen ich zwei der bedeutendsten anführen will: 3, 1, 61 Marry, go before to Held. he'll be your follower — doch stellt euch nur, er läßt euch nicht allein; — im Druck: er wird sich zu euch halten. Aus den Entwürfen zum Romeo sehen wir, daß Schlegel diese letztere Lesart zuerst gewählt, und hernach mit der andern vertauscht hatte; für den Druck stellte er also die zuerst gewählte wieder her. — 3, 1, 77 Alla stoccata carries it away — die Klinge wetzt es aus mit Hieb und Stich; — im Druck: die Kunst des Raufers trägt den Sieg davon. — Das vorliegende Manuscript ward demnach, als ein Musterstück von Carolinens Fleiß, in Jena zurückbehalten; von ihm ward eine andere Copie genommen, welcher man die meisten Gebrechen, an denen der Text des Romeo gelitten, Schuld geben muß.

[22]) Dies Datum dient zur Vervollständigung der Notizen, welche Haym, Romantische Schule 703, über das allmähliche Fortschreiten der Schlegel'schen Arbeit zusammengestellt hat. Aus den Handschriften sind noch folgende chronologische Angaben zu schöpfen. Hamlet ward begonnen den 17. Februar (das Jahr 1798 ist gemeint). Das Manuscript vom König Johann zeigt auf dem ersten Blatte die Notiz: Angefangen den 21 May Nachm. (natürlich 1799); auf dem letzten Blatte liest man: geendigt d. 1. Jul. Nachmittags. Das Durchgehen geendigt d. 11 Jul.

gangen. Und wäre es nicht erlaubt, zu muthmaßen, daß sie auch
noch bei anderen Dramen ihrem Gemahl den gleichen Liebesdienst
leistete? Wir wissen ja, mit welcher freudigen Energie sie sich an
den Thaten und Kämpfen der Männer betheiligte, in deren Kreis
sie durch ihr eheliches Verhältniß zu Schlegel versetzt war. Und wie
richtig erkannte sie, tiefer blickend als so manche der Zeitgenossen,
die ganze Bedeutung der Arbeit, durch welche Shakespeare uns zuerst
in seiner dichterischen Eigenthümlichkeit zur Anschauung gebracht
ward! In dieser Leistung Schlegels hat sie immer den festen
Grundstein seines Ruhmes erblickt. Gewiß versagte sie ihm hier
auch ihre fernere Mitwirkung nicht, sollte diese sich auch nur auf
die bescheidene Thätigkeit eines Copisten beschränkt haben.

Aber freilich wird diese Mitwirkung nur für die ersten beiden
Jahre ihres Zusammenlebens anzunehmen sein. Es ist ergötzlich,
wie unsere Handschriften das allmähliche Erkalten der Theilnahme
zwischen den ungleich gepaarten Gatten andeuten. Im Beginn der
Ehe wird der Romeo völlig ausgearbeitet; hier erscheint Caroline
in reger Mitthätigkeit; in den Manuscripten der Stücke, mit denen
Schlegel sich während der Jahre 1797 und 1798 beschäftigte, bleibt
diese Thätigkeit sichtbar, obgleich die weiblichen Schriftzüge sich
immer seltener neben den männlichen zeigen; zum letzten Mal
nehmen wir sie wahr im Manuscript des Kaufmanns von Venedig.
Dies Lustspiel ward, wie ich mit Sicherheit annehmen darf, in den
letzten Monaten des Jahres 1798 übertragen: im October dieses
Jahres aber war Schelling in den Jena'schen Kreis eingetreten.

Können wir nun das Maß der Mitwirkung, die Caroline der
Arbeit ihres Gatten angedeihen ließ, nicht genau bestimmen, so ist
es auch vergeblich, zu untersuchen, inwiefern sie verantwortlich sein
mag für die Verderbnisse, welche etwa durch die zweiten Abschriften
in den Text eingedrungen sind. Daß sie gelegentlich eine Zeile
überhüpfen, auch wohl einen Buchstaben unrichtig setzen konnte, be-
weist, wie ich später zeigen werde, ihre Abschrift des Romeo. Sollten
wir aber auch in ihr die Urheberin noch mancher andern Ver-

kürzungen und Entstellungen vermuthen, so werden wir deshalb doch
keine allzu ernste Anklage gegen sie erheben. Auf jeden Fall wären
diese Verschuldungen nicht die schwersten, die auf ihrem Andenken
lasten.

Wen nun aber auch immer die Verantwortung für die Schäden
des Textes treffen mag, Schlegel hat in späteren Jahren nichts gethan,
sein Werk von ihnen zu befreien. Er hat niemals wieder aus eigenem
Antriebe eine gründliche Durchsicht seiner gesammten Uebersetzung
vorgenommen; und als er gegen Ende seines Lebens sich dringend
dazu aufgefordert sah, mangelte es an der beharrlichen Neigung,
die allein ihn zur Vollführung einer so mühsamen Arbeit stärken
konnte. Für die zweite Ausgabe des vollständigen deutschen Shakespeare,
die 1838 bis 41 erschien, hatte er, auf den Wunsch des einsichts=
vollen Verlegers, eine Revision der von ihm übertragenen Stücke
zugesagt. Aber er gab dies Versprechen, ohne den ganzen Umfang
der Arbeit, zu welcher er sich damit verpflichtete, ermessen zu können.
Er hatte sein Werk seit manchen Jahren aus den Augen verloren;
er wußte nicht, — dies bekennt er selbst in den Briefen an seinen
Verleger, welche durch die Güte meines verehrungswürdigen Freundes
Georg Reimer mir zur Benutzung vorliegen — er wußte nicht, wie
vieler Verbesserungen es bedürftig sein möchte. Bei näherer Prüfung
fand er sich nun zu so vielfachen Aenderungen genöthigt, daß jedes
der drei im ersten Bande der neuen Ausgabe vereinigten Stücke
seine volle Arbeitskraft während eines Zeitraumes von anderthalb
bis zwei Monaten in Anspruch nahm. [23] Die Lust zur Fortsetzung
schwand. Wenn der Verleger freundlich und ernstlich in ihn drang,
das Begonnene weiter zu führen, entschuldigte sich der Ermüdete
bald mit einer Hinweisung auf sein hohes Alter, bald schützte er

---

[23] Er schreibt an Reimer 30. Novbr. 1839: „Die physische Unmöglichkeit
(die Revision binnen Jahresfrist durchzuführen) liegt darin, daß der übersetzten Stücke siebzehn sind, und eine solche Durchsicht eines einzigen wie die bisherige anderthalb bis zwei Monate erfordert, wenn ich auch mit dem Zh. zu
Bett gehe und wieder aufstehe, wie ich es wirklich gethan." (Hdschr.)

andere litterarische Verpflichtungen vor, denen er genügen müßte.
Es blieb demnach nichts weiter übrig, als die ersten Ungerschen
Abdrücke, die er für die correctesten hielt, der neuen Ausgabe zu
Grunde zu legen. Er wollte sich allenfalls dazu verstehen, die
Druckfehler der früheren Edition am Rande des für den Setzer
bestimmten Exemplares anzuzeichnen. Aber auch dieses scheint unter-
blieben zu sein. Eine Vergleichung mit seinen Handschriften zu
veranlassen oder gar selbst vorzunehmen, kam ihm nicht in den Sinn.
Nur darauf war sein Verlangen gerichtet, seine Uebersetzungen
„enttieckt" zu sehen, [24] das heißt gereinigt von den Correcturen, mit
denen Tieck sie in der ersten Gesammtausgabe bedacht hatte. So
wurden denn die Stücke unverändert in ihrer ursprünglichen Gestalt
dem Leser wieder dargeboten; nur die Historien von König Johann,
Richard dem Zweiten, sammt dem ersten Theil Heinrichs des Vierten
konnten die zahlreichen Spuren der sorgsam nachbessernden Künstlerhand aufweisen.

Daß die Revisionsarbeit so bald unterbrochen ward, dürfen
wir wohl kaum beklagen. Freilich haben die durchgesehenen Stücke
an Leichtigkeit und Geschmeidigkeit des Ausdrucks ersichtlich gewonnen;
die Verbesserungen zeugen fast überall für die sichere Gewandtheit

---

[24] Seine geringschätzige Meinung von Tiecks philologischen Fähigkeiten und
Leistungen kommt auch in den Briefen an Reimer mehrfach zum Ausdruck.
„Tieck kann geschwind fertig seyn:" — schreibt er am 26. Febr. 1840 — „das
ist wohlfeil zu haben, da er seinen Ruhm hiebei längst in die Schanze geschlagen
hat, und sich auch wohl auf den Stumpfsinn des heutigen deutschen Publicums
sowie auf die Höflichkeit seiner Thee-Zuhörer sicher verlassen kann." — Ein
späterer Brief aus dem November 1840 enthält die Bemerkung: „Unter Tiecks
Veränderungen mag sich einiges gute finden, aber es wäre mühsam es herauszu-
suchen." — Als charakteristisch für die damaligen Zustände des deutschen Buchhan-
dels mag es gelten, daß Schlegel am 8. December 1842 von Georg Reimer zu
erfahren wünscht, ob dieser glaube, daß irgend einmal eine dritte Ausgabe des
Schlegel-Tieckschen Shakespeare nöthig werden könne, und nach dem Verhältnisse
des bisherigen Absatzes in welchem Zeitpunkte etwa? Er fügt dann eine Betrachtung hinzu, die man als zeitgemäß auch jetzt noch wiederholen kann: „Das
deutsche Publicum scheint für den Shakspeare in der That ein Danaiden Faß zu
sein, wo klares Wasser und Spülicht, gute und schlechte Uebersetzungen gleichermaßen hindurchlaufen." (Hdschr.)

des Meisters, der damals, wie er sich in seiner Weise rühmte, „seit einem halben Jahrhundert, ganz wörtlich zu verstehen, seit genau gezählten fünfzig Jahren" seine Kunst an den Dichtwerken der Germanen, Romanen und Orientalen geübt hatte.[25] Einer solchen glättenden und fein ausgleichenden Umarbeitung schienen auch Richard der Zweite und Heinrich der Vierte vor allen zu bedürfen. In der ursprünglichen Uebersetzung klang hier die Rede zuweilen hart und gezwungen. Wie schwer es ihm ward, in den „verwünschten" Richard hineinzukommen, klagt er in einem Briefe an Tieck (16. August 1799); das Manuscript veranschaulicht uns noch die ganze Mühsal der Arbeit; manche Verse verriethen die Anstrengung, unter der sie entstanden, und bei ihnen war die erneute Arbeit des Uebersetzers wohlangebracht. Den übrigen Stücken jedoch — nur der Romeo ist vielleicht auszunehmen — würde eine nach den

---

[25] Unverändert blieb, wunderlicher Weise, der Vers im Richard 2, 1, 111 Doch, um die Welt! da du dieß Land nur hast (But, for thy world, enjoying but this land). Schon durch Wielands Uebersetzung hätte Schlegel vor diesem Fehler behütet werden können; denn dort hätte er die hernach von Eschenburg beibehaltenen Worte gefunden: „aber da deine ganze Welt in diesem einzigen Lande besteht." — Unterließ er hier eine so nothwendige Verbesserung, so nahm er dagegen manche Aenderung vor, deren er sich besser enthalten hätte. Eine der auffälligsten bleibt die, welche der Vers in King John 1, 188 erfahren hat. Die Worte des Bastards: 'Tis too respective and to sociable | For your conversion lauteten in der ersten Ausgabe ganz schicklich: „Es ist zu aufmerksam und zu gesellig | Für die Verwandlung." Die, wenn ich nicht irre, durch Pope in den Text gekommene Lesart conversing war in Malones Edition, der Schlegel auch hier folgte, durch die richtige der Folio, conversion, beseitigt worden. Ein für seine Aufgabe völlig unbefähigter Recensent des deutschen Shakespeare tadelte die angeblich verfehlte Uebersetzung jenes Verses. Schlegel wies den unbefugten Richter auf das Derbste zurecht, verwarf die falsche Lesart, die dieser allein gekannt hatte, und begründete seine eigene richtige Auffassung (Athenäum 3, 341). Dieser hat sich denn auch Eschenburg in der zweiten Ausgabe (Bd. 6, 1801) angeschlossen. Im Jahre 1838 aber änderte Schlegel den Vers so, als ob er, uneingedenk seiner früheren Darlegung, den corrumpirten Text nun doch für den richtigen hielte: „Es ist zu aufmerksam und zu vertrau lich | Für unsern Hofton." Ließ Schlegel sich hier durch den sonst so geschmähten Tieck leiten oder vielmehr verleiten? Denn dieser hatte sich 1825 die ganz verwerfliche Aenderung erlaubt: „Für vornehmes Gespräch wärs viel zu höflich | Viel zu gesellig."

gleichen Principien fortgesetzte Durchsicht keineswegs zum Vortheil gereicht haben. Gegen Ende seines Lebens war Schlegel in der Behandlung der Sprache, in der Verwendung ihrer Mittel bedächtiger, ängstlicher, man möchte sagen zahmer geworden. Manches erregte ihm Anstoß, was ihm ehemals in frischer Jugendzeit als zulässig gegolten, ja was er wohl mit Beflissenheit vorgezogen hatte. Er war nun zuweilen geneigt, dem Wohllaut und der gefälligen Abrundung die scharfe Bestimmtheit des Ausdrucks zum Opfer zu bringen. So würde er aus seiner Uebersetzung manche wirklichen oder anscheinenden Härten entfernt, seine Sprache dem jetzigen Geschmack der großen Lesewelt vielfach annehmlicher gemacht, zugleich aber auch das nachdrücklich kräftige Dichterwort oft genug abgeschwächt haben. Fühlen wir uns doch versucht, ja gedrungen, selbst dem Texte der drei genannten Dramen manche der früheren Lesarten wiederzugeben, welche sich treuer an den englischen Ausdruck hielten und die Eigenthümlichkeit desselben, soweit es die Verschiedenheit der Sprachen gestattet, ungeschmälert ließen.

Treibt uns nun eine berechtigte Neugier zu der Frage, ob Schlegel bei Durchsicht dieser drei Schauspiele seine Handschriften zu Rathe gezogen, so darf man mit Zuversicht antworten, daß er nur den ersten Druck seiner Uebersetzung und den englischen Text vor Augen gehabt. Indem er beide verglich, ward er auf den Ausfall einer auch dem Manuscript fehlenden Zeile in Richard dem Zweiten aufmerksam, die übrigens schon vorher durch Tieck restituirt worden (3, 1, 13 Broke the possession of a royal bed). Hätten ihm aber die Handschriften vorgelegen, so würde er sicherlich nach ihrer Anweisung auch manche andern, weniger ins Auge fallenden Lücken ausgefüllt haben. Im Richard fehlt die scenische Bemerkung, die Schlegel in Malones Ausgabe fand 1, 3: „Schranken und ein Thron. Herolde u. s. w. umher beschäftigt."[20] In Heinrich

---

[20] Einigen Exemplaren des fünften Bandes (1799) ist ein Druckfehlerverzeichniß beigefügt, in welchem sich diese Ergänzung schon angegeben findet.

dem Vierten (2, 4, 269), da wo der Prinz und Falstaff sich in
genialisch erfundenen Schimpfreden einander überbieten, ist, zur
empfindlichen Beeinträchtigung des lebhaft gesteigerten Ausdrucks,
den Worten des Prinzen this huge hill of flesh das Adjectiv
„riesenmäßige" entzogen worden; und in der gleich darauf folgenden
Rede des Falstaff findet sich: „Du Degenfutteral" anstatt der
doppelten Benennung: „Du Degenscheide, du Bogenfutteral" —
(you sheath, you bow-case).[27] An diesen Stellen zeigen der
erste Druck und die revidirte Ausgabe dieselben Lücken, während die
Handschriften den unverkürzten Text dargeboten hätten.

Mit voller Sicherheit darf man also behaupten, daß diese
Manuscripte niemals zum Zweck der Textesverbesserung wieder durch=
mustert worden, daß sie vielmehr seit dem Beginn des Jahrhunderts
gänzlich unbenutzt geblieben sind.

---

[27] In der Handschrift steht, offenbar durch ein Schreibversehen Schlegels,
„D e g e n s c h n e i d e". — Uebrigens läßt sich an den beiden oben citirten Stellen
deutlich wahrnehmen, wie der Ausfall der Worte veranlaßt ward. Hugo hatte
Schlegel zuerst durch „entsetzliche" wiedergegeben; er strich es hernach und schrieb
„riesenmäßige" an den Rand, wo es vom Abschreiber unbemerkt blieb. In Fal=
staffs Rede aber glitt das Auge des Copisten oder des Setzers von der ersten
Silbe gen in „Degen" zu der zweiten in „Bogen" hinüber, und demgemäß
verschwanden die dazwischen liegenden Wörter. — Den schwermüthigen Betrach=
tungen, in denen sich Falstaff 3, 3, 1—10 ergeht, geschieht in der revidirten Ueber=
setzung einiger Abbruch; denn dort fehlt der höchst charakteristische Wehruf the inside
of a church! — an dem Malone einst ungegründeten Anstoß nahm.

II.

Sommernachtstraum. Romeo und Julia.
1789—96.

———

Bringt nun auch jedes dieser handschriftlichen Hefte unserer
Betrachtung wie unserem Studium einen reichen Stoff entgegen,
so sondern sich doch zwei aus der gesammten Reihe ab, welche die
Aufmerksamkeit am entschiedensten anlocken und festhalten müssen:
es sind diejenigen, welche die Uebersetzung des Sommernachtstraumes
in Entwurf und Ausführung enthalten. Schon auf den ersten
Blick zeigen sie sich von den andern unterschieden; die Züge der
noch jugendlichen, noch nicht zu vollkommener Freiheit und Leichtigkeit entwickelten Schrift deuten auf eine frühere Entstehung, und
auch in jedem andern Betracht ist der Zuschnitt des Ganzen auffällig genug.

Zwischen diesen beiden Heften zeigt sich denn auch ein ganz
eigenes Verhältniß. In dem älteren (ich werde es im Folgenden
mit a bezeichnen) sind uns die ersten Versuche aufbewahrt, mit
denen Schlegel noch in seiner Göttinger Studienzeit unter der
Anregung Bürgers sich dem englischen Dichter zu nähern wagte.
Mit Ausnahme der in Prosa verfaßten Scenen findet sich hier das
Lustspiel — die verworren durcheinander gehefteten Blätter erschweren

die Uebersicht — so ziemlich vollständig beisammen. [28] Einzelne Stellen liegen in mehrfachen Bearbeitungen vor, und es läßt sich erkennen, in welcher Reihenfolge diese entstanden sind.

Auf Grundlage dieser Entwürfe stellte Schlegel alsbald das Lustspiel vollständig, Vers und Prosa, in zierlicher Abschrift (b) zusammen. So ruhte es bis in die Mitte der neunziger Jahre. Als er um jene Zeit die Jugendarbeit zur Prüfung wieder hervorzog, fand er in ihr nur weniges, was seinem inzwischen erhöhten und geklärten Begriffe von einer kunstgemäßen Uebersetzung entsprochen hätte. Von Grund aus mußte sie umgebildet werden; eine ganz neue Kunstform mußte die Stelle der ehemals beliebten ersetzen; und diese neue Form, dieselbe, in welcher das Werk hernach aus Licht trat, corrigirte er — wenn ich so sagen darf — in die frühere Abschrift hinein, so daß also dies Heft auf jeder Seite die ältere und die spätere Gestalt neben einander erblicken läßt. Und damit uns in der Entstehungsgeschichte dieses ersten Uebersetzungsversuchs nichts unaufgehellt bleibe, sind uns in einer Beigabe zu diesem Hefte die von Bürger bearbeiteten Stellen in Bürgers eigener Handschrift erhalten.

Der Inhalt dieser zwei Manuscripte lenkt unsern Blick rückwärts auf Schlegels litterarische Anfänge und vervollständigt unsere Kenntniß derselben.

Als der neunzehnjährige Schlegel 1786 seine Studien in Göttingen begann, waren die festen Grundzüge seines Wesens schon deutlich zu erkennen. Höchst schätzenswerth erschien an ihm schon damals die nüchterne klare Besonnenheit, die ihn hernach auf seiner

---

[28] Der erste und zweite Akt (16 und 27 Seiten, sorgfältig geschrieben und mit vielen Correcturen versehen, eröffnen das Heft; dann folgen, außer dem Zusammenhange, die ersten Entwürfe einzelner Scenen aus Akt 2, 3. 4. 5. Hierauf erscheinen, abermals in sauberer Schrift, größere Abschnitte aus dem dritten Akt. Auf der letzten Seite zeigt sich Drolls Nachrede am Ende des Stücks, übereinstimmend mit dem Druck. Mehre Blätter, die noch zu a gehören, sind der Abschrift (b) irrthümlich beigebunden; ebenso ist ein Blatt aus den Entwürfen zum vierten Akt in b an der betreffenden Stelle dieses Aktes, der Abschrift gegenüber, unrichtig eingeheftet.

litterarischen Laufbahn nur selten, das sichere Bewußtsein über sein
Thun und Wollen, das ihn nie verließ. Ihm blieb sie erspart,
jene Zeit des dunkeln Strebens, des ängstlichen, drangvollen Ringens
mit sich selbst, durch die sein Bruder Friedrich sich hindurchzuarbeiten
hatte. Allem zwecklosen Umherschweifen war seine Natur feind,
ein Stillstehen auf dem einmal erwählten Pfade kannte er nicht;
eben so wenig beunruhigte ihn die quälende Sehnsucht nach dem,
was seinen Kräften unerreichbar bleiben mußte; seine Bestrebungen
hielten sich im Umkreis seines Könnens: Reise im Urtheil, Sicherheit in der Ausübung waren daher ein Erbtheil seiner Natur, in
dessen Besitz er schon früh gelangte.

Sobald er sich auf der Universität heimisch gemacht, ward es
klar, nach welcher Richtung hin sich seine lebhafte und vielseitige,
aber geregelte Thätigkeit entfalten würde. Er zeigte sich als den
eifrigen Philologen, der sich an den, vom Alterthum überkommenen
Mustern schulte; als den feinen gewandten Kritiker, der die neue
Litteratur zu erfassen und in die seiner eigenen Zeit einzugreifen
verstand; und endlich als den ausübenden Freund der Poesie, der
sich dem selbständigen Schaffen wie der Nachbildung ausländischer
Werke mit gleicher Lust hingab. Die Namen der Männer, die
durch Lehre, Beispiel und Umgang vorzüglich auf ihn wirkten, bezeichnen hinlänglich die Verschiedenheit dieser Neigungen, die in
seinem Wesen sich ohne Widerstreit verbanden. Heyne und Bürger
waren es, denen er sich vornehmlich anschloß. Als Schüler des
ersteren gab er sich kund, indem er erfolgreich die Lösung einer
jener Aufgaben versuchte, [29] die Heyne seinen Jüngern zu ihrem
Nutz und Frommen sowohl wie zur Förderung seiner eigenen
Studien zu stellen pflegte; und noch näher verbunden erschien er
dem damals weitherrschenden Lehrer, als er zur Ausstattung der
zweiten Edition des Virgil beisteuerte und einen Index lieferte, der

---

[29] Vgl. Heynii Opuscula academica 3, 325. 375. Es ist dies eine jener
Aufgaben, über die Voß in der Vorrede zur Uebersetzung der Georgika (1789)
S. VIII—X nicht mit Unrecht spöttelte.

den Wort- und Phrasenvorrath des Dichters zu bequemer Ueberficht
darlegte. [30])

Alles aber, was damals in poetischer Form von ihm ausging,
läßt den Schüler und Anhänger Bürgers in ihm erkennen. Seit
seinen Kinderjahren dem in der Schlegelschen Familie herkömmlichen
Trieb zur Verskunst leidenschaftlich ergeben und durch manigfache
Vorübungen in die künstlerische Praxis eingeweiht, suchte er begierig
die Nähe des Dichters, wie ernstlich auch weise ältere Freunde ihn
von einem so bedenklichen Verkehr abmahnten. Durch eigene Schuld
und durch Schuld der Umstände lebte Bürger in Göttingen ver-
einsamt und mißachtet. Ein herb ungünstiges Geschick hatte ihn in
jene Region verwiesen, die von den Meistern der Fachgelehrsamkeit
beherrscht ward. Wie durfte er sich unter diese mischen? Wie
durfte er hoffen, sich neben ihnen eine selbständige Stellung zu
erobern? Sie blickten meist mit offener Geringschätzung auf den
Mann, der auf keinem Wissenschaftsgebiete sich hervorgethan, dessen
akademische Leistungen nicht für vollgültig angesehen wurden und
dem all sein Dichterruhm nicht einmal die Bedingungen eines er-
träglichen irdischen Daseins verschafft hatte. [31]) Von den Lehrern
der Hochschule übertrug sich diese Mißachtung auf die Studenten; [32])

---

[30]) Auch bei dieser philologischen Handarbeit, deren Bedeutung ich übrigens
nicht im geringsten unterschätzt wissen will, verläugneten sich also keineswegs die
ästhetischen Neigungen des angehenden Kritikers und Poeten. Der Index, der
für die dritte Ausgabe von Raphael Fiorillo überarbeitet ward, sollte nach
Heynes Worten sein orationis poeticae Romanae, saltem Maronianae,
tanquam penus.

[31]) „Einen Dichter in Göttingen zu dulden", schrieb Schlegel 1828, indem er
einen behaglichen Rückblick auf sein jugendliches Zusammenleben mit Bürger
warf, „einen Dichter in Göttingen zu dulden, schien ganz unerträglich, und in
der That paßte es nicht zum besten." Und schon 1797 hatte er geäußert: „es
läßt sich in Deutschland kaum eine andre Stadt denken, wo man ihn in dem
Grade verkannt und hintangesetzt haben würde." Sämmtl. Werke 8, 68 und
10, 355.

[32]) Woltmann, der im Herbst 1788 nach Göttingen kam, fand Bürger „von dem
Troß der Studenten wenig geachtet, nicht sehr von den meisten Professoren."
Siehe Woltmanns Selbstbiographie in dessen Sämmtl. Werken 1, 32.

und in der That war auch niemand weniger zum Führer der Jugend
geeignet, als der Dichter, der in der Führung seines eigenen Lebens
so geringe Umsicht bewiesen, der nie die Kraft besessen, sein eigenes
Wesen in streng sittliche Zucht zu nehmen, und der, wenn auch
durch Sorge und Kummer früh gealtert, darum der jugendlichen
Thorheit doch nicht abgesagt hatte. Vielleicht wäre es ihm an einem
andern Orte leichter geworden, mehr Gleichmaß und Ordnung in
sein Leben zu bringen. In Göttingen fühlte er sich wie in der
Verbannung. Jedes Wort des schmerzlich bittern Unmuths, mit
dem er in seinen Briefen dies Exil beklagt, ist nur allzusehr gerecht=
fertigt. Er blieb, wie ihm später Göckingk in der Elegie auf seinen
Tod nachsang, „am Ufer der Lein' ein Fremdling".

Welche erfreuende Erscheinung mußte ihm daher in dieser
Lebensöde der begabte Jünger sein, der voll Bewunderung und
Lernbegier ihm entgegentrat! Der ersten Annäherung folgte ein
traulicher Verkehr, in welchem bald der Unterschied zwischen Meister
und Schüler kaum noch merkbar blieb. Bürger wußte auch Jüngeren
gegenüber seine persönliche Würde nicht mit dem erforderlichen Nach=
druck zu behaupten; Schlegel aber war hinlänglich vorbereitet, um
alles, was er von Bürger lernen konnte, rasch aufzunehmen und zu
verarbeiten; sobald dieser Aneignungsproceß beendet war, mußte der
Jüngere durch die Vorzüge eines wohlgeordneten Wissens, einer früh
erlangten theoretischen Bildung und eines sichern Kunstgeschmackes
eine Art von Uebergewicht über den älteren Freund gewinnen.
Beide gefielen sich daher in einem Verhältnisse, wie es sonst nur
zwischen gleichberechtigten Genossen zu entstehen pflegt. Die gemein=
samen Spaziergänge wiederholten sich täglich; ganze Nachmittage
verbrachte Bürger in Schlegels Zimmer. Den höchsten Grad der
Vertraulichkeit erreichte dies Zusammenleben, wie es scheint, im
Winter von 1788 auf 89; Bürger bekennt,[33] daß er um diese
Zeit fast keinen andern Umgang gehabt, und rühmt dankbar, wie

---

[33] Im Brief an F. L. W. Meyer vom 1. März 1789.

vielfache erfrischende und kräftigende Anregungen er von dem jugendlich lebhaften, beweglichen Geiste des Freundes empfangen habe. Ihm gereichte es zur erquicklichen Erholung, wenn er von den schwierigen Problemen der Kantischen Philosophie, an denen er sich vergebens abmarterte, den Sinn wegwenden konnte, um in Gemeinschaft mit dem schon selbständig gewordenen Schüler sich in das heimathliche Gebiet der Dichtung zu begeben, und sich dort an anderen Schwierigkeiten zu versuchen, deren Bewältigung ihm ein längst gewohntes, bald heiteres, bald ernstes und strenges Spiel war.

Denn die Poesie hatte die Freunde zusammengeführt, und sie blieb auch der Inhalt ihrer Gespräche, der Gegenstand ihrer im regsten Wetteifer sich steigernden Bestrebungen. Vor allem galt ihre Aufmerksamkeit dem äußeren Gerüste der Poesie. Die Fragen, die sich auf Behandlung der Sprache, des Rhythmus, der Vers= formen, auf schickliche Stellung und wirksamen Klang der Worte beziehen, wurden am häufigsten erwogen. Wie man das Hand= werksgeräthe der Kunst zu höheren Zwecken brauchen und verwenden müsse, — darüber konnte Bürger die treffendsten Anweisungen ertheilen. Schlegel merkte ihm denn auch alle kräftigeren und leiseren Griffe ab, und ging, durch die angeborne Fähigkeit der Nachbildung begünstigt, so weit in seine Art und Kunst ein, als es seiner eigenen verschieden gearteten Natur irgend möglich war. Bis zu welchem Grade die Annäherung gelang, mag das prunkhaft ausstaffirte Ge= dicht „Ariadne" beweisen, an dem Schlegel in den ersten Monaten des Jahres 1789 arbeitete; schon während es entstand, ward es, wie billig, geehrt durch die Anerkennung' des zufriedenen Lehrers, der es denn auch 1790 in seiner „Akademie der schönen Rede= künste" zur öffentlichen Ausstellung brachte. In den Gedichten, deren geringerer Umfang dem Meister zur Entfaltung seiner lebensvollen Kraft und seiner reicheren Darstellungsmittel keinen Raum ließ, z. B. in den Sonetten, deren gleichsam neu entdeckter Form sich Bürger damals mit frischer Lust bemäch=

tigte, [33b] kam der regsame Schüler ihm so nahe, daß kaum noch ein deutliches Merkzeichen das Vorbild von der Nachahmung unterschied; und so konnte es denn auch noch in unserer Zeit geschehen, daß der Herausgeber der Werke Schlegels für diesen zwei Sonette in Anspruch nahm, die ihren Platz unter Bürgers Erzeugnissen mit Recht behaupten. [34]

Der Dichter verhehlte nicht die Selbstzufriedenheit, mit welcher er auf den wohlgerathenen, so sicher vorwärtsstrebenden Schüler blickte. Wie oft hatte er über die unberufenen Nachahmer klagen müssen, die sich in Schaaren herzudrängten, die nur die Aeußerlichkeiten seiner Manier nachzustümpern wußten und ein so verzerrtes Abbild seiner Kunstweise hervorbrachten, daß diese selbst dadurch bei Gebildeten in Mißgunst gerathen konnte. Hier — glaubte er nun — war ihm ein Anhänger erstanden, der nur die reinsten und edelsten Elemente seiner Kunst in sich aufnahm; in den Produkten des jungen Verskünstlers zeigten sich ihm — und, wie er hoffte, auch dem Publikum — gerade diejenigen Eigenthümlichkeiten seiner Dichtungsweise, die er selbst mit besonderer Sorgfalt und redlicher Mühe pflegte, wie in einem lautern und zuweilen verschönernden Spiegel. Er fühlte sich denn auch gedrungen und berechtigt, seine freudige Anerkennung vor aller Welt auszusprechen. Die neue Ausgabe seiner Gedichte (1789) brachte (1, 262) das schöne, in würdevoller Bescheidenheit edel gehaltene Sonett An August Wilhelm Schlegel; und damit jedermann sich überzeugte, daß diese Dichterkrönung wohlverdient gewesen, daß der „junge Aar", den er mit prophetischen Worten begrüßte, [35] auch schon zu selb-

---

[33b] Bürgers Bemerkungen über das Sonett in der Vorrede zur Ausgabe der Gedichte von 1789 S. 21—28 sind zu vergleichen mit seinen Worten im Briefe an F. L. W. Meyer vom 12. Januar 1789 und mit Schillers Aeußerung in der Recension, Kleinere prosaische Schriften 4, 220, wo auch des „vortrefflichen Freundes, Schlegel" gedacht wird.

[34] Es sind die beiden Sonette „Der Entfernten" (Sämmtl. Werke 2, 362 fg.), die zuerst im Götting. Mus.-Alman. 1790 erschienen. Ein Blick auf das Register des Almanachs erklärt, wie der Irrthum entstehen konnte.

[35] „O Aar, o junger Aar" — beginnt ein noch ungedruckter Brief Bürgers

ständigem hohen Fluge die Schwingen zu regen wisse, theilte er in der Vorrede ein Sonett dieses „Lieblingsjüngers" mit, [36] das freilich in Vers und Sprache das Bürgersche Muster bis zur täuschenden Aehnlichkeit wiedergibt.

Schlegel unterließ nicht, sich für Lob und Lehre dankbar zu erweisen. Während Bürger noch die einzelnen Prachtstrophen seines h o h e n L i e d e s mühsam aneinander fügte, pries der theilnehmende Freund in begeistertem Gedicht diesen „göttlichsten der Liebesge- sänge", und forderte mit glühenden, liebevoll dringenden Worten den Poeten auf, dies erhabene Denkmal seines Ruhmes der Voll- endung entgegen zu führen. [37] Nachdem die Gedichte in neuer Sammlung erschienen waren, versah Schlegel getreulich seine Re- censentenpflicht in den Göttingischen Gelehrten Anzeigen, [38] und kargte nicht mit seinem Lobe, das besonders reichlich über das hohe Lied er- gossen ward. [39] Ja, er that noch ein Uebriges. Er widmete dem Liede eine ausführliche Zergliederung, ganz im Stile der älteren kritischen Schule. [40] Wir sehen ihn hier noch meist befangen in

an Schlegel vom 30. Jul. 1792. — Das Sonett ward am 1. März 1789 an Meyer gesandt.

[36] Es ging hernach, mit einer Veränderung in der ersten Zeile, in Schlegels G e d i c h t e (1800) über. Jetzt findet es sich in den Sämmtl. Werken 1, 344.

[37] Denn daß die Strophen „An Bürger" im Mus.-Alman. 1789 nicht, wie vermuthet worden, der Nachtfeier der Venus, sondern dem hohen Liede gelten, wird zweifellos sicher gestellt durch Bürgers Worte im Brief an Meyer vom 1. März 1789: „Denn sie sind nun vereiniget in ein opus acre perennius, die ersten zerstreuten Klänge des göttlichsten der Liebesgesänge u. s. w."

[38] 1789. St. 109, 9. Juli. S. 1089—92. Diese Kritik fehlt in den Sämmtl. Werken.

[39] „Aber allen Zauber der Kunst, Pracht von Bildern und Symbolen, Schätze der Sprache, Musik des Versbaues und was mehr ist, die ganze Fülle und Tiefe seiner Empfindungen hat der Dichter in dem hohen Liede von der Einzigen aufgeboten. Es ist, nach des Rec. Gefühl, das erhabenste und voll- endetste in der lyrischen Poesie, was unsere Sprache aufzuweisen hat."

[40] Daß im Briefe Friedrichs vom 11. Febr. 1792 einer Kritik des hohen Liedes erwähnt werde, hatte Haym in der R o m a n t i s c h e n S c h u l e 869 an- gegeben. Ich wies dann nach, daß sie gedruckt sei, und zwar in den Februar- und Märzheften des N e u e n d e u t s c h e n M u s e u m s 1790. Dort hatte ich sie schon vor Jahren entdeckt, und an der Urheberschaft Schlegels nie gezweifelt.

jenem Begriffe der äußerlichen, formalen Correctheit, dessen Herr=
schaft er selbst später mit triftigen Gründen und verachtungsvollem
Spott so nachdrücklich bekämpft und zu dessen Vertreibung aus dem
Gebiete der Kritik er wesentlich mitgewirkt hat, wenn er auch in
seinen eigenen Arbeiten sich fort und fort von den Satzungen der
Correctheit leiten ließ.

Mit Ehrfurcht, Staunen und Rührung nähert er sich dem
lyrischen Wundergebilde, das damals so über alle Gebühr gepriesen
ward und das jetzt die Meisten wohl tief unter seinem wahren
Werthe schätzen. Er gibt einen Ueberblick über Anlage und Fort=
entwickelung des Ganzen; er deutet auf die Verknüpfung der Ge=
danken hin; er redet vom Silbenmaße, vom Reim, vom Bau der
Strophe; — er legt uns hier, gleichsam in gedrängtester Form, die
Verhandlungen vor, die der Dichter mit ihm in vielfach wieder=
kehrenden Gesprächen über die würdigste Ausstattung dieses gelieb=
testen Kindes seiner Muse gepflogen haben mag. Dann beginnt
die eigentlich zergliedernde Betrachtung. Jede einzelne Strophe
bringt er uns vors Auge, und verweilt bei jeder, bald um ihren
Inhalt erläuternd zu umschreiben, bald um die Schönheit der Diction
ins Licht zu setzen. Hier gibt er überall zu erkennen, wie viel ihm
Bürgers Beispiel und Lehre gefruchtet haben. Alle Geheimnisse der
Vers-Mechanik sind ihm offenbar; auch die verborgensten Feinheiten,
jene kaum bemerkbaren Kleinigkeiten, die doch in ihrer Gesammtheit
den zarten oder mächtigen Eindruck einer Strophe bestimmen, ihm
können sie nicht entgehen; und da er, wie hoch auch seine Bewun=
derung sich schwingt, doch jene Nüchternheit sich bewahrt, die einem
würdigen Kritiker nicht abhanden kommen darf, so weiß er auch
jedesmal mit bestimmtem Worte die Mittel und Mittelchen anzu=
geben, durch die so Staunenswerthes erreicht worden. Gleich bei
der ersten Strophe macht er aufmerksam auf die ausdrucksvolle
Mischung der Vocale in der siebenten, achten und neunten Zeile:
dann hebt er hervor, wie drei auf einander folgende viersilbige Wörter
nicht wenig zur Wirkung beitragen, wie die schmelzende Lieblichkeit

des Klanges aus der Anwendung gewisser weicher Consonanten
entsteht; oder er rühmt die ganz eigene Kunst, mit welcher die er=
lesensten Reimwörter gepaart sind, und deutet an, wie ein schwer=
fälliger weiblicher Reim den schon so mächtigen Nachdruck einer
Versreihe noch vermehren hilft.

Aber diese mehr als gewissenhafte Betrachtung des Aeußer=
lichen, zu der ein solches Gedicht doch selbst aufzufordern scheint,
hindert ihn nicht, auch in das Innere zu dringen. In reger Mit=
empfindung schließt er sich dem Dichter an, und entwickelt mit
unverdrossener Beredsamkeit die Anschauungen, Gedanken und
Empfindungen, welche diesen erfüllten und die er in sein Werk
überzuleiten strebte; Schlegel versucht sich hier in derselben Kunst,
die er bald hernach an einem ungleich würdigeren Gegenstande, an
Schillers „Künstlern", mit ungleich größerem Erfolge übte. Oft ist
es ihm angelegen, die Vorwürfe zurückzuweisen, die ein Leipziger
Recensent aus beschränktem Sinne gegen manche Wagnisse des Poeten
erhoben hatte; man sieht hier, daß der Schüler Bürgers weit hinaus
war über die kümmerlich enge Geschmackspedanterie, die in manchen
Litteraturbezirken noch hartnäckig festgehalten ward. Aber er selbst
erlaubt sich dem Einzelnen gegenüber vielfache Ausstellungen; seine
Bedenken werden bald in rücksichtsvoll schüchternen Winken ange=
deutet, bald werden sie in entschieden ausgesprochenem Tadel kund
gegeben. Und dieser Tadel geht nicht etwa aus höherer Kunst=
auffassung hervor; nein, Schlegel tadelt Bürger ganz im Bürgerschen
Sinn und nach Bürgerschen Grundsätzen. Es kostete den Dichter
daher auch wenig Ueberwindung, die Berechtigung einer solchen
Kritik anzuerkennen; denn diese schreckte ihn nicht, wie die Schillersche,
durch die Forderung, sich in eine Geistesregion zu erheben, in die
er nun einmal nicht hinaufreichen könnte; sie verkehrte mit ihm
auf seinem eignen Grund und Boden und verlangte nur eine
durchaus folgerechte Anwendung der Kunstgesetze, zu deren Beobach=
tung er sich selbst verbindlich gemacht hatte. Wo Schlegel, sei es
aus sachlichen Gründen, sei es im Hinblick auf den Inhalt, ein

Bedenken geltend gemacht, hat Bürger sich gutwillig zur Aenderung entschlossen. Es gewährt eine ergetzliche Belehrung, von Strophe zu Strophe den Dichter zu begleiten, wie er an dem Liede, nachdem es 1789 erschienen war, sorgsam feilt und ängstlich modelt, und dabei die Kritik des Freundes stets zu Rathe zieht. Er zeigt sich sogar dann folgsam, wenn dieser sich nicht mit dem Ausdruck der Mißbilligung begnügt, sondern mit einem bestimmten Vorschlag zur Besserung der getadelten Stelle herausrückt. So hatte sich der Leipziger Recensent in die drei letzten Zeilen der sechsten Strophe schlechterdings nicht finden können; auch Schlegel will sich wenigstens mit der vorletzten Zeile (Auf des Wunderheiles Fülle) nicht recht befreunden; er möchte etwa lesen: „Auf des Landes Segensfülle" — und gehorsam corrigirte Bürger: „Auf die schöne Segensfülle" —.

Was die ganze Kunstweise, die in einem solchen Gedichte gleich- sam ihren Triumph feierte, Fehlerhaftes und Verwerfliches in sich trug, vermochte Schlegel damals noch keineswegs herauszufinden und zu fühlen. Wer zur Begrüßung des Goethe'schen Tasso, der ersten Sammlung Goethe'scher Lieder nur so kühle, bedächtige Worte der Anerkennung vorbringen konnte, als er damals in den Göttingischen Gelehrten Anzeigen vernehmen ließ, der mußte freilich das hohe Lied ungemessen bewundern. An manchem, was uns jetzt unerträglich vorkommt, z. B. an den Versen

> Schön und werth, Alcibiaden
> Zur Umarmung einzuladen,

geht er ohne jeglichen Anstoß vorüber; in den widerlichen Zeilen

> Wenn du dann in heißer Lust —
> Ha, du bist ein Salamander,
> Wenn du nicht zerlodern mußt! —

nimmt er sogar geflissentlich den Salamander in Schutz, den Bürger doch selbst später mit gerechter Strenge hinauswies. Kurz, was auch hie und da dem Kritiker mißfällig erscheinen mag, es ver- schwindet ihm vor der Pracht des Einzelnen, vor der Herrlichkeit

des Ganzen, und am Schlusse ist er überzeugt, daß „an diesem
stolzen Monumente die Nachwelt die Größe des Künstlers messen
werde." Er ahnte nicht, daß er dies Gedicht, dem er hier die Be=
wunderung der Nachwelt zusichert, zehn Jahre später als ein „kaltes
Prachtstück" gleichgültig abfertigen würde. [11])

Erscheint nun hier der junge Schlegel als Dichter und Kritiker
durch Bürgers Kunstübung und Kunstanschauung vielfach bestimmt,
so erweist er sich als Uebersetzer demselben Einflusse zugänglich.

Bürger hat sich in allen Perioden seines Lebens der Ueber=
setzungskunst immer von neuem zugewandt, so stark in ihm auch
das Bewußtsein der Selbständigkeit ausgeprägt war, und so wenig
es ihm gelingen wollte, seine Eigenheiten fremden Dichtern gegen=
über zu beseitigen, oder auch nur in gewissen Schranken zu halten.
Hätte Schlegel für die ihm angeborne Uebersetzungslust noch eines
Antriebes von außen bedurft, so ward ihm dieser in dem Verkehr
mit Bürger gegeben.

Selbst die Sonettendichtung, zu der sich beide in freundschaft=
lichem Wetteifer wechselseitig anspornten, war gewissermaßen der
Uebersetzungskunst verwandt; denn hier ward Petrarca nicht nur im
weitern Sinne zum Muster genommen, sondern manche seiner
Poesien dienten zum unmittelbaren Vorbilde. [12]) Je geringer das

---

[11]) Er nennt in dem Aufsatz über Bürger die Elegie, als Molly sich
losreißen wollte, einen wahren Nothruf der Leidenschaft, und fährt dann
fort: „dagegen ist das hohe Lied durch die Ausführung ein kaltes Prachtstück ge
worden, wiewohl die innige Wahrheit der Gefühle als Grundlage durchblickt.
Man muß es der Zeit anheimstellen, ob sie diesen blendenden Farbenputz und
Firniß mit ihrer magischen Nachdunkelung genugsam überziehen wird, um es die
Nachwelt für etwas anderes halten zu lassen." Charakteristiken und Kritiken 2, 86.

[12]) Man vergleiche Bürgers Sonett Ueberall Molly und Liebe mit
Petrarca I, 28 Solo e pensoso i più deserti campi: noch näher schließt sich
die Unvergleichliche an Petrarcas vielbewundertes und in der That be
wunderungswerthes In qual parte del ciel, in qual idea (I, 126). Beide
Sonette, nach den strengen Forderungen der Kunst übertragen, finden sich in
Schlegels Blumensträußen S. 22 u. 50. — Den Uebersetzungen beizuzählen
wäre auch noch das aus dem Mus. Alman. für 1790 in Schlegels Werke übergegangene Sonett „Auf die Vergänglichkeit alles Irdischen", das mit so schwer
fälliger Stattlichkeit in Alexandrinern einherschreitet. Es ist einem Sonette

Maß eigener Schöpferkraft war, mit dem Schlegel sich begnügen
mußte, um so dringender fühlte er sich getrieben, an den großen
Dichtungen des Auslandes das Amt des vermittelnden Dolmetschers
zu üben. Schon damals vermochte er, wie er später von sich bekennt (Athenäum 2, 281), „seines Nächsten Poesie nicht anzusehen,
ohne ihrer zu begehren in seinem Herzen". Neben die Versuche zu
selbständiger Dichtung traten daher schon früh die mehr oder minder
genauen Nachbildungen ausländischer Musterwerke. Schon im
Göttingischen Musen-Almanach für 1790 kamen ein Sonett des
Petrarca (2, 12) und eine zum Sonett umgebildete Ballata zum
Vorschein; 1791 erschienen vier, im nächstfolgenden Jahrgange
abermals drei Sonette nebst drei Romanzen aus dem Spanischen. [43]
Hernach brachte Beckers „Taschenbuch zum geselligen Vergnügen"
ähnliche Gaben. Zu gleicher Zeit bethätigte sich des Uebersetzers
Fleiß in der größeren Arbeit am Dante, deren einzelne Theile
zwischen 1791 und 1797 hervortraten und besonders in Schillers
Horen einen ansehnlichen Raum würdig füllten.

Alle diese Uebertragungen stehen auf gleicher Kunststufe. Den
Sinn und Inhalt des Originals suchen sie in möglichster Lauterkeit

---

Scarrons nachgebildet, das Lessing in der Abhandlung über das Epigramm
(Vermischte Schriften 1771, I, 139, bei Lachmann 8, 454) mittheilt. — Wir
lesen dort: „Der Posse thut seine Wirkung" — und diese wird auch in der
Uebersetzung nicht verfehlt. Lessing glaubte das Vorbild dieses epigrammatischen
Sonetts in dem lateinischen Epigramm eines Unbekannten zu entdecken, das
Barth seinem weiten Sammelwerke einverleibt hatte (Lachmanns Lessing 11,
745). Aber Scarron begab sich nicht auf einen so abgelegenen Pfad. Er hatte
auch hier sein Muster, wie so häufig, aus dem Spanischen herübergenommen.
Sein Sonett ist einem weit zierlicheren soneto burlesco des Lope de Vega
nachgeahmt, welches anfängt „Soberbias torres, altos edificios".
[43]) Es sind die Sonette 1, 184. 98. 213. 2, 35. 1, 69. 160. 2, 58. Die
Originale der Romanzen findet man in Grimms silva de romances viejos
S. 141. 284. 308. Wahrscheinlich nahm Schlegel sie aus demselben, der Göttinger Bibliothek zugehörigen Exemplare der Antwerpener Sammlung von 1555,
welches zwanzig Jahre später für Grimms silva die schönsten und volksmäßigsten
Stücke lieferte. Die Romanze vom Gefangenen, von welcher Schlegel nur die
erste Hälfte gibt, erschien von Herder vollständig übertragen in Schillers Musen-
Almanach für 1796, S. 59.

wiederzugeben; aber ein unbedingt strenger Anschluß an die Form wird nicht erstrebt. Noch genügt es, wenn die Uebersetzung nur durch nähere oder entferntere Aehnlichkeit an die Form der Urschrift mahnt. Schlegel fühlt noch nicht, daß, wenn man einmal zur Nachbildung des Formellen schreitet, man nicht auf halbem Wege abbrechen darf; es mangelt ihm noch die Einsicht, daß man nicht befugt ist, eine festgegliederte Form beliebig umzuwandeln, gleich als ob sie willkürlich zusammengesetzt sei und ihr Organismus nicht auf innerer Nothwendigkeit beruhe. So nimmt er der Terzine den mittleren Reim; dadurch verschafft er allerdings seiner Sprache eine zwanglosere Bewegung und macht dem ungewohnten Leser die Dantesche Darstellungsweise zugänglicher: aber er zerstört den Charakter des in ununterbrochenen Verschlingungen sich hinwindenden Verses, der den fortleitenden Reim zum eigentlichen Wahrzeichen hat. Eben so wird die Canzone ihrer künstlich ausgebildeten Form entkleidet; den Romanzen fehlt die Assonanz, wogegen eine derselben mit vollständigem Reim ausgestattet wird. In den Sonetten ist die Reimstellung nach Willkür und Bequemlichkeit gewählt; in einigen sehen wir zwar den viermal wiederkehrenden Reim auftreten (Werke 4, 63. 76); aber gerade diese sind nach Bürgers Vorgange, gegen den sich Schlegel selbst später auf das entschiedenste erklärte, in trochäischen Zeilen abgefaßt. Er glaubte schon etwas zu wagen, wenn er lauter weibliche Reime anwandte, wie in den beiden Sonetten, welche der Musen-Almanach für 1790 enthielt; und wirklich ward dies Unterfangen von der an den herkömmlichen Zwangsregeln zäh festhaltenden Kritik streng geahndet.[44] Man kann nicht leugnen, daß diese Uebertragungen durch Leichtigkeit und einen gewissen freien Schwung des Ausdrucks etwas Einschmeichelndes gewinnen. Aber das Sonett ist ein kleines Kunstgebäude, das nach den strengsten Maßen auf geführt sein muß, wenn es nicht auseinander fallen soll; und

---

[44] Bürgers Sonett „Der versetzte Himmel" zeigt gleichfalls nur weibliche Reime.

Schlegel besaß damals noch nicht den Sinn und Blick für die Architektonik desselben, die er später so fein erkannt und so zierlich geschildert hat. Was er in jenen Jahren leistete, konnte deshalb vor seinem eigenen Urtheilsspruche bald nicht mehr bestehen. Im zweiten Bande des Athenäum (S. 283) warf er die Aeußerung hin, daß von seinen Sonetten nach dem Petrarca „nicht mehr die Rede sein könne". Und in der That stehen seine früheren Uebertragungen südlicher Poesien zu den Musterstücken, welche 1804 die Sammlung der Blumensträuße bildeten, in demselben Verhältniß, welches wir zwischen der früheren und späteren Uebersetzung des Sommernachtstraumes wahrnehmen.

Denn ganz in den Kreis seiner älteren Uebersetzungsarbeiten, auf die er selbst nach einem halben Jahrzehnt mißbilligend zurücksah, gehört auch sein erster Versuch, Shakespeare zu verdeutschen. Wir mußten uns der Einflüsse erinnern, für die er in jener Zeit besonders empfänglich war, wir mußten uns seinen gesammten Bildungszustand, seine künstlerischen Leistungen und seine Begriffe und Anschauungen von der Kunst vergegenwärtigen, um zu begreifen, wie diese früheste Bearbeitung entstehen konnte, und um sie in die Entwickelungsgeschichte der Schlegelschen Kunst an gebührender Stelle einzureihen.

Auch in dieser Arbeit herrscht schon in Betreff des Inhalts der strengere Begriff der Uebersetzung vor. Der Inhalt bleibt unangetastet, die Reihenfolge der Scenen unverändert. Der Text wird nicht in einer Umschreibung, sondern so wie er vom Dichter ausgegangen ist, ohne Verkürzung und ohne Zuthat, geliefert. Aber den Formen, welche der Poet für seine Darstellung wählt, geschieht nicht durchweg ihr Recht; ihnen gegenüber glaubt sich der nachbildende Künstler zu freierem Schalten befugt. Er läßt zwar für den Blankvers den fünffüßigen Jambus auftreten und gibt deutsche Prosa für englische; wo aber im Dialog die Reime sich vernehmen lassen, — und im Sommernachtstraum wird dieser Schmuck sehr reichlich angewandt — da läßt er den Alexandriner mit dem herkömmlichen Wechsel männlicher und weiblicher Reimwörter einrücken, und ebenso gestattet er sich, in den völlig lyrischen Bestandtheilen des Zauberspiels von den Formen des Originals abzuweichen.

Blickte Schlegel im Jahre 1789[45]) nach einem Muster aus, nach welchem er seine ersten Versuche gestalten konnte, so fand er keins, dem er sich unbedingt anschließen durfte. Aber leitende Winke für die ganze Behandlung seiner Aufgabe hätte er von Wieland empfangen können. Dieser hatte 1762 seine Uebersetzung Shakespeares mit dem Sommernachtstraum sehr glücklich eröffnet. Während er in den andern Stücken die poetische Farbengebung fast gänzlich verwischte, so behielt er hier stets im Gedächtniß, daß es eben ein Dichter war, den er in deutsches Gewand kleiden wollte. Der Sommernachtstraum ist das einzige Stück, bei dem er den Vers in Anwendung brachte. Wenn die Eigenthümlichkeiten der Darstellung nirgends voll und ganz zur Erscheinung kommen, so werden sie doch auch nirgends, wie es sonst unter Wielands Händen so oft, und zwar unwillkürlich geschieht, bis zur völligen Verzerrung entstellt. Eschenburg hat dann in seiner Ueberarbeitung noch redlich nachgeholfen, und manches Einzelne sorgfältiger behandelt, wenn er auch im Ganzen die Treue und dichterische Lebendigkeit des Ausdrucks nicht zu steigern vermochte.[46]) Offenbar hatte sich Wieland mit Neigung in die Zauber- und Feenwelt hineingedacht, in der Oberon, Puck und Titania walten und die Schicksale der durch Leidenschaft verwirrten Sterblichen nach neckisch-gutmüthiger Laune lenken. Dies

---

[45]) Dies Entstehungsjahr für die mit Bürger gemeinsam unternommene Bearbeitung anzusetzen, berechtigen uns nicht nur Bürgers Aeußerungen, aus denen hervorgeht, daß eben um jene Zeit der Verkehr mit Schlegel am lebhaftesten war, sondern auch Schlegels eigene Worte in der Vorrede zum ersten Bande der Uebersetzung: „Vielleicht erinnern sich einige meiner Bekannten, daß ich vor etwa acht Jahren mit Bürger gemeinschaftlich an einer Nachbildung des Sommernachtstraums arbeitete."

[46]) Die Verse 4, 1, 90. 107 geben ein gutes Beispiel von der Art der Verbesserungen, die Wielands Text durch Eschenburg erfuhr. In Eschenburgs zweiter Ausgabe zeigt der Sommernachtstraum (Bd. 3, 1799) unverkennbare Spuren von dem Einflusse der inzwischen erschienenen Schlegelschen Arbeit.

Gedicht stieß ihn durch keine jener großartigen Sonderbarkeiten ab, die ihm sonst bei seiner Uebersetzerarbeit die Stimmung zu verderben pflegten; es war faßlich für seine Einbildungskraft, die sich ihrer jugendlichen Ueberschwenglichkeiten schon entwöhnt hatte; und indem er den Sinn dieses bedeutungsvoll heitern Spieles ergriff, so gewann seine Uebersetzung etwas von der gefälligen Leichtigkeit, welche hier als die unerläßliche Bedingung jeder erfreulichen dichterischen Wirkung gelten muß. Aber dafür entbehrte sie auch der strengern künstlerischen Haltung, die ein Poet wie Shakespeare auch bei den lustigsten Spielen gaukelnder Phantasie nicht vermissen läßt. Ein nachfolgender Uebersetzer, dem es um einen wirklichen Fortschritt zu thun war, mußte jene, aus geistreicher Auffassung hervorgehende Leichtigkeit mit ernster gewissenhafter Behandlung der künstlerischen Form paaren. Aber nicht wohl konnte es irgend einem Nachfolger glücken, Wieland in der Dolmetschung der derbkomischen Scenen zu übertreffen. Hier hatte dieser ein eigentliches Muster aufgestellt. Die ehrsamen Handwerker redeten bei ihm, wie es ihrer Natur und Sinnesart geziemte, und die gravitätisch ungeschickten Verse der Komödie, mit welcher sie dem Hofe eine Ergetzlichkeit bereiten wollen — hier nahm der Alexandriner seinen gebührenden Platz ein — erzielten vollkommen die Wirkung, auf die sie berechnet waren. Schlegel durfte daher in den prosaischen Scenen sich einer gewissen Abhängigkeit von Wieland nicht entziehen, und die lustige Tragödie von Pyramus und Thisbe nahm er mit geringfügigen Aenderungen aus der Arbeit seines Vorgängers herüber, weil ihm, wie es in den einleitenden Worten zur ersten Ausgabe heißt, „mehr daran lag, daß die von ihm gelieferte Uebersetzung so vollendet wie möglich, als daß sie in allen ihren Theilen neu wäre." [47]

---

[47] Ursprünglich wollte Schlegel, wie b deutlich zeigt, aus Wielands Uebersetzung auch die beiden Strophen beibehalten, die der eben transferirte Zettel (3, 1) singt, um zu zeigen, daß er sich nicht fürchte. Da aber Wieland den Versen keine Reime gegeben, so hatte Schlegel schon 1789 sein Bedenken dabei, und schrieb an den Rand: „das Lied müßte wohl in gereimte Verse übersetzt, vielleicht auch an die Stelle des Sonnet mit dem Knut ein andres gesetzt

Unter den Deutschen war damals nur Einer, dessen Rath und
Beispiel den jungen Schlegel zu dem höchsten Ziele der Uebersetzungs=
kunst hinleiten konnten: Herder allein hätte hier die richtige Lehre
zu ertheilen vermocht. In den Bruchstücken einzelner Shakespearescher
Scenen, die unter seine „Volkslieder" verstreut waren, hatte er schon
längst dem Uebersetzer gleichsam vorgeschrieben, wie dieser sich ver=
halten müsse, um in unserer Sprache den Geist des Dichters zum
lautern Ausdruck zu bringen. Die Unzulänglichkeit der Wielandschen
Uebersetzung hatte niemand, wenn wir etwa den heftig urtheilenden
Gerstenberg ausnehmen, so scharf und lebhaft empfunden wie
Herder. Schon längst bevor er in den Blättern „von deutscher
Art und Kunst" als der Ausdeuter Shakespeares mit mächtiger
Stimme geredet, hatte er sich in die Kunst= und Geisteswelt des
britischen Dichters versetzt. Wenn die einen, überwältigt von der
alles gewöhnliche Maß überschreitenden Erscheinung, in einem uner=
giebigen Anstaunen, wie gefesselt, verharrten, konnte er sich nicht
hieran genügen lassen; und noch viel weniger konnte er einstimmen
in den dünkelhaften Tadel der andern, der überall da laut ward,
wo der Dichter gegen das heilig geachtete Regelgebäude rücksichtslos
anstieß. Lessing hatte den englischen Dramatiker als einen Künstler
legitimirt, der in voller unantastbarer Selbständigkeit einen Platz

werden." Aus späterer Zeit findet sich dann die Frage angemerkt: „Ließe sich
ein Hahn daraus machen? —" Erst in der letzten Umarbeitung erhielten die
Strophen und der ihnen folgende prosaische Satz (for indeed, who would set
his wit), der zuerst auch mit Wielands Worten gegeben war, diejenige Gestalt,
in der sie uns jetzt bekannt sind. — Daß Schlegel bei seiner Arbeit die ältere
Uebersetzung immer vor Augen gehabt, würde sich von selbst verstehen, auch wenn
es uns die Handschriften nicht bezeugten. So ward in b den Worten des
Demetrius 5, 11ˢ This fellow doth not stand upon points — Dieser
Bursche nimmts nicht sehr genau — die Bemerkung beigefügt: „So muß,
wie ich glaube, stand on points übersetzt werden. Wenigstens ist die Eschen=
burgische und Wielandische Uebersetzung gewiß falsch. Näml.: Dieser Bursche
geht nicht auf Stelzen." — Eschenburg schloß sich in seiner zweiten Ausgabe den
Schlegelschen Worten an: „Der Bursche nimmts so übergenau eben nicht." —
Ob Schlegel indeß den auf einem Wortspiel beruhenden Witz völlig gefaßt habe,
wird aus seiner Uebersetzung nicht deutlich.

neben den großen Alten ansprechen durfte. Herder suchte nun auf
dem Pfade geschichtlicher Betrachtung zum ungehemmten Anschauen
der immer noch wie in fremder Ferne dastehenden Dichtergestalt zu
gelangen. Er wollte nicht an ihr mäkeln, wie es die kleinsinnigen
Kunstrichter des achtzehnten Jahrhunderts in ergötzlichem Selbst-
bewußtsein thaten; er wollte nicht vor ihr, gleich als ob er sich
jedes Urtheils begebe, in zagendes Erstaunen versinken; er wollte
begreifen lernen, wie sie geworden; er wollte einsehn, nach welchem
Gesetze geschichtlicher Nothwendigkeit sie so werden mußte, und welcher
Standort ihr demgemäß innerhalb der weiten Gränzen der Dichterwelt gebühre. Wenn ihm die großen Eigenschaften des Poeten in
ungeschwächtem Glanze entgegenleuchteten, so wollte er auch einen
klaren Blick gewinnen für die weniger zusagenden Eigenthümlichkeiten, ja für manche scheinbar mißfällige Eigenheiten desselben,
indem er die Sinnes- und Anschauungsweise der Zeit, welcher
Shakespeare angehörte, die Bildungszustände der Nation, aus welcher
er hervorgegangen, in Betracht zog. Auch hier, wie überall, wo er
zum Verständniß fremder Poesie anleitete, drängte er zur geschicht-
lichen Betrachtung hin, und forderte auf, sich in das Land des
Dichters zu begeben, um den Dichter zu verstehen; auch hier bewährte und übte er sie, jene wunderwürdige Fähigkeit des lebendigen
Eindringens, des ahnungsvollen Erfassens, das nicht selten in die
deutlichste Erkenntniß übergeht. So konnte er sich auch in jene
Seltsamkeiten des Shakespearischen Stils hineinfinden, die dem
damaligen Geschlecht am anstößigsten waren; schon in seinem frühesten
jugendkräftigen Werke, in welchem er unsere Litteratur nach allen
ihren Richtungen hin überblickte und dabei alle Richtungen seines
eigenen Wesens hervortreten ließ, — schon in den „Fragmenten"
findet sich über das Wortspiel eine Bemerkung, deren treffende
Wahrheit ihm damals wohl nur wenige seiner Leser nachzuempfinden
vermochten. [45]) Und wenn er in demselben Werke die berechtigte

---

¹) „Eben diese Concetti, die er mit Wortspielen vermählt, sind Früchte,

Klage vorbringt, daß Shakespeare „ohngeachtet der Uebersetzung"
noch so wenig gekannt sei, so mochte er hernach (im Briefe an seine
Braut vom 28. October 1770) mit gleichem Rechte sich rühmen,
ihn nicht blos gelesen, sondern studirt zu haben. [49]

Aus diesem lebens= und seelenvollen Studium erwuchs ihm die
Lust zur Uebersetzung. Er übertrug einzelne Lieblingsstellen, nicht
um von dieser Arbeit alsbald öffentlichen Gebrauch zu machen,
sondern nur um sich selbst und seinen Freunden ein greifbares
Beispiel zu geben, wie weit man über Wieland hinausgehen könne,
ohne deshalb die natürlichen Grenzen der deutschen Rede zu verlassen; er wollte versuchen, wie weit es gelänge, in die heimische
Sprache alles das überzuleiten, was er aus des Dichters Worten
vernahm und herausfühlte. Seine Uebersetzerlust wandte sich vornehmlich auf solche Theile der Shakespeareschen Dichtung, zu denen Wieland sich entweder gar nicht herangewagt hatte, oder an denen er
aufs kläglichste gescheitert war. Wenn dieser sich in den Sommernachtstraum noch hineindenken konnte, aber schon beim Sturm

die nicht in ein anderes Clima entführt werden können: Der Dichter wußte den
Eigensinn seiner Sprache so mit dem Eigensinn seines Witzes zu paaren, daß sie
für einander gemacht zu seyn scheinen: höchstens gleicht jener dem sanften Wider-
stande einer Schöne, die bloß aus Liebe spröde thut, und bei der ihre jung
fräuliche Bescheidenheit doppelt reizet." (Fragmente 1, 46. 2. Ausg. S.
98). — Wie schwer es in der That ist, diese Früchte in ein anderes Klima zu
entführen, mußte auch Schlegel später erfahren. Er nennt (Athenäum 2, 283)
die Wortspiele „eine Sache, wozu die deutsche Sprache am allerungeschicktesten ist,
weil sie immer nur arbeiten, niemals spielen will."

[49] „Wie sehr Sh. mein Steckenpferd ist, wird Ihnen vielleicht Merck gesagt haben! Ich habe ihn nicht nur gelesen, sondern studirt, wie ich das
Wort recht unterstreiche." Lebensbild 3, 1, 239. — Schon diese eine Aeußerung
müßte uns bestimmen, auf alle Fälle die Vermuthung abzuweisen, auf die vor
kurzem in den Götting. Gelehrt. Anz. (1872. St. 17. S. 661) hingedeutet
worden: Herder möchte vielleicht der Verfasser der Rede auf Shakespeare sein,
die Otto Jahn 1851 als ein Goethesches Produkt veröffentlichte und deren Ent-
stehungszeit ich dann genauer angab. Wer 1770 sich des eingehendsten Studiums
rühmte, konnte unmöglich, wie der Autor jener Rede, 1771 von sich aussagen:
— „noch zur Zeit habe ich wenig über Shakespearen gedacht: — geahndet,
empfunden wenns hoch kam, ist das Höchste, wohin ich's habe bringen können."

sich ganz ohnmächtig erwies, so ward Herder vielmehr durch den Drang seiner Empfindung überall dorthin gezogen, wo der Dichter aus der Fülle einer unbegrenzten Einbildungskraft neue Welten hervorruft und sie mit selbstgeschaffenen Wesen bevölkert, denen er ein ebenso wahrhaftiges, unzerstörbares Dasein mittheilt, wie den Gestalten, die er dem Bereiche der wirklichen Welt entnimmt; und eben so mächtig fühlte er sich zur Nachbildung angeregt, wo die Shakespeare'sche Dichtung aus der volksmäßigen Ueberlieferung schöpft oder vielmehr aus dieser herauswächst, wo sie von einem lyrischen Hauche durchzogen ist, und sich dem Geiste des Volksliedes anvermählt.

So erhielten denn auch diese Uebersetzungen in der Sammlung seiner Volkslieder (1778) ihren schicklichen und würdigen Platz. Da finden sich im ersten Theile Lieder aus Cymbeline, Maß für Maß, Was ihr wollt, aus dem Sturm, Hamlet und Othello. Weil die lyrischen Stücke, welche den drei letztgenannten Dramen einverleibt sind, nicht wohl aus ihrer Umgebung loszulösen waren, so fügte Herder die Scenen bei, zu welchen sie gehören.[50])

Dem ursprünglichen, später aus triftigen Gründen veränderten Plane seiner Sammlung gemäß, hatte Herder in einer Vorrede zum

---

[50]) Die Uebersetzungen aus dem Sturm, Ariels Lieder im ersten und fünften Akt (I, 146—51 Einige Zauberlieder) fehlen sträflicher Weise in den Stimmen der Völker, wie sie nach J. v. Müllers Redaction in die sämmtlichen Werke übergegangen sind. Im Inhaltsverzeichniß des ersten Bandes der Volkslieder gibt Herder an, daß der eine der Gesänge Ariels (Where the bee sucks) noch in der Bibl. d. schön. Wissensch. 4, 646 übertragen stehe — Moses Mendelssohn war der Uebersetzer; dann folgt die Bemerkung: „Im Original ist ein Zauberton, wie aus einer Welt andrer Wesen." Damit sind zu vergleichen die Worte im Briefe an Merck vom 28. October 1770: „das eine von so feierlichem Zauberton, das andere so ätherisch sylphenfreudig". — Bei den Liedern im Hamlet hätte ein anderer als Herder wohl die Versuchung gefühlt, sich dem Vorgange Percys anzuschließen, der aus diesen Fragmenten, denen noch einige Verse aus Much ado about nothing beigemischt wurden, eine selbständige Ballade gestaltete, die Bürger im „Bruder Granrock" sich zu eigen machte. Aber Herder ließ die vereinzelten Strophen, wie er sie bei Shakespeare fand. Er fühlte zu wohl, daß keiner neueren Hand die Bearbeitung solcher Bruchstücke gelingen könnte.

zweiten Buche derselben, welches „Lieder aus Shakespear" bringen
sollte, über die bedenkliche Frage handeln wollen: „Wäre Shakespear unübersetzbar?[51]) Nun gab er durch die That eine
Antwort auf diese bis dahin noch immer nicht im rechten Sinne
gelöste Frage. Die musikalische Seele dieser Lieder hatte er wie im
Fluge gehascht und in den leichtschwebenden Vers hineingebannt. So
wie sie hier übersetzt waren, ließ sich die Forderung erfüllen, die
Herder schon 1770 an Merck gerichtet hatte, und zwar mit denselben
Worten, mit denen Goethe lange Zeit hernach den gleichen Wunsch
für seine eigenen Gedichte aussprach: „Aber bei Leibe horchen Sie
nur auf Ton und nicht auf Worte: Sie müssen nur singen, nicht
lesen." (Briefe an Merck 1835, S. 13). Freilich waren die Verse
des Dialogs nicht durchaus in demselben Maße gelungen; aber auch
in ihnen spürte man den Geist, der eine wahrhaft treue Uebersetzung
Shakespeares durchdringen sollte. An dem, was hier geleistet worden,
mußte der junge Schlegel sich lernend und prüfend bilden; dann
konnte er hoffen, die Fähigkeit zu noch größeren Leistungen zu erlangen.

Wie vielfache Förderung er aber auch aus dem aufmerksamen
Studium dieser Musterstücke gewinnen konnte, noch förderlicher hätte
ihm die Kenntniß derjenigen Uebersetzungen werden müssen, die
leider in Herders Papieren verborgen geblieben. Schlegel vermochte
freilich nicht zu ahnen, daß dieselbe Aufgabe, welcher er sich zu
Ende des neunten Jahrzehnts mit ungewissem Schritte näherte, von
Herder schon vor dem Beginne des achten mit sicherer Hand ergriffen
worden. Der Sommernachtstraum hatte auch Herder lebhaft an
gezogen, und manche der Stellen, die am lieblichsten im lyrischen
Schmucke glänzten und unter Wielands Feder am schlimmsten ge
litten hatten, lockten seinen Künstlersinn, daß er die Uebertragung

---

) Siehe im dritten Bande der Zeitschrift für deutsche Philologie S. 158—75
B. Suphans Aufsatz zur Textkritik von Herders Volksliedern, an dessen be
lehrendem Inhalt sich wohl alle erfreut haben werden, denen eine nähere Kenntniß
des Herderschen Schaffens erstrebenswerth dünkt.

wagte. Außer manchen, durch Anmuth besonders hervorstechenden
Versen der gereimten Dialoge, hatte er die zierliche, von allem
Zauber der Elfenwelt erfüllte Schlußscene übersetzt, die Wieland
weislich ganz unberührt gelassen. Schon im Jahre 1770 mußte er
beklagen, [52] daß diese und ähnliche Versuche, gerade den schwierigsten
Stellen der Shakespeareschen Werke mit nachrichtender Kunst beizukommen, aus seinen Papieren verschwunden waren. Doch sind
uns in einem Briefe an seine Braut (Lebensbild 3, 1, 337) aus dem
ersten Akte des Sommernachtstraumes einige Verse glücklich erhalten.
Es sind diejenigen, in denen Lysander mit schmerzlicher Wehmuth
schildert, wie „nie der Strom der treuen Liebe sanft geflossen“, und
Hermia dann mit holdem Schwur gelobt, ihn im Walde zu treffen. [53]

Obschon in diesen Zeilen der Zwang des Reimes, wenigstens
an e i n e r Stelle wahrnehmbar blieb, so ließ sich doch vor allem an
ihnen rühmen, daß die zarte Eigenthümlichkeit des Shakespeareschen
Ausdrucks hier nicht verletzt worden; den gelind hingleitenden Vers
aber gar zum Alexandriner zu versteifen, das würde sicherlich Herder

---

[52] Im Briefe an Merck vom 28. Oct. 1770. Dieser Brief, sammt den
gleichzeitigen Aeußerungen gegen seine Braut, liefern das schönste Zeugniß für
die leidenschaftliche Theilnahme, mit welcher er damals Shakespeare umfaßte: es
wird uns hier gleichsam die Tonart angegeben, aus welcher Herder mit Goethe
über den englischen Dichter in jenen Tagen sprechen mochte.

[53]
  So schwör ich Dir, bei Amors strengem Bogen!
  beim besten Goldpfeil, der ihm je entflogen!
  bei aller Freundlichkeit der Venustauben!
  bei dem, was Seelen knüpft und nie läßt rauben!
  beim Feu'r, von dem Karthago's Kön'gin brannte,
  als treulos der Trojaner von ihr rannte!
  bei allen Schwüren, die je Männer brachen!
  — ach mehr, als alle Mädchen jemals sprachen!
  schwör ich Dir! dort im Hain, in jenen Linden
  sollt du dein Mädchen morgen treulich finden.

Herder setzt hinzu: „Ist das nicht süß geschworen? —“ Von den deutschen
Linden findet sich freilich nichts in den englischen Versen: sie stammen aus Wie-
lands Imagination: „An jenem Platz, im Schatten jener Linden | Sollst du
mich zur bestimmten Stunde finden.“

4*

schon ramals als ein Vergehen an rem Geiste des Dichters und
rer Dichtung empfunden haben.

Jedoch wer weiß, ob der junge Schlegel fähig gewesen wäre,
in diesen Herderschen Bruchstücken das allein nachahmungswerthe
Muster zu erkennen, wenn auch etwa ein guter Genius sie ihm
vors Auge gebracht hätte? Wir haben wahrgenommen, wie er
unter dem Banne der Bürgerschen Technik stand, wie er sich den
Kunstanschauungen hingab, die der Meister hegte. Bürgers Geist war
es denn auch, der über diesem ersten Dolmetschungsversuche schwebte,
oder vielmehr aus jeder Zeile nur allzu vernehmlich hervorsprach.

Den Antheil des älteren Genossen an der gemeinsam unter=
nommenen Arbeit können wir jetzt genau bestimmen. Daß Bürger
nur „einige der Lieder und gereimten Scenen gemacht", berichtete
Schlegel an Schiller den 26. Februar 1796; die vorliegenden Hand=
schriften bestätigen diese Angabe. Auf den einzelnen, bei dem
Manuscript b erhaltenen Blättern finden wir in Bürgers eigener
Schrift die folgenden Stellen übersetzt: 2, 1, 32—59 (Either I
mistake your shape and making quite bis And here my
mistress. Would that he were gone) 2, 2, 27—34 (What
thou seest, when thou dost wake) 2, 2, 66—83 (Through the
forest have I gone) 3, 1, 166—180 (Ready. And I. And I.
And I. Where shall we go?) 3, 2, 1—40 (I wonder if Titania be awaked bis That, when he waked, of force she must
be eyed; Schlegel hat dann mit eigener Hand die folgenden
Verse der Scene bis Nor is he dead, for aught that I can tell
hinzugefügt) 3, 2, 122—176 (Why should you think that I
should woo in scorn? bis Look, where thy love comes; yonder
is thy dear).

Diese Uebersetzungsarbeit war für Schlegel und Bürger längere
Zeit hindurch eine der poetischen Ergetzlichkeiten, mit denen sie ihren
Verkehr aufschmückten; [54] sie war ihnen aber auch zugleich ein ernstes

[54] Wie sich die Arbeit in ihren freundschaftlichen Verkehr verschlang, bezeugt
uns noch ein unter den Bürgerschen Bruchstücken erhaltenes Billet Schlegels:

Unternehmen, dessen künstlerische Bedeutung sie durch das gewissen-
hafteste Bemühen immerfort zu steigern trachteten. Bürger bewies
auch hier in der Behandlung von Sprache und Vers den strengen,
nach technischer Vollendung strebenden Sinn, der ihm angeboren
war und den er mit den Jahren geflissentlich immer stärker aus-
bildete. Mehre dieser Bruchstücke liegen in doppelter Bearbeitung
vor. Von dem größeren Stücke im Anfange des zweiten Aktes, das
durch Schlegels Vermittlung 1797 in die Allgemeine Literatur-
Zeitung No. 347 [55]) gelangte, so wie von einem Theile des Berichtes,
den Droll im dritten Akte über die Transformation Zettels erstattet,
sind sogar drei Texte vorhanden. Viel Sorgfalt ist auch den Versen

---

„Wenn Sie heute nichts beßres wissen, so kommen Sie doch gegen Abend zu
mir und trinken Thee bey mir; Sie sind so lange nicht bey mir gewesen. —
Wenn Sie kommen wollen, so machen Sie sich den Nachmittag hübsch an die
versprochne Verse, ich will sehen ob ich auch etwas auftischen kann. Wollen
Sie? Schlegel." Adresse: „An Herrn Doctor Bürger." — Der von seinem
Jünger in so ummwundener Weise gemahnte Dichter schrieb auf die Rückseite
des Billets die Verse aus dem Beginn des zweiten Akts: „Ich scherz' um
Oberon und reiz' ihn oft zur Lache" u. s. w., die dann beim abendlichen Thee
ohne Zweifel mit peinlichster Strenge durchgeprüft wurden.

[55]) Ich habe es, von einigen erläuternden Bemerkungen begleitet, in Gosche's
Archiv für Litteraturgeschichte 1, 1, 110 fg. wieder abdrucken lassen. Als ich jene
Bemerkungen niederschrieb (im Herbst 1866), war mir weder von den andern
Bürgerschen Bruchstücken, noch von der ganzen früheren Arbeit Schlegels irgend
etwas bekannt. Die abgedruckten Verse stimmen mit dem dritten der handschrift-
lich erhaltenen Texte, der schließlich approbirt ward, und den auch Schlegel in
beide Abschriften der Scene in a und b aufgenommen hat. Die Verschiedenheiten
in den beiden früheren Aufzeichnungen sind geringfügig; der Grundton ist in
allen unverändert derselbe. Die beiden letzten der gedruckten Verse, die mir besonders tadelnswerth erschienen, lauten in den zwei anderen Texten: „Doch bald
platzt alles auf — die Bösen und die Frommen | Beschwörens, solch ein Spaß
sey noch nicht vorgekommen." — Das nicht in den Druck übergegangene Verspaar
am Schluß der Scene findet sich in den drei Texten in drei verschiedenen Formen:

    1. Doch hier kommt Oberon! Nun, Frecher, packe dich!
       Ach! meine Herrin auch! Ich wollt' er trollte sich!
  (Variante: Und leider auch Madam)

    2. Doch hier kommt Oberon! Nun, Frecher, trolle dich!
       Madam kommt leider auch! Ich wollt' er packte sich.

    3. Doch — Frecher, packe dich! denn hier kommt Oberon.
       Ach, meine Herrinn auch! Trollt' er sich nur davon!

gewidmet, in denen Titania mit reizvollen Worten ihre dienenden Geisterchen auffordert, den holden Zettel mit allem Süßen und Lieblichen, was das Elfenreich nur bietet, zu erquicken. Diese Verse sind gleichfalls in doppelter Aufzeichnung erhalten:

1.	2.
Bedient mir diesen Herrn mit aller Höf= lichkeit!	
Umhüpfet ihn, bestreut ihm jeden Pfad mit Rosen,	Lustsprünge macht um ihn, und schlagt ihm Purzelmänner,
Pflegt mit Melonen sein, pflegt sein mit Aprikosen,	Tischt seines Obst ihm auf als einem feinen Kenner,
Mit Maulbeer, Feige, Pfirsch' und Traub' und Ananas,	Melone, Feige, Pfirsch' und Traub' und Ananas,
So lecker, als nur je ein Erdensohn sie aß,	
Pflegt sein mit Honigseim, und laßt der kleinen Bienen	
Gewichste Füßchen ihm des Nachts zu Kerzen dienen;	
Ihr zündet sie am Steiß des Feuer= würmchens an,	
Damit er in und aus dem Bett sich finden kann.	
Entrupft die Flügelchen den bunten Schmetterlingen,	
Von seinem Aug im Schlaf den Mond= schein wegzuschwingen.	
Nun werft ihm Kußhand zu und macht ihm einen Knicks.	Nun macht ihm Reverenz und grüßt ihn insgesammt.
1. Fee. Viel Glücks, o Sterblicher!	Viel Glück!
2. Viel Glücks!	Viel Glück!
3. Viel Glücks!	Viel Glück!
4. Viel Glücks!	Viel Glück zu unserm Amt!

Der zweite Text ward von Schlegel in a und b mit gehor= samer Hand abgeschrieben; [56] aber weder der eine noch der andere

---

[56] Nur finden wir dort am Schluß der Verse die Lesart: „zum neuen Amt", durch welche der Zusammenstoß der beiden Vocale vermieden wird. — Von dem ersten Texte liegt noch eine frühere flüchtige Aufzeichnung vor, die nur unbedeutende Verschiedenheiten bietet. Die Schlußzeilen erscheinen in abweichender Form:

Mit Eya und Popey lullt ihn in süße Ruh.
Glück zu, o Sterblicher! Glück zu! Glück zu! Glück zu!

konnten ihm von Nutzen sein bei der späteren Umarbeitung, in welcher ihm gerade diese Verse so ausnehmend zierlich geriethen; besonders ist der sechsfache Reim sehr glücklich angebracht.

Wir sehen, Bürgers Mitarbeit erstreckte sich nur auf einen geringen Theil des Werkes; aber sie bestimmte die künstlerischen Grundsätze, nach denen das Ganze ausgearbeitet ward. Wenn Schlegel in dem oben erwähnten Briefe an Schiller erzählt: „Schon vor vielen Jahren unternahm ich einmal den Sommernachtstraum, worin Bürger auch einige der Lieder und gereimten Scenen gemacht" — so können wir jetzt das wirkliche Sachverhältniß in folgender Weise bezeichnen: Als beide sich zur Uebersetzung des Sommernachtstraumes vereinigt hatten, bearbeitete Bürger manche der ihm besonders zusagenden Stellen, und gab damit dem jüngeren Freunde das Muster, welchem dieser in der Ausführung des Ganzen sich anschloß.

Mit entschiedener Neigung erlas sich Bürger solche Scenen, in denen das Elfenwesen sich derb oder neckisch hervorthut und die der Dichter mit weiser Absicht ins Gebiet der Lyrik gerückt hatte. Hier konnte der deutsche Meister alle Künste seiner Sprache spielen lassen; hier durfte er, wie er wähnte, mit gutem Gewissen seinem Hange zu überkräftiger Darstellung fröhnen. Daneben wählte er aber auch eins jener Gespräche, in welchen die irregeführten Leidenschaften der Liebenden sich wild und doch so gefahrlos durchkreuzen. Hier glaubte er seinen volltönenden Vers anbringen zu müssen; hier ließ er die ganze melodische Fülle seiner dichterischen Rede sich frei und behaglich ergießen. Und somit hatte er für die Behandlung gerade der vornehmsten Bestandtheile der Dichtung den Stil festgestellt: es war durchaus sein Kunststil.

Was sich nach dem früher gedruckten Bruchstücke vermuthen ließ, das ergiebt sich aus den nun aufgefundenen weiteren Proben mit voller Gewißheit: auch in dieser Uebersetzung hat Bürger seine Manier nicht zu bezähmen vermocht. Dies ist ihm während des ganzen Verlaufs seiner Uebersetzerthätigkeit nur einmal gelungen,

als er, durch Vossens edles Beispiel angeregt und erhoben, uns eine
Ilias in Hexametern geben wollte. Damals zwang er seine In=
dividualität, die sonst nie auf ihre künstlerische Selbstherrlichkeit
verzichtete, zur Unterordnung unter die fremde Dichtung; oder
vielmehr, die Dichtung blieb ihm nicht ein fremdes Werk, an das
er von außen herantrat, um seine Kunst an ihm zu üben: sein
Künstlergeist, der sonst seine Eigenthümlichkeiten selbstwillig festhielt,
ging auf in dem homerischen Kunstgeist, ohne deshalb die Freiheit
der Aeußerung und Bewegung einzubüßen. Diese Bescheidenheit
ward ihm denn auch belohnt durch das schöne Gelingen seiner
Arbeit, der man, obwohl Friedr. Aug. Wolf gleich auf ihren hohen
Werth hinwies, vielleicht niemals die verdiente vollgültige Anerken=
nung gegönnt hat, und die freilich in ihrer fragmentarischen Gestalt
hernach vor Vossens mächtiger Leistung nicht mehr bestehen konnte.

Jn allen andern Fällen aber blieb ihm jene glückliche Be=
scheidenheit fremd. Er drängt seine einseitig ausgebildete Persön=
lichkeit dem fremden Dichter auf. Andere Uebersetzer, wie so manche
französische, werden untreu, weil sie sich nur leicht an ihr Original
anlehnen, nur rasch an ihm vorbeistreifen, und so weder das Jnnere
durchdringen, noch das Aeußere wiedergeben können. Bürger jedoch
machte sich der Untreue schuldig, indem er seinem Dichter scharf zu
Leibe ging, dessen Physiognomie genau studirte, in dem Abbild aber,
das er darnach entwarf, jeden Zug, den er wahrgenommen, nach
eigenem Gutdünken so verstärkte und gewaltsam heraushob, daß aus
der Verbindung solcher Züge nur eine unerfreuliche Mißgestalt
hervorgehen konnte.

Je größeres Gewicht Bürger auf die formellen Vorzüge seiner
Poesie legte, je ängstlicher er sie festzuhalten suchte und jemehr sein
Wohlgefallen an ihnen stieg, um so ernstlicher fühlte er sich auch
verpflichtet, auf jeden Dichter, dessen er sich übersetzend annahm,
das volle Maß dieser Vorzüge zu übertragen. Er fragte nicht, ob die
Technik, wie sie ihm eigen geworden, auch dem fremden Poeten
wohl anstehe; es kümmerte ihn nicht, daß die so leicht ins Derbe

übergehende Energie seiner Sprache den Geist der Urschrift verletzte,
oder die in ungehemmter Ausbreitung tönende Redefülle die
feineren Eigenthümlichkeiten der Dichtung überdeckte. Er erlitt das
Schicksal des Virtuosen, der, verliebt in seine eigene Fertigkeit, über
der prunkenden Darlegung seiner reich entwickelten Kunstmittel
den eigentlichen Zweck seiner Kunst zu vergessen scheint. Seinen
Autoren, auch denen, die er am aufrichtigsten schätzte, trat er
entgegen, wie zum Wettkampf, in dem er mit seiner technischen
Meisterschaft sie überbieten und überwältigen müßte. Wie kenntlich tritt dieses verfehlte Bestreben in der, wenige Jahre nach
dem Sommernachtstraum entstandenen Epistel Heloisens hervor, die
er dem bewunderten Meisterstücke Popes nachdichtete! Hier hätte
er mit seinem Autor wetteifern müssen in der schlagenden Kürze,
in dem geistigen Adel des Ausdrucks, in der epigrammatischen
Feinheit, die sich so ganz eigen verbindet mit der bald halbverhüllten,
bald hell hervorbrechenden gluthvollen Leidenschaft. Konnte er ihn
in diesen Vorzügen übertreffen, so schlug er Pope mit den Waffen,
die er von Pope selbst entlehnt hatte. Aber nein! Bürger führt
auch hier zuversichtlich seine Technik ins Feld gegen den zu höfischer
Eleganz ausgebildeten und mit berechnendem Verstand ausgefeilten
Stil des englischen Kunstrichters. Und allerdings scheint diese
Technik hier einen glänzenden Sieg zu feiern. Im stolzen Schwunge
seines Selbstgefühls pochte er auf die Herrlichkeit dieser Verse. [57]
Greift man aus ihrer Gesammtzahl einzelne heraus und läßt sie
für sich allein gelten, so kann man dieser sinnlichen, oft wahrhaft
berauschenden Pracht des Ausdrucks, diesem Wohllaut des ohne Anstoß
sicher dahinfluthenden Verses seine Bewunderung nicht versagen.

---

[57] „Empfange hiermit — schrieb er an Schlegel 30. Juli 1792 — zwei
M. A. Bogen, und erkenne abermahls daraus, was du schon mehrmalen erkannt
hast, daß Niemand in Deutschland Verse zu machen versteht, als dein großer
Meister Voller, und dessen gleichfalls großer, nur wie billig um eine Linie
kleinerer Jünger — — — — Sieh, wie der alte Entellus noch den poetischen
Kolben zu schwingen vermag. Und diese Heloise ist nicht das einzige Stück, das
diesen Almanach verherrlichen wird". (Hdschr.)

Aber nicht lange hält diese vor. Denn, gibt man sich der Wirkung des Ganzen hin, so erkennt man bald, daß keine von den rühmenswerthen Eigenthümlichkeiten, durch welche das Original sich empfiehlt, in die deutsche Form übergegangen ist. Bürger erdrückte das Gedicht durch den schweren Schmuck, mit dem er es belud. Alles, was der englischen Heroide Reiz und Werth verleiht, ist aus der deutschen verschwunden, während die Fehler, die aus dem Grundgedanken und der Anlage des Ganzen entspringen, in der Nachbildung nur um so greller hervortreten.

So stellte er sich denn auch, als er den Macbeth und Sommernachtstraum vornahm, gleichsam gerüstet und kampfbereit dem englischen Dramatiker entgegen, der unter seinen Lesern gewiß viele einsichtigere, niemals aber einen aufrichtigeren Bewunderer als ihn gezählt hat. Die genannten Dramen bezeichnen die entgegengesetzten Enden der Shakespeareschen Poesie. Im Macbeth eröffnen sich die Tiefen des sünd- und schuldvollen Erdendaseins, aufgewühlt von den Leidenschaften der Menschen, denen die Mächte der Finsterniß sich gesellen, um zu Gewaltthaten zu verlocken und den schwankenden Sterblichen in ewiges Verderben hinabzureißen. Der Sommernachtstraum läßt uns in eine liebliche, dunkelhelle Wunderwelt blicken, über welcher mit ungewissem, verwirrendem Schein das Mondlicht spielt, in der, ungebunden aber zierlich, der kecke Elfenscherz sich regt. Da weiß man nichts von Schuld und Strafe; da darf uns die Leidenschaft nur ergötzen, nicht erschüttern; da muß das Derbste dem Zartesten sich gatten. Die luftigen Geister scheinen nur deshalb mit harmloser Lust das Wollen und Bestreben der Menschen falsch zu lenken, damit alles Verwickelte und Verschlungene hernach desto gefälliger und befriedigender sich auflöse. Wenn der Dichter im Macbeth unser Gemüth mit der ganzen Wucht des düstern Erdenlebens belastet, so bannt er aus diesen sommernächtlichen Spielen jede irdische Schwere, an welche nur das Gebaren der Handwerksleute auf das lustigste erinnert. In beiden Werken ist das Aeußerste und Letzte gewagt, über das hinaus nichts mehr zu wagen blieb.

Bürger jedoch glaubte diesen Schöpfungen noch etwas hinzuthun zu müssen, und gewahrte nicht, wie viel er ihnen dadurch entzog. Im Macbeth, der unter seinen Händen die poetische Farbe fast ganz verlor, trieb er das grauenhaft Furchtbare bis zum fratzenhaft Gräßlichen; in den Hexengesängen häufte er alles, was seine Phantasie nur Abstoßendes und Ekelerregendes aufjagen konnte, mit beklagenswerthem Kunstgeschick zusammen, gleich als wollte er die Muse Shakespeares, die selbst bei solchen äußersten Wagnissen sich immer noch enthaltsam zeigt, durch das Aufgebot aller Widerlichkeiten recht gründlich beschämen.[58] Im Sommernachtstraum hat er den leichten Scherz zum plumpen Spaß herabgedrückt und allen Zauber der Feenwelt verscheucht; er hat die zarten Linien, die mit nie fehlender Hand der Dichter zog, um das luftige Gebilde dieser Welt vor uns erstehen zu lassen, in breiten, groben Strichen nachgezeichnet. Vor allem hat er mit dem zum Droll[59] umgetauften Puck eine unliebsame Veränderung vorgenommen. Auch hier ward er mißleitet durch den einseitigen Begriff, den er sich von volksmäßiger Darstellung gebildet hatte. Shakespeare belehnte seinen Puck mit allen den Eigenschaften, mit welchen in der Anschauung des Volks die Figur des Robin Goodfellow ausgestattet war; er ließ ihm den Charakter des neckischen Poltergeistes, der sich an dem tollen Treiben der Sterblichen erlustigt, es durch seine muthwilligen Späße unter-

---

[58] Aus Anhänglichkeit an den alten Meister wollte Schlegel in dem Aufsatz „Etwas über William Shakespeare", den die Horen brachten, den Bürgerschen Macbeth und insbesondere die Hexengesänge mit einem freundlichen Wort bedenken. Aber Schiller urtheilte hier mit gewohnter und durchaus gerechter Strenge. „Auch Bürgers Macbeth und die übersetzten Hexengesänge", schrieb er an Schlegel, „haben Sie mir viel zu raisonnabel behandelt. Ich halte die letztern für eine recht Bürgerische Pfuscherey, so arg als irgend eine von ihm" u. s. w. Das Lob ward dann gestrichen unter freudiger Beistimmung Schlegels, der sich in vollkommen glaubwürdiger Weise entschuldigte, er habe die Hexengesänge seit langem nicht gelesen, und das anerkennende Urtheil nur aus ungenügender Erinnerung gefällt.

[59] Wie die Uebersetzer auf diesen Namen geriethen, den Schlegel auch später nicht fallen ließ, erzählt Tieck, Kritische Schriften 2, 118.

ſtützt und, wenn nun alles in krauſer Unordnung ziellos durcheinander fährt, ſich der Verwirrung freut, die er geſtiftet. So mag er denn den zarten Elfenſchaaren, die ſich um Titania zuſammenfinden, wohl als ein lob of spirits erſcheinen. Ohne aber dieſen volksmäßigen Charakter auszulöſchen, hat Shakeſpeare dieſem Puck zugleich ſo viel geiſtige Leichtigkeit, ſo viel heitere Anmuth geliehen, ſeine Geſtalt in ein ſo reines Element poetiſcher Luſt emporgehoben, daß wir es dem Diener des Oberon gern geſtatten, die Traumgeſichte dieſer Sommernacht mit ſeinen Spielen zu durchgaukeln.

Bürger jedoch pflanzt einen ungehobelten Bauerjungen vor uns hin, von dem man nicht wohl begreift, wie er der Geſellſchaft Oberons würdig befunden werden und dem man noch viel weniger Glauben ſchenken kann, wenn er verſpricht, „in vierzig Minuten einen Gürtel rund um die Erde zu ziehen.“ Demgemäß wird denn Droll von einem messenger des Oberon erſt zu deſſen Adjudanten, dann gar zum Famulus befördert, und aus dem mad spirit wird ein Aff der Affen. Wer wollte nun den jungen Schlegel ſchelten, wenn dieſer, ſolchem Beiſpiele nacheifernd, den gentle Puck zu einem „beſten Drollchen“ macht?

Den Liebespaaren leiht Bürger die Sprechweiſe, die im deutſchen Schäferſpiel herkömmlich war. Hier entſcheidet über Ton und Haltung der Alexandriner, den übrigens, wie ſich denken läßt, der Versmeiſter mit ſichern Kunſtgriffen, durch Wechſel der Einſchnitte, Verſchlingung der Zeilen manigfaltig genug zu bilden und zu modeln weiß. Man möchte glauben, Bürger habe ſeinen Sommernachtstraum in Geſtalt eines Schäferſpieles auf die Bühne bringen wollen, [60]) wie denn

---

[60]) Indeß ſchreibt Caroline an Gotter 13. Novbr. 1791: „Ich habe Bürgern ſo viel von Ihrer Zauberinſel geſagt (unter dieſem Titel lieferte Gotter eine Bearbeitung des Sturms), daß ich Wünſche in ihm rege gemacht habe, deren Ueberbringerinn ich gern ſeyn will, ob ich gleich nicht ſo zuverſichtlich bin ſie zu unterſtützen — er wünſcht ſie zu leſen — vielleicht um den Sommernachtstraum, der bis jetzt bloße Nachbildung des Originals, deren Zweck mehr Treue, wie Schönheit und Bereicherung des Theaters war, iſt, nach dieſem Zuſchnitt zu formen.“

auch Hermia den geläufigeren, sowohl in den Vers als in die
schäferliche Theaterwelt bequemer hineinpassenden Namen Elmire
annehmen mußte. Wenn aber auch diese Absicht vorwaltete, so war
es nothwendig, dem Alexandriner jene bewegliche Zierlichkeit zu geben,
die uns z. B. in Goethes Laune des Verliebten die abgethane Versart
erträglich, ja gefällig macht. Bürgers Hand zieht aber auch hier alles
ins Schwere. Aus Versen, wie den folgenden der Helena, kann
man nicht einmal den Ton des leichteren Schäferspiels, geschweige
den der Shakespeareschen Komödie heraushören:

> Könnt ihr denn gänzlich nicht mich hassen, wie ihr thut,
> Nicht hassen, ohne Spott und frechen Uebermuth?
> Ha! wärt ihr Männer, wie von außen, so von innen,
> Ein stilles Mädchen würd' euch Mitleid abgewinnen.
> Ihr schontet mein mit all dem Schwur= und Lobesbrast,
> Da ich doch sicher weiß, daß ihr mich herzlich haßt.
> Um Liebe warbet ihr einst bey Elmiren beyde;
> Nun werbt ihr auch um mich, zu eures Spottes Weide (3, 2, 149—56).

Und in welche Gesellschaftskreise wird man versetzt, wenn man
Helena hernach im vollen Bürgerschen Kraftstil losbrechen hört:

> Nie übt' ein Spötter noch so liederlich die Lunge —

worauf dann Demetrius, den ähnlichen Ton anstimmend, fortfährt:

> Ich mag Elmiren nicht; behalt sie nur, mein Junge!
> (Never did mockers waste more idle breath.
> Lysander, keep thy Hermia; I will none.)

Der Uebersetzer folgt hier demselben Hang zur Vergröberung,
den der Dichter auch in seinen Balladen walten ließ, wenn er z. B.
in seiner Entführung den carlish knight, Sir John of the
north countraye, den er in seinem Original, dem child of Elle,
vorfand, zu einem Junker Plump von Pommerland umschuf.

Was hier zu tadeln ist, geht nicht etwa aus einzelnen Miß=
griffen hervor; vielmehr haben wir es hier mit einem derben
Fehlgriff zu thun, der die Anlage des gesammten Werkes zerstört und
der für Bürger deshalb unvermeidlich war, weil seine ganze Geistes=

art ihn hinderte, sich auf den Boden zu versetzen, aus dem die Shakespearische Komödie, wie eine seltsam liebliche Wunderblume, hervorgeblüht war. Dennoch erinnern auch diese Bruchstücke deutlich genug an die liebenswerthen und ewig bewunderungswürdigen Eigenschaften der Bürgerschen Kunst. In den folgenden Versen des Puck erfreut nicht nur die Kraft und Frische der Rede, sondern der geziemende Ton ist in ihnen auch so wohl bewahrt, daß Schlegel hernach, wie sich aus der Vergleichung ergibt, manche Worte und Wendungen, ja sogar ganze Zeilen unverändert lassen konnte:

<table>
<tr><td align="center">Bürger.</td><td align="center">Schlegel.</td></tr>
<tr><td>

Ich durchstrich dieß Waldrevier;
Kein Athener ist mehr hier,
Zum Versuch auf seinem Auge,
Was dieß Liebesblümchen tauge.
Aber wer, o Still' und Nacht,
Liegt da in Athenertracht?
Er, der wie mein Herr mich lehrt,
Die Athenerin nicht ehrte.
Und sieh! hier schläft auf feuchtem Grund
Das Mädchen selber so gesund!
Ha, bey dem Schlagetodt der Liebe,
Du Arme, mit dem wärmsten Triebe
So nah zu liegen! 's ist doch hart!
Aber, Bärenhäuter, wart!⁶¹)
Stracks auf deine Augenlieder
Gieß' ich meinen Zauber nieder.
Wachst du auf, so weiß ich wohl,
Was sie nicht mehr schließen soll.
Deinen Nächten, deinen Tagen
Soll die Liebe Schlaf versagen.
Nun wach auf! Ich geh' davon;
Denn ich muß zu Oberon.
</td><td>

Wie ich auch den Wald durchstrich,
Kein Athener zeigte sich,
Zum Versuch auf seinem Auge,
Was dieß Liebesblümchen tauge.
Aber wer — o Still' und Nacht! —
Liegt da in Athenertracht?
Er ist's, den mein Herr gesehn
Die Athenerin verschmähn.
Hier schläft auch ruhig und gesund
Das Mädchen selbst auf feuchtem Grund.⁶²)
Die Arme darf nicht liegen nah
Dem Schlagetodt der Liebe da.

Allen Zauber dieses Thau's,
Flegel, gieß' ich auf dich aus.⁶³)
Wachst du auf, so scheuch' den Schlummer
Dir vom Aug der Liebe Kummer!

Nun erwach! ich geh' davon,
Denn ich muß zu Oberon.
</td></tr>
</table>

⁶¹) Zuerst hatte Bürger diesen Versen folgende Gestalt gegeben: „Der ist, wie mein Herr mich lehrt, | Der die schönste Maid nicht ehrte. | Und ach! hier schlummert so gesund | Die schönste Maid auf feuchtem Grund. | Ha! bey dem Schlagetodt der Liebe | Zu liegen mit so warmem Triebe! | Liegt sie da, das ist nicht recht! | Aber wart, du arger Knecht," —

⁶²) So in b. Im Druck heißt der Vers: „Das Mädchen auf dem feuchten Grund." — Zuerst hatte Schlegel setzen wollen: „Hier schläft mit ruhiger Geberde | Das Mädchen selbst auf feuchter Erde."

⁶³) Erst hatte Schlegel versucht: „Flegel, auf die Augen dir | Gieß' ich diesen

Einer unfeinen Zuthat hat sich Bürger freilich auch hier nicht
enthalten können. Sieht man aber von dieser ab, so muß man
zugestehen, daß dem jüngeren Uebersetzer hier ein Muster geboten
werden, auf das er mit Vertrauen blicken durfte. Auch der Zauber-
spruch, mit welchem Oberon den Saft der Liebesblume über den
Augenliedern der schlummernden Titania ausdrückt, ist in der Nachbildung nicht mißrathen:

Was du wahrnimmst, beym Erwachen,	What thou seest when thou dost wake,
Sollst du, aller Welt zum Lachen,	Do it for thy true love take.
Dir zum liebsten Liebchen machen.	Love and languish for his sake:
Sey es Leu von ungefähr,	Be it ounce. or cat, or bear.
Kater, Igel oder Bär,	Pard or boar with bristled hair,
Sollst du seufzen tief und schwer,	In thy eye that shall appear
Süßes Liebchen komm doch her!	When thou wakest, it is thy dear:
Sähest du doch beym Erwachen	Wake when some vile thing is near.
Gleich den häßlichsten der Drachen!	

Schlegel konnte aus diesen Versen nichts für seine Arbeit nutzen,
weil es für ihn Gesetz war, sich an Verszahl und Reimstellung des
Originals genauer anzuschließen.

Der Blick auf diese Bürgerschen Bruchstücke erklärt uns nun
vollständig die Beschaffenheit des ersten Schlegelschen Versuchs.
Dieser mißlingt am entschiedensten da, wo, unter Verzicht auf selbst-
ständige Auffassung und Ausführung, die genaue Nachahmung des
betreffenden Vorbildes allzu wohl gelingt. Aus dem Elfenlied, das
Titania in Schlaf lullen soll, ist wie der Rhythmus, so auch der
Geist des Originals völlig entwichen; wir erblicken den Uebersetzer
hier auf einem Abwege, von dem aus, sollte man meinen, der richtige
Pfad weder zu erspähen noch zu erreichen war:

Zauber hier". — Dann: Flegel, auf die Augenlieder | Gieß' ich meinen Zauber
(diesen Saft dir) nieder:" — und in der zuletzt angenommenen Fassung lautete
der zweite Vers ursprünglich: „Gieß' ich, Flegel, auf dich aus." — In den
folgenden Versen hieß es zuerst: „Wachst du auf, soll Liebestummer Scheuchen
dir vom Aug den Schlummer" — dann: „Wachst du auf, so treibt den
Schlummer | Dir vom Aug der Liebe Kummer."

Ihr borstigen Igel!	You spotted snakes with double tongue,
Ihr Fledermausflügel!	Thorny hedgehogs, be not seen:
Nun laſſet das Rattern und Flattern.	Newts and blind-worms, do no wrong,
Verboten ſey's Ziſchen	Come not near our fairy queen.
In dieſen Gebüſchen	Philomel, with melody
Euch ſchlüpfenden Molchen und Nattern!	Sing in our sweet lullaby;
Komm, Muſikantin der Büſche, herbey!	Lulla, lulla, lullaby, lulla, lulla, lullaby.
Sing uns ein Wiegenlied: Eyapopey!	Never harm,
Eyapopeya! Eyapopey!	Nor spell nor charm,
Kein' arge Sylb' und Zaubergebot	Come our lovely lady nigh;
Bring' unſrer ſchönen Herrin Noth!	So, good night, with lullaby.
Nun gute Nacht mit Eyapopey!	
Hier ſollen nicht Schnecken	Weaving spiders, come not here.
Noch Raupen uns necken,	Hence, you long-legg'd spinners, hence!
Noch brummende Käfer umſchweben.	Beetles black, approach not near;
Marſchiret von hinnen,[61]	Worm nor snail, do no offence.
Langſtelzige Spinnen!	
Mögt anderswo spinnen und weben!	

Hier vernimmt man nur den dünnen leeren Nachhall der Bürgerſchen Manier, und man vermißt die eigenthümliche Kraft, die Bürger überall einzuſetzen hat und die ihn auch bei ſeinen Fehlgriffen nicht verläßt.

In gleicher Weiſe ihrem eigentlichen Charakter entfremdet ſind auch die Verſe, mit denen Puck am Schluſſe des dritten Aktes das Auge des ſchlafenden Lyſander von dem berückenden Zauber wieder heilt:

Lieg' im Schlummer	On the ground
Ohne Kummer!	Sleep sound:
Heilungskraft	I'll apply
Hegt mein Saft,	To your eye,
Nimmt dir, Schönſter, deinen Sparr'n.	Gentle lover, remedy.
Mit Entzücken	When thou wakest,
Sollſt erbliden	Thou takest
Morgen früh	True delight
Deine Sie,	In the sight
Sollſt dich wied'r in ſie verrarr'n.	Of thy former lady's eye. —

---

[61] In einem früheren Entwurfe in a ſteht gar: „Auf, packt euch von hinnen" — und im Refrain hieß es zuerſt: „Kein' arge Sylb' und Zauberſchreden Soll unſre theure Herrin neden."

Auch für die jungen athenischen Herren hat Schlegel den ganzen Vorrath Bürgischer Sprachelemente in Bereitschaft. So muß Lysander 3, 2, 413 sich folgender Redeweise bedienen:

Stets zieht er vor mir auf mit Necken und mit Pochen,	He goes before me and still dares me on:
Und folg' ich seinem Ruf, husch! hat er sich verkrochen.	When I come where he calls, then he is gone.
Ist nicht der Zeterkerl als wie ein Blitz im Lauf!	The villain is much lighter-heel'd than I:
Je flinker ich ihm nach, je schneller er vorauf.	I follow'd fast, but faster he did fly;
Auch fiel ich überdieß auf ungebahnten Wegen,	That fallen am I in dark uneven way.
Und will an diesem Platz zum Schlaf mich niederlegen.	And here will rest me. Come, thou gentle day.
O komm, erwünschter Tag! Dein erster blasser Strahl	For if but once thou show me thy grey light.
Sey mir, den feigen Wicht zu strafen, das Signal!	I'll find Demetrius and revenge this spite.

Hier fällt die grobe Ueberladung vielleicht am widerlichsten auf. Den Zeterkerl wird Bürger gewiß schmunzelnd belobt haben.

Doch nur selten hat der junge Schlegel so ganz und gar, wie hier, das Wahre aus den Augen verloren. Ein instinctives Bestreben, sich dem Richtigen zu nähern, waltet vielmehr durch seine ganze Arbeit. Sein Verhältniß zu dem Dichter ist viel unmittelbarer, reiner und anspruchsloser, als wir es bei Bürger wahrnehmen konnten. Schon meldet sich bei ihm neben der echten Strenge, die gewissenhaft darauf hält, dem Poeten nicht zu wenig zu thun, auch die echte Bescheidenheit, die verhütet, daß demselben zu viel geschehe. Schon ist Schlegels Empfänglichkeit für die weichen, zarten Schönheiten seines Dichters bis zu einem hohen Grade entwickelt, und bereits ist seine Sprache geschmeidig und fügsam genug, um sich den Tönen dieser Wald- und Elfenpoesie willig darzuleihen. Befangen in einer von Grund aus falschen Auffassung, gehemmt von den Fesseln einer einseitigen Manier, bringt er, trotz diesen Beschränkungen, unter der Leitung seines eingebornen künstlerischen

Sinnes, bis hart an die Schwelle der wahren Uebersetzungskunst vor; nur der entscheidende Schritt, der ihn hinüberführen müßte, unterbleibt.

Man blicke auf folgende Verse Titaniens: (3, 1, 202)

Kommt, führet ihn nunmehr zu meinem Heiligthume!	Come, wait upon him; lead him to my bower.
Mich dünket, Luna schaut mit thränen= feuchtem Glanz;	The moon methinks looks with a watery eye;
Und wenn die Göttin weint, weint jede kleine Blume	And when she weeps, weeps every little flower,
Um einen mit Gewalt zerrißnen Mädchen= kranz.	Lamenting some enforced chastity.
Nun laßt durch Zauber uns des Holden Zunge binden, Und flüsternd und geheim den Weg zur Laube finden. [65]	Tie up my love's tongue, bring him silently.

Hier stand nur der Alexandriner im Wege; sonst wären diese Verse schon damals zu musterhafter Gestalt ausgearbeitet worden. Sie blieben denn auch später in ihrem eigentlichen Bestande unangetastet; sie brauchten nur von den überflüssigen Silben befreit zu werden, um in voller Schönheit hervorzutreten. Auch gar manche andere Verse der Elfen trugen die unverkennbare Anlage zur Vollkommen= heit in sich: es bedurfte später zuweilen nur einer leisen Umänderung der Form, um den Geist, der in ihnen eingeschlossen war, zu ent= binden.

Am günstigsten aber zeigte sich Schlegels Talent in den Blank= versen. Diese waren ihm von Bürger gänzlich überlassen worden. Ohne hindernde Rücksicht auf ein bestimmtes Vorbild konnte hier seine Kunst sich aus ihrem eigenen Wesen heraus freier entfalten.

---

[65] In dieser Fassung erscheinen die Verse in b. In a liegen sie in drei Aufzeichnungen vor; in zwei derselben lauten der zweite und vierte Vers: „Mich dünket, Luna glänzt (schaut) mit thränenfeuchtem Blick   Und sehnt die Zittsam= keit, die sie verlor, zurück." — Der dritte Vers mußte mit Mühe zum Alexandriner gedehnt werden. Zuerst hatte er sich gleichsam von selbst, wie auch schon früher in Wielands Uebersetzung, als fünffüßiger Jambus dargeboten: „Und wenn sie weint, weint jede kleine Blume."

Der derbe Grundton, den Bürger nun einmal angeschlagen, klingt zwar auch in diese Verse herein; aber der Geist der Shakespeareschen Dichtung spricht aus ihnen viel heller und vernehmlicher, als aus den Scenen, in welchen der Reim heimisch ist.

Schlegel baut seine Verse mit Leichtigkeit. Während er im Alexandriner den herkömmlichen Wechsel männlicher und weiblicher Reime beobachtet, gibt er dem Blankvers bald stumpfen, bald klingenden Schluß; doch läßt er den ersteren häufiger eintreten. In der metrischen Behandlung befleißigt er sich jener Genauigkeit, von welcher er auch später, nach erlangter tieferer Einsicht in das Wesen des Shakespeareschen Verses, sich nur geringere Abweichungen erlaubte. Er strebt nicht nach den von Klopstock durch eigenes Gesetz begründeten Freiheiten, durch welche die Eintönigkeit des dramatischen Verses vermieden werden sollte; und verpönt sind bei ihm die Nachlässigkeiten, durch deren häufige Wiederkehr der Wielandsche Vers oft alle Haltung verliert. Auch die Jamben des Nathan und des Don Carlos konnten ihm nicht zum Muster dienen.[66] An Bürgers jambischer Uebersetzung des Homer wird er wohl nicht achtlos vorbeigegangen sein; sie verdiente das Studium des Verskünstlers, schon wegen der sorgsamen Behandlung, welche der Cäsur dort zu Theil geworden; aber für den dramatischen Gebrauch war jener Jambus, welcher das ganze Gewicht des Hexameters über sich nehmen sollte, durchaus untauglich. Wir werden dem jungen Uebersetzer zugestehen müssen, daß er seinen Blankvers nach eigenem Gefühl und selbständiger Einsicht gebildet hat.

Das Gefühl war jedoch noch nicht zur Klarheit und Sicherheit entwickelt, die Einsicht noch nicht reif und gründlich. War auch der

---

[66] In den an Friedrich gerichteten Betrachtungen über Metrik, die dem Schlusse des Jahres 1793 und dem Beginn des folgenden angehören (Haym, Romantische Schule 909), schreibt Wilhelm: „Weit weniger ausgearbeitet (als Goethes Dramen) ist Don Carlos; besonders fehlt es Schillers Jamben oft an Fülle. Lessings Nathan, so viel ich mich erinnern kann, ist für das vertrauliche Gespräch gut. Klopstocks Trauerspiele erinnere ich mich nicht." Werke 7, 194.

Vers an sich tadellos, so hinderte er doch nicht, daß die Sprache
sich oft genug ins Schlaffe und Weitschweifige verlor. Noch hatte
Schlegel an seine Uebersetzung die Forderung nicht gestellt, mit der
Verszahl des Originals gleichen Schritt zu halten. Auch später
freilich, als er dies Gesetz im Großen und Ganzen für sich als bin=
dend erkannte, hat er sich die Erlaubniß genommen, in einzelnen
dringenden Fällen um ein geringes davon abzuweichen, wenn der
Gedankengehalt, der in die kurzsilbigen englischen Wörter zusammen=
gedrängt war, sich in die zehn oder elf Silben unseres Verses ohne
störenden Zwang durchaus nicht fügen wollte. In diesem ersten Ver=
suche aber hat er noch gar kein Arg daran, über den Umfang des
Originals oft um ein beträchtliches hinauszuschreiten. Es ist als ob die
Nachbarschaft des gedehnten Alexandriners auf den Blankvers hinüber=
wirkte, so daß sie sich in eine unnöthige Breite auseinander ziehen;
in ihnen herrscht die lässigere Behaglichkeit, die in unserer älteren
Dichterschule, welche die Einflüsse Klopstocks von sich abwehrte, so
beliebt war: sie verräth, daß dem Uebersetzer noch die Energie der
Sprachbehandlung mangelt, welche mit möglichster Kürze die schlagende
Deutlichkeit des Ausdrucks verbindet. Auch ist ihm der Geist des
Dichters noch nicht überall so unmittelbar lebendig geworden, daß
er, jeden einzelnen Satz des Originals betrachtend, alsbald erkannte,
welche der Bestandtheile desselben für die Uebersetzung unentbehrlich
seien, und welche er, ohne die Gesammtwirkung zu beeinträchtigen,
preisgeben dürfe.[*] So erhält das Deutsche, der Urschrift gegenüber,
nicht selten das Ansehen einer unwillkürlichen Umschreibung. Der

---

[*] Die Pflicht, diese Unterscheidung zu treffen, hat Schlegel später in der
Recension des Grießschen Ariosto dem Uebersetzer mit Nachdruck eingeschärft.
Die goldene Regel stehe hier in Schlegels eigenen Worten: „Es ist für das
poetische Uebersetzen eine nützliche Vorschrift, sich bei jeder Stelle gleich anfangs
klar zu machen, was durchaus nicht aufgeopfert werden darf, hierauf zu bestehen,
und das Uebrige sich darnach fügen zu lassen, so gut es gehen will. Läßt man
sich, um Nichts ganz einzubüßen, von Allem ein Weniges abdingen, so dürfte,
unter dem Scheine größerer Genauigkeit, leicht der Charakter verloren gehen.“
Sämmtl. Werke 12, 259.

Ueberseter scheint nicht darauf zu achten, daß die Erweiterung, die er sich bei diesen Worten verstattet, ihn an einer kurz darauf folgenden Stelle gleichfalls zu einer gedehnteren Darstellung zwingt; und wenn er zuerst bescheiden genug war, eine aus sechs Versen bestehende Rede nur in sieben wiedergeben zu wollen, so findet er am Ende mit Ueberraschung, daß die sieben zu neun angewachsen sind.

Wie auffallend wird z. B. diese Unbehilflichkeit in den wunder= samen Versen, in welchen Oberon seinen Puck an die Erscheinung des Meermädchens erinnert, welche mit ihrem entzückenden Gesang alle Creatur bezauberte:

Komm,	
Mein bestes Trollchen! Du besinnst dich noch,	My gentle Puck, come hither. Thou rememberest
Nicht wahr? wie ich auf einem Vorgebirge	Since once I sat upon a promontory,
Einmal gesessen, und auf die Syrene*)	And heard a mermaid on a dolphin's back
Gelauschet, die auf einem Delphinnacken	
So himmelsüße, so harmonische	Uttering such dulcet and harmonious breath.
Gesänge von sich hauchte, daß die See	That the rude sea grew civil at her song
Ihr Ungestüm vergaß, und freundlich ward;	
Daß Sterne, wild entbrannt, aus ihren Kreisen	And certain stars shot madly from their spheres,
Herniederschossen, um das Zauberlied	To hear the sea-maid's music.
Des Wassermädchens anzuhören?	
Droll.	**Puck.**
Gar wohl besinn' ich's mir.	I remember.

In dieser umständlichen Fassung erscheinen die Verse zuerst in a. Bald hernach besann sich Schlegel, daß wenigstens die drei letzten Verse sich leicht ins Kürzere ziehen ließen; er schrieb an den Rand die Zeilen, die dann in b übergingen: „Daß Sterne toll aus ihren Kreisen fuhren, | Des Wassermädchens Zauberlied zu hören." —

---

*) So schreibt Schlegel in a und b nach dem Vorgange Wielands und mancher ungelehrteren Zeitgenossen. Im folgenden Verse zeigt b die später gleichfalls verworfene Lesart: „Auf eines Delphins Rücken."

Aber durch solche Reduction kann dem Ganzen nicht nachgeholfen
werden; denn diesem fehlt durchaus sowohl die Kraft wie der lyrische
Schmelz, mit welchem das Original die zu einem wilden Aufruhr
des Entzückens hingerissene Natur schildert. Selbst Wieland, obwohl
auch er die ungehörige Breite nicht vermeiden kann, hat hier einen
feineren Sinn bewährt. Schlegel vernimmt noch nicht den melodischen
Fall des letzten Halbverses, mit dem die Frage und die Beschreibung
so lieblich schließt. Er trägt ohne Bedenken in die Schilderung
Züge und verstärkte Farben hinein, die dem Original fremd sind.
Denn dies weiß nichts von der ihr Ungestüm vergessenden
See, nichts von den himmelsüßen Harmonien, nichts von wild-
entbrannten Sternen.

Auch Oberons folgende Erzählung von dem vergeblichen Bemühen des bewaffneten Liebesgottes, die im Westen thronende jung-
fräuliche Priesterin mit seinem Pfeil zu treffen, ist über ihre Grenzen
hinausgetreten. Und doch verträgt gerade diese schon so reich aus-
gestattete Schilderung auch nicht ein Wort mehr, als der Dichter
an sie gewandt hat. Wie die hohe Jungfrau, unberührt von dem
so kraftvoll abgeschnellten Pfeile, nur ihren reinen Betrachtungen
hingegeben, weiter schreitet, erzählt Oberon in zwei Versen:

> And the imperial votaress passed on,
> In maiden meditation, fancy-free.

Selbst diese Verse bringen den Uebersetzer in Verlegenheit; er weiß
ihnen nicht anders beizukommen, als indem er sich zu einer
abschwächenden Erweiterung entschließt:

> Die königliche Ordensschwester ging,
> In sittsame Betrachtung still vertieft,
> Mit unbefangenem Herzen ihren Weg. —

Nicht in allen Dramen Shakespeares wäre diese Erweiterung
des Einzelnen so verhängnißvoll für die Wirkung des Ganzen. Wo
der knappe Ausdruck, wie in den Werken seiner späteren Lebens-
periode, oft kaum hinzureichen scheint für die gedankenschwere Fülle

des Inhaltes, da kann der Uebersetzer sich wohl einmal verpflichtet
fühlen, zu Gunsten seines Lesers, ja zu Gunsten seines Dichters
selbst, die sprachliche Hülle etwas weiter zu dehnen, damit durch das
ängstliche Haften an der Form nicht der poetisch-geistige Gehalt
verkürzt werde. In den früheren Dichtungen jedoch, in deren
Sprache so oft der lyrische Ton vorschlägt, kleidet sich der leichtere
Gedanke auch in eine bequemere, zierlich gebildete Form, die vollkommen genügt, ihn zu fassen. Diese Form, deren regelrechte Behandlung der Dichter sich angelegen sein läßt, und bei deren feinerer
Ausschmückung er mit offenbarem Wohlgefallen verweilt, diese Form
will auch von dem Uebersetzer mit zarter Schonung bewahrt sein;
sie darf ihm kaum minder wichtig erscheinen, als der Inhalt, den
sie in sich einschließt. Indem er sie erweitert, schädigt er sie; und
das Wort, das sich breiter entfaltet, als es der Gedanke erfordert,
ist nicht mehr das Wort Shakespeares. Ein kunstgemäßer Einklang
waltet zwischen diesen, wie von beschwingter Melodie getragenen
Rhythmen und den Empfindungen, die aus ihnen hervortönen, ein
Einklang, den auch nicht die leiseste Störung gefährden darf.

Hätte Bürger auch der Blankverse sich bemächtigt, so wäre
ihnen freilich unter seiner Hand eine noch bedenklichere Anschwellung
zu Theil geworden. Davon überzeugt uns eine Probe, die sich in
b erhalten findet. Dort hat er an den Rand der ersten Seite die
Uebersetzung der ersten neunzehn Verse beigeschrieben. Er wollte
doch auch hier den Wettkampf mit seinem kräftigen Jünger nicht
scheuen. Dieser hatte für die sechs Verse der ersten Rede des
Theseus nachstehende Fassung schicklich befunden:

Nun rückt, Hippolyta, die Hochzeitstunde	Now, fair Hippolyta, our nuptial hour
Mit Eil heran; vier frohe Tage bringen	Draws on apace: four happy days bring in
Uns die verjüngte Luna: doch wie schleicht	Another moon: but. O. methinks. how slow
Die alte Luna träge von uns weg!	This old moon wanes! she lingers me desires.

Sie hält vertröstend meine Sehnsucht hin [69]	Like to a step-dame or a dowager
Gleich einer Wittwe, deren welkes Leben	Long withering out a young man's revenue.
An ihres Stiefsohns Renten lange zehrt.	

Hier schweift schon die Rede über das Maß des Originals hinaus; Bürger jedoch verfälscht gänzlich den Eindruck, indem er sie noch mehr ins Breite führt und sie derber und schwerer einhergehen läßt:

> Nun, reizende Hippolyta! Mit Macht
> Rückt unsres Bundes Stunde nun heran.
> Nur noch vier Wonnetage, so erscheint
> Die junge Luna. Aber o! wie langsam
> Zehrt diese Alte, wie mir däucht, sich ab!
> Sie hält mich hin mit meiner Sehnsucht, fast
> Wie Wittwe Stiefmama, die allzu lange
> Des jungen Herrn Gefälle nutzt und nießt.

In ähnlichem Stil sind einige andere Vorschläge oder Verbesserungen gehalten, die Bürger auf den nächsten Seiten hin und wieder verzeichnete. Schlegel hat ihnen glücklicher Weise keine Geltung zuerkannt. [70]) Hätte er den Charakter seiner Arbeit durch sie bestimmen lassen, so wären damals wohl nicht so manche Verse entstanden, die bei der späteren Umarbeitung unverändert ihren einmal gewonnenen Platz behaupten durften.

Denn, in der That, obgleich die Anlage des Ganzen verfehlt ist, obgleich kein höchstes Grundprincip regelnd und läuternd durch diese Arbeit waltet, — wie viel Gelungenes und gefällig Anmuthendes ist hier dennoch schon aufzuweisen! Wie oft bethätigt sich im Einzelnen jene oben gerühmte, dem Uebersetzungskünstler angeborene Neigung zum Richtigen! Mißfällig erscheint uns die größere Zahl

---

[69]) Zu ь stand zuerst: „Wie fernes Ziel steckt sie für meine Sehnsucht, | So wie der alten Wittwe zähes Leben Dem Stiefsohn, dessen Renten sie verzehrt.“

[70]) Doch ein von Bürger ausgegangener Vers findet sich noch jetzt in unserm Texte. The ancient privilege of Athens in Egeus Rede I, 1, 11 hieß bei Schlegel: „Das alte Privilegium Athens.“ Bürger änderte: „Das alte Bürgerrecht von Athen“ — und dies ward beibehalten.

dieser Jamben, wenn wir streng genug sind, sie nach den Gesetzen zu prüfen, die Schlegel selbst erst durch seine späteren Leistungen zur Anerkennung gebracht hat. Aber man blicke doch vergleichend auf das, was damals neben ihm auf dem Felde der Uebersetzungs= kunst geschah, man blicke z. B. auf die Verse aus dem Sommer= nachtstraum und dem Hamlet, die der jugendlich aufstrebende Tieck seinem 1793 geschriebenen Aufsatze über Shafspeares Be= handlung des Wunderbaren einfügte, — und sogleich er= mißt man den ganzen Unterschied zwischen diesen oberflächlichen Bestrebungen und jenen ernsten Versuchen einer noch in der Ent= wicklung begriffenen, aber auch der höchsten Entwicklung fähigen und der Vollkommenheit schon entgegenreifenden Kunst.

Wer hätte im Jahre 1789 dem jungen Schlegel nicht Verse, wie die folgenden, beneiden sollen (2, 1, 80—117)?

Das sind die Grillen deiner Eifersucht!	These are the forgeries of jealousy:
Seit jenes Sommers Anbeginne trafen	And never, since the middle summer's spring,
Wir nie in Thal und Wald, auf Wies' und Hügel,	Met we on hill, in dale, forest or mead,
Am Kieselbrunnen, am beschilften Bach,	By paved fountain or by rushy brook,
Noch an des Meeres Klippenstrand uns an,	Or in the beached margent of the sea,
Und tanzten Ringel nach des Windes Pfeifen,	To dance our ringlets to the whistling wind,
Daß dein Gezänt uns nicht den Spaß verdarb.	But with thy brawls thou hast disturb'd our sport.
Leer steht die Hürd' auf der ersäuften Flur,	The fold stands empty in the drowned field,
Und Krähen prassen in dem Aas der Heerde;	And crows are fatted with the murrain flock;
Verschlemmt vom Leime liegt die Kegelbahn;	The nine men's morris is fill'd up with mud.
Trüb hat der Mond, der König der Ge= wässer,	Therefore the moon, the governess of floods,
Vor Zorne bleich, die ganze Luft gewaschen,	Pale in her anger, washes all the air,
Und fieberhafter Flüsse viel erzeugt.	That rheumatic diseases do abound:

Und eben die Zerrüttung nun ist Schuld,	And thorough this distemperature we see
Daß sich die Jahreszeiten selbst verwandeln. Es senken silberhaar'ge Fröste sich	The seasons alter: hoary-headed frosts
Der Purpurros' in ihre zarte Schooß,	Fall in the fresh lap of the crimson rose,
Indeß ein Kranz von süßen Sommer-knospen	And on old Hiems' chin and icy crown
Auf Hyems Kinn, auf der beeisten Scheitel,	An odorous chaplet of sweet summer buds
Als wie zum Spotte prangt. Der Lenz, der Sommer,	Is, as in mockery, set: the spring, the summer,
Der zeitigende Herbst, der mürr'sche Winter,	The childing autumn. angry winter change
Sie alle tauschen die gewohnte Tracht, Und die erstaunte Welt erkennt nicht mehr [71]	Their wonted liveries, and the mazed world,
An ihrem äußern Schmuck, wer jeder ist. Und diese ganze Brut von Plagen kommt	By their increase, now knows not which is which:
Von unserm Bruch, von unsrer Zwie-tracht her;	And this same progeny of evils comes From our debate, from our dissension;
Wir sind davon die Stifter und Erzeuger.	We are their parents and original.

An den meisten dieser Verse fand der Künstler hernach nichts mehr zu bessern; manche andere bedurften, wie die Vergleichung mit dem Drucke zeigt, nur einer leisen Aenderung, um in den zarter gehaltenen Ton der späteren Uebersetzung leicht und natürlich ein-zustimmen. So war auch die folgende Rede der Titania 121—137, bei welcher die Versuchung zum Unfeinen nahe lag und die Bürger gewiß mit wohlausstudirter Derbheit entstellt hätte, schon 1789 so wohl gerathen, daß bei der neuen Bearbeitung nicht weniger als elf Verse unverändert erhalten blieben. [72] Man sieht, von Anfang an fühlte Schlegel in richtiger Vorahnung, wie die Sprache beschaffen sein müsse, wenn sie den luftigen Elfennaturen einigermaßen wohl-anstehen sollte.

Auch den Unterhaltungston des athenischen Hofes wußte er schon ganz schicklich wiederzugeben; fast untadelich erscheinen manche

---

[71] Dieser Vers findet sich schon bei Wieland.

[72] Statt „weggeschwatzt" in Vers 125 stand 1789 noch „weggeschnackt".

Stellen im fünften Akt. Wenig auszusetzen blieb auch an den be=
rühmten, den schönen Wahnsinn des Dichters schildernden Versen,
bei denen freilich Wieland schon sehr glücklich vorgearbeitet hatte:

Des Dichters Aug', in schönem Wahn= sinn rollend,	The poet's eye, in a fine frenzy rolling,
Blitzt auf zum Himmel, blitzt zur Erd' herab,	Doth glance from heaven to earth, from earth to heaven;
Und wie die schwangre Phantasie Gebilde Von unbekannten Dingen ausgebiert, [73]	And as imagination bodies forth The forms of things unknown, the poet's pen
Gestaltet sie des Dichters Kiel und giebt	Turns them to shape. and gives to airy nothing
Dem luft'gen Unding Wohnsitz, Ort und Nahmen.	A local habitation and a name.
So gaukelt die allmächt'ge Einbildung, Daß sie, sobald sie eine Freude fühlt,	Such tricks hath strong imagination. That, if it would but apprehend some joy.
Auch einen Freudenbringer sich denkt;	It comprehends some bringer of that joy;
Und in der Nacht, wenn uns ein Graun befällt,	Or in the night. imagining some fear,
Wie leicht, daß man den Busch für einen Bären hält!	How easy is a bush supposed a bear!

Wie manche einzelne treffliche Zeile ließe sich noch heraus=
heben, [74] die aus der Umgebung minder gelungener Verse erfreulich
hervorscheint, um uns gleichsam eine Andeutung von dem zu ertheilen,
was diese Arbeit einst zu werden bestimmt war.

Getrost hätte Schlegel das Werk, das uns jetzt noch in der
Handschrift b zur Beschauung vorliegt, damals frisch, wie es ent=
standen, ins Publikum hinausgeben können. Dies Werk, das er
mit gutem Fug als sein Eigenthum bezeichnen konnte, wenn sich

---

[73] Auch diesen Vers hat Schlegel von Wieland entlehnt, wie auch im
folgenden das „luft'ge Unding“. — Indeß ist hier ein freies selbständiges Zusammentreffen des jüngeren Uebersetzers mit seinem Vorgänger keineswegs unwahr-
scheinlich.

[74] Auch der das Original so hübsch nachahmende Vers 3, 2, 292: „Mit
ihrer Figur, mit ihrer langen Figur“ — stammt schon aus der ersten Bearbeitung.

uns auch jetzt bei näherer Prüfung die deutlichsten Spuren des Bürger'schen Einflusses darin zu erkennen geben, dies Werk hätte alles in Schatten gestellt, was die deutsche Uebersetzungskunst bis dahin an den Dichtungen der neueren Völker geleistet. Wie vortheilhaft that es sich unter allem Gleichzeitigen schon durch den gründlichen Ernst der Ausführung hervor, von dem es überall Zeugniß gab! Welch ein wichtiger Schritt über Wieland und Eschenburg hinaus war allein schon dadurch geschehen, daß man rüstig Anstalt machte, den Dichter zu begleiten durch allen Wechsel der verschiedenen Formen hindurch, die er den einzelnen Theilen seines Dramas schicklich angepaßt hatte! Hier war der Reim doch wenigstens für etwas mehr geachtet, als ein müßiges oder gar lästiges Spielwerk, dessen man nach willkürlichem Belieben sich bald bedienen, bald entledigen dürfe; er war erkannt als eins der vielfachen Ausdrucksmittel, das der Dichter zur Vermanigfaltigung und charakteristischen Belebung seiner Darstellungen mit künstlerischem Bewußtsein anwendet. Und wie viel Litteratoren gab es denn damals im Vaterlande, die den jungen Schlegel hätten bedeuten können, inwiefern sein löbliches, gewissenhaftes Bemühen fehl geleitet worden? Ja, man darf glauben, daß dieser erste Versuch damals in den weiteren Kreisen der Litteraturfreunde einen lautern Beifall erregt haben würde, als ihn hernach das schön vollendete Werk bei seinem ersten Hervortreten fand, eben weil der Uebersetzer dort von der Sinnes- und Geschmacksrichtung, in welcher sich die gebildete Masse noch mit Wohlgefallen bewegte, noch nicht selbständig und entschieden abgewichen war.

So hätte die Bekanntmachung seiner Arbeit ihm schon im Jahre 1790 den unbestrittenen Ruhm eines der ersten Uebersetzungskünstler eintragen können; so wäre es ihm aber auch wahrscheinlich erschwert worden, den Ruhm zu erringen, der sich bis auf den heutigen Tag frisch erhält, und in die Zukunft fortdauern wird. Durch den allgemeinen Beifall ermuntert und in der einmal gewählten Auffassung bestärkt, hätte er wähnen dürfen, daß er sich auf dem allein richtigen Wege befinde und nur auf demselben verharren müsse, um seiner großen Aufgabe völlig genug zu thun.

Zu seinem eigenen Heil wie zum Heile unserer Litteratur blieb Schlegel frei von der vorwärts drängenden Ungeduld des jungen Autors, der vor allem verlangt, daß sein Werk dem allgemeinen Anschauen dargeboten werde; auch mag ihn wohl bald nach Abschluß der Arbeit ein Zweifel an der völligen Richtigkeit seines künstlerischen Verfahrens beschlichen haben. Der Sommernachtstraum blieb nur dem engsten Freundeskreise bekannt, während Schlegel mit dem Versuch seiner Darstellung des Dante zuversichtlich an die Oeffentlichkeit trat.

Im Sommer 1791 beendigte er sein Göttinger Universitätsleben. Die nächsten Jahre hindurch genoß er in einem stattlichen Amsterdamer Handelshause alle Annehmlichkeiten, die das Amt eines Hauslehrers in einer reichen, durch gebildete Geselligkeit veredelten Familie gewähren kann, ohne von den Qualen, die sich häufig genug an eine solche Stellung heften, gepeinigt zu werden. Dagegen blieb er nicht verschont von mancherlei Bedrängnissen des inneren Lebens, die, wenn sie auch zur Läuterung seines Wesens nicht beitragen konnten, doch die Lebhaftigkeit seines Geistes unterhielten, ja steigerten, und seiner Forschungslust so wie der Regsamkeit seines Schaffens keinen Eintrag thaten.

Dem Bürgerschen Einflusse wäre er auf jeden Fall, auch bei noch verlängertem Aufenthalte in Göttingen, alsbald gänzlich entwachsen; es ist kaum anzunehmen, daß die Trennung von dem Meister die selbständige Fortbildung des Schülers wesentlich beschleunigt hat. Heilsam aber ward für diesen die räumliche Entfernung dadurch, daß er nun, in entscheidenden Jahren der geistigen Entwickelung, den unmittelbaren Einwirkungen des täglichen litterarischen Treibens entzogen blieb. Das Kleinliche, das bei rege fortgesetzter Betheiligung an diesem Treiben einem jeden gewaltsam sich aufdrängt, konnte er sich fernhalten; freilich mußte er dafür auch die Kärglichkeit der ihm zugänglichen litterarischen Hilfsmittel beklagen;

aber das wahrhaft Große, das in der vaterländischen Litteratur sich ereignete, blieb ihm nicht verborgen; es erschien dem Fernerstehenden sogar in einem reineren Glanze, es hob sich ihm von selbst aus der Masse des Gewöhnlichen und Geringfügigen heraus. Er verfolgte den Lauf der großartigen Bewegungen, aus welchen im Bereiche der Wissenschaft und Poesie ein neues Leben sich erzeugen sollte, mit stets gleicher Theilnahme und einem regen, offenen und viel= seitigen, wenn auch nicht immer erschöpfenden Verständniß; er erkannte, in welcher Richtung die poetische Kunst sich fortentwickeln müßte, und trachtete den Gehalt der Erscheinungen zu fassen, welche den vorwiegenden Charakter dieser Entwickelung bestimmten.

Mit welcher Neigung er sich dem Schillerschen Geiste anzunähern suchte, davon hatte er schon in der liebevoll ausführlichen Beurtheilung der Künstler sich selbst ein ehrendes Zeugniß ausgestellt; wie fortan Schillers Ton und Darstellungsweise in seinen eigenen poetischen Versuchen vorherrschend wird, das muß auch der oberflächliche Be= trachter wahrnehmen. Nun aber zeigte sich der Dichter und Ge= schichtschreiber auch als Kunstphilosoph: er suchte das Wesen der vornehmsten poetischen Gattung zu ergründen; er drang weiter und tiefer: er wollte das Verhältniß der Schönheit zu den höchsten sitt= lichen Zwecken des Menschen nachweisen; er wollte darthun, inwiefern die Schönheit zur Erziehung des Menschen berufen sei; er wollte ermitteln, welcher Platz und welches Amt der Kunst innerhalb der Entwickelungs= und Bildungsgeschichte der Menschheit gebühre. So wenig Schlegel zur eigentlichen Speculation aufgelegt und befähigt war, so fühlte er doch, daß aus diesen Untersuchungen die Kunst in erhöhter Würde, in geistiger Verklärung hervorgehen müsse. Ehedem hatte die Philosophie der Einbildungskraft, aus welcher das Ver= mögen zu künstlerischem Schaffen entspringt, einen niedern Rang angewiesen und sie den untergeordneten Seelenkräften beigezählt: nun ward die Kunst an die höchsten und theuersten Interessen der Menschheit geknüpft und mit den letzten Zielen sittlicher Vollkommen= heit und geistiger Veredelung in die nächste und innigste Verbindung

gebracht. Von einer Seite her, nach welcher die früheren Theoretiker
ihre Blicke zu lenken entweder verschmäht oder nicht gewagt hatten,
brach ein mächtiger Lichtstrahl hervor, der über das gesammte Kunst=
gebiet eine ungeahnte Helle zu verbreiten und vor dem die innerste
Natur des künstlerischen Schaffens sich zu enthüllen schien. Hätte
Schlegel aus seinem Bestreben, sich die Elemente der neubegründeten
Aesthetik anzueignen, auch keine andere Frucht davongetragen, als
daß er sich mit höheren Begriffen von Wesen und Würde seiner
Kunst durchdrang, und demzufolge seinem Geiste einen neuen
Schwung ertheilte, so wäre dies allein schon als ein sehr beträcht=
licher Gewinn zu schätzen.

Wenn Schillers Theorie ihn erleuchtete, so eröffnete Goethes
schaffende Kraft ihm die Aussicht in eine unbegrenzte Kunstwelt,
von deren wirklichem Dasein er jetzt erst vollkommen überzeugt ward.
Denn jetzt erst ging ihm, wie den meisten der Zeitgenossen, all=
mählich der Sinn auf für die großen Schöpfungen, mit welchen
Goethe den Eintritt in die zweite Epoche seiner dichterischen Wirk=
samkeit bezeichnet hatte.

Als der Dichter zu Ende des neunten Jahrzehnts in der
Sammlung seiner Schriften, wie aus langer Verborgenheit, wieder
hervortrat, erschien er vor einem Volke, das, wie er noch in späteren
Jahren mit dem bittern Nachgefühl des Unmuths bemerkte, von ihm
nichts mehr wußte, noch wissen wollte. [75] Man verlangte und
erwartete, in ihm denselben zu erblicken, als den er sich in den Werken
seiner Jugend gezeigt hatte; und nun stand er da in verwandelter Ge=
stalt, eine räthselhafte Erscheinung, deren Wesen sich einer klaren
Deutung entzog. Wenige kamen den neuen Dichtungen mit ungetrübter
Empfänglichkeit, noch wenigere mit ahnendem Verständniß entgegen.
Hatte er doch selbst im Kreise der Theilnehmenden gelegentlich die
unfreundliche Wahrnehmung machen müssen, daß man, auf etwas

---

[75] Zur Morphologie 1, 65. — „Leider fiel jedoch die Auflage derselben (der
gesammelten Schriften) in eine Zeit, wo Deutschland nichts mehr von mir wußte,
noch wissen wollte."

„Berlichingisches" gespannt, von diesen abgeklärten Schönheitsgebilden
fast enttäuscht war. Um so weniger konnte sich die große Masse
der Leser des Gefühls einer solchen Enttäuschung erwehren, als sie
unvorbereitet an diese, in jedem Sinne neuen Schöpfungen herantrat. Man glaubte ein Nachlassen der ursprünglichen Kraft da
wahrzunehmen, wo dieselbe, noch unverminderte Kraft sich nur in
andern eigenthümlichen Formen äußerte, in Formen, die der veränderten oder vielmehr naturgemäß fortgebildeten Welt- und Kunstanschauung des Dichters entsprachen. Die Umwandlungen, die sich
im Goethe'schen Geiste, wie nach einem geheimnißvoll, aber sicher
wirkenden Gesetze, vollzogen hatten, und die wir jetzt in ihren
einzelnen Momenten genau verfolgen können — damals konnte
niemand in den weitern Kreisen der Leser sie überschauen oder auch
nur ahnen; und niemand vermochte im Innern der Künstlernatur
die Quelle zu entdecken, aus welcher jene verschiedenen Kunstgestal-
tungen mit gleicher Nothwendigkeit entsprangen.

Aus eigener Erfahrung konnte Schlegel im Jahre 1800 bezeugen, daß dem Wiederauftreten Goethes in der Gestalt des reifen,
selbstständigen, besonnenen Künstlers unmittelbar keine sichtbare be-
deutende Wirkung gefolgt sei. Eine Aeußerung Friedrichs aus einem
der nächstfolgenden Jahre bestätigt — wenn es hier der Bestätigung
noch bedürfte, — daß unter den neuen Dichtungen, welche die erste
Sammlung der Schriften brachte, gerade die trefflichsten erst lange
nach ihrem Erscheinen in ihrem wahren Werthe erkannt worden:
und jene Zeit hat auch Goethe selbst wohl vornehmlich im Sinne,
wenn er in den Noten zum Divan bemerkt, daß, während manche
seiner Arbeiten rasch und unverzüglich wirkten, andere nur langsam
zu Anerkennung durchdrangen. [76])

Als aber nach und nach jene zuerst so fremdartigen Gebilde den auf-
geschlosseneren Sinnen, die sich an ihnen erweiterten und erhoben, vertrauter wurden und zu einem immer tiefer ergründenden Studium

---

[76]) Charakteristiken und Kritiken 2, 6. Europa 1, 45. Westöstlicher Divan
(1819) S. 214.

lockten, da wuchs die Anerkennung und Bewunderung um so freudiger
empor. Wenn manche aus der ältern Generation, an die Vergangenheit angelehnt, in Gleichgültigkeit oder im Widerstreben verharrten, so
fühlte dagegen das jüngere litterarische Geschlecht, das in erregter Begeisterung in die Zukunft hinausstrebte, die gebieterische Pflicht, sich dem
Meister anzuschließen, der als Begründer oder wenigstens als Verkün-
diger eines neuen Reiches der Poesie gepriesen ward. In der Kunstwelt,
die er aufgethan, sollte der Geist der Nation sich heimisch machen;
der unerschöpfliche Gehalt, der in seinen Werken niedergelegt war,
sollte in das deutsche Bildungsleben übergetragen werden. Jetzt erst,
indem man den Gesetzen nachforschte, nach denen dieser Künstlergeist
sich entfaltet hatte, indem man die Gesammtheit seiner Dichtung
als einen kunstvollen Organismus zu überschauen lernte, jetzt erst
glaubte man das Wesen dieser in aller Geschichte der Poesie beispiel-
losen Erscheinung zu fassen.

Vor allem war es die Vielseitigkeit dieser Erscheinung, was zum
Staunen hinriß, die Forschung reizte und ihr stets neue Nahrung
gab. Das Bestreben, dem Werden dieses Genius auf die Spur zu
kommen, mußte zu geschichtlicher Betrachtung anregen. Man sah hier
einen Geist walten, der allem Großen, das die verschiedenen Blüthen-
alter der Poesie ans Licht gefördert hatten, verwandt erschien. In
seinen Werken gesellte sich zu dem ganzen reichen Inhalt der neueren
Zeit eine, nicht dem Alterthum abgeborgte, sondern im tiefsten Ein-
verständnisse mit dem Genius der alten Kunst neu geschaffene Form.
Mit einer Empfänglichkeit, der keine Grenzen gesetzt schienen, hatte der
Dichter alles aufgenommen, was Natur und Wissenschaft, was das
ausgebreitet vor ihm daliegende Menschenleben in nie versiegender
Fülle reichten. Kein Poet war so wie er den manigfaltigsten, aus
allen Regionen der Kunst und des Lebens herströmenden Einflüssen aus-
gesetzt; aber kraft seiner unbezwinglichen Originalität konnte, ja mußte
er alles Empfangene, das er in lebendig dauernden Kunstformen wieder
aus sich herausstellte, mit dem unverlöschbaren Gepräge seines Geistes
bezeichnen. Die Fähigkeit der echt künstlerischen Selbstentäußerung,

die man mit einem viele Verwirrung stiftenden Namen seine
Objectivität zu nennen pflegt, gestattete ihm, jedem Gegenstand, den
er aus der bereit liegenden Masse der verschiedenartigsten Stoffe
zur Darstellung herausgriff, sein volles unverkürztes Recht angedeihen
zu lassen; die Form, die diesen Gegenständen ertheilt ward, entsprang
nicht der Willkür des Poeten, sie war vielmehr von ihnen selbst
gefordert und schloß sich ihnen, als eine nothwendige, natürlich an.
So konnte es geschehen, daß diese Poesie, die mit verwunderungs=
würdiger Kühnheit sich an die höchsten, nie völlig lösbaren Probleme
des Daseins wagte, das Bild des Lebens in deutlichen, wie von
heiterm Glanz beleuchteten Formen aufstellte.

Alle, die sich in jenen Jahren an Goethe heranbildeten,
empfanden, daß in seinem Schaffen ein Muster für alles künstlerische
Wollen und Thun gegeben war; sie empfanden zugleich, daß die
Erkenntniß dessen, was er geworden und geleistet, in den gesammten
Ansichten von dem Wesen und der Ausübung der Kunst eine Er=
neuerung und Veredelung bewirken müsse. Wie von seinen Schöpfungen
aus auch über die Wissenschaft ein frischer Lebenshauch befruchtend
sich verbreitete, haben damals und hernach die wissenschaftlichen
Meister selbst, zuweilen in begeistertem Hymnenschwung, dankbar
ausgesprochen. Wie insbesondere der Uebersetzungskunst, die sich mit
Dichtung und Wissenschaft gleichmäßig berührt, das Studium seiner
Werke, die Wahrnehmung der ihn leitenden Principien förderlich
werden mußte, ist wohl nicht stets so deutlich zum Bewußtsein ge=
kommen.

Welche Forderungen richten wir jetzt zu allererst an den echten
Uebersetzer, der sich der herrlichen Aufgabe widmet, einen Meister
der Poesie aus vergangener Zeit, aus fremdem Volk zu uns heran=
zuführen? Wir verlangen von ihm die liebevollste, von dem feinsten
Verständniß geleitete Hingebung an seinen Dichter, eine Hingebung,
die es ihm leicht macht, diesem sein eigenes Wesen zum Opfer zu
bringen, die es ihm verwehrt, Züge seiner eigenen Individualität in
dessen Abbild hineinzutragen. Der echte Uebersetzer soll, seinem

Poeten nachdichtend, dessen Zeit- und Geistesgenosse werden. Er
soll die Fähigkeit, auch die leisesten und zartesten Besonderheiten
seines Urbildes wahrzunehmen, so lebhaft und bis zu einem solchen
Grade ausgebildet haben, daß jene sich, wie von selbst, der Nachdichtung mittheilen. Aber indem wir verlangen, daß der Uebersetzer
seine Individualität unter die seines Autors beuge, oder vielmehr
jene in dieser aufgehen lasse, fordern wir zugleich, daß er in künstlerischer Reise seinem Original selbständig genug gegenüber stehe,
um nicht in ängstlicher Nachzeichnung aller bedeutsamen und aller
gleichgültigen Einzelheiten desselben befangen zu bleiben, dergestalt,
daß ihm der Blick auf das Ganze verkümmert werde: er soll vielmehr mit künstlerischer Freiheit das Ganze erfassen, es in seinem
Geiste nachschaffen, damit es alsdann aus seinem Geiste als Ganzes
wieder hervortrete, ausgestattet mit allen charakteristischen Zügen,
die wir an dem Original zu schätzen haben. Diese scheinbar einander widersprechenden Forderungen lassen sich unter der einen
umfassenden Forderung einer eben so zart wie kräftig entwickelten
Empfänglichkeit begreifen, aber einer Empfänglichkeit, die sich nicht
blos leidend verhält, sondern — wenn ich den paradoxen Ausdruck
wählen darf — sich thätig äußert. Uns wurden diese Forderungen,
eben durch die Musterwerke der Uebersetzung, die wir seit dem letzten
Zehnt des vorigen Jahrhunderts erhalten haben, nach und nach vollkommen geläufig; zur Zeit, da Schlegel sich bildete, war weder ihre
Bedeutung noch ihre Berechtigung allgemein anerkannt; Voß war
der erste, der sich dieselben klar zu machen suchte; wie weit er ihnen
zu genügen vermochte, hatte seine erste Uebersetzung der Odyssee
auf das schönste und erfreulichste dargethan.

Jene Empfänglichkeit aber, die unerläßlichste Eigenschaft des
Uebersetzers, diejenige, welche seine andern unentbehrlichen Fertig-
keiten erst künstlerisch adelt, — kein deutscher Poet konnte sie in denen,
die sich seinem Studium ergaben, so sicher erwecken, so reich ausbilden, wie Goethe. Wer dieses Meisters Kunst in ihrem tiefsten
Grunde erkennen wollte, der mußte sich etwas aneignen von der

Weite und Helle des Blicks, von der umfassenden, mit großartiger Unparteilichkeit über alle Gestalten der Welt gleichmäßig sich erstreckenden Anschauung, durch welche Goethe in der herrlichen Reihe unserer vaterländischen Künstler als der Einzige dastand.

Gleich einem Befreier war dieser Gewaltige in unsere Litteratur eingezogen. Sich ihm anzuschließen konnte nur der würdig und fähig sein, der in Auffassung und Ausübung der Kunst jeder fesselnden Einseitigkeit, jeder knechtenden Manier entsagt hatte. Denn, unbeschränkt von willkürlichen, dem innersten Wesen der Kunst starr widerstrebenden Satzungen, aber das reine, ewige, unerbittlich strenge Kunstgesetz im Geiste hegend, hatte Goethe in den vielfachsten Formen die vielseitigsten Ansichten der Kunst und des Lebens dargestellt. In jedem seiner großen Werke zeichnete er den Umriß einer selbständig in sich abgeschlossenen Welt, deren Leben aus ihrem eigenen Mittelpunkte hervorsprang. Seine Poesie hatte alle Töne, und alle gleich klar und sicher angegeben. In dem Bereich jeder Geistes- und Gemüthsstimmung hatte sie sich heimisch gemacht. Sie schien sich in einem ungestörten Gleichmaß zwischen Empfangen und Schaffen zu erhalten. Wer dieser Poesie nach allen Richtungen hin, nach denen sie mit siegender Kraft sich verbreitet, zu folgen vermag, dem muß Geist und Herz für alle Manigfaltigkeiten der Kunst und des Lebens erschlossen werden. Und mußte nicht gerade der Uebersetzer das anregendste Vorbild für seine nachdichtende Thätigkeit in der schon damals proteisch genannten Verwandlungsfähigkeit erblicken, mit welcher diese Dichtung sich allen ihren wechselnden Gegenständen anschmiegte? mußte sie nicht gerade i h m als Muster erscheinen, jene, aus edler Selbstverleugnung sowohl wie aus vollkommen geläuterter Anschauung hervorgegangene, vielgerühmte und viel verkannte Objectivität, mit welcher der Dichter die Erscheinungen der Welt nach ihrem inneren gesetzlichen Wesen zur Darstellung brachte? Wie aus diesen Darstellungen die lebendige Wahrheit der Dinge hervorleuchtete, so sollte aus der Darstellung des Uebersetzers das Urbild in voller, reiner Wahrheit wiederscheinen. Eine Schule allseitiger Empfänglichkeit mußte das Studium Goethes für den Uebersetzer werden, der seine Thätigkeit, die so leicht zum niedern Handwerk herabsinkt, zur Weihe der Kunst erheben wollte.

Aber mit der höchsten Ausbildung jener Empfänglichkeit, die, richtig verstanden, alle geistigen Erfordernisse und Bedingungen der Uebersetzungskunst in sich schließt — mit dieser allein ist es nicht gethan: — die technischen Schwierigkeiten der Aufgabe treten heran. Die Möglichkeit, diese zu überwinden, hängt von dem Zustande der Sprache ab, auf deren Gebrauch der Künstler angewiesen ist. Eine noch nicht zu reifer Ausbildung gelangte oder wieder entartete Rede kann nicht das Organ werden, durch welches der große Dichter eines fremden Volkes eindringlich zu uns spricht. Daß auch der Uebersetzer auf die Sprache bildend und gestaltend wirken kann, lehrt freilich gerade die Geschichte unserer Litteratur an den leuchtendsten Beispielen. Im Allgemeinen aber wird man einräumen, daß der Uebersetzer — wie es ja auch schon in den meisten Fällen die Natur seiner Aufgabe bedingt — nicht die große sprachschöpferische Kraft entfalten kann, welche ein Vorrecht der frei schaffenden Dichter bleibt. Diese müssen erst durch die That gezeigt haben, bis zu welchem Grade der Vollkommenheit die Entwickelungsfähigkeit der Sprache hinaufreicht. Dann mag auch der Uebersetzer es zuversichtlich wagen, sich ihrer zu seinen manigfaltigen Zwecken zu bedienen; und dann kann es ihm gelingen, sie noch mehr ins Feine auszuarbeiten, sie gefügiger und geschmeidiger und zu noch unversuchten Wendungen geschickt zu machen.

Nun hatte aber in den Werken, durch welche Goethe die Periode seines Mannesalters verherrlichte, die Sprache sich zu einer solchen Höhe der Ausbildung emporgehoben, so sehr an Umfang und Vielseitigkeit zugenommen, daß sie dem Uebersetzer die reichlichsten Mittel darbot, um auch die bedenklichsten Wagestücke, die er nur immer ersinnen und ausführen konnte, erfolgreich zu bestehen.

Der deutschen Sprache hatte Klopstock mit kühner Schöpferthat die poetische Würde wiedergegeben: in der früheren Poesie Goethes hatte

sie sich in frischer Jugendkraft und jugendlich überströmender, aber
doch künstlerisch gebändigter Fülle überwältigend offenbart; in den
späteren Werken desselben Dichters begann für sie eine neue Epoche
der Veredlung. Jetzt erst schien die Ueberzeugung von ihrer unend=
lichen Bildsamkeit durch die That für immer unwiderlegbar begründet.
Diese Sprache drang erleuchtend in die verborgensten Schlupfwinkel
des Gefühls; sie versagte keiner Empfindung den mächtig erschüttern=
den oder leise rührenden Ausdruck; sie war der Kraft des klaren
Gedankens, der dunkeln Gewalt der hinreißenden Leidenschaft gleich=
mäßig gewachsen. Zwischen dem Erhabenen und Anmuthigen in
sicherer Mitte schwebend, gab sie ihre reinen Töne eben so willig
für die aus der Ferne des Alterthums herangerufenen neu beseelten
Gebilde her, wie für die einer uns näher liegenden Zeit angehörigen
Gestalten, in welchen der Dichter seine Anschauungen, geschöpft aus
den Erfahrungen des reichsten innern und äußern Lebens, verkörpert
hatte. Hier konnte ein Uebersetzer, der sich zur Nachbildung eines
in großartiger Einheit mächtig dastehenden Kunstwerkes berufen
fühlte, hier konnte er lernen, was die, nicht erzwungene, sondern
aus der ganzen Behandlung dieser durchgeistigten Sprache natürlich
sich ergebende Einheit des Stils bedeute; hier konnte er wahrnehmen,
wie alle noch so verschiedenartigen Töne sich einer Grundstimmung,
die das Ganze durchdringt, in freiem Einklang unterordnen. Hier
konnte er endlich auch Einsicht in die innigste Verschmelzung von
Sprache und Metrum gewinnen. Nicht durch den Willen des
Dichters, wie durch innere Nothwendigkeit schienen beide verbunden.
Die überlieferte Vorstellung von einer formellen Vollkommenheit,
die sich durch sorgsames Feilen und Ausputzen des Einzelnen dem
Kunstwerke geben ließ, war hier beseitigt. Zwar lehrt uns
jeder Vers, mit welchem sittlich künstlerischem Ernst, mit welcher
strengen Sorgfalt der Dichter gearbeitet; und wir wissen, mit
welchen Mühen diese Werke ans Licht geboren wurden. Ward man
aber ergriffen von dem geheimnißvollen rhythmischen Zauber, der
über Iphigeniens Worten ruht, vernahm man die weichere Melodie,

welche um die Verse des Tasso spielt und in unerschöpflichem Wechsel die lyrischen Dichtungen durchzieht, so mußte man fühlen, daß die sicherste Technik des geübtesten Versfünstlers nicht hinreiche, solche Wunder zu bewirken. Hier herrschte nicht die Correctheit, die dem Werke von außen angeheftet wird, sondern jene echte und einzig wahre, die aus dem Innern des Werkes als die natürliche Blüthe seiner Vollendung hervorgeht.

Welche reife Frucht ihm aus dem Studium dieser Sprache, dieser Formen erwuchs, vermochte Schlegel wohl selbst damals nicht mit Sicherheit abzuschätzen und zu ermessen. Er war zu jener Zeit in einer so raschen geistigen Entwicklung begriffen, seine Thätigkeit des Aufnehmens und Verarbeitens war so lebhaft, daß er unmöglich bei jedem Schritte, den er vorwärts that, reflectirend verweilen konnte, um sich über die Wichtigkeit desselben deutliche Rechenschaft abzufordern. Das Gesammtergebniß dieser Entwickelung aber mußte ihm schon damals einleuchtend werden. Mit kurzen Worten läßt es sich bezeichnen: diese Entwickelung führte ihn mitten in den Kreis derjenigen Litteratur, welcher die Zukunft angehörte.

Bürger hatte eigentlich nie verläugnen können, daß seine Lebens= und Kunstansicht aus den siebziger Jahren stammte. So lange Schlegel neben ihm stand, vermochte er daher auch nicht — und gerade die erste Arbeit am Sommernachtstraum ist dafür ein redendes Beispiel — sich von jener älteren Zeit= und Geistesrichtung entschieden abzuwenden. Nun aber gewann er die Ueberzeugung, daß bei der immer mächtiger ansteigenden Bewegung, die in alle Gebiete des Wissens, in alle Bereiche der Kunst eindrang, eine nothwendige Sonderung der innerlich fremdartigen und einander widerstrebenden Elemente bevorstehe oder schon begonnen habe: ihm ward es deutlich, daß eine durchgreifende Trennung des Alten und Veraltenden von dem, was mit überraschender Kraft sich als ein Neues herrlich offenbart hatte, fortan unvermeidlich sei. Ohne länger zu zweifeln, mit vollem Bewußtsein, gesellte er sich zu denen, welche durch Kritik und Production das Vergangene auch völlig

abzuthun entschlossen waren, und die deutsche Wissenschaft und
Kunst einer neuen Entfaltung mit beschleunigten Schritten entgegen-
führten.

Ihn in diesen neugewonnenen Anschauungen zu erhalten und
zu bestärken diente auch der schriftliche Verkehr mit seinem Bruder
Friedrich. Hier ward alles, was auf die leitenden Ideen der großen
litterarischen Bewegung nahen oder ferneren Bezug hatte, bald leicht
berührt, bald tiefer erörtert. Der jüngere Bruder wagte sich rück-
haltlos in die neu eröffneten Bahnen. Mit schwerer Mühe rang
er nach der Erkenntniß des die Zeit durchdringenden Geistes, der
in den Bestrebungen der Wissenschaft, in den Schöpfungen der
Kunst seinen vielfältigen Ausdruck fand. Sobald er diese Erkenntniß
errungen zu haben glaubte, ward er der entschlossenste und verwegenste
Vorkämpfer jenes Geistes, noch ehe er in kecken fragmentarischen
Aussprüchen jene Theorien vortrug oder vielmehr ahnen ließ, welche
dann wiederum einer neuen Bildungsepoche den Anstoß geben
sollten. Alles aber, was er damals, in der Zeit der gährenden
Jugend dachte und unternahm, vornehmlich sein Bestreben, in ver-
gleichender Theorie und in einer weiten kritisch-historischen Betrachtung
die Poesie der Alten und der Neueren zusammenzufassen, um so bis
zur Erforschung des Wesens der Kunst zu gelangen — dies alles
mußte auf den älteren Bruder anregend und anfeuernd zurückwirken.
Von allen Seiten, auf alle Weise fand Schlegel sich ermuntert, bei
den Arbeiten, zu denen angeborene Neigung ihn schon früher hingewiesen, zu beharren, und zwar um sie in einem höheren Sinne
fortzuführen.

So rückte er denn immer weiter vor in seiner Darstellung
des Danteschen Gedichtes, die zwischen Uebersetzung und erläuternder
Inhaltsangabe die Mitte hielt. Klarer wurden seine Ansichten,
diegener und eindringender seine Urtheile über das Weltpoem und
dessen großen Schöpfer, dem, nach Michel Angelos begeistertem Lob-
spruche, der Himmel selbst die hohen Pforten aufgethan.! [Schon
im Jahre 1795 genügte ihm nicht mehr, was er 1791 unter den

Auspicien Bürgers in dessen „Akademie" als Erstling seiner Arbeit
veröffentlicht hatte. Mit dem rein künstlerischen verband sich immer
inniger das geschichtliche Interesse. Wir erkennen die Richtung,
welche er bei seinem Studium der hervorragendsten Dichter der
Vergangenheit immer entschiedener einschlug, wenn wir erfahren,
daß er diesen Versuch, die verschlossene Eigenthümlichkeit des mächtigen
Florentiners den Deutschen verständlich, ja annehmlich zu machen,
wohl als eine Vorübung zu einer Geschichte der italienischen Sprache
und Poesie ansehen mochte. [77]) Der Kritiker und der Forscher der
Litteraturgeschichte ward eins mit dem Uebersetzer.

Ueber dem großen Poeten des Südens ward Shakespeare indeß
nicht vergessen. Zuvor hatte sich Schlegel mit einem jener dichterischen
Spiele beschäftigt, in welchen eine Welt voll lieblichen Zaubers,
holde leichtschwebende Gestalten und lustige Gaukeleien des Scherzes
wie im Nebelglanz an uns vorüberziehen; jetzt wählte er Dichtungen
anderer Art, in denen die Leidenschaft sich entfesselt, um, berauschend
und verderbenbringend, ihre schreckensvollen Triumphe zu feiern,
oder in denen die Phantasie mit dem Tiefsinn des Dichters vereinigt wirkt, um durch die erschütterndsten Darstellungen uns zu
den tiefsten Betrachtungen über die dunkeln Räthsel des Menschen-
geschicks hinzudrängen. Er arbeitete am Romeo und am Hamlet.
Bruchstücke dieser Uebersetzungen waren im Herbst des Jahres 1793
in Friedrichs Händen; durch diesen wurden sie auch Carolinen vorgelegt. Die Freundin, deren Urtheil in allen Angelegenheiten der
Poesie schwer wog, äußerte ihr Wohlgefallen, wiederholte aber zugleich
einen Tadel, den schon Friedrich hatte laut werden lassen: sie fand,
es sei der Uebersetzung eine zu alterthümliche Färbung geliehen, und
schob die Schuld davon auf den Dante, bei dessen Bearbeitung sich
Schlegel zu sehr an veraltete Worte und Stellungen gewöhnt hätte. [78])
Allerdings fühlte Schlegel, wie unschicklich es sei, den Dichter der

göttlichen Komödie in einem zierlichen Gewande von durchaus
modernem Zuschnitt auftreten zu lassen; er hatte sich deshalb aus=
drücklich, und gewiß mit voller Berechtigung, die Freiheit vorbehalten,
aus der ältern Sprache manches vergessene Wort wieder neu zu
beleben und durch manche wohlangebrachte Härte in Vers und
Satzbau der Nachbildung etwas von dem Rost des Alterthums zu
geben, der uns am Original so edel erscheint. Hatte doch ehedem
auch Bürger zu Gunsten seines Homer, freilich nicht mit glück=
lichem Erfolge, dem älteren Sprachschatz manches tüchtige Wort zu
entwenden gesucht.

Die Bruchstücke sind uns nicht erhalten; es bleibt daher unent=
schieden, inwiefern jener Tadel begründet war. Schlegel hatte
einsehen gelernt, daß zu den großen Zügen der Shakespeareschen
Lebensgemälde die geleckte und polirte Manier sehr übel passe, deren
sich die älteren Anhänger der Correctheit beflissen und die zu erwerben
er sich selbst früher so redlich bemüht hatte. Möglich, daß er nun
den Gegensatz zu weit trieb, daß er sich zu einem ungehörigen
Archaismus, zu störender Härte und Rauhigkeit verleiten ließ. Viel
wahrscheinlicher jedoch, daß die Tadler im Unrecht waren; sie miß=
billigten, was sie noch nicht zu schätzen wußten. Die Leser, selbst
die wohlwollendsten und empfänglichsten, konnten sich nicht so
leicht in die strenge Weise der Uebersetzungskunst, der Schlegel nun
zustrebte, hineinfinden. Einen ähnlichen Tadel, wie Schlegel ihn
im October 1793 von Friedrich und Caroline vernahm, mußte er
im Juli 1796, nachdem Schillers Horen schon die ersten Proben der
neuen Uebersetzung gebracht hatten, von einem der besten und ein=
sichtigsten seiner Leser, von Wilhelm von Humboldt, vernehmen.[79]
Wir wissen jetzt, daß Humboldt mit diesem Tadel eben so wenig
das Richtige traf, wie mit dem zu gleicher Zeit ausgesprochenen
Wunsche, Schlegel möge seine Kraft lieber an eigenen Werken üben,

---

[79] Der Brief Humboldts vom 23. Juli 1796 findet sich unter den Bei=
gaben, mit welchen Klette sein Verzeichniß der von Schlegel nachgelassenen
Briefsammlung geziert hat.

als sich der Uebersetzungskunst hingeben, bei welcher ja doch nie ein vollkommen befriedigender Erfolg zu gewinnen sei.

Obgleich nun Schlegel keineswegs die Lust zur selbständigen Production unterdrückte, so fühlte er sich doch immer entschiedener zu denjenigen Arbeiten hingezogen, die als Vorbereitung für seinen wirklichen Beruf gelten konnten. Er sammelte die reichen Erfahrungen, die er auf dem Gebiete der Verskunst, sowohl durch das Studium der gleichzeitigen Dichter, wie durch eigene dichterische Thätigkeit erworben hatte; sie erweiterten sich ihm fortwährend; und diese Erfahrungen sollten die Grundsätze hergeben, auf denen er eine umfassende Darstellung der Metrik errichten wollte.

Er hat diese Darstellung nicht ausgeführt. Durch Tiefe und Sicherheit der philosophischen Begründung würde sich seine Lehre sicherlich nicht ausgezeichnet haben; um so nutzbarer wäre sie für die künstlerische Praxis geworden. Er hätte nichts vorgetragen, was er nicht durch eigene Prüfung bewährt gefunden; und alles Vorgetragene wäre demgemäß für eine unmittelbare Anwendung reif gewesen. Hätte er nur seine Erfahrungen unter einzelne bestimmte Gesichtspunkte, wenn auch nicht in systematischem Zusammenhange, geordnet, so wäre dadurch ein Codex praktischer Gesetze aufgestellt worden, in denen die Ausbildung der dichterischen Technik eine natürliche Richtschnur gefunden hätte. Ein solches Gesetzbuch mochten dann mit besonderm Nutzen gerade die spätern romantischen Freunde Schlegels zu Rathe ziehen, von denen die meisten, zu seinem unverhohlenen Mißvergnügen, die Erfordernisse einer gleichmäßigen, saubern und gefälligen Technik niemals ganz in ihre Gewalt bekamen.

Für das Unausgeführte bieten uns einen nicht völlig genügenden, aber immer sehr werthvollen Ersatz die Betrachtungen über Metrik, welche dem brieflichen Verkehr mit Friedrich ihren Ursprung verdanken. Sie wenden sich vornehmlich gegen die Meinungen und grillenhaften Theorien, die Klopstock, im ehrenwerthen Eifer für die Trefflichkeit der deutschen Sprache, verkündete. Dieser Eifer blieb von der Leitung streng wissenschaftlicher Kenntniß verlassen: er

mußte daher zu einer Einseitigkeit verführen, in welcher der vaterländische Dichter so befangen war, daß er das Wesen der andern
Sprachen seltsam verkannte; ja, er vermaß sich sogar, von eingebil-
deter Höhe herab, an den classischen Sprachen und ihrer Metrik
gewisse Mängel zu rügen, von welchen die deutsche Sprache, wie er
mit Stolz versicherte, frei war, und welchen die deutsche Metrik, wie
er glaubte, entgehen könnte, wenn sie nur seinen Gesetzen und seinen
Beispielen sich gelehrig fügen wollte. Friedrich, der sich noch nicht
an deutscher Verskunst abgemüht hatte, noch nicht aus eigener Erfahrung wußte, welche Bequemlichkeiten und welche Nachtheile die
deutsche Sprache für dichterische Behandlung darbietet, Friedrich war
bereit, diesen Ansichten beizutreten. Wilhelm trat ihnen entgegen.
Er setzte sich nicht leichtsinnig hinweg über die Autorität des ehr-
würdigen Vaters unserer neueren Dichtkunst; aber er glaubte sich
berechtigt, dem Ausspruche seiner eigenen Erfahrung zu vertrauen,
und die Erfahrung hatte ihm das Trügliche der Klopstockschen Lehre
aufgedeckt. Er kann demnach nicht einstimmen in jenes fast unbedingte Lob, welches der vaterländischen Sprache mit so lebhaftem
Selbstgefühl ertheilt worden; denn während seiner eigenen Kunstübung, in welcher er nach metrischer Vollkommenheit strebte, hatte
er zu seinem Mißbehagen wahrnehmen müssen, wie spröde und
ungeschmeidig das deutsche Wort so oft sich den ernstlichsten Bemühungen des Verskünstlers widersetzt. Er betrachtet das Verhältniß
zwischen Laut und Bedeutung, zwischen Geist und Körper des Wortes,
er betrachtet das Verhältniß der Consonanten zu den Vokalen; er
erwägt, wie die gehäuften Mitlauter die Sprache belasten und ihren
Gang erschweren; er thut dar, wie so leicht ein zartes, an die Fülle
des südlichen Wohllauts gewöhntes Ohr durch die zusammenstoßenden
Härten, denen unsere Sprache nicht ausweichen kann, verletzt wird;
er gibt einen vergleichenden Ueberblick über die consonantischen
Anfänge und Endungen griechischer und deutscher Wörter, und wirft
dabei die richtige Bemerkung hin, daß die Sprache gerade durch die
Anhäufung der Consonanten am Schluß der Wörter den Charakter

der Härte und Rauhheit erhält. Besonders scheint ihn die Untersuchung zu reizen, inwiefern der Sprache eine sinnlich darstellende Kraft inne wohne und wie hoch diese Kraft ohne Beeinträchtigung des Wohlklangs gesteigert werden könne. Allerdings verfährt hier Schlegel durchaus nicht erschöpfend. Er wirft die Probleme auf, er empfiehlt sie der Betrachtung; er deutet wohl auch an, wie er selbst etwa sich mit ihnen abfinden würde; nirgends jedoch trachtet er darnach, sie mit systematischer Gründlichkeit zu lösen. Alles aber, was er frisch und lebhaft, wie im Laufe einer leicht und frei sich ergießenden Unterhaltung vorbringt, — alles dies wirkt um so anregender, weil wir merken, daß diese Fragen und Probleme sich ihm nicht aus abgezogenen Betrachtungen ergeben haben, daß sie ihm vielmehr während einer vielfältigen künstlerischen Praxis wiederholt aufgestoßen sind; er fühlt sich daher gedrungen, mit dem regsten persönlichen Antheil von ihnen zu sprechen. Er spricht überall als ein Künstler, der, während er mit liebevoller Emsigkeit seinem Geschäfte hingibt, das klare unbefangene Urtheil über die technischen Bedingungen, unter denen allein er wirken kann, nicht verloren hat; und diesem Künstler ist es ein Bedürfniß, über die günstige oder ungünstige Beschaffenheit des Stoffes, in dem er zu arbeiten hat, völlig ins Klare zu kommen. Wie viel erfreuender und belehrender ist der anspruchslose, heitere Vortrag dieser treffenden, aus der Fülle der Erfahrung fließenden Bemerkungen, als die ernstlicher gemeinte, aber unfruchtbare Auseinandersetzung, die Schlegel hernach in den Briefen über Poesie, Silbenmaß und Sprache begann!

Den allgemeinen Bemerkungen über die Tauglichkeit der verschiedenen Sprachen zu höherer Ausbildung folgen einzelne Winke über die Regeln des deutschen Jamben. Diese müssen uns noch willkommener sein als jene; denn sie stehen in ganz unmittelbarem Bezug zu Schlegels großer Aufgabe. Auch diese Regeln sind ihm aus der Erfahrung hervorgegangen, die er durch eigene Uebung gesammelt hatte und die ihm durch die sorgfältig beobachtete Technik der vorzüglichsten Dichter bestätigt worden. Er versicht nachdrücklich

und entschieden das gute Recht unseres fünffüßigen jambischen
Verses gegen den antiken Trimeter, den Friedrich ausschließend zur
Geltung bringen will. Wilhelm konnte diese Vertheidigung freilich mit
um so lebhafterer Ueberzeugung führen, je weniger es ihm bis dahin
gelungen war, die kunstvolle Structur des Trimeters zu durchschauen,
vor dessen Nachbildung in unserer Sprache er damals noch, als vor
einem ebenso mühseligen, wie unersprießlichen Beginnen zurückschrak
und warnte. [*]) Hätte er eine in sich zusammenhängende Theorie
des jambischen Verses liefern wollen, so würde ein solcher Mangel
tieferen Verständnisses sich in sehr empfindlicher Weise fühlbar gemacht
haben. Hier aber, wo es nur darauf ankommt, einige Winke zu
geben, welche die Eigenart des deutschen Verses schärfer bezeichnen
und die Grenzen, innerhalb deren ihm eine freie, sichere Bewegung
gestattet ist, genauer bestimmen sollen, hier ist eine vollständige
Einsicht in den Bau des alten Verses nicht unbedingt erforderlich.
Schlegel will sich ja auch gar nicht vermessen, über die beiderseitigen
Vorzüge des Trimeters und des fünffüßigen Jamben ein absolutes,
allgültiges Urtheil auszusprechen: er will nur, — und hierin war
ihm schon der junge Herder längst vorangegangen — er will nur
die Angemessenheit des letzteren Verses für unsere Sprache darthun
und behaupten. Er glaubt, daß aus der Gestalt, welche diese Versart
unter den Händen unserer guten Dichter bis dahin angenommen,
sich alle Gesetze entwickeln lassen, nach denen die fernere Ausbildung
vor sich gehen müsse. Er hält es für zuträglich, ja nothwendig, daß
unserm Fünffüßler die Spondeen nur sparsam beigemischt werden,
sparsamer wenigstens, als sie im griechischen Trimeter erscheinen;
der Anapäst soll überall da, wo der Vers tragische Würde erstrebt,
so gut wie ganz ausgeschlossen sein; um den „greulichen" Antispast

------

*) Wer die allmähliche Ausbildung und Entfaltung unserer neueren Metrik
an einzelnen Beispielen verfolgen will, der vergleiche die hier niedergelegten
Aeußerungen über den Trimeter mit den Ansichten, die Schlegel zehn Jahre
später in der Beurtheilung des Stolbergschen Aeschylus kund gab. Werke 12,
157 fgg.

zu vermeiden, soll nie der Trochäus nach dem Jambus auftreten, wohl aber soll der Trochäus dem Jambus voranschreiten, damit der „schöne“ Choriambus sich bilde. Man erkennt aus diesen und ähnlichen Vorschriften, daß Schlegel dem Verse, dem die Gefahr haltloser Schlaffheit und ermüdender Einförmigkeit wechselnd droht, alle wünschenswerthe Manigfaltigkeit metrischer Bewegung sichern will; zugleich aber zieht er dieser freien Bewegung bestimmte Grenzen, damit sie nicht in ungebundene Licenz ausschweife. Offenbar blickt er auf den Goethe'schen Vers als auf das nachahmungswürdigste Vorbild; und wirklich spricht er es aus, daß in Werken, wie Iphigenia, Tasso, Erwin, Claudine eins der besten Muster aufgestellt sei.

Diese, wenn auch vereinzelten und sprungweise vorgetragenen, aber noch immer höchst nutzbaren Bemerkungen über den Vers, der bei uns eine wahrhaft nationale Geltung erlangt hat, zeigen deutlich genug, wie sorgfältig sich Schlegel mit dem technischen Rüstzeug versah, um das große Werk, an das er nun immer näher herantrat, in Angriff zu nehmen. Um es aber zu bezwingen, mußte er in den Umkreis der deutschen Kunstwelt erst wieder zurückgekehrt sein, ja, sich dem räumlichen Mittelpunkte der mächtigen litterarischen Bewegung genähert haben.

Der Amsterdamer Aufenthalt fand im Sommer 1795 seinen Abschluß. In Braunschweig genoß Schlegel für die nächste Zeit einer völlig unabhängigen Muße. Die Gegenwart Carolinens, mit welcher er nun für immer sein Geschick zu theilen entschlossen war, diente nur dazu, den Eifer, mit welchem er ausschließend die litterarische Thätigkeit pflegte, noch stärker anzufachen. Zwar mußte ihn die Sorge für die Zukunft vielfach beschäftigen; sie gab ihm manche wunderliche Pläne ein; der umschweifende Blick richtete sich sogar einmal nach Amerika. Die Spannkraft des immer thätigen Geistes litt aber nicht unter der Unsicherheit der äußeren Zustände; und zum Glück für ihn und uns bedurfte es keiner so verzweifelten Auskunftsmittel. Durch den gebieterischen Hang seiner Natur ward Schlegel auf dem Wege festgehalten, den sein Talent ihm ebnen mußte.

Die Theilnahme an den Horen brachte ihn in nähere Beziehungen zu Schiller. Diese wurden fürs erste aus der Ferne durch briefliche Mittheilungen unterhalten, bis Schlegel im Frühling 1796 auf Schillers freundliches Anrathen nach Jena übersiedelte, [81]) wo er dann, mit Carolinen verbunden, für die folgenden Jahre seinen festen Aufenthalt nahm. Er trat so den Führern unserer Dichtung auch persönlich nahe, nachdem schon vorher seine geistige

---

[81]) Eine Stelle im Briefwechsel zwischen Schiller und W. v. Humboldt muß den weniger eingeweihten Leser zu der Annahme verführen, Schlegel habe sich schon viel früher, etwa im Beginn des Winters von 1795 auf 96 in Jena niedergelassen. Unter dem Datum des 25. December 1795 schreibt nämlich Schiller: „Schlegel ist seit vierzehn Tagen wieder hier, und mit einer weitläuftigen Recension des Vossischen Homers beschäftigt, wovon ich, was fertig ist, gelesen" u. s. w. (S. 353). — Aus einer großen Anzahl ganz zuverlässiger Daten — allein die zwischen Schiller und Schlegel gewechselten Briefe würden hier schon vollauf genügen — ergibt sich nun aber unwidersprechlich, daß Schlegel weder vor dem December 95 in Jena gewesen, noch im Laufe des genannten Monats sich dorthin begeben hat. Andrerseits steht es eben so fest, daß er die berühmte Recension des Vossischen Homer nicht früher, als um die Mitte des Jahres 1796, und zwar in Jena ausgearbeitet hat. Sie erschien in der Literatur-Zeitung No. 262—67. — Nur eine Lösung gibt es für den unversöhnbaren Widerspruch, in welchem sich diese Briefstelle gegen die andern unanfechtbaren Daten befindet: Als Humboldt den Briefwechsel für die Herausgabe ordnete, war der ursprüngliche Schluß des Briefes vom 25. December 95 nicht mehr vorhanden; dagegen fand sich ein einzelnes Blatt vor, das mit dem auf Schlegels Recension bezüglichen Satze begann: es gehörte unzweifelhaft zu einem aus der Mitte des Jahres 96 stammenden Briefe, dessen übrige Theile verloren gegangen. Humboldt aber glaubte, dies Blatt enthalte den Schluß des Briefes vom 25. December 95, dem es dann auch, zur Verwirrung der Leser, angefügt ward. — Wem diese Beweisführung noch nicht zwingend erscheint, der blicke auf die Nachschrift des Briefes. Dort sagt Schiller: er habe statt des Momus (es ist zu lesen: Momus) und Centaurs eine Terpsichore zum Titelkupfer des Musen-Almanachs gewählt. Von welchem Musen-Almanach kann hier die Rede sein? Sicherlich nicht von dem auf das Jahr 1796; denn dieser mußte im December 95 längst abgeschlossen sein; und ihn ziert bekanntlich der sauber gestochene Kopf des Apollo. Dagegen dient dem Xenien-Almanach auf 97 allerdings eine widerlich verunglückte Terpsichore zur schrecklichen Verzierung. Schiller redet also von diesem Almanach, auf dessen Ausschmückung er im Sommer 1796 bedacht sein mußte, wie die Briefe an Goethe vom achten und zwölften Juli beweisen.

Thätigkeit in den Bereich der höchsten künstlerischen Interessen, für
welche jene kämpften, hereingezogen worden. Denn als es sich
darum gehandelt, eine würdige Recension des ersten Jahrgangs der
Horen in die Literatur-Zeitung zu bringen, hatte man ihm die
Beurtheilung des poetischen Bestandtheils der Zeitschrift anvertraut.
Schiller selbst war es, der ihn zur Uebernahme dieses bedenklichen
Richteramtes bestimmte; und Schlegel zeigte sich denn auch in der
umständlichen Kritik der Dichtungen Goethes und Schillers, ganz
wie man es von ihm erwartet hatte, als „ein Mann aus der neuen
Generation" (Goethe an Schiller 26. December 1795). Das Ge-
sammte der Arbeit, zu deren Ausführung man ihm kaum die nöthige
Muße vergönnte, mußte befriedigend erscheinen, wenn die beiden großen
Freunde auch nicht allen Einzelheiten des Urtheils beizustimmen
vermochten; ja selbst indem Schiller über die Mängel dieser kritischen
Leistung eine etwas schärfere Censur ergehen ließ, konnte er doch
nicht anders als eingestehen, daß unter den Litteratoren, die damals
in der Kritik das Wort führten, niemand die Aufgabe mit so feinem
Sinn erfaßt und mit gleichem Glücke gelöst haben würde.

In demselben Winter nun, in welchem er begann, die größten
Erscheinungen unserer neuern Poesie mit einer, das Verständniß derselben fördernden, Kritik zu begleiten, in demselben Winter vollbrachte
er die entscheidende That, welche den deutschen Shakespeare ins
Leben rief. Während des Braunschweiger Aufenthalts nahm er den
Sommernachtstraum von neuem vor. Das Manuscript, das seit
seinen Göttinger Studienjahren unverändert unter seinen Papieren
gelegen, ward genau durchgeprüft; die ältere Form der Uebersetzung
mußte unzulänglich befunden und gänzlich umgeschmolzen werden.
Aber Schlegel begnügte sich nicht damit, die frühere Arbeit zu voll-
endeter Gestalt herauszubilden; er wollte seine reicher entwickelten
Kräfte auch zugleich an einer neuen Aufgabe versuchen. Er ergriff
den Romeo, der, wie wir wissen, schon 1793 ihn zur Uebersetzung
angelockt hatte. Gegen Ende des Februar 1796 konnte er an
Schiller über die Ausführung dieser beiden Arbeiten Bericht erstatten;

am erſten März ſandte er ihm die erſten drei Scenen aus dem zweiten Akte des Romeo, mit denen dann alsbald das Märzheft der Horen geſchmückt ward. [52]) Es iſt nicht bloßer Zufall, oder es liegt wenigſtens Bedeutung in dem Zufall, daß gerade die Zeitſchrift, über welcher die Geiſter Schillers und Goethes gemeinſam walteten, und welche ganz eigentlich zum Sammelplatz für die edelſten Beſtrebungen und Leiſtungen des neubelebten deutſchen Genius beſtimmt war, — daß gerade dieſe Zeitſchrift auch die erſten Proben des deutſchen Shakeſpeare in die Oeffentlichkeit brachte. Denn dies Werk war entſtanden unter dem lebendigen Anhauch des ſchöpferiſchen Geiſtes, der unſere Litteratur umgeſtaltend durchdrang. Es reiht ſich den großen Thaten ein, welche zu Ende des vorigen Jahrhunderts die höchſte und vielſeitigſte Ausbildung der deutſchen Dichtkunſt bewirkten.

Jetzt erſt ward Shakeſpeare, deſſen Geiſt freilich ſchon ſeit Jahrzehnten ſtürmend, aufregend und verwirrend durch unſere Litteratur einhergefahren, jetzt erſt ward er in Wahrheit für unſere Dichtung erobert. Jetzt erſt ſchien auch Schlegel mit vollem Bewußtſein die ganze Bedeutung ſeines Unternehmens zu faſſen und daſſelbe einem feſtbeſtimmten Ziele zuzulenken, einem Ziele, zu dem er früher den Weg noch nicht ſelbſtändig zu finden vermocht hatte. Und jetzt erſt ſchien er mit klarem Blick den Abſtand zu ermeſſen, durch den das Werk kunſtvoller Nachbildung, das er begonnen, getrennt war von der früheren Ueberſetzung, mit welcher ſich der Deutſche bis dahin ganz leidlich beholfen. Dieſe hatte die Form nicht gewahrt und demzufolge auch den wahren Gehalt des Kunſtwerkes — denn wie ließe ſich in einem ächten Erzeugniſſe der Poeſie eins vom andern geſondert denken! — nicht unverfälſcht überliefert: nur das nackte Wort war geblieben. Aber das Wort, um deſſen grammatiſches

---

[52]) Reichardts Deutſchland brachte dann Band 2, Stück 5, S. 215—59 als „Probe einer neuen Ueberſetzung von Shakeſpeares Werken" die dritte Scene des fünften Actes bis zu Juliens letzten Worten: „Roſte da | Und laß mich ſterben." —

Verständniß sich Eschenburg — zu seinem Ehren sei es gesagt! —
sehr erfolgreich bemüht hatte, dies Wort sprach nicht mehr zur
künstlerisch gestimmten Einbildungskraft: es war nicht mehr das
Wort des Dichters. Es hatte mit dem poetischen Reiz zugleich
seinen eigentlichen Sinn eingebüßt. Aus der heimischen Kunstregion,
aus dem Bereiche der Phantasie war es vertrieben; der Fassungs-
kraft des nüchternen Verstandes konnte es sich in vielen Fällen
keineswegs anbequemen, und so versank es unrettbar ins Abge-
schmackte. Was der Dichter mit bewußter und unbewußter Kühnheit,
im Spiel und Ernst, lieblich und großartig ausgesprochen, es mußte
ins Alberne verkehrt werden, sobald es durch das Medium einer
wörtlichen prosaischen Uebertragung hindurchging. Jede beliebige
Stelle des Romeo konnte für diesen betrübenden Umwandlungsproceß ein überzeugendes Beispiel liefern.

Mit dringenden, mit ganz und gar unwiderleglichen Gründen
konnte also Schlegel die Nothwendigkeit einer neuen Uebersetzung
darthun, als er sich anschickte, sein eigenes Unternehmen, das er
gleichsam unter den Schutz der leitenden Genien unserer Litteratur
gestellt zu sehen wünschte,[83] öffentlich zu rechtfertigen und zu
empfehlen. Denn allerdings hielt er für erforderlich, die Gemüther
empfänglich zu stimmen; sie mußten vorbereitet werden auf die
Erscheinung des Dichters, der eben deshalb, weil er sich jetzt zuerst
den Deutschen in seiner wahren Gestalt als vollbewußter Künstler
zeigte, wie ein erhabener Fremdling in unsere Litteratur eintrat.
Dieselbe Zeitschrift, welche die ersten Proben des deutschen Shakespeare
gebracht, brachte demgemäß gleich hernach (im vierten Stück 1796)
„Etwas über William Shakespeare bei Gelegenheit Wilhelm Meisters."

Mit wohlbegründeter Absicht wählte Schlegel das Goethesche
Werk zum Ausgangspunkte seiner Erörterungen. Dieser Roman

---

[83] Am ersten März 1796 schreibt er an Schiller: „Mir liegt viel daran,
weil ich es leicht mit mehreren Stücken Sh—s versuchen könnte, wenn Richter
wie Sie finden, daß es mir nicht mißlingt. Könnte ich doch auch Goethes und
Herders Urtheil erfahren!"

ließ mit wunderwürdiger Klarheit die verschiedenen Richtungen
überblicken, nach welchen das deutsche Bildungsleben sich zu entfalten
trachtete; er bezeichnete zugleich den Höhepunkt der Bildung, zu
welchem die vaterländische Litteratur sich emporgeschwungen. Wie
Goethe einst in die Stimmungen Werthers die Homerische und
Offianische Poesie hatte hineinspielen lassen, so ließ er hier den
Genius Shakespeares in die innere Entwickelungsgeschichte Wilhelm
Meisters mächtig eingreifen; er schilderte mit hinreißender Wahrheit,
wie der deutsche Geist sich an dem britischen Dichter erhoben und
in der Berührung mit ihm die Fähigkeit zu freierer Kraftent-
wickelung gewonnen hatte. Das Streben nach der tieferen Erkenntniß
Shakespeares erschien hier als ein bedeutsames Element in jenem
Zustande nationaler Bildung, von welchem der Roman ein so
umfassendes Gemälde aufstellte. Hier bot sich für Schlegel der
günstigste Anlaß, um auf das einleuchtendste darzuthun, wie unzulänglich die ältere prosaische Uebersetzung sei, die bis dahin, ehe das
Wesen der Shakespeareschen Dichtung deutlich erkannt worden,
allenfalls hatte genügen können.

Gründlich und für immer hatte Goethe das belachenswerthe Vorurtheil ausgerottet, demzufolge Shakespeare nur als ein in freier Wild-
heit aufgewachsener Sohn der Natur galt, der, unbekümmert um die
ewigen Gesetze und um die wandelbaren Regeln der Kunst, im unge-
stümen Drange, halb unbewußt, seine Geistesgeburten hervorgebracht
habe. War Shakespeare in der That ein Solcher, so konnte wenig daran
liegen, ob in der Nachdichtung so kunstloser Werke die Form, die er
ihnen zufällig gegeben, beibehalten oder preisgegeben ward. Nun war
aber der englische Dramatiker durch den größten deutschen Dichter als
ein Poet von unergründlichem Kunstverstande legitimirt worden, —
als ein Poet, der nach einem, mit überlegener Weisheit entworfenen
Plan jede seiner Schöpfungen gestaltete und alles, was sich in derselben regte, diesem einen herrschenden Plane in strenger Folge-
richtigkeit unterordnete. Und diesen innern, nothwendigen, unlös-
baren Zusammenhang hatte Goethe nachgewiesen an jener tiefsinnigen

Tragödie, die, so sehr man sie auch bis dahin stückweise bewundert und gepriesen, doch im Ganzen unbegriffen geblieben und manchem nur als ein unenträthselbares Gewirre genialischer Willkürlichkeiten erschienen war.

In den Werken eines solchen Dichters durfte fortan nichts gleichgültig übersehen, oder gar absichtlich vernachlässigt werden. Vor allem aber mußte man sich hüten, sie der Kunstform, in der sie sich darstellten, zu entkleiden. Denn diese Form war mit ihrem Wesen innigst verwachsen. Dieselbe Weisheit, welche über der Anlage und Ausführung des Ganzen gewaltet, welche die reiche Manigfaltigkeit des geistigen Gehalts Einem Zwecke dienstbar gemacht hatte, dieselbe Weisheit mußte auch in der Wahl und Behandlung der Formen, welche diesem Gehalte sich anpaßten, offenbar geworden sein. Als organische Gebilde hatten sich Shakespeares Werke dem liebevoll forschenden Geiste zu erkennen gegeben: und „was ist das Aeußere einer organischen Natur anders, als die ewig veränderte Erscheinung des Innern". [54] War es nicht befremdlich, daß Wilhelm Meister, der in das innere Gefüge der Shakespeareschen Dichtung mit so glücklich geschärftem Blick eingedrungen war, sich um das Aeußere so unbekümmert zeigte und, wie die spärlich mitgetheilten Proben seiner Uebersetzung darthaten, sich allerdings der Wortstellung des Originals anzubequemen trachtete, sich aber keineswegs versucht fühlte, die herkömmliche Prosa aufzugeben? Selbst dem größten Dichter lag also damals der Gedanke noch fern, daß eine Nachbildung möglich, ja nothwendig sei, welche Aeußeres und Inneres der Shakespeareschen Welt mit gleicher Treue wiedergäbe und den entzückenden Einklang zwischen Gehalt und Form, Wort und Rhythmus ungestört bewahrte.

---

[54] Propyläen 1, 2, 28. Auch was Goethe im Folgenden ausspricht, gilt gleichmäßig vom Kunstwerk wie vom Werk der Natur: „Dieses Aeußere, diese Oberfläche ist einem mannigfaltigen, verwickelten, zarten, innern Bau so genau angepaßt, daß sie dadurch selbst ein Inneres wird, indem beyde Bestimmungen, die äußere und die innere, im ruhigsten Daseyn, so wie in der stärksten Bewegung stets im unmittelbarsten Verhältnisse stehen." —

Nun war Schlegel durchaus nicht gewillt, das Verdienst seiner
Vorgänger vor dem Publikum zu verkleinern und den Werth der
Uebersetzung, welche der seinen den Platz räumen sollte, herab=
zudrücken. Schon durch sein persönliches Verhältniß zu Eschenburg
war ihm hier ein rücksichtsvolles Verfahren geboten. Gegen Schiller
gab er (1. März 1796) unverhohlen seine Ansicht kund, daß die
ältere Arbeit einem Kenner des Originals nur Ekel verursachen
könnte. Für den größeren Kreis seiner Leser jedoch gab er seinem
Urtheil eine so vorsichtige und gelinde Fassung, daß Schiller, der
an dem „traurigen" Eschenburg nichts als die prosaische Dürre und
die leblose Steifheit wahrnahm, darüber ungeduldig ward: ihm
erschien die kunstrichterliche Thätigkeit des Mannes besonders ver=
ächtlich; der großartige Idealist, der überall da, wo die höchsten
Principien der Kunst in Betracht kamen, keine Schonung und
Barmherzigkeit kannte, hätte lieber gesehen, daß man einem dieser
„Erzphilister, die doch Menschen zu sein sich einbilden", bei einem
so günstigen Anlasse schärfer zu Leibe gegangen wäre. Aber wenn
auch Schlegel mit ausgesuchter Höflichkeit des Mannes erwähnte,
dem die Aufgabe zugefallen, das von Wieland mit kühnem Muthe
begonnene herkulische Werk zu verbessern und zu ergänzen,[85]) so
bildete doch die gesammte Abhandlung den nachdrücklichsten Einspruch
gegen die unter den Litteratoren der alten Schule herkömmliche
Uebersetzungsweise; — oder vielmehr, diese erlitt, wie jedem auf=
merkenden Leser einleuchten mußte, ein unbedingtes Verdammungs=
urtheil, und aus einer höheren Auffassung der Kunst ergaben sich
für die Nachbildung dichterischer Werke neue Grundsätze, die nur
einer Bestätigung durch die That bedurften, um fortan für allgemein
verbindlich, für unverbrüchlich und unantastbar zu gelten. „So viel
mußten wir haben", ruft Schlegel im Rückblick auf die vorhandene

---

[85]) Er nannte ihn „einen unserer gelehrtesten und geschmackvollsten Litteratoren,
der mit gründlicher Sprachkunde, seltnem Scharfsinn im Auslegen und beharr=
licher Sorgfalt der Uebersetzung ertheilte, was ihr bisher noch gefehlt, nämlich
Vollständigkeit im Ganzen und Genauigkeit im Einzelnen."

Ueberſetzung aus, — „ſo viel mußten wir haben, um noch mehr begehren zu können"; und er fügt hinzu: „jetzt iſt das Beſte in dieſem Fache nicht mehr zu gut für uns." Nachdem er die verſchiedenen Formen, deren Shakeſpeare ſich abwechſelnd bedient, überſichtlich gemuſtert, gelangt er mit glücklicher Wendung zur Betrachtung deſſen, was das eigentliche Weſen des dramatiſchen Dialogs ausmacht.

Indem er ſich auf dies Gebiet wagt, muß er ſich noch gegen die Vorurtheile zur Wehr ſetzen, die aus dem Princip einer beſchränkten Naturnachahmung herſtammen. Die beliebte Natürlichkeit behauptete damals auf den meiſten unſerer Bühnen eine faſt unbeſchränkte Herrſchaft; kaum, daß man in Weimar ſchon dahin gelangt war, einer coleren und kunſtgemäßeren Auffaſſung von dramatiſcher Wahrheit Geltung zu verſchaffen. Leſſings Nathan und Schillers Don Carlos hatten ſich nur wie vorübergehende Erſcheinungen aus einer höheren Welt auf den Bretern gezeigt; noch hatte Schiller die Werke nicht geſchaffen, durch welche er die Bühne wieder zu einer kunſtgeweihten Stätte erhob; ja, er war ſelbſt noch nicht zu der ſichern Erkenntniß vorgedrungen, daß die tragiſche Dichtung mit innerer Nothwendigkeit auch die dichteriſche Form verlange: er hatte ſich mit dem Gedanken vertraut gemacht, ſeinen Wallenſtein in Proſa auszuarbeiten. Unſere Bühne war umlagert und überfüllt von jenen Darſtellungen eines nüchternen Familienlebens, welche den in ſeine vier Wände eingezwängten Menſchen ſo erſcheinen ließen, wie er ſich etwa in dem trägen Verlauf eines alltäglichen Daſeins zeigen mochte. Die Thätigkeit einer in ſelbſtbewußter Freiheit ſich aufſchwingenden Phantaſie war grundſätzlich verbannt aus dieſem Kreiſe, in den nur dasjenige Eingang fand, was ſich dem gemeinen Menſchenverſtande ſogleich als faßlich erwies; nur ſelten durfte ſich etwas heranwagen, was an die großen Gewalten mahnte, die in den Geſchicken der Menſchen und in der Geſchichte der Völker erhebend und niederſchmetternd walten. Empfand man einmal den Drang, würdigere Begebenheiten, außerordentliche Geſtalten herbeizuziehen, so fühlte man sich doch gemüßigt, ihnen allen idealen Schimmer abzustreifen und sie demgemäß so zu verzerren, daß dann neben der reizlosen Natürlichkeit, unvermittelt, in grellem Abstich das Ungeheuerliche hervortrat.

Ueber dem Bestreben, alles von der Bühne auszuschließen, was nicht den breit aufgedrückten Stempel des Natürlichen darweisen konnte, vergaß man zu bedenken, daß der Dramatiker auch in der plattesten, oder, wie man sich zu sagen gefiel, naturgetreuesten Nachbildung eines wirklichen Vorgangs doch nie die Wirklichkeit unverändert und ungeschmälert wiedergeben kann; man erwog nicht, daß so, wie die Dinge täglich vor unsern Blicken sich ereignen, sie sich keineswegs ohne weiteres in die dramatische Form fügen wollen, daß vielmehr der Entwurf der einfachsten wie der verwickeltsten dramatischen Handlung nothwendig schon eine Abstraction von der Wirklichkeit voraussetzt. Denn ist es nicht eine der wesentlichsten Pflichten des dramatischen Autors, die Handlung, die er sich zur Darstellung erwählt, loszulösen von allem Gleichgültigen und Störenden, was sich in der Wirklichkeit unfehlbar an sie heften, sie durchkreuzen und ihren gleichmäßigen Gang hemmen würde? Er soll sie begränzen und dergestalt in sich abschließen, daß ein in seinen Bestandtheilen wohl zusammenstimmendes Ganzes sich herausbildet, das uns eine stetige Aufmerksamkeit abgewinnt, — ein Ganzes, wie es unter den Bedingungen der strikten Wirklichkeit niemals in die Erscheinung treten kann. Innerhalb weniger Stunden soll auf den Bretern eine aus klar erkannten Beweggründen entspringende Handlung vor uns begonnen und zum Abschluß gebracht werden, für deren wirklichen Verlauf kaum so viel Tage, ja Wochen oder Monate hinreichen würden. Schon dieser Umstand allein zwingt den Dramatiker, sein Gebilde aus der trüben Sphäre des Wirklichen herauszuheben. Mag er sich stellen wie er will, mag er sich dem hartnäckigen Wahne hingeben, daß seine Kunst nur im Frohndienst der Wirklichkeit gedeihen könne — sobald er die dramatische Form ergreift, muß er sich unweigerlich den idealen Forderungen unter-

werfen, die aus ihr, wie aus jeder ächten Kunstform, mit unwider-
sprechlicher Nothwendigkeit hervorgehen.

Bei jenem ängstlichen Anklammern an eine vergebliche Wirklichkeit gerieth aber vor allem der Dialog in Gefahr, gänzlich ins
Nüchterne und Bedeutungslose zu verfallen. Denn hier sollte der
Triumph des Natürlichen erreicht, hier die Nachahmung des Wirklichen auf die Spitze getrieben werden. Wie könnte es mit der
Illusion, mit der Wahrscheinlichkeit bestehen, daß Menschen, die im
gewöhnlichen Leben vielleicht kaum die schlichtesten Worte mit Sicherheit vorzubringen vermöchten, im Drama, welches blos Abbilder des
Lebens liefern soll, plötzlich mit der Fähigkeit zu wohlgefügter, er-
greifender Rede begabt erschienen? Auf jede poetische Erhebung der
Sprache mußte daher Verzicht gethan werden. Und wie durfte man
gar dem einfachen Menschensinne zumuthen, sich in dem Munde
solcher natürlichen Personen das Versmaß, eine nach langen und
kurzen, betonten und unbetonten Silben künstlich abgemessene Redeweise, gefallen zu lassen? Was aber an Menschen gewöhnlichen
Schlags als verletzende Unnatur erschien, das durften sich auch die
größten Helden der Geschichte und Sage nicht herausnehmen, ohne gegen
das Gesetz der Wirklichkeit zu verstoßen. Oder konnte man sich etwa
denken, daß ein Macbeth, indem er sich zum Morde des Königs
Duncan rüstete, oder nachdem er die grausame That vollführt hatte,
in seinen Selbstgesprächen oder in der furchtbaren Unterhaltung mit
seiner Gemahlin, auf die nothwendige Reihenfolge langer und kurzer
Silben genau Acht gegeben habe? — Solche Argumente wurden
von den geschworenen Verehrern des Natürlichen mit Zuversicht
vorgebracht und von den verschüchterten Anhängern einer höhern
Kunstauffassung nicht ohne Zagen vernommen. Was man in der
Praxis beharrlich festhielt, das suchten Männer von wohlberechtigtem
Ansehen — statt aller übrigen sei nur Engel genannt! — durch
theoretische Begründung noch kräftiger zu stützen. Glaubte man
doch sogar, sich zu Gunsten einer solchen Theorie auf Lessings Lehre
berufen zu dürfen!

Dem neuen Ueberſetzer Shakeſpeares muß es nun vor allem
angelegen ſein, für den dramatiſchen Dialog das Recht einer freien
poetiſchen Bewegung zurückzufordern. Er weist auf die innere
Nichtigkeit der herkömmlichen Begriffe von theatraliſcher Täuſchung.
Er bekämpft den Irrthum derjenigen, die da wähnen, daß die Wirk=
lichkeit mit allem ihrem Zubehör ſich in das Kunſtwerk übertragen
laſſe, und die demzufolge ſich vor einer ſtreng ausgebildeten Kunſt=
form ſcheuen, von welcher ſie eine Gefährdung der dramatiſchen
Wahrheit befürchten. Er zeigt, daß die Wahrheit, welche das Ziel
des ächten Künſtlers ſein muß, vielmehr in derſelben höheren Region
heimiſch ist, aus welcher die geläuterte Kunſtform ſtammt. Zwiſchen
beiden besteht kein Widerstreit; beide fordern und bedingen ſich
wechſelſeitig. Die ſtreng gegliederte, bis in alle Einzelheiten mit
gleichmäßiger Sorgfalt zur Vollendung gebrachte Kunſtform ſtellt,
wie in einem Abbilde, nach außen hin die innere Geſetzmäßigkeit
dar, die ſich in der Schöpfung des Kunſtwerks bethätigt hat. Der
Künſtler, der gewaltig in das Ewige des Wahren fortstrebt, der in
den Dingen und Zuſtänden, in den Verhältniſſen der Welt und
Menſchheit das Nothwendige ergreifen und festhalten will, er wird
ſich auch nur bei einer Form beruhigen können, welcher der Charakter
des geſetzmäßig Nothwendigen aufgeprägt ist.

So bedient ſich der Dramatiker des Versmaßes, nicht in Folge eines
von außen her ihn bedrückenden Zwanges, ſondern weil ein inneres
Bedürfniß ihn unwiderstehlich dazu treibt.[86] Er muß uns vor allem

---

[86] Daß zu den Eigenſchaften eines „vortrefflichen Trauerſpiels" unbedingt
auch eine „vollkommen ausgearbeitete, nummeroſe, das Ohr immer vergnügende,
nie beleidigende Verſification" gehöre, hatte Wieland ſchon 1782 in den Briefen
an einen jungen Dichter (Teutſcher Merkur, October, S. 83) ausgeſprochen, und
Schiller gedachte dieſes Ausſpruchs im Vorwort zum Dom Karlos (Thalia I,
99). Zu dieſer Anſicht aber bekannte ſich Wieland aus einem ganz andern
Grunde und zu ganz anderm Zwecke, als derjenige war, den Schlegel geltend
machte, und durch den Goethe und Schiller in den Jahren der künſtleriſchen
Reife ſich bestimmen ließen. Wieland war durch den engen Begriff jener Regel=
mäßigkeit und Correctheit geleitet, die dem deutſchen Drama, wie es ſich ſeit den
ſiebziger Jahren entwickelt hatte, abhanden gekommen war. Er blickte auf

mit dem innersten Wesen seiner Personen bekannt machen; er muß sie daher in solche Lagen versetzen, in denen sie genöthigt werden, das Innerste hervorzukehren, damit es unverhüllt der Betrachtung sich dar= biete. Wodurch aber können sie sich uns mittheilen? Nur durch die von der Geberde begleitete Sprache, durch den Dialog, in welchem die Personen gegen einander wirken, durch den Monolog, in welchem die Person wie in einem Zwiegespräch mit sich selbst begriffen ist. Die Handlungen, die unser Auge auf der Bühne vorgehen sieht, sie erhalten für uns ihre Bedeutung erst durch das Wort, das sie erläutert, das uns die Beweggründe erschließt, durch die sie herbei= geführt werden, das die Ziele nennt, zu denen sie hinstreben. Der Tiefsinn des Gedankens, das innere Toben der sich entfesselnden Leiden= schaft, die unendliche Manigfaltigkeit der Stimmungen und Empfin= dungen, alles was sich in der Menschenbrust, vom leisesten Anklang bis zum übermächtigen Ausbruch des Gefühls, regen und bewegen mag, alles soll durch das Wort gewaltig ans Licht gehoben werden.

Dem Wort also, mit dem der Dramatiker so wichtiges vollbringen muß, wird er auch die größte sinnlich=geistige Vollkommenheit er= theilen müssen. Er muß es gleichsam aus seinem prosaischen Zu= stande herausziehen; er muß ihm eine neue Kraft einflößen, durch die es sich in der Welt der Poesie aufrecht erhalten kann. Nicht beschränkend wirkt das Versmaß auf den Dichter. Indem es, einem Gesetze gleich, über der Rede waltet, veredelt es nicht nur die Sprache,

---

die französischen Tragödiendichter, ja, er blickte auf die, einer früheren Epoche angehörigen, Leistungen der Deutschen zurück und fühlte sich angenehm überrascht, als Ayrenhoff mit dem Trauerspiel Cleopatra und Antonius den Versuch wagte, „unsre tragische Muse wieder in den Weg, den Schlegel, Cronegk, Brawe, Weiße schon so glücklich betreten hatten, zurückzuleiten." (Merkur 1784, März, S. 229). Im Jahre 1792 äußerte er sich abermals über die Nothwendigkeit eines versificirten Dramas, und zwar auf Anlaß eines Aufsatzes von A. Wein= rich: „Ueber eine neue Art des Drama" (Merkur 1792, September, S. 81—101). Ich empfehle übrigens die Durchsicht des Weinrichschen Aufsatzes einem jeden, der sich überzeugen will, welche klägliche Begriffe von Wesen und Form des Drama zu jener Zeit — wenige Jahre vor dem Schlegelschen Shakespeare und dem Wallenstein — selbst in bessern Köpfen noch herumspukten.

sondern entledigt dieselbe auch der Fesseln, die ihr im prosaischen Zustande anhaften und hebt sie in jenen Bereich empor, wo die schöpferische Phantasie in schöner Freiheit herrscht. Nun wird sie fähig, die verwegensten Flüge der dichterischen Einbildungskraft mit nie ermattendem Fittig zu begleiten; nun erliegt sie nicht unter der Aufgabe, alles Höchste und Tiefste kund zu geben, was der Menschengeist in sich trägt.

Auch hier also bewährt es sich, daß nur unter dem Gesetz die wahre Freiheit zu erlangen ist. Je strenger der scheinbare Zwang, um so größer die innere Freiheit.[*] Und wenn so der Dichter durch das Versmaß seiner Sprache die starken Flügel gibt, die sie hinauf und nach allen Richtungen hin mit gleicher Sicherheit tragen, so kann er auch des unseligen Behelfes der poetischen Prosa für immer entrathen. Denn zu dieser mußte man doch oft genug seine Zuflucht nehmen, sobald dem dargestellten Gegenstand ein Anspruch auf höhere Würde zukam, oder das Bedürfniß nach einer gewissen Erhebung des Ausdrucks sich fühlbar machte. Besonders den Ritterschauspielen, deren Gerassel damals auf unsern Bühnen noch keineswegs verklungen war, schien die poetische Prosa unentbehrlich; die Sprache zeigte sich hier in jenem zwitterhaften Zustande, der sie gänzlich zu entkräften drohte: ängstlich bemüht, den platten Boden zu verlassen, und doch unfähig, sich frei aufzuschwingen.

Indem Schlegel diese Ansichten verträgt, will er zunächst freilich nur die Nothwendigkeit einer formgetreuen Uebersetzung der Shakespeareschen Dramen begründen. Er spricht aber auch zugleich in dem Sinne der Meister, die damals bestrebt waren, unsrer Dichtung ein eignes geweihtes Gebiet zu erobern. Er verficht dieselbe große Angelegenheit, für die Goethe und Schiller ihre Kraft gemeinsam einsetzten; er will der auf sich selbst beruhenden künstlerischen Wahrheit

---

[*] Was ich hier andeute, erfuhr Goethe an sich selbst, als er seine Elegien und Epigramme, zum Zwecke einer strengeren Behandlung des Metrums, einer genauen Durchsicht unterwarf: „Jetzt, da ich den Grundsatz eines strengeren Silbenmaßes anerkenne," schreibt er an Schiller 21. August 1799, „so bin ich dadurch eher gefördert als gehindert."

zum Recht verhelfen gegen die unwahre Wirklichkeit und gegen jene beliebte Wahrscheinlichkeit, durch welche, unter Begünstigung des gemeinen Menschenverstandes, der ganze Ernst der Kunst zu verschwinden und sie selbst in ein Trug- und Gaukelspiel sich aufzulösen droht.

„Durch Verdrängung der gemeinen servilen Naturnachahmung der Kunst Licht und Luft zu verschaffen",[88] die Kunst in ihrem eigenen Bezirk als unbedingte Herrscherin zur Anerkennung zu bringen und die anmaßlich sich herbeidrängende Wirklichkeit auszustoßen, — das war die Aufgabe, die vor allem Schiller mit ausdauerndem Heldensinn, mit edler Leidenschaft verfolgte. So sehen wir denn Schlegel hier im Dienste der nämlichen Grundsätze thätig, die Schiller selbständig aus dem ewig unveränderlichen Wesen der Kunst abgezogen hatte, und die sechs Jahre hernach, allgemein verständlich, mit überwältigender Großheit ausgesprochen wurden in jenem Vorworte zur Braut von Messina, in welchem der Dichter ein erhabenes Denkmal seines der göttlichen Freiheit der Kunst unaufhaltsam zustrebenden Geistes aufgestellt hat.[89] Schiller war überzeugt und sprach es öffentlich aus, daß durch Einführung der metrischen Sprache ein bedeutender Schritt geschehen sei, um dem Ziel des ächten poetischen Drama näher zu kommen; und Schlegel durfte sich wohl im Jahre 1828 rühmen, daß die Bekanntschaft mit den Werken Shakespeares in ihrer wahren Gestalt zur Läuterung und Erhebung der dramatischen Dichtkunst ein wesentliches beigetragen habe. Auch hier also wird offenbar, wie Schlegels Unternehmen in die von den ersten Geistern der Nation geleitete Bewegung treibend eingreift, nachdem es durch dieselbe hervorgerufen, ja gefordert worden. Die Uebersetzung Shakespeares ist den großen litterarischen Reformations-

---

[88] „Wenn das Drama wirklich durch einen so schlechten Hang des Zeitalters in Schutz genommen wird, wie ich nicht zweifle, so müßte man die Reform beim Drama anfangen und durch Verdrängung der gemeinen Naturnachahmung der Kunst Luft und Licht verschaffen." An Goethe 29. Decbr. 97.

[89] Schiller schreibt in Bezug auf dies Vorwort: „Ich will suchen, etwas recht Ordentliches zu sagen und der Sache, die uns gemeinsam wichtig ist, dadurch zu dienen." An Goethe 24. Mai 1803.

werfen beizuzählen, welche die auf fremdem Gebiete traurig verirrte
Poesie in ihre Heimath zurückriefen und sie dort wieder einbürgerten.

Je ernstlicher wir uns um das historische Verständniß jenes
unergründlichen Vierteljahrhunderts von 1780 bis 1805 bemühen,
je tiefer wir uns in die Fülle der Erscheinungen versenken, die sich
uns dort entgegendrängen, um so mehr wird die Ueberzeugung bekräftigt, daß jede fruchtbare That, die damals unternommen worden,
nur zur Verwirklichung der großen Ideen dienen mußte, die sich
aus der Berührung von Philosophie und Kunst erzeugt hatten.
Was aber damals gedacht und vollbracht worden, ist zu einem
Schatze gediehen, den zu hüten und thätig zu mehren uns Nach-
geborenen eine der heiligsten Pflichten sein muß. —

Von jenen allgemeinen Sätzen, in denen er das Wesen des
dramatischen Dialogs beleuchtet, wendet sich Schlegel nun zur Betrachtung der Shakespeare'schen Sprache, in welcher er dieselben
durchweg bestätigt findet. Er hebt hervor, mit welchem Feinsinn
der Dichter, je nachdem es bald durch den Inhalt der Situation,
bald durch den Charakter oder die wechselnden Stimmungen der
Personen gefordert wird, Vers und Prosa mit einander abwechseln
läßt. Dieselbe Person, die in gewissen Lagen sich zur vertraulichen,
ja niedrigen Prosa behaglich herabläßt, redet in andrer Umgebung,
oder unter dem Einflusse anderer Empfindungen, die kräftigste,
feurigste Poesie. Nach dem Gesetz der innern Wahrheit hebt und
senkt sich die Rede. Mag der Wechsel der Formen auch noch so
plötzlich und scheinbar unvermittelt eintreten, dennoch muß man sich
hüten, ein willkürliches Verfahren des Dichters vorauszusetzen: die
Gründe der Wahl werden sich stets entdecken lassen, sobald man
das Wesen oder den augenblicklichen Gemüths- und Geisteszustand
der Redenden tiefer erforscht, [90] oder die Stellung erwägt, die der

---

[90] Nur ein sprechendes Beispiel aus den vielen, die sich im Umkreis der
Shakespeare'schen Dichtung darbieten! Es findet sich in Troilus und Cressida
3, 3. Achilles hat die weise Mahn- und Strafrede des Ulysses vernommen,
nicht ohne in seinem Innern davon berührt zu werden. Als ob er die Nachwirkung

einzelnen Scene im Gefüge des Ganzen zukommt. Aber diese innige
Treue, mit welcher Shakespeare die Formen seiner Sprache den
Charakteren, Stimmungen und Lagen anpaßt und sie die leisesten
Wendungen des Dialogs schmiegsam begleiten läßt, sie hat nichts gemein
mit dem, was man damals auf unsern Bühnen als Naturnachahmung
pries. In der Welt, die er erbaut, sucht und ergreift er die Wahrheit nur in der vollkommenen Uebereinstimmung des Innern und
Aeußeren. Gleichgültig alles verschmähend, was den nach oberfläch-
licher Täuschung begierigen Sinnen schmeicheln könnte, hat er sein
Augenmerk nur auf die höchste poetische Wirkung gerichtet, nur den
klarsten, bestimmtesten Eindruck erstrebt. Der Wechsel der Formen
ist ihm nur eines jener Mittel, durch die er erreicht, daß alles, was
er uns vorführt, sich seinem innern, oft tief verborgenen Wesen
gemäß mit gewaltiger Deutlichkeit ausspricht und so die verhüllte
Wahrheit der Dinge vor uns aufgethan wird.

Ueber den Bau des Blankverses und die verschiedenen Gestalten,
die derselbe unter Shakespeares Hand annimmt, sowie über den
häufigen und spärlicheren Gebrauch des Reimes trägt Schlegel einige
Bemerkungen vor, die das Beste enthalten, was über diese Gegenstände, welche damals noch kaum der wissenschaftlichen Betrachtung
anheimgefallen waren, in Deutschland gesagt werden konnte. Als
er zwölf Jahre hernach in seinen dramaturgischen Vorlesungen dieselben Gegenstände zu behandeln hatte, fand er es daher räthlich, auf
diese Bemerkungen zurückzugreifen, die er nur hier und da zu ergänzen
oder zu berichtigen brauchte.[91]) Schlegels Ohr war empfänglich

---

derselben durch derben Scherz vertreiben wollte, läßt er sich in ein Gespräch mit
Thersites ein, das Patroclus dann fortspinnen muß. Aber sein Gemüth bleibt
erregt, und plötzlich wirft er in die prosaisch geführte Unterhaltung die Verse
hinein:

My mind is troubled like a fountain stirr'd,
And I myself see not the bottom of it.

[91]) Es ist wohl noch nicht darauf hingewiesen worden, daß die Erörterungen
über Sprache, Vers und Reim, kurz über die gesammte Technik Shakespeares,
die sich in der siebenundzwanzigsten der dramaturgischen Vorlesungen finden, zum
größten Theil wörtlich diesem Aufsatze entnommen sind. Man vergleiche Werke

und gebildet genug, um der eben so reizvollen wie charakteristischen Manigfaltigkeit des Shakespeare'schen Verses inne zu werden; und er war tief genug in den Dichter eingedrungen, um wahrzunehmen, wie dieser, mag ihn nun bewußte Absicht oder unfehlbarer künstlerischer Instinkt leiten, Art und Gestalt seines Verses durch den herrschenden Grundcharakter eines jeden seiner großen Dramen bestimmt werden läßt. Dagegen scheint Schlegel zu jener Zeit noch nicht erkannt zu haben, daß der Dichter in der späteren Periode seines Schaffens die Selbständigkeit des Metrums immer entschiedener dem Bedürfniß des beweglichen Dialogs aufopfert und bei der Ausbildung seiner Verse, in denen die verschiedenartigsten Töne sich begegnen, vor allem ihre dramatische Zweckmäßigkeit im Auge hat.

Endlich deutet Schlegel in einigen gewichtigen Sätzen auf die Pflichten hin, deren Erfüllung Shakespeare von seinem Dolmetscher fordert. So nachdrücklich er darauf bringt, daß jede Eigenthümlichkeit der Form in der Nachbildung wieder erscheine, so hört man doch allen seinen Aeußerungen an, daß er vornehmlich einer auf den Geist des Autors gerichteten Uebersetzungskunst das Wort reden will. Er will sich der Form bemächtigen, damit der Geist unverhüllt und unverfälscht zum Ausdruck komme. Jetzt ist er reif genug, das Vorbild, das Herder gegeben, vollkommen zu schätzen und ihm glücklich nachzueifern. Er spricht hier denn auch durchaus als ein Nachfolger Herders, aber als ein solcher, der die Bestrebungen und Tendenzen des Vorgängers auf einem höheren Standpunkt wieder aufnimmt, um sie zugleich reicher zu entwickeln und in

---

6, 205—6 mit Horen S. 85—86, oder Werke 6, 207—9 mit Horen S. 87. 88. 108. 109. In den Horen heißt es S. 87: „Die Rücksichten oder Leitungen des Gefühls, wornach er sich beym Gebrauch des Reimes richtete, lassen sich nicht ganz so bestimmt angeben" (wie die Ursachen des Wechsels zwischen Vers und Prosa). Später jedoch besann sich Schlegel eines Bessern, und in den Vorlesungen werden wir belehrt, daß sich diese Rücksichten und Leitungen des Gefühls „fast eben so bestimmt angeben lassen." — In die „Kritischen Schriften" fand nur derjenige Theil des Aufsatzes Eingang, der nicht für die Vorlesungen benutzt worden war; er erhielt den Titel: „Ueber den dramatischen Dialog."

strengerer Gesetzmäßigkeit fortzuführen. Bei aller Strenge jedoch, die sich in seinen Vorschriften und Forderungen geltend macht, vermißt man nicht jene schöne Liberalität der Auffassung, die uns Gewähr gibt, daß dieser Uebersetzer die Treue, die sich nicht aus den Fesseln des Buchstabens loswinden kann, beherzt verschmähen wird. Allerdings soll der Dichter ganz wie er ist, auch mit Bewahrung der „mißfallenden Eigenheiten seines Stils" übertragen werden; [92]) aber alles muß entfernt bleiben, was der Uebersetzung das Ansehen einer ängstlich nachgekünstelten Copie geben könnte. Will eine „widerspenstige Kleinigkeit" sich nicht zwingen lassen, so wird es gerathener sein, auf sie zu verzichten, anstatt sie durch eine steife Umschreibung, die nothwendig den freien Fluß des Ausdrucks stört, mit falscher Gewissenhaftigkeit festzuhalten. Wortspiele, die sich gegen jede Uebertragung hartnäckig sträuben und für die unsere Sprache keinen gültigen Ersatz bietet, müssen gleichfalls aufgeopfert werden. [93]) Der Uebersetzer darf aus dem Texte die Dunkelheiten wegnehmen, die durch mangelhafte Ueberlieferung oder durch unverständlich gewordene Beziehungen und Anspielungen entstehen; [94])

---

[92]) Will man auch hier den Unterschied der Zeiten sowie der persönlichen Sinnes- und Auffassungsweisen an einem prägnanten Beispiele kennen lernen, so lese man, wie 1773 Wieland den Uebersetzer Shakespeares vor der Verschönerungssucht warnt (Merkur, August, S. 187). Es klingt sehr lustig, wenn er, der seinen bewunderten Autor oft so erbarmungslos verstümmelt hat, sich des gehegten Vorsatzes rühmt, den Shakespeare mit allen seinen Fehlern zu übersetzen. „Sehr oft", setzt er hinzu, „würde mir eine Stelle, über welcher ich stundenlang brütete, nur einen Augenblick gekostet haben, wenn ich den Shakespear hätte reden lassen wollen, wie er selbst vielleicht sich ausgedrückt hätte, wenn er Garrits Zeitgenosse gewesen wäre."

[93]) So hat er z. B. im Kaufmann von Venedig 3, 5, 42 das Wortspiel zwischen Moor und more und more und less durch weiß, weise und Waise wiedergegeben, während er in Was ihr wollt 2, 3, 155 Marias Wiz Ass = as ausfallen ließ. Eben so verzichtete er im Romeo 2, 4 mit Recht auf die Wiedergabe des für uns witzlosen Wortgefechts, an dem sich hernach Tieck mit geringem Glück versuchte.

[94]) Ein Muster, wie der Uebersetzer eine aus ungenügender Ueberlieferung des Textes entstandene Schwierigkeit beseitigen soll, bieten die Verse im Hamlet 1, 1, 117.

er wird es aber nicht wagen, den Dichter verbessern zu wollen, wo dieser absichtlich ein Dunkel über seine Worte gebreitet hat. Der Fehler der Schwerfälligkeit ist vor allem zu meiden. Die Nachbildung soll uns mit einer Wirkung ergreifen, ähnlich derjenigen, die von dem Original ausgeht. Sie muß sich daher auch in demselben Element geistiger Freiheit, in dem das Original sicher schwebt, zu bewegen scheinen. Sie soll treuer sein, als die treueste prosaische Dolmetschung: dies aber kann der Uebersetzer nur dadurch erreichen, daß er den einheitlichen Kunststil seines Autors auf die Nachbildung überträgt und dieselbe dem Geiste, der die Urschrift beseelend durchwaltet, anzuähnlichen trachtet. Daß der Gesammteindruck rein und ungestört bleibe, ist das vornehmste Erforderniß, das der Uebersetzer bei der Behandlung auch der geringfügigsten Einzelheiten fort und fort zu bedenken hat.

Was Schlegel hier verlangte, hatte er selbst schon geleistet, oder war nahe daran, es zu vollbringen. Dennoch standen die schon öffentlich vorgelegten Proben seiner Arbeit nicht in völligem Einklange mit seinen hier aufgestellten Forderungen. Von den Scenen des Romeo, welche das Märzheft der Horen enthielt, [95)]

[95)] Es mag hier bemerkt werden, daß die in den Horen erschienenen Scenen in ihren, von den jetzigen abweichenden Lesarten die Lesarten des Entwurfs zeigen: die später in die erste Ausgabe übergegangenen Lesarten sind in den Entwurf hineincorrigirt. Also erst nach dem Abdruck der Scenen in den Horen ist der Entwurf durchcorrigirt worden. Die Verse 15—17 können zum Beispiel dienen: Two of the fairest stars in all the heaven, | Having some business, do entreat her eyes : To twinkle in their spheres till they return. „Ein Paar der schönsten Stern' am ganzen Himmel | Hat ein Geschäft, und bittet ihre Augen : Zu funkeln droben, bis es wiederkehrt." So hieß es zuerst im Entwurf, und in dieser Form finden wir die Verse in den Horen. Aber die Wiedergabe des im Original so köstlich naiven Ausdrucks having some business erschien dem Uebersetzer wohl zu gewagt. Die Verse wurden durchstrichen, und Schlegel schrieb: „Wird ausgesandt, und bittet ihre Augen : In ihren Kreisen unterdeß (erst: Sphären auf so lang) zu funkeln." So finden wir diese Verse in Carolinens Abschrift. Aber noch war Schlegel nicht befriedigt; mit Rücksicht auf Deutlichkeit und Wohllaut änderte er: „und bittet Juliens Augen." Diese Lesart, die wir in Entwurf und Abschrift vergeblich suchen, bringt der erste Druck. — Manche Verse erhielten ihre endgültige Gestalt erst in der Abschrift.

war die dritte, das Morgengespräch zwischen Pater Lorenzo und seinem jungen Freunde, in Alexandrinern übertragen.

Bisher hat man in diesem Verfahren Schlegels nur eine unerklärliche Anomalie, einen Verstoß gegen die von ihm selbst so nachdrücklich empfohlenen und überall sonst so unerschrocken durchgeführten Grundsätze zu erkennen vermocht. Wir, die wir mit der Entstehungsgeschichte seiner Arbeit vertraut geworden, wir vernehmen hier nur den natürlichen Nachklang früherer Versuche. Indem Schlegel hier sich abermals zum Alexandriner entschließt, begibt er sich, wie zum Abschied, noch einmal auf eine frühere Entwickelungsstufe seiner Kunst zurück. So schwer ward es denen, die an der Befreiung und Erhebung unserer Poesie arbeiteten, sich selbst von den Einflüssen und Nachwirkungen einer früheren Epoche gänzlich frei zu machen! So schwer ward es selbst dem zu allseitiger Meisterschaft bestimmten Uebersetzungskünstler, die ehemals getragenen Fesseln abzustreifen und auf einem Wege, für den ein sicherer Leitfaden noch nicht gefunden war, unverwandt fortzuschreiten! So langsam drang er zur unbedingten Anerkennung und Ausübung des Grundsatzes vor, auf den er selbst hernach das entscheidende Gewicht legte, — des Grundsatzes nämlich, daß man Verse nicht nur durch Verse, sondern durch dieselben Verse übersetzen müsse; ja, diese letztere Bestimmung schien ihm fast noch wichtiger, als der allgemein angenommene Grundsatz der metrischen Uebertragung

---

„Ich kenne diesen Ton, obschon mein Ohr | Nicht hundert Worte sog von jenen Lippen." So lauteten zuerst im Entwurf und in den Horen die Verse 2, 55—59: My ears have not yet drunk a hundred words | Of that tongue's utterance, yet I know the sound. Die Uebersetzung konnte nicht genügen; Schlegel änderte im Entwurf: „Wiewohl mein Ohr nicht hundert Worte sog | Von diesen Lippen, kenn' ich doch den Ton." Diese Verse nahm Caroline in ihre Abschrift auf; aber in die Abschrift trug Schlegel eigenhändig die uns bekannte Lesart ein: „Mein Ohr trank keine hundert Worte noch | Von diesen Lippen, doch es kennt den Ton." — Dem Monolog des Mönchs fehlten in den Horen, wohl nur aus Versehen, die vier Verse 23—26, die der Entwurf enthält, und zwar schon in derselben Gestalt, in der sie später im ersten Druck erscheinen. Ueberhaupt wurden an den Alexandrinern, nachdem sie einmal in den Horen gedruckt waren, nur wenige und geringfügige Aenderungen angebracht.

8 *

selbst: „Denn", sagt er 1804 bei Beurtheilung des Stolbergschen
Aeschylus, der den Trimeter mit dem Fünffüßler hatte vertauschen
müssen, „denn eben weil versificierte Uebersetzungen höhere An-
sprüche machen, weil man bei ihnen nichts an der gewohnten
poetischen Form vermißt, können sie nur so eher täuschen und miß-
leiten, wenn sie in Ansehung selbiger den Charakter ihrer Originale
verfehlen." (Werke 12, 158.) Er hat hiermit seinem eigenen ehemaligen Versuch, die bestimmten Formen eines originalen Kunstwerks
durch andere, scheinbar ähnliche, zu ersetzen, das Urtheil gesprochen.

Indem Schlegel sich zur gewissenhaften Wiedergabe der Shakespeareschen Formen verpflichtete, hatte er sich allerdings das Recht
ausbedungen, in Fällen der Noth, wo entweder zu viel vom Inhalt
des Originals aufgeopfert werden, oder ein Vers in mehre gedehnt
werden müßte, anstatt des gereimten Fünffüßlers, den, wie er sich
euphemistisch ausdrückte, sechsfüßigen Jamben eintreten zu lassen.
Es sollte eben nur eine leidige Aushilfe sein, die er, getäuscht durch
die Erinnerung an seine jugendlichen Versuche, auch für die Zukunft
nicht entbehren zu können wähnte. Denn keineswegs darf man ihn
einer Vorliebe für den Alexandriner zeihen. Er theilte vielmehr durchaus die ungünstige Stimmung, die sich damals in den höheren Kreisen
unserer Litteratur gegen diese abgestandene Versart festgesetzt hatte.

Schon 1791 bezeichnete er es als einen sehr glücklichen
Umstand, daß Schauspieler und Zuschauer sich einmüthig verbunden,
von unserer Bühne den Alexandriner zu verbannen, aus dessen
allgemein gültiger Herrschaft er sogar manche von den unerfreulicheren
Eigenschaften der französischen Tragödie herleiten wollte. (Werke 10,
45 vgl. 9, 222.) Als er zu Anfang des Jahres 1796, wenige
Wochen vor dem Druck der ersten Probe seines Shakespeare, in
der Jenaischen Literatur-Zeitung Gotters Schauspiele mit unverkenn-
barem persönlichen Wohlwollen besprach, schien er allerdings jener ge-
schmähten Versart wieder einige Zugeständnisse machen zu wollen;
er fand, daß sie eine Zeit hindurch vielleicht allzusehr vernachlässigt
worden. Aber diese Aeußerung sollte wohl nichts andres, als eine

freundliche Anerkennung der Leistungen Gotters bedeuten. Dieser
entschiedene Fürsprecher des französischen Geschmacks hatte sich redlich
bemüht, dem verurtheilten Alexandriner auf der Bühne noch einige
Lebensfrist zu verschaffen; er suchte eine leichtere Bewegung und
Verschlingung der Reimzeilen, eine ungebundnere Behandlung der
Cäsur einzuführen; er war unermüdlich im Feilen und Ausputzen;
und wirklich ward der Vers unter seiner gewandten Hand so sauber
und zugleich so geschmeidig, daß er in der Tragödie wenigstens nicht
ganz und gar unerträglich, [96]) in parodischen Dramen aber, wie
Esther und die stolze Vasthi, als ein wahrer Mustervers für
komische Zwecke erschien. Schlegel hat auch bei dem Bau seiner eigenen
Alexandriner das Gottersche Vorbild nicht unbeachtet gelassen. Mit
Recht rühmt er daher das Erzeugniß eines so ehrenwerthen Kunst-
fleißes; aber selbst bei diesem Anlasse fühlt er sich zu dem Bekennt-
niß gedrungen, daß die dauernde Verbannung des Alexandriners aus
dem ernsten Drama wünschenswerth sei; und deutlich genug gibt er
zu verstehen, daß die Eintönigkeit dieser Versart den freien Ausdruck
der Leidenschaft hemme. Auch später ward sein Urtheil nicht günstiger
gestimmt. [97]) Mit jener ganz äußerlichen Symmetrie, in welche die

---

[96]) So ist z. B. in der Bearbeitung der Voltaireschen Alzire (Gedichte,
2. Band 1788) gewiß alles geleistet, was mit jenem Verse damals noch zu leisten
war; und man darf dies rühmend anerkennen, ohne dem späteren Urtheile
Schlegels, das uns in den dramaturgischen Vorlesungen (Werke 6, 405) erhalten
ist, widersprechen zu wollen.

[97]) In den dramaturgischen Vorlesungen, in denen der leicht erklärliche
Einfluß patriotischer Stimmungen das Urtheil über französische Litteratur vielfach getrübt hat, behandelt Schlegel sogar den französischen Alexandriner mit
entschiedener Ungunst und will die Brauchbarkeit dieses Verses nur für die
Komödie anerkennen. Aber wir sollten doch endlich einmal aufhören, die Mißgunst, die den deutschen Alexandriner trifft, auch den französischen entgelten
zu lassen. Wem die wahrhaft große Poesie der Franzosen — ich meine die
Schöpfungen der großen Meister des siebzehnten Jahrhunderts — für Geist
und Ohr lebendig geworden, wer den Alexandriner lesen oder vielmehr sprechen
gelernt hat, der weiß auch, daß dieser Vers dieser Sprache gleichsam anerschaffen
ist, daß selbst die Mängel dieser Sprache diesem Verse zum Vortheil gereichen.
Unter den Händen sprachbeherrschender Dichter, im Munde kunstgeübter Decla-
matoren gewinnt er die manigfaltigste Ausdrucksfähigkeit. Warum wollen

dichterische Rede sich einzwängen mußte, mit seinem schnurgerechten
Gange, mit seinem regelmäßig wiederkehrenden Wechsel männlicher
und weiblicher Reime erinnerte der Alexandriner unvermeidlich an
eine Zeit, da der deutsche Geist in der Poesie noch nicht zur Mündig-
keit gelangt war und sich in den von auswärts überkommenen Formen
wie in den Banden der Knechtschaft einherbewegte. [9*]

Schlegel hat denn auch eben nicht sehr zuversichtlich auf seine
Alexandriner geblickt, und eine gewisse Besorgniß verräth sich in
dem Briefe vom 1. März, welcher die an Schiller übersandten
Proben begleitete. Nachdem der Uebersetzer mit gerechtem Stolz
hervorgehoben, daß er dem Bau der reimlosen Jamben angestrengten
Fleiß gewidmet, daß er sich der weiblichen Endungen zwar nicht
enthalten, aber doch einen schleppenden Gang der Verse sorgsam
verhütet habe, fährt er fort: „Sagen Sie mir doch auch, wie sich
die Alexandriner in der dritten Scene ausnehmen. Im Romeo
ist es die einzige ganz gereimte; aber es ist mir wichtig wegen des
Sommernachtstraumes, wo es ihrer viele giebt". Die Umarbeitung
des früheren Versuches war also damals noch nicht gänzlich vollbracht,
und der Uebersetzer schwankte noch zweifelnd, ob er die Alexandriner-
schaar hinausweisen oder ferner dulden sollte. Er hatte selbst damals
noch so wenig Vertrauen in seine Kraft, so wenig Zuversicht in die
Vielseitigkeit seiner technischen Mittel gewonnen, daß er verzagend

---

wir doch fort und fort der nun einmal national gewordenen Poesie der Franzosen und ihren Formen die Anerkennung versagen, die wir jeder andern
nationalen Dichtung so bereitwillig entgegenbringen? Die Väter hatten den
Kampf gegen den französischen Geist zu führen; aber das Joch dieses einsidie
gebildete Welt beherrschenden Geistes ist abgeworfen für immer; eine unbefangene, ja theilnahmsvolle Würdigung dessen, was er Dauerndes und Großes
vollbracht, kann uns in unseren eigenen Bestrebungen nur förderlich sein.

[9*] Wie die bedeutenden unter unsern Dichtern des vorigen Jahrhunderts
den Alexandriner gebraucht, oder sich mit ihm abgefunden haben, das wäre
wahrlich kein verächtlicher Gegenstand einer wissenschaftlichen Untersuchung. Sehr
anziehend wäre es schon, im Zusammenhange zu überblicken, mit welcher Wirkung
z. B. Wieland und Goethe den Alexandriner zwischen andern Versen auftreten
lassen. Man gebe nur einmal Acht, wie die sechsfüßigen Jamben im Faust oder
etwa im Gedicht Ilmenau gebraucht sind!

glaubte, gar manche Couplets würden sich nicht ohne wahre Ver-
stümmelung des Sinnes in fünffüßige Verse verkürzen lassen. Für
die zwischen den Blankvers eingestreuten Reime hatte er „soviel
möglich" die Fünffüßler beibehalten, weil neben den kürzeren Versen
die längere Reimzeile doppelt lang scheinen würde. Dagegen
meinte er, daß die Scenen, in welchen der Reim von Anfang bis
zu Ende herrsche, den ununterbrochenen Alexandriner eher vertragen
könnten.

Für den Auftritt zwischen dem Mönch und Romeo hatte er
noch eine andere Entschuldigung bereit, die in den Horen angedeutet ward. Er suchte sich selbst durch die Vorspiegelung zu
täuschen, daß der sechsfüßige Jambe den Sentenzen und Schilderungen
weniger Schaden bringe, als den eigentlich dialogischen Stellen. [99]
Aber wenn auch der Mönch mit seiner spruchreichen Weise den Grundton angibt, so kommt doch auch Romeo zum Wort; und wie schlecht
schickt sich zu dem lyrischen Ausdruck seiner Empfindung der Stelzen-
gang des verpönten Verses!

Und nicht diese Scene allein ist mit dem Alexandriner behaftet;
im ersten Akte haben wir mit ihm manche unerwünschte Begegnung;
nicht nur belastet er die längere Rede des alten Capulet in der
zweiten Scene — hier könnte man ihn allenfalls der steifen Gravität
des Alters verzeihen wollen — er mischt sich auch ganz ungehöriger
Weise in die lebhaften Wechselreden Benvolios und Romeos, und
drängt sich sogar noch im zweiten Akt in das große nächtliche Zwiegespräch der Liebenden ein. Die Entwürfe aber lehren uns, daß
ursprünglich der Alexandriner in noch viel weiterer Ausdehnung die
gereimten Stellen beherrschte. Wir erkennen also, daß Schlegel,

---

[99] Noch im November 1840, nachdem Tieck unbefugter Weise die Alexandriner in Fünffüßler gekürzt hatte, schrieb Schlegel an Reimer: „Wenn Sie aus
dem ersten Monolog des Mönchs in Romeo und Julia die Alexandriner weg-
geschafft wünschen, so bin ich dieß auch zufrieden. Doch läßt sich zweifeln, auf
welche Weise man dem Dichter am nächsten kommt. Denn dieser Monolog besteht ja ganz in Sentenzen, wozu der symmetrische Gang der Alexandriner mir
ganz gut zu passen scheint." (Ebendr.)

als er im Winter von 1795 auf 1796 sich zur Bearbeitung des Romeo anschickte, das Princip noch nicht gänzlich überwunden hatte, durch das er ehedem mißleitet worden war. Aber er brauchte sich jetzt nur auf seine Kraft zu besinnen, er brauchte seiner inzwischen gereiften Fähigkeit nur muthvoll zu vertrauen, und der Grundsatz, dem er selbst nur mit innerm Widerstreben zu folgen vermochte, war für immer beseitigt.

Wir wissen nicht, welches Gutachten Schiller über die ihm vorgelegten Alexandriner abgegeben hat. Wahrscheinlich verhehlte er auch jetzt nicht den Widerwillen gegen diese Versart, den er in einem Briefe an Goethe [100] mit gewohnter Energie kund gibt. Aber mochte nun Schillers Urtheil oder, was wir lieber annehmen, die eigene Einsicht den Uebersetzer bestimmen, — genug, er hat, wie uns die Entwürfe deutlich zeigen, einen heilsamen Vertilgungs- krieg gegen die Sechsfüßler begonnen, und ihn so glücklich durch- geführt, daß wir nicht zweifeln, er würde auch diejenigen, die noch jetzt ihre Stellen behaupten, eben so glücklich überwältigt haben. Fast möchte man glauben, er gefiel sich darin, die Spuren früherer Unvollkommenheit in einem Werke zurückzulassen, das überall sonst von einem vollen, sichern Können so herrliches Zeug- niß ablegt.

Die meiste Arbeit gab der erste Akt. Hier waren die gereimten Concetti, in denen Romeo seine, mehr der spielenden Einbildungs- kraft als dem wahren Gefühl entstammende, Leidenschaft für Rosalinde so bezeichnend ausdrückt, zum großen Theil in Alexandrinern wieder- gegeben. Aber auch an andern Orten traten diese ohne Noth hervor:

---

[100] „Die Charaktere, die Gesinnungen, das Betragen der Personen, alles stellt sich dadurch unter die Regel des Gegensatzes, und wie die Geige des Musi- kanten die Bewegungen der Tänzer leitet, so auch die zweischlichte Natur des Alexandriners die Bewegungen des Gemüths und die Gedanken. Der Verstand wird ununterbrochen aufgefordert, und jedes Gefühl, jeder Gedanke in diese Form, wie in das Bette des Prokrustes gezwängt." 15. Octbr. 99.

1, 1, 160. Could we but learn from whence his sorrows grow,
          We would as willingly give cure as know.

Erführen wir doch nur, woher dieß Leiden rührt,	Erführen wir, woher sein Leid entsteht,
Wir heilten es so gern, wie wir es ausgespürt.	Wir heilten es so gern, 'als wirs erspäht.

Wie gut der verlängerte Vers zu entbehren war, hätte Schlegel kurz zuvor an den Reimzeilen 147—48 erfahren können:

Black and portentous must this humour prove,	In schwarzes Mißgeschick wird er hinein sich träumen.
Unless good counsel may the cause remove.	Weiß guter Rath den Grund nicht wegzuräumen.

So hieß es zuerst im Entwurf. Hier brauchte nur das überflüssige hinein aus der ersten Zeile entfernt zu werden, und Schlegel gewann ein untadelhaftes Reimpaar. Anstatt aber die erste Zeile zu verkürzen, suchte er die zweite auszudehnen:

Vermag nicht guter Rath die Ursach wegzuräumen.

An den Rand verzeichnete er dann noch zwei vollständige Versionen, eine so mißlungen wie die andre:

Auf schwarzes Mißgeschick kann dieser Hang nur deuten,	Nur schwarzes Mißgeschick weissaget solch ein Leben,
Weiß guter Rath den Grund nicht zu bestreiten.	Vermag nicht guter Rath den Grund davon zu heben.

Glücklicher Weise kehrte er zur ursprünglichen Lesart zurück, indem er durch Streichung des schleppenden hinein den regelrechten Vers herstellte.

1, 1, 177. Alas, that love, whose view is muffled still,
          Should, without eyes, see pathways to his will.

Ach daß der Liebesgott trotz seinen Augenbinden	Ach, daß der Liebesgott, trotz seinen Binden,
Zu seinem Willen stets die Pfade weiß zu finden!	Zu seinem Ziel stets Pfade weiß zu finden.

1, 1, 192. Griefs of mine own lie heavy in my breast,
Which thou wilt propagate, to have it prest
With more of thine: this love that thou hast shown
Doth add more grief to too much of mine own.
Love is a smoke raised with the fume of sighs;
Being purged, a fire sparkling in lovers' eyes;

Es sind der Leiden gnug, die meinen Busen pressen,	Schon eignes Leid will mir die Brust zerpressen,
Mir wird dein Gram um mich das Maaß noch voller messen.	Dein Gram um mich wird voll das Maaß mir messen.
Die Freundschaft, die du zeigst, erregt mir neuen Schmerz;	Die Freundschaft, die du zeigst, mehrt meinen Schmerz,
Wie es sich selber quält, so quält auch dich mein Herz.	Denn wie sich selbst, so quält auch dich mein Herz.
Die Lieb' ist ein Gewölk, von Seufzer= (von Seufzern) dunst besenchtet, angefenchtet)	Lieb' ist ein Rauch, den Seufzerdämpf' erzengten,
Gereinigt, eine Glut, die aus den Augen lenchtet.	Geschürt, ein Feu'r, wovon die Augen lenchten. [101]

1, 1, 223. Then she hath sworn that she will still live chaste?
Rom. She hath, and in that sparing makes huge waste,
For beauty starved with her severity
Cuts beauty of from all posterity.
She is too fair, too wise, wisely too fair,
To merit bliss by making me despair:
She hath forsworn to love, and in that vow
Do I live dead that live to tell it now.

Hat sie zu kenschem Stand für immer sich verschworen?	Beschwor sie der Enthaltsamkeit Gesetze?
Sie hats, und Schätze gehn durch diesen Geiz verloren.	Sie that's, und dieser Geiz vergendet Schätze.
Denn Schönheit, die so streng sich aller Lust enthält,	Denn Schönheit, die der Lust sich streng enthält,
Bringt um der Schönheit Erb die ungebohrne Welt.	Bringt um ihr Erb' die ungebohrne Welt.
Sie ist zu weis' und schön, und will den Himmel erben,	Sie ist zu schön und weis', um Heil zu erben,

---

[101] Dieser Lesart gingen noch zwei Versuche voraus: „Die (Liebe ist ein Rauch, den) Lieb' ist ein Gewölk, das Seufzerdünst' erzengten, | Gereinigt, eine Glut, wovon die Augen lenchten"

Und läßt, zu weislich schön, mich in Verzweiflung sterben.
Die Liebe schwor sie ab, und dieß Ge-lübde giebt
Den Tod im Leben dem, der lebt, nur weil er liebt.

Weil sie, mit Weisheit schön, mich zwingt zu sterben. [102]
Sie schwor zu lieben ab, und dieß Ge-lübb'
Ist Tod für den, der lebt, nur weil er liebt.

1, 1, 243. Farewell: thou canst not teach me to forget.
Ben. I'll pay that doctrine, or else die in debt.

Leb wohl! Du wirst mich nie vergessen lehren können.
Ich will es, oder stets mich deinen Schuldner nennen.

Leb wohl, vergessen lehrest du mich nie. [103]
Dein Schuldner sterb' ich, glückt mir nicht die Müh.

Auch den folgenden Akten mögen noch einige Beispiele ent-nommen werden:

2, 5, 77. I am the drudge and toil in your delight,
But you shall bear the burden soon at night.
Go; I'll to dinner, hie you to the cell.
Jul. Hie to high fortune! Honest nurse, farewell.

Ich bin das Lastthier, muß für eure Lust mich plagen;
Ihr aber sollt zu Nacht schon eure Bürde tragen.
Ich will zur Mahlzeit erst: eilt ihr zur Zelle hin.
Glück auf den Weg! Leb wohl, du treue Pflegerin!

Ich bin das Lastthier, muß für euch mich plagen;
Doch ihr sollt eure Last zu Nacht schon tragen.
Ich will erst essen: Eilt zur Zelle hin.
Zu hohem Glücke, treue Pflegerin!

So hat Schlegel eigenhändig im Entwurf die Verse verzeichnet; in der Abschrift jedoch und im Druck ist an die Stelle des in jeder

---

[102] Schlegel schrieb noch an den Rand: „Durch ihre (zu viel) Schönheit läßt mich ihre Weisheit sterben". Dann finden wir in Carolinens Handschrift: „Sie ist zu schön um dafür Heil zu erben | Daß sie zu weis' mich läßt ver-zweifelnd sterben."

[103] So in der Abschrift, wo diese Fünffüßler zuerst erscheinen. Ebenso wenige Verse vorher: „So lehre mich das Denken zu vergessen" im Entwurf, wie in der Abschrift, in welcher Schlegel selbst, nachdem er erst Carolinens mich gestrichen und mir gesetzt hatte, schließlich den Accusativ wieder herstellte. Im Druck ist der Dativ durchgeführt.

Beziehung tadellosen dritten Verses wieder der ursprüngliche Sechs=
füßler zu finden. Es muß unentschieden bleiben, ob Schlegel die
frühere Form absichtlich wieder hervorgezogen, oder Caroline sie nur
aus Versehen wieder aufgenommen hat. Auf jeden Fall klingt:
„Ich will erst essen“ im Munde der Amme viel natürlicher, als
„Ich will zur Mahlzeit erst“. Für die beiden ersten Verse finden
wir im Entwurf noch die Lesart:

> Ich Lastthier, muß für eure Lust mich plagen;
> Doch ihr sollt bald zu Nacht die Bürde tragen.

2, 6. So light a foot ne'er hurts the trodden flower;
Of love and joy see, see the sovereign power!

Schlegel folgte hier der Quarto von 1597; Tieck suchte später,
nicht mit Unrecht, den Text von 1599 in die Uebersetzung einzu=
führen.

Ein Fuß so leicht wie der wird keine Blume biegen; (Blum' erdrücken.)	Mit leichtem Tritt, der keine Blume biegt;
O sieh die Allgewalt der Lieb' und (von) Wonne siegen; (von Entzücken.)	Sieh, wie die Macht der Lieb' und Wonne siegt!

2, 6, 36. For, by your leaves, you shall not stay alone
Till holy church incorporate two in one.

Erlaubt, ich leide nicht, daß ihr allein mir bleibt, (Verzeiht, daß ich so lange bey euch bleibe.)	Ich leide nicht, daß ihr allein mir bleibt,
Bis euch der Kirche Macht einander ein= verleibt. (Bis euch der Kirche Macht vereint zu Einem Leibe.)	Bis euch die Kirch' einander einverleibt.

3, 1, 181. He is a kinsman to the Montague;
Affection makes him false; he speaks not true.

Benvolio ist verwandt mit Montague's Geschlechte, (Geschlecht.)	Er ist verwandt mit Montague's Ge= schlecht,
Die Freundschaft macht ihn falsch, er (Er bengt aus Zuneigung die Wahrheit und tritt zu nah dem Rechte. das Recht.)	Aus Freundschaft spricht er falsch, ver= legt das Recht.

Die Alexandriner zogen sich ursprünglich bis zum Schlusse dieser Scene hin; und manche derselben hätten verdient, dem Weißeschen Romeo einverleibt zu werden, wenn dieser etwa seine prosaische Form mit der poetischen hätte vertauschen sollen. Sie gewährten dem Uebersetzer nicht die freiere Bewegung, welche dieser in den kürzeren Versen einzubüßen fürchtete; sie zwangen ihn vielmehr, den Ausdruck durch nutzlose Füllwörter zu überladen oder durch unnöthige Steigerung in eine falsche Emphase hinaufzutreiben. Wie leicht könnte Schlegel alsbald die kürzere Form herstellen, ohne derselben etwas Wesentliches aufzuopfern! Die Rede des Prinzen, welche diese Scene schließt, bietet hierfür ein Beispiel fast in jeder Zeile:

I will be deaf to pleading and excuses:
Nor tears nor prayers shall purchase out abuses.

| Taub will ich Gründen sein, taub der Beschönigung, | Taub bin ich jeglicher Beschönigung, |
| Kein Weinen und kein Flehn erkauft Begnadigung. | Kein Flehn, kein Weinen kauft Begnadigung. |

Je mehr das Drama sich dem Ende zuneigt, um so seltener läßt sich der Alexandriner blicken. Er erscheint selbst nicht in dem Reimpaare, mit dem der Mönch die Ermahnungen schließt, welche die um den vermeintlichen Tod Julias wehklagende Familie beschwichtigen sollen (4, 5, 94). Aber freilich waren hier die zwei Verse zuerst in drei gedehnt worden:[104]

The heavens do lour upon you for some ill:	Um eure Fehle straft der Himmel euch;
Move them no more by crossing their high will.	Auf daß er nicht verderblicher noch zürne,
	Erhebt nicht gegen ihn die stolze Stirne.
	(trotzig gegen ihn die Stirne.)

---

[104] Ich darf hier wohl bemerken, daß bei der Veränderung, welche die Verse 3, 2, 140—44 in der Ausgabe der Shakespeare-Gesellschaft erfahren haben, der von Schlegel beobachtete Reim, der die vier Zeilen bindet, übersehen worden ist.

Aber diese Dehnung konnte Schlegel selbst hernach nicht billigen; es ward versucht, die Verse ins Enge zu ziehen:

> Der Himmel zürnet eurer Sünde wegen;
> Wer will mit ihm zu hadern sich verwägen?

Dieser Reim ward natürlich verworfen.

> Der Himmel zürnt mit euch um eure Sünden;
> Wer darf sich, ihn zu schelten, unterwinden?

Endlich sah Schlegel ein, daß es nothwendig sei, den Imperativ des Originals in der Uebertragung beizubehalten, und so gewann er den mit männlichem Reim kraftvoll abschließenden Satz, welcher den vorhergehenden Tumult dieser Scene gleichsam zum Schweigen bringt:

> Der Himmel zürnt mit euch um sünd'ge That.
> Reizt ihn nicht mehr: gehorcht dem hohen Rath.

Auch das wohlbekannte Reimpaar, das, wie mit einem einfach nachdrücklichen Spruche, die Tragödie abschließt, ist nicht erst durch die Alexandrinerform hindurchgegangen; wenigstens ist uns eine solche in den Entwürfen nicht aufbewahrt. Anfänglich lauteten die Verse:

> Denn niemahls gabs ein so unglücklich Paar,
> Als Julia und ihr Geliebter war.

Die Erwähnung beider Namen war jedoch nothwendig, wenn der Uebersetzer auch auf die eigentliche Wiedergabe von story of more woe verzichten wollte. Er wählte also die nachstehende Form:

> Denn niemahls gab es ein so traurig Loos
> Als Juliens und ihres Romeos.

Ueber das Adjectiv in der ersten Zeile blieb er lange unschlüssig; er schrieb „ein so hartes Loos“; dann setzte er an den Rand zur Auswahl: „schmerzlich, grausam, kläglich, traurig“; aber keines dieser Wörter fand Gnade; endlich ward statt „hartes“ mit flüchtigen Bleistiftzügen „herbes“ zwischen die Zeilen gesetzt. Diesem mit so vieler Mühe gefundenen Adjectiv blieb indeß durch Zufallstücken der Weg in den Text versperrt. In Carolinens Abschrift stand das

unberechtigte „hartes"; Schlegel wandelte es mit sehr deutlichen
Strichen in das erwählte „herbes" um. [107] Aber das zudringliche
Wort ließ sich nicht bannen: es schritt keck in die erste Ausgabe
hinüber, und wußte seinen Stand zu behaupten, auch nachdem es
schon 1797 im Druckfehlerverzeichniß seines angemaßten Rechtes für
verlustig erklärt worden. —

Die vorgelegten Beispiele zeigen uns den werdenden Meister,
wie er angestrengt nach der Höhe des Zieles emporklimmt und durch
wechselnde Mühen mit immer gleicher Beharrlichkeit sich hindurch-
windet. Dieser Anblick ist erhebend und tröstlich für jeden, der im
geistigen Ringen mit einer großen Aufgabe begriffen ist, und dem
unter herbeidringenden Schwierigkeiten aller Art Kraft und Muth
zuweilen sinken wollen.

Das am Sommernachtstraum zu vollbringende Werk der Umwandlung erheischte ein noch größeres Maß von Gewandtheit, aus-
dauernder Geduld und strengem Künstlerfleiß. Hier durfte die
Umgestaltung nicht auf eine gewisse Anzahl von Versen beschränkt
bleiben, die in einem übrigens so wohlgefügten Ganzen widrig auf-
fielen; sie mußte sich vielmehr auf Anlage und Haltung des gesammten
Werkes erstrecken. Die Zuthaten Bürgers mußten ausgemerzt werden;
und von dem Tone, der durch seine Einwirkung über die ganze
Dichtung sich verbreitet hatte, durfte kaum noch ein leiser Nachhall
sich vernehmen lassen.

Die Alexandriner sind hier in dichten Haufen gelagert und
die treffendsten Beispiele überall mit vollen Händen zu greifen.
Anstatt aber einzelne Verse herauszuheben, wird es zweckmäßiger
sein, ein größeres Ganzes vorzulegen, an dem der Gegensatz sowohl

---

[105] Hier wissen wir also, für welche Lesart Schlegel sich entschieden hat.
Dagegen kann es zweifelhaft erscheinen, ob er in dem Vers I, 5, 141 (A rhyme
I lear'd even now | Of one I danced withal) einem oder meinem schließ-
lich setzen wollte. Der erste Druck gibt: „Es ist ein Reim, den ich von einem
Tänzer | So eben lernte". Im Entwurf und Abschrift steht „meinem". Vorher
lauteten die Worte: „Es ist ein Reim, den einer | Der Tänzer mich (mir) gelehrt".

der Kunstepochen, wie der individuellen Kunstrichtung und Geistes-
art am klarsten zur Anschauung kommt. Ich wähle den köst-
lichen Bericht Pucks über die an Zettel vollzogene Transformation
(3, 2). Die Form, welche diese lebensprühende Erzählung 1789
unter Bürgers Händen erhielt, erscheint hier neben derjenigen, welche
ihr 1796 durch Schlegels Kunst gegeben ward. Beide Formen
zeigen sich hier neben einander, wie sie auch in der Handschrift auf
einer Seite einträchtig beisammen stehen, sodaß durch die äußere
Nähe die innere Verschiedenheit um so auffälliger wird. Die Vergleichung beider läßt sich leicht durchführen; sie wird am deutlichsten
darthun, was Schlegel hier zu leisten hatte und was er leistete.

Die ersten Verse des Bürgerschen Textes sind uns, wie schon
bemerkt, in drei Aufzeichnungen erhalten; auf einem Blättchen
finden wir Vers 1—12, auf einem andern Vers 1—26. Ich gebe
hier den vollständigen Text, in der Gestalt, in der Bürger ihn
zuletzt genehmigt hat und in welcher er auf einem Quartblatt in
des Dichters eigener Handschrift, so wie, von Schlegel copirt, in dem
Manuscripte b vorliegt:

Bürger.	Schlegel.
Ob. Nun wüßt' ich gar zu gern, denn izt ist sie wohl wach,	Mich wunderts, ob Titania erwachte,
Was Frau Titanien zuerst ins Auge stach.	Und welch Geschöpf ihr gleich ins Auge fiel,
Denn in das Ding muß sie sich schlech-terdings vergaffen.	Worein sie sterblich sich verlieben muß.
(Droll kommt.)	
Da sieh, mein Famulus! Wie gehts du Aff' der Affen?	Da kommt mein Bote ja. — Nun, toller Geist,
Erzähle, was, seitdem wir unsre Kunst geübt,	5 Was spuken hier im Wald für Aben-teuer?
An diesem Geisterhof die Nacht uns neues giebt? [106]	

---

[106] In der ältesten Aufzeichnung sind diese beiden Verse, dem Original gemäß, noch in einem zusammengefaßt: „Doch flugs erst sage mir was hier es

Dr. In einen Unhold, Herr, ist unsre
    Frau verliebt.

In ihrer heiligen, dicht eingezäunten
    Grotte

Lag sie in tiefem Schlaf; als eine Lum=
    penrotte

Von Kerlen, die bey Tag die Gassen von
    Athen

In Schurzfell und in Wams uns liebe
    Brod durchgehn,

Allhier zusammen kommt, ihr Schauspiel
    zu probiren

Und Thesens Hochzeitsfest damit zu
    honoriren.

Ein Extratölpel nun von dieser saubern
    Schaar,

Der Junker Pyramus, wo ich nicht
    irre, war,

Muß, wie sich das so fügt, die Bühn'
    einmahl verlassen,

Und hinter Farrenkraut statt der Kulisse
    passen.

Dieß Tempo nehm' ich wahr und kröne
    meinen Tropf

Hui! ohne daß ers merkt mit einem
    Eselskopf. [107]

Den Augenblick hierauf hat Thisbe aus=
    gesprochen.

Mein Tausendschönchen kommt so wieder
    angestochen.

Hilf Himmel, welch ein Lärm, sobald sie
    ihn nur sehn,

Herr, meine Fürstin liebt ein Un=
    geheuer.

Sie lag in Schlaf versunken auf dem
    Moos,

In ihrer heil'gen Laube dunklem
    Schooß,

Als eine Schaar von lump'gen Hand=
    werksleuten,

10 Die mühsam kaum ihr täglich Brot
    erbeuten,

Zusammenkömmt, und hier ein Stück
    probirt,

So sie auf Thesens Hochzeittag
    studirt.

Der ungesalzenste von den Gesellen,

Den Pyramus berufen vorzustellen,

15 Tritt von der Bühn' und wartet
    im Gesträuch.

Ich nutze diesen Augenblick sogleich,

Mit einem Eselskof ihn zu begaben.

Nicht lange drauf muß Thisbe Ant=
    wort haben.

Mein Affe tritt heraus: kaum sehen
    ihn

20 Die Freund', als sie wie wilde Gänse
    fliehn,

Wenn sie des Jägers leisen Tritt
    erlauschen;

---

neues giebt". — Auf dem andern Blättchen findet sich dann das alsbald ver=
worfene Reimpaar: „Vor allem sage mir, was uns Frau Mitternacht | In
diesem Spükehain hat neues mitgebracht." — Der vierte Vers in Drolls Be=
richt lautete in der ältesten Form: „Hansnagels, Kerle, die bey Tag die Stadt
Athen." — Daß Schlegel in den ersten Versen den von Shakespeare offenbar
beabsichtigten Reim (eye — extremity) übersehen, hat schon Alex. Schmidt be=
merkt und gerügt.

[107] In der früheren Aufzeichnung waren, um dem Original noch mehr
Gewalt anzuthun, diese vier Verse in sechs gedehnt worden. „Muß, wie sichs
fügt, einmahl die Bühne räumen, | Und ohn' im mindesten was Jährliches zu
träumen, | Duckt er in einen Busch von Farrenkraut sich hin. | Ich, der ich eben
auch in der Kulisse bin | Nehm' hier mein Tempo wahr, den ärmsten von den
Schelmen | Mit einem Eselskopf gar zierlich zu behelmen."

Wie wilde Gänse, die den Schleicher fern
    erspähn,
O'r wie ein bunter Schwarm von Krähen
    rothbekrallet
Aufrauscht und krächzt, sobald des Schützen
    Flinte knallet,
Hier, da und dorthin fährt und wild
    die Luft durchfegt
So flieht der ganze Trupp, wie er her-
    vor sich regt.
Bey unserm Trampeln[108]) stürzt der Mann
    den Mann danieder.
Der Eine schreyet: Mord! der Andre:
    Hülfe, Brüder!
Ihr Sinn der gegen Furcht nicht mehr
    bestehen kann
Reizt Ding' auch ohne Sinn zu ihrem
    Schaden an.
An Dorn und Hecke bleibt, wie sie hin-
    durch sich drängen
Hier Rockschoß, Aermel, Hut, dort Gott
    weiß was noch hängen.
So scheucht' ich sie erschreckt durchs ganze
    Waldrevier
Nur Schätzchen Pyramus verwandelt
    blieb allhier.
Und jetzt gerade muß Titania erwachen
Und sich mit ihrer Gunst an meinen
    Langohr machen.

Wie graue Krähen, deren Schwarm
    mit Rauschen
Und Krächzen auffliegt, wenn ein
    Schuß geschieht,
Und wild am Himmel da und dort-
    hin zieht.
25 Vor meinem Spuk rollt der sich auf
    der Erde,
Der schreyet Mord mit kläglicher
    Geberde.
Das Schrecken, das sie sinnlos machte,
    lieh
Sinnlosen Dingen Waffen gegen sie.
An Dorn und Busch bleibt Hut und
    Aermel stecken;
30 Sie fliehn hindurch, berupft an allen
    Ecken.
In solcher Angst trieb ich sie weiter
    fort,
Nur Schätzchen Pyramus verharrte
    dort.
Gleich mußte nun Titania erwachen,
Und aus dem Langohr ihren Liebling
    machen.

Man sieht, hier war nicht bloß das Vorhandene umzugestalten; hier mußte etwas Neues selbständig geschaffen werden. Obgleich Bürger über einen verlängerten Vers verfügte, hatte er sich doch nicht mit der Verszahl der Urschrift begnügen können; die vierund= dreißig Zeilen waren um drei vermehrt worden. Bei einer derartigen umständlichen Erzählung aber, in welcher dem Zuschauer, wie in einem ergötzlichen Bilde, dasjenige noch einmal zusammenhängend vor die Phantasie geführt wird, was im Verlaufe des Dramas vor

---

108) So in Bürgers Handschrift (at our stamp). Schlegel hat in der Abschrift geändert: „Bei meinem Stampfen". Zuerst lautete Bürgers Vers: „Wir
trampeln; einer stürzt vor Eil den andern nieder." — Schlegel hat in der Abschrift die Bürgerschen Verse mit sorgfältiger Interpunktion ausgestattet.

seinen Augen schon vorübergegangen — bei einer solchen Erzählung muß das vom Dichter beobachtete Maß auch in der Nachbildung auf das strengste eingehalten werden. Schlegel war daher vor allem beflissen, den Umfang des Originals auch nicht um ein geringes zu überschreiten. Er sah wohl ein, daß er alsdann aus der Fülle der manigfaltigen Züge, die der Dichter in den kurzsilbigen Wörtern seiner Sprache leicht andeuten konnte, manches aufopfern müsse. Aber um den Gesammteindruck ungeschwächt zu bewahren, durfte er ein solches Opfer nicht scheuen. Es kam ja nicht darauf an, von den Strichen, welche das Gemälde zusammensetzten, jeden einzelnen mit ängstlicher Genauigkeit nachzuziehen, gleich als ob der Uebersetzer von dem in seine Hand gegebenen poetischen Gute etwas veruntreute, wenn er nicht alle Theilchen desselben, Stück für Stück, seinem Leser wieder vorzählte. Der nachbildende Künstler muß vielmehr das Einzelne, aus dessen Verbindung zum Ganzen die Wirkung erwächst, mit stärkster Aufmerksamkeit durchdringen und geistig sich aneignen, um eben dadurch die Abhängigkeit vom Buchstaben für immer loszuwerden. Hat er die Elemente erkannt und erfaßt, aus denen das Ganze sich zusammensetzt, so muß er nun dies Ganze selbstständig nachzuschaffen trachten.

Er blickt tief hinein in das Verfahren des Dichters, wie dieser seine Materialien zum Kunstgebäude aneinander fügt, alle Mittel, welche die Sprache darbietet, jedesmal nur zu einem bestimmten Zwecke verwendet und die Reichthümer derselben so harmonisch ordnet, daß vor der Einbildungskraft des Hörers der Gegenstand der Darstellung in klarster Anschaulichkeit aufsteigt und das Ohr, durch allen Wechsel des Ausdrucks hindurch, einen herrschenden, gleichmäßig festgehaltenen Grundton vernimmt; — mit andern Worten, er muß dem Poeten das Geheimniß seines Stils ablauschen. Unzähligemal sieht er sich in dem Falle, die Sprache anzuklagen, weil sie ihm die Mittel versagt, welche der Autor in der seinigen so reichlich verfindet. Da soll es sich nun bewähren, ob er durch Studium und Aneignung des Einzelnen zum Erfassen des Ganzen gelangt ist; ob er in den Stil

seines Dichters so eingeweiht worden, daß er dessen hervorstechende
Eigenschaften selbständig nachbilden und unter einander zur Einheit
verknüpfen kann. Ist er in der That so weit vorgedrungen, so
wird ihn die anscheinende Unzulänglichkeit der Sprachmittel, die ja
nothwendig aus der Verschiedenheit des Sprachgeistes entsteht, nicht
ferner kümmern. Er wird es aufgeben, das, was in der Sprache
des Originals frei und leicht und angemessen gesagt werden konnte,
in seiner Sprache, der ganz andere Bedingungen und Schranken
gesetzt sind, in gleicher Weise wiederholen zu wollen; denn er hat
erkannt, daß ein solches Wiederholen in ein kraftloses Nachstammeln
ausarten muß. Vielmehr wird er es darin dem Dichter gleichthun,
daß er ebenfalls, ganz auf Ergründung und Ausbildung seiner
Sprache gerichtet, alle Vortheile, die er nur immer ihr abgewinnen
mag, mit freier Wahl ergreift und nutzt. Indem er auf das Un-
mögliche mit heiterem Entschluß Verzicht leistet, wird er, anstatt in
sclavischer Gebundenheit hinter seinem Autor herzuschleichen, sich
kühnen Schrittes demselben an die Seite stellen und, wie im Ein-
verständniß mit ihm, eine Nachdichtung schaffen, die mit verschiedenen
Mitteln einen der Urdichtung ähnlichen, ja gleichen Eindruck her-
vorbringt.

Man mustere noch einmal die eben mitgetheilten Verse! Bei
aller Treue, mit welcher der Uebersetzer sich dem Dichter hingibt,
zeigt er sich doch nirgends vom Buchstaben überwältigt, oder in der
sichern Bewegung gehemmt. Wer sollte z. B. in den Versen
27—30, die wie im freien Laufe dahin eilen, eine Uebersetzung zu
vernehmen glauben? Vergleicht man sie aber genau mit den englischen
Zeilen, so entdeckt man, daß der Uebersetzer eben deshalb Sinn und
Wirkung der Dichterworte so treu und nachdrücklich wiedergegeben,
weil er sich an Stellung und Folge derselben nicht gefesselt, die
Nachbildung des Satzgefüges unterlassen und sich auf die Mittel
und Eigenthümlichkeiten seiner Sprache gestützt hat, um den schönen
Wettkampf mit seinem verehrten Autor glücklich durchzuführen. Hier
zeigt sich der vollkommen entwickelte Gegensatz zu der früher ge-

schilderten Weise Bürgers. Diesem steht die eigene Dichterindivi-
dualität im Wege; sie hemmt die unbefangene Annäherung an den
fremden Genius; eine liebevolle, durch umfassendes Verständniß geleitete Hingabe, ein inniges Versenken in die von jenem aufgeschlossene
Welt wird ihm unmöglich. Der Dichter kann aus dem bestimmt
umgrenzten Bereiche der Anschauungen, in denen seine Phantasie
nun einmal ihre Heimat gefunden, nicht heraustreten; er kann sich
selbst weder vergessen, noch überwinden. So ist es ihm denn nicht
vergönnt, die fremde Dichtung von innen heraus nachzuschaffen,
und eben so wenig vermag er die Form in ihrem künstlerischen
Gleichmaß ungestört zu bewahren. Wie zum Ersatz dafür, steift er
sich nun mit übereifriger Treue auf jeden einzelnen Zug des
Originals; wo ihm die Darstellung nicht voll und kräftig genug
erscheint, gibt er ihr aus eigenen Mitteln eine reichere Ausstattung;
und unter diesem schweren, ernstlichen Bemühen wird unrettbar der
Geist des Originals erstickt.

Wendet man den Blick von Bürgers Alexandrinern auf die
schöne Reihenfolge der Schlegelschen Verse, so empfängt man den
Eindruck, als ob aus unhüllendem Wuste die festen, aber fein-
gezogenen Linien des Urbildes wieder ans Licht träten, als ob die
Farben wieder kräftig und mild erglänzten; alles erscheint wie vom
frischen Schimmer des Lebens übergossen. Aber indem Schlegel sich
hier von der Uebersetzungsweise seines ehemaligen Meisters für
immer lossagt, oder vielmehr durch sein eigenes Verfahren sie ver-
nichtet, zeigt er sich zugleich im vollen, scheinbar mühelosen Besitz
aller der Vortheile, die er aus jener Schule davontragen konnte.
Von den Ein- und Nachwirkungen der Bürgerschen Manier ist er
befreit; aber was Bürgers Lehre und Beispiel Heilsames gewirkt
hat, dessen erfreut er sich jetzt und für immer im reichsten Maße.
Die Meisterschaft über die Form ist ihm nun gesichert; er erntet
die Früchte des schon früh begonnenen und unablässig fortgesetzten
Bemühens, wodurch er eine angeborene Fähigkeit zur allseitigen
Fertigkeit ausgebildet. Wie unbekümmert um den Zwang des

Reimes, rinnen im leichten Flusse die ergetzlichen Verse des heitern Poltergeistes dahin. Der Ausdruck streift geschickt an der Grenze des Derben hart vorbei, und läßt sich nie über dieselbe hinaus verlocken. Gerade diese Verse zeigen, wie sie uns in der Handschrift vorliegen, verhältnißmäßig nur wenige Spuren einer mühseligen Entstehung. Freilich mußten die Verse 21—24 mehrfach umgebildet werden; erst:

Or russet-pated choughs, many in sort,	Und wie ein Schwarm von braunen Krähn mit Rauschen
Rising and cawing at the gun's report,	Und Krächzen auf(fährt)fliegt, wird ein Schuß gehört,
Sever themselves and madly sweep the sky.	Und da und dorthin durch die Lüfte fährt —

Dann sollte es heißen:

> Und Krächzen auffliegt bey der Flinte Knall,
> Und da und dorthin fährt und überall.

Ein bestimmender Einfluß der Bürgerschen Version ist nirgends merkbar; kaum daß hie und da, wo ein Zusammentreffen unvermeidlich war, wie etwa in den letzten Versen der Erzählung, die Worte Bürgers anklingen.

Wie die Scherzreden Pucks, so mußten natürlich auch die Dialoge der Liebenden von jeder Bürgerschen Zuthat gereinigt werden. Schlegel mußte hier alles verbannen, was an die Eigenheiten des Schäferspiels erinnern konnte. Noch sorgsamer, als in den andern Theilen des Werks, mußte er hier auf Anmuth und Zierlichkeit bedacht sein. Der Ausdruck durfte nie bis zum großartigen Ernst der Leidenschaft aufsteigen; und doch mußte der poetisch gehobene Ton gewahrt werden, der über diesen lyrisch belebten Wechselreden schwebt.

Wie Schlegel dies alles erreichte und vereinigte, zeigt der Dialog zwischen Lysander und Helena, in den der erwachende Demetrius dann so plötzlich einfällt. Wir haben hier ein besonders anziehendes Beispiel. In den zwei Strophen, welche dies Gespräch eröffnen, hat Bürger eine regelmäßige Folge sechs= und fünffüßiger Verse beobachtet. Schlegel war also durch die Form nicht gehindert, einige Zeilen, die dem ehemaligen Mitarbeiter schon trefflich ge= lungen waren, unverändert unter die seinigen zu stellen. Aber man betrachte nun diese Verse in ihrer neuen Umgebung! Es sind Bürgers Worte, die wir vernehmen; aber Bürgers Art und Weise ist an ihnen nicht mehr kenntlich; ein anderer Geist ist über sie gekommen. Dem von Schlegel so fest und bestimmt angegebenen Grundton mußte auch das ursprünglich Fremdartige sich unterwerfen oder vielmehr anschmiegen.

3, 2, 122. **Lys.** Why should you think that I should woo in scorn?
　　　　Scorn and derision never come in tears:
　　　　Look, when I vow, I weep; and vows so born,
　　　　　In their nativity all truth appears.
　　　　How can these things in me seem scorn to you,
　　　　Bearing the badge of faith, to prove them true?
　　Hel. You do advance your cunning more and more.
　　　　When truth kills truth, O devilish-holy fray!
　　　　These vows are Hermia's: will you give her o'er?
　　　　Weigh oath with oath, and you will nothing weigh:
　　　　Your vows to her and me, put in two scales,
　　　　Will even weigh, and both as light as tales.

Bürger.	Schlegel.
Wie? meine Huldigung hältst du für Trieb zu scherzen?	Pflegt Spott und Hohn in Thränen sich zu kleiden?
Wann hast du je den Scherz wohl weinen sehn?	Wie glaubst du denn, ich huld'ge dir aus Hohn?[109]
Sieh, weinend schwör' ich dir! O glaube, daß von Herzen,	Sieh, wenn ich schwöre, wein' ich: solchen Eiden
Von Herzensgrund bethränte Schwüre gehn.	Dient zur Beglaubigung ihr Ursprung schon.[110]
Wie hart, der Spötterey Gelübde zu verklagen,	Kannst du des Spottes Reden wohl verklagen,
Die so an offner Stirn der Wahrheit Siegel tragen!	Die an der Stirn des Ernstes Siegel tragen?

[109] So in der Handschrift, in welcher zum durchstrichen ist, das dann im Druck wieder hergestellt ward.

[110] Variante: Dient zur Bewährung ihr Entstehen schon.

Ha, immer weiter deckt sich deine Arglist auf!	Stets mehr und mehr wird deine Schalkheit kund."')
Wie teuflisch fromm, mit Schwur den Schwur erlegen!	Wie teuflisch fromm, mit Schwur den Schwur erlegen!
Elmirens Schwüre sinds! Gereut dich schon der Kauf?	Beschwurst du nicht mit Hermia so den Bund?
Wäg' Eid an Eid, so wirst du gar nichts wägen!	Wäg' Eid an Eid, so wirst du gar nichts wägen.
Die Eid' an Sie und mich, wie Märchen leer und leicht,	Die Eid' an sie und mich, wie Mährchen leicht,
Leg' auf zwey Schalen sie, und keine sinkt und steigt.	Leg' in zwey Schalen sie, und keine steigt.

Im Folgenden ist aber von Bürgers verschwenderisch ausgetheiltem Hab und Gut kaum irgend etwas Wesentliches übrig geblieben.

134. **Lys.** I had no judgment when to her I swore.
 Hel. Nor none, in my mind, now you give her o'er.
 Lys. Demetrius loves her, and he loves not you.
 Dem. (Awaking) O Helen, goddess, nymph, perfect, divine!
 To what, my love, shall I compare thine eyne?
 Crystal is muddy. O, how ripe in show
 Thy lips, those kissing cherries, tempting grow!
 That pure congealed white, high Taurus' snow,
 Fann'd with the eastern wind, turns to a crow,
 When thou hold'st up thy hand: O, let me kiss
 This princess of pure white, this seal of bliss!

Bürger.	Schlegel.
Ach! Unsinn war es einst, mein Herz ihr anzutragen.	Verblendung wars, mein Herz ihr zu (Verblendung wars, daß ich mein Herz versprechen. ihr weihte.)
Nein! Unsinn ist es jetzt, ihr wieder zu entsagen.	Verblendung nenn' ichs, jetzt den Schwur (Verblendung nenn' ichs, daß es dich zu brechen. gereute nun dich reute.)
Demetrius liebt sie; dich aber liebt er nicht.	Demetrius liebt sie, dich liebt er nicht.

''') Zuerst: „— — wird deine Schalkheit klar. — — — Was Hermia's eigen, bringst du so mir dar? — was Hermia's eigen ist, bringst du mir dar? — Du bringst, was Hermias eigen ist, mir dar?"

O ſüße Helena, du Graziengeſicht, | O Huldin! Schönſte! Göttin meiner Wahl!

Du göttliche Geſtalt, was gleich' ich deinen Augen, | Womit vergleich' ich deiner Augen Strahl?

Aus welcher Trunkenheit ſelbſt Götter= blicke ſaugen? | (O Göttin! Nymphe! himmliſch hele und ſchön,

Kryſtall iſt gegen ſie nur Schlacke. Dieſer Mund, | Was iſt wie deine Augen anzuſehn? — —

Der Purpurkirſche gleich, wie lieblich voll und rund | O Göttin! Nymphe! ſchön und himmliſch rein, Womit vergleich' ich deiner Augen Schein?)

Er ſich dem Kuſſe beut! Und o der weiße, reine | (lieblich) Kryſtall iſt trübe. O wie reiſend ſchwellen

Olympos-Schnee, zum Alabaſterſteine | (Die reifen Lippen) Die Lippen dir, zwey küſſende Morellen!

Vom Oſtwind blank gehaucht, gleicht, wenn du deine Hand | Und jenes feſte Weiß, des Taurus (im Druck: dichte) Schnee,

Aus Sonnenlicht erhebſt, des Raben Nachtgewand. | Vom Oſtwind rein gefächelt, wird zur Kräh',

Laß küſſen, küſſen laß es mich, zu deinen Füßen, | Wenn du die Hand erhebſt. Laß mich dieß Siegel

Des Weißen reinſtes Weiß, das Süßeſte des Süßen![2] | (und der) Der Wonne küſſen, aller Reinheit Spiegel.

Nicht minder anziehend als der Gegenſatz zwiſchen Schlegel und Bürger erſcheint der Gegenſatz zwiſchen der werdenden und der gereiften Kunſt Schlegels. Zwar iſt hier der Widerſtreit nicht ſo heftig, ſo unverſöhnlich wie in jenem Falle. Der jugendliche Schlegel, noch in der Bürgerſchen Lehre befangen, hat trotzdem, der natürlichen Richtung ſeines empfänglichen Geiſtes folgend, in vielen Stücken dem ſpäteren Ueberſetzungskünſtler glücklich vorgearbeitet, iſt ihm oft ſchon eine gute Strecke entgegengekommen. Dennoch, wie er ſich von Bürgers Vorbilde befreien mußte, ſo war es auch un= erläßlich, daß er gegen ſein eigenes früheres Selbſt Partei ergriff

[2] Gegen dieſe Verſe Bürgers hatte Schlegel ſchon 1789 Bedenken. Wir finden in b von ſeiner jugendlichen Hand an die Seite geſchrieben: „O laß mir dieſe Hand, der Seligkeiten Siegel, | Laß mir zu Einem Kuß der Reinheit Kron' und Spiegel!" — Oder: „O küſſen laß mich ſie, der Reinheit Kron' und Spiegel, | Laß küſſen dieſe Hand, der Seligkeiten Siegel!" — Bei dem Halbvers „Er ſich dem Kuſſe beut" hat Bürger noch die Variante angemerkt: „Reiſt er zum Kuß heran!"

und es, wo möglich, aus dem Felde schlug. Wollen wir nun be=
trachten, wie er an sich selbst praktische Kritik geübt und seine eigenen
aus dem Jahre 1789 stammenden Alexandriner im Jahre 1796
umgeschmolzen hat, so lenkt sich unsere Aufmerksamkeit am füglichsten
auf das Gespräch zwischen Lysander und Hermia (2, 2), das uns
wie eine liebliche Gefühlständelei anmuthet. Dieser Dialog, den
ich in seinem ganzen Umfange hier verlege, zeigt auch in anschau=
licher Weise, wie Schlegel in manchen Stellen seiner früheren
Arbeit eine feste Grundlage für sein späteres Kunstwerk fand, während
er andere Theile derselben unnachsichtlich zerstören mußte.

> 2, 2, 35. **Lys.** Fair love, you faint with wandering in the wood;
> And to speak troth, I have forgot our way:
> We'll rest us. Hermia, if you think it good,
> And tarry for the comfort of the day.
>
> **Her.** Be it so, Lysander: find you out a bed;
> For I upon this bank will rest my head.
>
> **Lys.** One turf shall serve as pillow for us both;
> One heart, one bed, two bosoms and one troth.
>
> **Her.** Nay, good Lysander; for my sake, my dear,
> Lie further off yet, do not lie so near.

1789.	1796.
Du schleppst, Elmire, kaum vor Mattig= keit die Glieder;	Kaum tragen durch den Wald euch noch die Füße,
Die Wahrheit zu gestehn, verlor ich unsern Pfad.	Und, ich gesteh' es, ich verlor den Pfad.
Wo, Liebchen, dir nicht graut, so laß allhier dich nieder,	Wollt ihr, so laßt uns ruhen, meine Süße,
Bis tröstend morgen früh das Tageslicht sich naht.	Bis tröstend sich das Licht des Tages naht.
Ach ja, Lysander! Geht und sucht für euch ein Bette;	Ach ja, Lysander! sucht für euch ein Bette.
Hier dieser weiche Klee sey meine Schlum= merstätte.	Der Hügel hier sey meine Schlummer= stätte.
Ein Rasen diene dann als Kissen für uns zwey:	Ein Rasen dien' als Kissen für uns zwey:
Hier ist Ein Herz, Ein Bett, zwey Busen, Eine Treu.	Ein Herz, Ein Bett, zwey Busen, Eine Treu.
Ich bitt' euch, beßer Freund! Um meinetwillen, Lieber!	Ich bitt' euch sehr! Um meinetwillen, Lieber!
Nein, liegt mir nicht so nah! liegt weiter dort hinüber!	Liegt nicht so nah! liegt weiter dort hinüber!

Hier steckte schon das Richtige in der ungefügen Hülle des Alexandriners. Die zwei Silben, deren es zur Füllung des breiteren Verses bedurfte, brauchten nur beseitigt zu werden, und die deutschen Worte gaben, auch ohne jede fernere Veränderung, das trefflichste Abbild der englischen. Wie drängt sich hier die magische Gewalt der Versform unserer Betrachtung auf! Zwei Silben hinzu= oder hinweggethan — und es entsteht in Klang und Wirkung eine so durchgreifende Verschiedenheit, daß sie nur aus dem Gegensatze ver= schiedener Kunstepochen erklärbar scheint. Dort der geziert lang= weilige, breit geschwätzige Ton des Schäferstücks; hier die frische Bewegung eines poetisch belebten Gesprächs, in welchem die lautere Empfindung zu lauterem Ausdruck kommt. Die mißfälligen Aus= wüchse in der ersten Rede des Lysander [113] („Wofern es dir nicht graut, so laß allhier dich nieder") sind gleichfalls nur durch die Nothwendigkeit, dem Alexandriner sein volles Maß zu geben, ver= schuldet worden; dieser Vers hatte hier überall den Künstlerinstinkt, der sich von selbst zu dem Richtigen hingefunden hätte, ins Falsche gelenkt.

Dagegen war im Folgenden Wort und Form, Auffassung und Ausdruck von gleicher Schwerfälligkeit: alles mußte von Grund aus umgestaltet werden; und nirgends vielleicht ist die Metamorphose auffälliger und erfreulicher zugleich, als in den nächsten beiden Versen:

Lys. O, take the sense, sweet, of my innocence!
Love takes the meaning in love's conference.

Die Liebe meynt kein Arg, drum leg' O ärgert euch an meiner Unschuld nicht!
     auch Liebe nicht
Das Wort zum Argen aus, das Liebe Die Liebe deute, was die Liebe spricht.
     lieblich spricht.

---

[113] In einer früheren Aufzeichnung der Scene, die sich in a erhalten hat, lautete der zweite Vers dieser Rede: „Nein länger darfst du nicht im Busch hier irre gehn"; und in Hermias erster Rede hieß es hier statt „dieser weiche Klee" ursprünglich: „dieser Polsterklee". — Die weiteren Abweichungen dieses früheren Entwurfs anzugeben, scheint unnöthig.

Dies Alexandrinerpaar gehört zu den schlimmsten Mustern der ganzen Gattung. Alle Unarten der früheren Uebersetzungsweise erscheinen hier in engem Raum vereinigt. Anstatt der Dichterworte selbst empfangen wir eine schleppende Umschreibung, in welcher die Gegen= und Nebeneinanderstellung von love und love mit verletzender Deutlichkeit reproducirt wird; die ächte Farbe des Ausdrucks ist fast bis zur Unkenntlichkeit übertüncht, und gestört ist das Gefüge der Rede, deren beide Hälften sich naturgemäß auf die beiden Verse vertheilen sollen. Gegen dies traurige Mißlingen muß dann die sichere Kunst der späteren Umdichtung um so eindrucksvoller abstechen. Bei dem engsten Anschluß an Form und Sinn des Originals die freieste Bewegung, die gefälligste Leichtigkeit! So zierlich die Verse klingen, so scheinen sie doch von der schlichtesten Wahrheit eingegeben zu sein. Vielleicht dürfte man es einem deutschen Leser verzeihen, wenn er, im erlaubten Stolz auf seine bildsame Sprache, wähnen sollte, das englische Dichterwort sei hier einmal durch die Nachbildung überboten worden.

> I mean that my heart unto yours is knit
> So that but one heart we can make of it;
> Two bosoms interchained with an oath;
> So then two bosoms and a single troth.
> Then by your side no bed-room me deny;
> For lying so, Hermia, I do not lie.

Ich meynte nur, mein Herz sey deinem so vereinet,	Ich meynte nur, mein Herz sey eurem so verbunden,[*]
Daß nur ein einzig Herz uns zu beseelen scheinet.	Daß nur Ein Herz in Beyden wird gefunden.
Zwey Busen flicht in Eins ein gleicher Doppelschwur;	Verkettet hat zwey Busen unser Schwur:
Wohnt denn in Beyder Brust nicht Eine Treue nur?	So wohnt in zweyen Eine Treue nur.
So laß mein Haupt sich denn an deine Seite schmiegen;	Erlaubet denn, daß ich mich zu euch füge;
Fürwahr, ich lüge nicht, läßt du mir so mich liegen.	Denn, Herz, ich lüge nicht, wenn ich so liege.

---

[*] Dieser Sechsfüßler ist auch im Druck beibehalten, eben so wie der folgende in Hermias Rede.

Her. Lysander riddles very prettily:
Now much beshrew my manners and my pride,
If Hermia meant to say Lysander lied.
But, gentle friend, for love and courtesy
Lie further off; in human modesty,
Such separation as may well be said
Becomes a virtuous bachelor and a maid,
So far be distant; and, good night, sweet friend:
Thy love ne'er alter till thy sweet life end.

Ey seht! wie artig doch Lysander Sylben sticht!	Wie zierlich spielt mit Worten doch mein Freund! —
Elmire weiß zu gut, Lysander lüget nicht.	Ich würde selbst ja meiner Unart feind,
Nein, nennt mich gar entblößt von Artigkeit und Glimpfe,	Hätt' ich, Lysander lüge, je gemeint.
Wo ich gezielt auf euch mit so verweg= nem Schimpfe.	Doch aus Gefälligkeit und Lieb', ich bitte,
Doch legt euch weiter weg, ist meine Huld euch werth,	Rückt weiter weg! So weit, wie nach der Sitte
Denn Sitt' und Ehrbarkeit wird hoch von mir geehrt.	Der Menschen sich, getrennt von einem Mann,
So weit vom Bräutigam vor dem Ver= lobungssegen	Ein tugendsames Mädchen betten kann, [115]
Sich eine Jungfrau mag in Züchten schlafen legen,	Der Raum sey zwischen uns. — Schlaf süß! der Himmel gebe,
So weit begieb dich weg. Nun schlafe süß: es sey,	Daß, bis dein Leben schließt, die Liebe lebe!
Bis es im Tod' erstarrt, dein Herz mir gut und treu!	

Lys. Amen, amen, to that fair prayer, say I:
And then end life when I end loyalty!
Here is my bed: sleep give thee all his rest!
Her. With half that wish the wisher's eyes be press'd!

O, ein Gebet, zu dem ich Amen, Amen, spreche!	Amen! so holder Bitte stimm' ich bey: (So holdem Flehn stimm' ich mit Amen bey!)
Dann breche mir mein Herz, wenn ich die Treue breche!	Mein Herz soll brechen, bricht es meine Treu.
Nun segne dich der Schlaf mit aller seiner Ruh!	Mög' alle Ruh des Schlafes bey dir wohnen!
Dem, der so freundlich wünscht, theil' er die Hälfte zu!	Des Wunsches Hälfte soll den Wünscher lohnen!

[115] Zuerst schrieb der Uebersetzer: „Entfernt euch mehr! So weit, wie nach (gemäß) der Sitte | Der Menschen, eine tugendsame Magd | Getrennt von einem Mann, zu ruhen wagt.

Diesem Gespräche reihe sich eine der Stellen an, in welchen der Dichter uns alle Lieblichkeiten der Elfenwelt vorzaubert; es ist die Rede, mit welcher Oberon die erste Scene des zweiten Aktes beschließt:

1789.	1796.
Ich weiß ein Hügelchen, mit Thymian geschmückt,	Ich weiß 'nen Hügel, wo man Quendel pflückt,
Wo Maslieb und Viol aus dichtem Klee nickt,	Wo aus dem Gras Viol und Maslieb nickt,
Wo sich auf Buhlerart des Geisblatts wilde Schatten	Wo dicht gewölbt des Geisblatts üpp'ge Schatten
Mit schlankem Hagedorn und mit Jasminen gatten.	Mit Hagedorn und mit Jasmin sich gatten.
Dort bringt Titania die halben Nächte zu,	Dort ruht Titania halbe Nächte kühl,
Durch Scherz und Reigenspiel gelullt in leichte Ruh.	Auf Blumen eingewiegt durch Tanz und Spiel.
Den bunten Schmelz der Haut legt dort die Schlange nieder,	Die Schlange legt die bunte Haut dort nieder,
Zur Decke, groß genug für zarte Feenglieder.	Ein weit Gewand für eines Elfen Glieder.
Dort will ich mit dem Saft ihr streichen Aug' und Stirn,	Ich netz' ihr Aug' mit dieser Blume Saft,
Mit schnöden Fantasien zu füllen ihr Gehirn.	Der ihr den Kopf voll schnöder Grillen schafft.
Doch nimm auch du davon: ein holdes Mädchen schmachtet	Nimm auch davon, und such in diesem Holze.
Nach Einem aus Athen, der trotzig sie verachtet;	Ein holdes Mädchen wird mit sprödem Stolze
Der spröde Jüngling schläft hier irgendwo im Wald;	Von einem Jüngling, den sie liebt, verschmäht.
Drum geh! und findst du ihn, so salb' ihn alsobald.	Salb' ihn, doch so, daß er die Schön' erspäht.
Nur sorge, daß sein Blick sogleich das Fräulein findet,	Sobald er aufwacht. Am Athenischen Gewand
Wenn ihn der Schlaf verläßt. An der Athener Tracht	Wird ohne Müh der Mann von dir erkannt.
Erkennst du deinen Mann. Verfahre mit Bedacht,	Verfahre sorgsam, daß mit heißerm Triebe,
Damit noch brünstiger die Sehnsucht ihn entzündet,	Als sie den Liebling, er sie wieder liebe,
Als die das arme Kind an ihren Liebsten bindet.	Und triff mich vor dem ersten Hahnenschrey.

Dann stell dich wieder ein, noch eh die
        Hähne krähn.

Droll. Sey ruhig, Herr! dein Knecht   Verlaßt euch, Herr, auf eures Knechtes
    wird alles treu versehn.   Treu!

Hier mögen sich noch die herrlichen Verse 3, 2, 378—95 anschließen, in denen Bilder der düstern und glanzreichen Natur zu
wirkungsvollem Contrast nebeneinander gestellt sind:

1759.	1796.
Droll. Hier ist, mein Elfenfürst, zu zaubern nicht erlaubt:	Mein Elfenfürst, wir müssen eilig machen.
Aurorens Ehrenhold erhebt dort schon sein Haupt,	Die Nacht theilt das Gewölk mit schnellen Drachen;
Und hastig peitscht die Nacht am graubewöllten Himmel	Auch schimmert schon Aurora's Herold dort,
Ihr Drachenspann hinab; mit ängstlichem Getümmel	Und seine Näh scheucht irre Geister fort
Eilt der Gespenster Schaar, des späten Pilgers Graus,	Zum Todtenacker; banger Seelen Heere,
Zum Todtenacker heim ins wurmbenagte Haus.	Am Scheideweg begraben und im Meere,
Was arme Seelen sind, mit deren nackten Rippen	Man sieht ins wurmbenagte Bett sie gehn;
Des Meeres Welle spielt an Ufern und an Klippen,	Aus Angst, der Tag möcht' ihre Schande sehn,
Und die am Scheideweg der Henker eingescharrt,	Verbannt vom Lichte sie ihr eigner Wille,
Sie alle bannt hinweg des Lichtes Gegenwart.	Und ihnen dient die Nacht zur ew'gen Hülle.
Durch Scham vor aller Welt, die ärger peitscht als Nesseln,	
Hält sie die schwarze Nacht in oft verwünschten Fesseln.	
Ob. Du weißt, wir Elfen sind dem Lichte minder feind.	Doch wir sind Geister andrer Region,
Bekurzweilt hab' ich oft Aurorens alten Freund,	Oft jagt' ich mit Aurorens Liebling schon,
Hab' oft den Wald durchstreift, wann schon am Horizonte	Und darf, als Waidmann,[115] noch den Wald betreten,

---

[115] Im Druck finden wir die nicht eben glückliche Aenderung: „Darf, wie
ein Waidmann".

Des Ostens Purpurthor sich anzuthun begonnte, Wann in Neptunus Reich der salzen Fluten Grün, Vom schönen Strahl erquickt, wie gelbes Gold erschien. Indessen, eile nur! flugs, ohne zu ver= schieben! Vor Tagesanbruch noch sey dieß Ge= schäft betrieben.	Wenn flammend sich des Ostens Pforten röthen, Und aufgethan der Meeresfluten Grün Mit schönem Strahle golden überglühn. Doch zaudre nicht! Sey schnell vor allen Dingen: Wir können dieß vor Tage noch voll= bringen.

Die einfache Vergleichung des Früheren und Späteren gibt hier den vollkommensten Aufschluß über die Art, wie Schlegel das neugewonnene Princip seiner Uebersetzungskunst im Kampfe gegen ältere Muster, denen er selbst ehedem gehuldigt, zur siegreichen Anwendung bringt. Eine solche Vergleichung wird lehrreicher, als es die ausführlichste, auf jeden Vers sich erstreckende Erörterung werden könnte. Denn ein derartiger Commentar ist entweder nicht erforderlich, oder er verfehlt seines Zweckes. Wollte er sich an die- jenigen wenden, die in die kleinen und doch so wichtigen Geheimnisse des Versbaues und der künstlerischen Sprachbehandlung nicht ein- geweiht sind, so würde er ihnen nur eine kümmerliche Aufklärung gewähren und dabei der Gefahr pedantischer Umständlichkeit schwerlich entgehen; er kann sich eigentlich nur an die Wissenden richten, und diese vermag er kaum auf irgend etwas hinzuweisen, was sie nicht schon mit geschärfter Wahrnehmungskraft unmittelbar empfunden haben. Diese leisen und zarten Schönheiten dulden eben keine Demonstration. Zwischen dem Sprachkünstler und den Lesern muß hier eine gewisse Gemeinsamkeit der Empfindung walten, die das ersetzt, was erklärende Worte nie leisten können. Wir müssen mit seinem Ohre hören, mit seinem Geistesblick die verborgensten Eigenthümlichkeiten des Kunstwerkes treffen, und zugleich die sanften Lichter und Schatten wahrnehmen, die über die Oberfläche der Kunstform wechselnd hinspielen. Schließen wir uns ihm in diesem Sinne an, so wird uns seine Methode auch da, wo sie gleichsam im Verborgenen wirkt, doch nicht verborgen bleiben; wir werden

in fortlaufender Beobachtung die stets von neuem belehrende Er=
fahrung machen, wie nur aus dem Ineinanderwirken der verschiedensten,
kaum übersehbaren Einzelheiten dasjenige entspringt, was schließlich
mit einem ungetheilten Gesammteindruck auf uns wirkt. Sind wir
auf diese Art zu Mitwissern jener künstlerischen Geheimnisse geworden,
in welche überhaupt noch eine bestimmte Einsicht gestattet ist, so dürfen
wir glauben, vom Künstler selbst zur Prüfung dessen, was er ge=
leistet, berufen und befugt zu sein. Gerade die eben vorgelegten
Verse müssen zu einer solchen Prüfung den Kenner poetischer Technik
vielfältig anlocken. Er wird sich bei jeder Zeile über die Gründe,
welche die Verfahrungsart des Dichters bestimmen mußten, Rechen=
schaft zu geben wissen. Was der ältern Form angehörte, mußte
fast ohne Ausnahme bei Seite gelassen und alles zu einem neuen
Ganzen umgeschaffen werden. Mit besonderer Zartheit sind hier
die verschiedenen Farben in einander verflößt. Ein milder Wohllaut
ist überall gewahrt; auch die leisesten Nüancen können der Auf=
merksamkeit des feinhörigen Künstlers nicht entschlüpfen; — so sagt
er „Auroras Herold“, aber „Aurorens Liebling“; — hier zieht
jedoch der Wohllaut nicht die Weichlichkeit nach sich, die er Versen,
welche nichts anders sind als schön, so leicht mittheilt: denn nicht
mindere Sorgfalt als auf den schönen Klang der Verse hat Schlegel
auf ihren festen und kräftigen Bau gewendet.

Und so könnten wir, Vers für Vers, das ganze Drama hindurch
beredte und bestätigende Beispiele für die Grundsätze finden, die wir
den Künstler in den eben durchmusterten Scenen ausüben sahen.
Diese Beispiele sind nicht minder lehrreich da, wo eine leichte Um=
wandlung oder Verkürzung genügte, um das Aeltere an das Neue
heranzubilden, als in den andern Stellen, die von jedem Ueber=
bleibsel der ältern Form gesäubert werden mußten. Das Eintreten
dieses letzteren Falles beobachten wir meist in den Schelt= und
Drohreden der erhitzten, durch die Koboldsstreiche Pucks noch mehr
verwirrten und gereizten athenischen Jünglinge. Folgendes Beispiel
läßt uns noch einmal die ganze Länge des Weges ermessen, den

Schlegel während der sieben Jahre von 1789 bis 96 zurückzu-
legen hatte:

3, 2, 405. **Dem.** Thou runaway, thou coward, art thou fled?
Speak! In some bush? Where dost thou hide thy head?

Puck. Thou coward, art thou bragging to the stars,
Telling the bushes that thou look'st for wars,
And wilt not come? Come, recreant; come, thou child;
I'll whip thee with a rod: he is defiled
That draws a sword on thee.

Dem. Yea, art thou there?

Puck. Follow my voice: we'll try no manhood here.

1789.	1796.
Ausreißer! Hasenherz! hat dir die Haut gejuckt?	Ausreißer! Memme! liefst du so mir fort?
Sprich doch! in welchen Busch hast du den Kopf geduckt?	In welchem Busche steckst du? Sag' ein (Im Druck: Sprich) Wort!
Du feiger Hund, verführst hier solch ein Schandspektakel,	Du Memme, foderst hier heraus die Sterne,
Schlägst mit dem Säbel schier ans Him- melstabernakel,	Erzählst dem Busch, du föchtest gar zu gerne,
Nur kommen willst du nicht? Herbey du Bübchen, komm!	Und kömmst doch nicht? Komm, Büb- chen, komm doch her!
Mit dieser Ruthe hier peitsch' ich dich still und fromm;	Ich geb' die Ruthe dir. Beschimpft ist der,
Denn wer die Klinge rührt auf einen solchen Laffen,	Der gegen dich nur zieht.
Mit dem hat hinterdrein kein Braver was zu schaffen.	
He, bist du endlich da?	
Geh meiner Stimme nach;	He, bist du dort?
Hier ist kein Platz, wo man bequem sich raufen mag.	Folg meinem Ruf: zum Kampf ist dieß kein Ort.

Weit gefälliger tönte dagegen mancher Alexandriner aus dem
Munde der Helena und Hermia, so wie es sich allenfalls für holde
Mädchengestalten schicken mochte:

1, 1, 182. **Hel.** Demetrius loves your fair: O happy fair!
Your eyes are load-stars, and your tongue's sweet air
More tuneable than lark to sheperd's ear,
When wheat is green, when hawthorn buds appear.
Sickness is catching: O, were favour so.

Yours would I catch, fair Hermia, ere I go.
My ear should catch your voice, my eye your eye,
My tongue should catch your tongue's sweet melody.
Were the world mine, Demetrius being bated,
The rest I'ld give to be to you translated.
O, teach me how you look, and with what art
You sway the motion of Demetrius' heart.

1789.	1796.
Demetrius liebt euch! Ihm ist — beglückte Schöne! —	Euch liebt Demetrius, beglückte Schöne! —
Eu'r Aug' ein Angelstern, und eurer Zunge Töne	Ein Angelstern ist euer Aug', die Töne
Süß, wie der Lerche Sang für eines Hirten Ohr,	Der Lippe süßer, als der Lerche Lied
Wann der Holunder knospt, und Weizen grünt empor.	Dem Hirten scheint, wann alles grünt und blüht. [116]
Nur Krankheit fängt man auf, nicht Reiz und holdes Wesen,	Krankheit steckt an: o thät's Gestalt und Wesen!
Sonst hätt' ich eures mir zu saugen auserlesen.	Nie wollt' ich, angesteckt von euch, genesen.
Sonst fing' ich gern von euch des Mundes zarten Hauch,	Mein Aug' ließ' euren Blick, die Zunge ließ'
Mein Ohr fing' euren Ton und euren Blick mein Aug'.	Von eurer Zunge Wort und Melodie.
Ja! wäre mein die Welt, ich ließ damit euch schalten;	Wär' mein die Welt, ich ließ damit euch schalten;
Nur diesen einz'gen Mann wollt' ich mir vorbehalten.	Nur diesen Mann wollt' ich mir vorbehalten.
O lehrt mich, wie ihr blickt, durch welche Kunst ihrs lenkt,	O lehrt mich, wie ihr blickt! Durch welche Kunst
Daß so Demetrius an euren Mienen hängt!	Hängt so Demetrius an eurer Gunst?

1, 1, 232. **Hel.** Things base and vile, holding no quantity,
Love can transpose to form and dignity:
Love looks not with the eyes, but with the mind;
And therefore is wing'd Cupid painted blind:
Nor hath Love's mind of any judgment taste;
Wings and no eyes figure unheedy haste:
And therefore is Love said to be a child,
Because in choice he is so oft beguiled.

------

[116] Zuerst: „Der Lippe süß wie Lerchensang dem Ohr | Des Hirten, sproßt (bricht) das erste Laub hervor".

10*

1789.	1796.
Ein Ding sey noch so schlecht an Art und an Gehalt,	Dem schlechtsten Ding' an Art und an Gehalt
So leiht die Liebe doch ihm Ansehn und Gestalt.	Leiht Liebe dennoch Ansehn und Gestalt.
Die Liebe schaut im Geist mit wunder= hellen Augen,	Sie sieht mit dem Gemüth, nicht mit den Augen,
Die nur, was andre sehn, nicht zu ent= decken taugen.	Und ihr Gemüth kann nie zum Urtheil taugen.
Deswegen nennt man ja den Gott der Liebe blind.	Drum nennt man ja den Gott der Liebe blind.
Auch mahlt man darum ihn wie ein geflügelt Kind,	Auch mahlt man ihn geflügelt und als Kind,
Weil rasch und keck er oft in seiner Wahl sich täuschet,	Weil er, von Spiel zu Spielen fortge= zogen,
Und bald aus Flattersinn ein neues Spielwerk heischet.	In seiner Wahl so häufig wird betrogen.

Man wird bemerken, daß Schlegel die Transposition der Verse, die er sich in der ersten Form gestattet hat, auch in der späteren beibehält, und dort wie hier eine freiere Behandlung eintreten läßt.

2, 1, 242. **Hel.** I'll follow thee, and make a heaven of hell,
To die upon the hand I love so well.

Ober. Fare thee well, nymph: ere he do leave this grove,
Thou shalt fly him and he shall seek thy love.

Ich folge dir, und raubt nur deine Hand mein Leben,	Ich folge dir und finde Wonn' in Noth,
So soll die Höllenqual mir Himmels= wonne geben.	Giebt die geliebte Hand mir nur den Tod. [117]
Getrost, mein gutes Kind! Eh sich das Blättchen dreht,	Geh, Nymphe, nur! Er soll uns nicht von hinnen,
Eh du den Spröden fliehst und er um Liebe fleht,	Bis du ihn fliehst, und er dich will ge= winnen.
Soll er mir sicherlich nicht aus dem Walde kommen.	

---

[117] Das vorhergehende Reimpaar, das Alex. Schmidt mit gutem Fug und gutem Glück geändert hat, lautete 1789: „Wie ziemt sichs, daß ein Weib um Liebe männlich fechte? Ihr Männer seyd gemacht, um uns euch zu bemühn, Nicht wir, voll Leidenschaft euch buhlend nachzuziehn".

3, 2, 431. **Hel.** O weary night, O long and tedious night,
    Abate thy hours! Shine comforts from the east.
    That I may back to Athens by daylight,
    From these that my poor company detest:
    And sleep, that sometimes shuts up sorrow's eye,
    Steal me awhile from mine own company.

O du verdrießliche, langweilig lange Nacht! [118)
Wann wird dein träger Lauf dem Licht aus Osten weichen?
Mich hat ein feindlich Volk hier zum Gespött gemacht,
Ich will, sobald es tagt, zur Stadt zurück mich schleichen.
Und du, o Schlaf, der oft des Grames Aug' erquickt,
Nimm dieß Bewußtseyn weg, das meine Seele drückt!

O träge, lange Nacht, verkürze dich!
Und, Tageslicht, laß mich nicht länger schmachten!
Zur Heimath führe weg von diesen mich,
Die meine arme Gegenwart verachten.
Du, Schlaf, der oft dem Grame Lindrung leiht,
Entziehe mich mir selbst auf kurze Zeit.

3, 2, 442. **Her.** Never so weary, never so in woe.
    Bedabbled with the dew and torn with briers,
    I can no further crawl, no further go;
    My legs can keep no pace with my desires.
    Here will I rest me till the break of day.
    Heavens shield Lysander, if they mean a fray.

O weh! wie matt! wie krank! Zerzaust von Dornensträuchen,
Vom Thaue ganz beschmutzt, und tausendfach in Noth!
Nicht weiter schlepp' ich mich trotz allem meinen Keuchen,
Mein Fuß vernimmt nicht mehr der Leidenschaft Gebot.
Hier will ich endlich ruhn; und solls ein Treffen geben —
O Himmel, schütze mir Lysanders theures Leben.

Wie matt, wie krank! Zerzaust von Dornensträuchen,
Vom Thau beschmutzt und tausendfach in Noth!
Ich kann nicht weiter gehn, nicht weiter schleichen,
Mein Fuß vernimmt nicht der Begier Gebot!
Hier will ich ruhn; und solls ein Treffen geben,
O Himmel, schütze mir Lysanders Leben!

---

118) Man sollte fast glauben, dieser Sechsfüßler habe sich aus der Komödie von Pyramus und Thisbe hierher verirrt. Der Fünffüßler sollte zuerst lauten: „Langweil'ge Nacht, (O träge Nacht) verdrießlich lange Nacht!" Die Schlußverse in Hermias folgender Rede lauteten zuerst in a: „Hier ruh' ich bis zum Tag, und kommts zum Haubtgemenge | So helf der Himmel nur Lysandern aus der Enge". Dann: „Hier will ich endlich ruhn; und solls zum Schlage gehn, Mag mit des Himmels Schutz Lysander es bestehn".

Obgleich nun der hier an so vielen Beispielen nachgewiesene Umwandlungsproceß sich meist überaus glücklich vollzog, so hat Schlegel doch kein Bedenken getragen, dem längeren Verse gelegentlich Zutritt zu verstatten, oder ihn wenigstens auf dem Platze, den er einmal inne gehabt, zu belassen: der Sechsfüßler begegnet uns noch an etwa dreizehn Stellen, in denen er meist die eine Hälfte des Reimpaares bildet, während in der andern der Fünffüßler erscheint. In den mitgetheilten Auszügen stießen wir schon auf solche, aus ungleich gemessenen Versen zusammengesetzte Reimpaare. [119] Aber auch an vollwichtigen Alexandrinern fehlt es nicht gänzlich. Schlegel hatte 1789 Lysander 3, 2, 187—88 sagen lassen:

| Fair Helena, who more engilds the night | Sie, deren Reize leicht die feur'gen O's verdunkeln, |
| Than all you fiery oes and eyes of light. | Die Augen, welche dort das Firmament durchfunkeln. |

In der Umarbeitung ward, mit leichter Veränderung der Reimwörter, die Versform beibehalten:

Die schöne Helena, die so die Nacht durchfunkelt,
Daß sie die lichten O's, die Augen dort, verdunkelt.

Der fünfte Akt bietet uns zwei vollständige Alexandriner, und zwar in den Reden des Theseus, wo sie wohl am wenigsten schicklich sind:

104. Love, therefore, and tongue-tied simplicity	Wann Lieb' und Einfalt sich zu reden nicht erdreisten,
In least speak most, to my capacity.	Dann, dünkt mich, sagen sie im wenigsten am meisten.
376. A fortnight hold we this solemnity,	Noch vierzehn Tage lang soll diese Festlichkeit
In nightly revels and new jollity.	Sich jede Nacht erneun, mit Spiel und Lustbarkeit.

---

[119] Der Vers 3, 2, 364 (Till o'er their brows death-counterfeiting sleep) „Bis ihre Stirnen Schlaf, der sich dem Tod vergleicht", findet sich in der Handschrift mit der Lesart: „Der sich dem Tode gleicht".

Beide Alexandriner stammen — und dies müßte uns ihr Ton verrathen, wenn es auch die Handschrift nicht bestätigte — aus der älteren Bearbeitung.[120] Besonders in dem ersten muß, neben der beneidenswürdigen Prägnanz des Originals, die matte Weitschweifigkeit höchst ungünstig auffallen.

Und so hat Schlegel auch in den späteren Uebersetzungen den längeren Vers, obwohl er ihn grundsätzlich fern hielt, dennoch, wenn er sich einmal unwillkürlich einstellte, nachsichtig durchschlüpfen lassen. Der Uebersetzer blieb eben, zu seinem Glück, von jeder ängstlichen Pedanterie unbehelligt. Er fühlte wohl, daß da, wo das Formgesetz im Ganzen mit solcher Strenge gehandhabt ward, ein einzelner, kaum merkbarer Verstoß gegen dasselbe den Gesammteindruck nicht gefährden könne. Für Sinn und Inhalt des Originals den klarsten und kräftigsten Ausdruck zu finden, das blieb ihm unter allen Umständen die erste seiner Uebersetzerpflichten; war nun einmal der Sinn einer englischen Zeile in zehn oder elf deutsche Silben nicht zu fassen, so mochte immerhin ein zwölfsilbiger Vers, mit dem häßlichen Einschnitt in der Mitte, gewagt werden. Wir wollen es daher dem Ariel zu gute halten, wenn er uns am Schlusse der großen Scene im zweiten Akte des Sturms einen Alexandriner zu vernehmen gibt:[121]

Prospero my lord shall know what I have done:	Ich will, was ich gethan, dem Meister offenbaren;
So, king, go safely on to seek thy son.	Geh, König, such den Sohn, um sicher vor Gefahren.

---

[120] Auch das Reimpaar, welches die Schilderung vom Wesen und Wirken der erregten Einbildungskraft abschließt, hatte schon in der ersten Bearbeitung die uns bekannte Form erhalten: „Und in der Nacht, wenn uns ein Graun befällt, | Wie leicht, daß man den Busch für einen Bären hält!"

[121] Ursprünglich sollte die erste Zeile des Reimpaares aus einem Fünffüßler bestehen: „Was ich gethan, soll gleich mein Herr erfahren: | Nun, König, such den Sohn, gesichert vor Gefahren". Man sieht, der Reim machte die Aenderung nothwendig.

Auch werden wir, indem wir an der meisterlichen, mit bestem Humor durchgeführten Verdeutschung von „Was ihr wollt" uns ergetzen, mit Viola und Olivia nicht hadern, wenn sie ihre zierlichen Reimpaare hie und da mit einem Sechsfüßler beschweren; [122] wir lassen es uns gefallen, daß im ersten Theil Heinrichs des Vierten der fette Sir John, der die Schenke dem Feldlager vorzieht, mißmuthig ausruft (3, 3, 229):

Schön Reden! wackre Welt! Wirthin, mein Frühstück her! —

oder daß der Heißsporn seine Genossen mit dem verwegenen Spruche aufmuntert:

4, 1, 134. Der jüngste Tag ist nah: sterbt lustig, Mann für Mann! —

und ebenso lassen wir auch am Schlusse Richards des Zweiten den verlängerten Vers gelten, der hier sogar, im Munde des schlau

---

[122] Von solchen versprengten Sechsfüßlern finden sich z. B. zwei in dem seelenvollen Gespräch zwischen dem Herzog und Viola 2, 4, 108: „Zu gut nur, was ein Weib für Liebe hegen kann" und 121: „Wir sind in Schwüren stark, doch in der Liebe schwach". Ferner 3, 1, 168: „Süß sey es, Lieb' erflehn, doch süßer, Liebe finden" und 173: „Und, Fräulein, so lebt wohl; nie klag' ich eurem Ohr". 3, 4, 237: „Zur Hölle lockte mich ein böser Feind wie du". 418: „Denn ihn nur ahm' ich nach. O wenn es ist, so sind | Die Stürme sanft, die Wellen treu gesinnt". Dies ist die schließlich approbirte von den drei Lesarten, welche hier die Handschrift zeigt. Zuerst setzte Schlegel: „Denn ihn nur ahm' ich nach. O wären Stürme mild, | Und salz'ge Flut von süßer Lieb' erfüllt". Dann sollte gar ein vollständiger Alexandriner an die Stelle kommen: — — O, wenn es ist, so sind | Die salz'gen Wellen süß, die Winde treu gesinnt. (For him I imitate: O. if it prove, | Tempests are kind and salt waves fresh in love.) Wir sehen, Schlegel verzichtete nur ungern darauf, den Gegensatz zwischen salt und fresh, der sich doch in keinen natürlichen Ausdruck fügen wollte, wiederzugeben. Für das letzte Reimpaar der Komödie war ursprünglich auch ein Alexandriner in Aussicht genommen: „Doch mit der Tracht veränd're sich dein Nahme: Dann sey Orsino's Braut, Schön') Lieb und seines Herzens Dame". Die „Dame" ging dann zuerst noch in die uns bekannte Fassung dieser Zeilen über, bis sie glücklich mit der „Herrin" vertauscht ward:

But when in other habits you are seen,
Orsino's mistress and his fancy's queen.

Doch wenn man euch in andern Kleidern schaut,
Orsino's Herrin, seiner Liebe Braut.
(Dame) (seines Herzens)

bedachtſamen Königs, einen gewiſſen würdevollen Nachdruck anzu=
nehmen ſcheint.

Neben den gereimten Alexandrinern erheiſchten nun auch die
kürzeren Reimverſe eine behutſame Umgeſtaltung. Sie ſind allein
den Elfen zugetheilt; das lieblich neckiſche Zauberweſen kommt in
ihnen zum anmuthigſten Ausdruck; ſie ſind vom Hauche einer heitern
Lyrik durchzogen. Alles, was an Bürgers Auffaſſungsweiſe mahnen
konnte, mußte der Ueberſetzer hier mit doppelter Sorgfalt entfernen;
der Sprache durfte gleichſam ſo wenig wie möglich von irdiſcher
Schwere anhaften; auch da, wo Puck ſeiner kecken Laune den
Zügel am freieſten ſchießen läßt, mußte den einzelnen Worten alles
bäuriſch Derbe abgeſtreift werden; vor allem aber mußten dieſe
Verſe ihren hellen Ton und ihren graziöſen Gang auch in der
Nachbildung unverändert bewahren.

Wie nun Schlegel dieſen ſchwer zu befriedigenden Forderungen
gegenüber ſich verhielt, das mag an folgendem Beiſpiel ſich zeigen.
Oberon ſalbt mit dem Safte der Zauberblume den ſchlummernden
Demetrius, damit der Jüngling beim Erwachen alsbald der bisher
verſchmähten Helena die feurigſte Liebe entgegenbringe:

3, 2, 102.　Flower of this purple dye,
　　　　　Hit with Cupid's archery,
　　　　　Sink in apple of his eye.
　　　　　When his love he doth espy,
　　　　　Let her shine as gloriously
　　　　　As the Venus of the sky.
　　　　　When thou wakest, if she be by,
　　　　　Beg of her for remedy.

Dieſe acht Verſe, durch einen Reim gebunden, waren 1789
zu zehn geworden, in denen die Einheit des Reimes nicht beobachtet,
der charakteriſtiſche Ton nicht feſtgehalten war. Aber wenn dieſe
umſchreibenden Verſe ſich dem Original nur aus der Ferne annäherten,
ohne ſich ihm wahrhaft anzuſchließen, ſo iſt dem Ueberſetzer hernach
dieſer Anſchluß trefflich geglückt. Die Satzbildung oder vielmehr
die Folge der einzelnen Satztheile iſt genau wiedergegeben. Je drei

Verse gehören zusammen, über denen sich die letzten zwei wie die zierliche Spitze des kleinen Ganzen erheben. Durch die Zeilen schlingt sich ein gleicher Reim, der nur im letzten Verspaar eine leichte Veränderung erfährt.

<table>
<tr><td>1789.</td><td>1796.</td></tr>
</table>

1789.	1796.
Purpurblume, deren Saft Durch des blinden Schützen Schaft Gährt von heißer Liebeskraft! Diesen Schläfer sollst du laugen, Daß, erwacht, mit durst'gen Augen Er der Liebsten Blick soll saugen; Daß ihm strahl' ihr Angesicht Wie Aurorens Wonnelicht; Daß er seufz' und raste nicht, Bis sie Heilung ihm verspricht!	Blume mit dem Purpurschein, Die Cupido's Pfeile weihn, Senk dich in sein Aug hinein! Wenn er sieht sein Liebchen sein, Daß sie glorreich ihm erschein' Wie Cyther' im Sternenreihn. — Wachst du auf, wenn sie dabey, Bitte, daß sie hülfreich sey. (Trost verleih'.)

Nun meldet sich Puck mit seinem lustigen Spott über all die Wirrnisse, in welche die thörichte Leidenschaft die armen Sterblichen hineintreibt.

Captain of our fairy band,
Helena is here at hand;
And the youth, mistook by me,
Pleading for a lover's fee.
Shall we their fond pageant see?
Lord, what fools these mortals be!
Ober. Stand aside: the noise they make
Will cause Demetrius to awake.
Puck. Then will two at once woo one;
That must needs be sport alone;
And those things do best please me
That befal preposterously.

1789.	1796.
Hauptmann unsrer Elfenschaar, Schau, schau, da kommt das andre Paar. Mein Junker fleht um Minnesold, (Der Jüngling) Indeß das Mädchen trotzt und schmollt. O Himmel, was für arme Sünder!	Hauptmann unsrer Elfenschaar, Hier stellt Helena sich dar; Der von mir gesalbte Mann Fleht um Minnesold Liebeslohn sie an. Wollen wir ihr Wesen sehn?

Sie treiben's schier wie Narrn und Kinder.
Steh hier beyseit! Erwachen muß
Von ihrem Schreyn Demetrius.
Wenn beyde dann um Eine freyn,
Das wird der Spaß der Späße seyn.
Und laufen kraus und bunt die Sachen,
Dann will sich Droll zu Tode lachen.

O die tollen Sterblichen! [123]
Tritt beyseit! Erwachen muß
Von dem Lärm Demetrius.
Wenn dann zwey um Eine freyn,
Das wird erst ein Hauptspaß seyn.
Gehn die Sachen kraus und bunt,
Freu' ich mich von Herzensgrund.

Hier scheint der Uebersetzer wirklich die flüchtig über den leicht= geschürzten Versen schwebende Grazie erhascht zu haben. Und wo= durch ist es ihm gelungen? Er verzichtet auf das, was einem weniger kunstgewandten Uebersetzer, ja was ihm selbst bei seinen frühesten Versuchen als Erleichterung, als fördernde Licenz erscheinen mußte. Er weiß nun, daß diese Licenz ihm nicht etwa einen be= quemeren Weg zum Ziele bahnt, sondern ihm dies Ziel aus den Augen rückt, um ihn weit hinweg in die Irre zu locken. Er fügt sich unter die strengen Bedingungen, welche allein die wahre Freiheit dichterischer Nachbildung ermöglichen. Wenn er früher den Rhyth= mus beliebig unterbrach, und dadurch den zarten musikalischen Ein= druck, den diese Verse erzeugen sollen, gründlich zerstörte, so verbietet er sich jetzt jede Abweichung von der wohlgewählten Form, [124] wie jede Abschweifung vom Inhalt. Ueberall gewahren wir ein Zurück= streben aus der Ungebundenheit zum Gesetz, von dem Ueberladenen zum Einfachen und Maßvollen. Und so wird sich denn auch wohl an dem echten Uebersetzungskünstler im höchsten Sinne bewähren, was Goethe von dem echten Poeten rühmt, [125] daß ihm, dem Takt,

---

[123] Den Uebergang zwischen der ersten und der spätern Bearbeitung bildet folgende, gleichfalls aus der ältern Zeit stammende Form, die Schlegel in b an den Rand gesetzt hat: „Elfenhauptmann, siehe da, | Sieh, schon bring' ich Helena! Er, den ich verwechselt habe, | Fleht sie an um Minnegabe. | Himmel, was für arme Sünder, | Treiben's ja wie Narrn und Kinder!" Hier ver= meidet also der Uebersetzer schon, den trochäischen Gang des Originals zu stören.

[124] Daß die Nachdichtung sich in den sechs Versen Pucks drei verschiedene Reime erlaubt, während das Original sich mit zweien begnügt, — darüber wird man mit dem Künstler nicht allzu ernstlich ins Gericht gehen wollen.

[125] Westöstlicher Divan (1819) S. 375.

Parallel-Stellung, Silbenfall, Reim die größten Hindernisse in den Weg zu legen scheinen, alles zum entschiedensten Vortheil gereicht, wenn er die Räthselknoten glücklich löst, die ihm aufgegeben sind.

Von der Gewandtheit aber, mit welcher Schlegel sich schon früh des Geistes wie der Form dieser kurzen Reimverse zu bemächtigen gewußt, gibt der Schluß der Komödie ein überraschendes Beispiel. Die feinen Sprüche, mit denen die wieder ausgesöhnten Elfen das Haus, jetzt eine Heimstätte einträchtiger Liebe, weihen und segnen — alle diese Verse sind zum größten Theil in derselben Gestalt, in der sie uns heutigen Tages vorliegen, schon der ersten Bearbeitung einverleibt worden. Hier empfangen wir also ein neues Zeugniß dafür, daß Schlegels Instinkt der bewußten künstlerischen Einsicht glücklich vorauseilte. Beim endlichen Abschluß des Ganzen ward nur noch an einzelne Wörter die Feile gelegt; [126] der Uebersetzer ließ es geschehen, daß Pucks letzte Rede zwei Zeilen mehr als im Original behielt. In völlig neue Gestalt wurden nur die vier Verse Titanias gebracht, die allerdings gar zu auffällige Spuren der früheren Manier an sich trugen und den im Uebrigen so sicher getroffenen und festgehaltenen Ton mißfällig störten.

> First, rehearse your song by rote,
> To each word a warbling note:
> Hand in hand, with fairy grace,
> Will we sing, and bless this place.

1789.	1796.
Singt in wirbelnden Cadenzen	Wirbelt mir mit zarter Kunst
Dieses Liedes Melodie!	Eine Not' auf jedes Wort;
Hand in Hand, in leichten Tänzen,	Hand in Hand, mit Feengunst,
Schwebet dort und schwebet hie,	Singt, und segnet diesen Ort.
Um durch Feengunst und Willen	
Dieses Haus mit Heil zu füllen. [127]	

[126] Die Zeile „Ihr Geschlecht soll nimmer schänden" hatte zuerst gelautet: „Nie soll ihr Geschlecht verschänden". In dem Vers: „Bey des Feuers mattem Flimmern" zeigen a und b die Lesart: „Glimmern".

[127] Nach den Worten Oberons, die diesen Versen Titanias vorangehen, hatte Schlegel 1789 angemerkt: „Hier fehlt nach Johnsons Meynung ein Lied"; — nach Titanias Versen: „Hier gleichfalls".

Am ernstlichsten haben den Künstler von Anfang an die vier Verse beschäftigt, die Pucks erste Rede eröffnen; unmöglich kann man ihnen anmerken, welche langwierige Qualen sie ihm bereiteten. Um an einem ergetzlichen Beispiele den ganzen, kaum denkbaren Umfang der Uebersetzermühen anschaulich zu machen und überdies darzuthun, wie Schlegel schon im Beginne seiner Thätigkeit den echten unermüd= lichen Künstlerfleiß auf seine Arbeit richtete, will ich die lang sich hindehnende Reihe der Umwandlungen vorlegen, durch welche jene Verse hindurchgejagt wurden, ehe sie zu ihrem jetzigen Zustande gelangten.

Puck schildert das Grauen und die Stille der Nacht, in welcher die Elfenschaar leichtfüßig herbeikommt, um ihre Segnungen zu spenden:

> Now the hungry lion roars
> And the wolf behowls the moon;
> Whilst the heavy ploughman snores,
> All with weary task fordone.

Auf einem Blatte der Handschrift a ist uns nun die voll= ständige Geschichte dieser Metamorphosen verzeichnet. Zuerst finden wir:

> Jetzund brüllt der durst'ge Tiger,
> Klafft der Wolf hinan zum Mond.

Anstatt des „Löwen", der sich zum Reime nicht schicken will, brüllt also der Tiger; und dies Raubthier wird nicht vom Hunger, sondern vom Durst gereizt, weil „hungrige" die Elision nicht zuläßt, die hier dem Verse ebenso nöthig ist, wie im Romeo 5, 3, 39, wo daher gleichfalls die empty tigers zu „durst'gen Tigern" werden. Schlegel verwirft jedoch die eben mitgetheilten Anfangsverse; es ist daher zu hoffen, daß in der neuen Form hungry zu seinem Rechte komme. Aber nein:

> Jetzt verlässt der Wolf den Mond,
> Durstig brüllt im Forst der Tiger;
> Matt geschwitzt und matt gefrohnt,
> Schnarcht im Stall um Ochs und Pflüger.

Die beiden ersten Zeilen sind also umgestellt; sie bedürfen für jetzt keiner weiteren Veränderung. Der Tiger ist, ohne Noth, durstig wie zuvor und ist es bis auf den heutigen Tag geblieben. In die vierte Zeile sehen wir nun aber zu großem Unheil einen Ochsen hineintreten, von dem das Original so wenig Kunde hat, wie von dem Stalle, in welchem das Thier neben dem matt geschwitzten Pflüger schnarcht. Der Uebersetzer will, nach Bürger'scher Anweisung, das Bild ausmalen und mit manigfaltigerer Staffage beleben. Indeß behagt ihm weder die dritte noch die vierte Zeile; vielleicht wird die unnöthige Zuthat rasch wieder hinausgeworfen:

> Kräfte, die sie abgefrohnt,
> Sammeln schnarchend Ochs und Pflüger.

Hier ist wenigstens der Stall beseitigt; aber diese Zeilen suchen, mit gezwungenem Ausdruck, ungeschickt genug das Original zu überbieten.

> (lahm)
> Der den Tag sich matt gefrohnt,
> Schnarchet nun auf Stroh der Pflüger.
> (Schnarcht auf seinem Stroh)

> (kreuzlahm)
> Müde hat er sich gefrohnt
> Und verschnarcht die Nacht der Pflüger.

Der Ochs ist hier gewichen; auch das Stroh, das erst den Stall ersetzen sollte, ist beiseit geschoben; wegen der etwas verrenkten Satzbildung jedoch konnten auch diese Verse keine Gnade finden.

> Jetzt mit Arbeitslast verschont,
> Schnarcht (im Stall nun) entkräftet Ochs und Pflüger.

Man sieht, den Stall will Schlegel nicht länger dulden; aber der Ochs hat sich wieder herbeigemacht, und durch das Reimwort „verschont", das der Uebersetzer auch später nicht fahren ließ, geschieht dem Sinn der Zeile all with weary task fordone unverkennbarer Abbruch.

Mit des Tages (Plack) Last verschont
Schnarcht nun ruhig Ochs und Pflüger.

―――――

Jetzt mit Herrendienst verschont
Schnarchen ruhig Ochs und Pflüger.

Schlegel vermochte sich also des Ochsen, nachdem er ihn das
zweitemal zugelassen, nicht wieder zu erwehren. Das Thier ver=
harrte auf seinem angemaßten Platze, und, belastet mit der unge=
hörigen Bürde dieses Vierfüßlers, fanden die Verse 1789 ihren
Uebergang in die Handschrift b. Aber 1796 mußte der schwerfällige
Eindringling das verdiente Geschick dennoch über sich ergehen lassen.
Schlegel erkannte nun, daß er über dem Ochsen versäumt habe, das
Adjectiv heavy mit dem erforderlichen Nachdruck wiederzugeben: das
Beiwort war aber um so unentbehrlicher geworden, jemehr die
Uebersetzung den Sinn des Wortes fordone abgeschwächt hatte.
Ferner mußte der „Herrendienst" ausgemerzt werden, der in die
dritte Zeile ein ganz fremdes Bild hineingetragen; und endlich er=
schien es angemessen, daß der Wolf den Mond nicht länger „be=
klaffte", sondern ihn, wie im Original „beheulte" (behowls ver=
danken wir übrigens einer glücklichen Conjectur Warburtons).
Und als Ergebniß so harter Anstrengungen entstanden demnach
die Verse:

1789.	1796.
Jetzt bellafft der Wolf den Mond,	Jetzt beheult der Wolf den Mond,
Durstig brüllt im Forst der Tiger;	Durstig brüllt im Forst der Tiger;
Jetzt mit Herrendienst verschont	Jetzt mit schwerem Dienst verschont
Schnarchen ruhig Ochs und Pflüger.	Schnarcht der arbeitmüde Pflüger.

So schwer wurden dem Meister der Uebersetzungskunst die ersten
Schritte auf einer Bahn, die nun, vornehmlich durch sein Verdienst,
so geebnet daliegt, daß auch solche, die nicht des Meistertitels
sich rühmen dürfen, sie ohne beschwerlichen Anstoß durchschreiten
können! —

Was nun noch für die im Blankvers abgefaßten Scenen geschehen mußte, damit sie hinter den übrigen Theilen des Werks und
deren gleichmäßiger Vollendung nicht zurückblieben, das ist zumeist
schon aus den früher hier angestellten Betrachtungen deutlich geworden. Durch die ältere Uebersetzungsmaxime ward dem Blankvers der verhältnißmäßig geringste Schade zugefügt. Hier war die
innere Verwandtschaft der Sprachen dem Uebersetzer am häufigsten
zu Statten gekommen. Nicht aufgehalten durch den Zwang des
Reimes, flossen hier manchmal die Worte wie von selbst aus dem
englischen Vers in den deutschen hinüber; und auch da, wo sich das
Sprachmaterial nicht so gefügig erwies, hatte Schlegel, geleitet durch
angeborenen Takt und unterstützt durch ein sicheres Wahrnehmungs-
vermögen, oft genug seine spätere Arbeit gleichsam vorweg genommen.

Dennoch war auch hier, wenn das von Schlegel nun anerkannte
Kunstgesetz überall zu seiner Geltung gelangen sollte, noch eine be-
deutsame Umwandlung durchzuführen. Die Hindernisse, bei denen
er früher gestockt, mußten aus dem Wege geräumt werden. Es war
geboten, die Linien der Darstellung überall enger zusammenzuziehen,
dem Hang zu redseliger Erweiterung der Dichterworte, der bei
manchen Anlässen gar zu aufdringlich hervortrat, Einhalt zu thun.
Und nicht blos mußte der Uebersetzer dem Ausdruck engere Grenzen
anweisen; er mußte ihn innerhalb dieser Grenzen zugleich kräftigen
und läutern. Ton und Haltung der Rede hatten in der ersten
Bearbeitung noch vielfach geschwankt; das sichere Ebenmaß fehlte.
Wenn hier die Sprache sich dem Schlaffen zuneigte, so verfiel sie an
anderen Stellen um so entschiedener ins Derbe. Schlegel hatte
immer noch allzu häufig vergessen, daß, wenn die gespreizte Würde
einer prunkhaften Deklamation hier nirgends Platz finden durfte,
die Sprache hingegen durch natürlichen Adel und poetische Leichtigkeit die innere geistige Anmuth der Dichtung durchgängig ausdrücken
mußte. Inwiefern hier eine Hebung und Läuterung des Tones erforderlich war, lehren gleich die ersten Worte, mit denen Oberon
und Titania sich einführen:

2, 1, 60. **Ober.** Ill met by moonlight, proud Titania.
      Tit. What, jealous Oberon! Fairies, skip hence:
          I have forsworn his bed and company.
  Ober. Tarry, rash wanton: am not I thy lord?

1789.	1796.
Verwünscht, daß ich, Titania du Stolze,	Schlimm treffen wir bey Mondenlicht, du stolze
Beym Mondenlichte dir begegnen muß.	Titania!
Wie? Oberon, der Eifersücht'ge, hier?	Wie? Oberon ist hier,
Husch't weg, ihr Feen! Ich verschwor sein Bett	Der Eifersücht'ge? Elfen, schlüpft von hinnen,
Und seinen Umgang.	Denn ich verschwor sein Bett und sein Gespräch.
Halt, du Unverschämte! Bin ich nicht dein Gemahl?	Vermeßne, halt! Bin ich nicht dein Gemahl?

Die lebhaften Wechselreden sind doch wenigstens um die Hälfte eines Verses verkürzt, und Schlegel hat den Vortheil erlangt, daß die letzten gebietenden Worte Oberons in den Umfang eines Verses eingeschlossen bleiben. Aber indem er den Ton schicklich milderte, hat er die schöne Kürze des Originals dennoch nicht vollständig zu erreichen vermocht. Und so sehen wir ihn überall emsig beflissen, die Auswüchse wegzuschneiden; zuweilen muß er aber denn doch sein künstlerisches Gewissen darüber beruhigen, wenn, trotz aller angewendeten Mühe, eine längere Rede, gegen das Original gehalten, immer noch einen kleinen Ueberschuß zeigt. Titanias ausführliche Schilderung der Unbilden, die in Folge der Zwistigkeiten, welche das Herrscherpaar des Elfenreiches trennen, Natur und Menschheit erdulden müssen (2, 81—117), hatte 1789 vierzig Verse gezählt; diese wurden 1796 glücklich bis auf achtunddreißig herabgebracht; bei Shakespeare finden wir aber nur siebenunddreißig. Es ist überaus belehrend, dem Verfahren Schlegels bei solchen, meist so trefflich gelingenden Reduktionsversuchen aufmerksam zu folgen. Daß die Uebersetzung auf alle Fälle keine größere Ausdehnung als das Original in Anspruch nehmen dürfe, das mußte damals, so natürlich es uns auch jetzt klingt, als ein hartes Gebot erscheinen;

auch der Gewandteste fühlte sich versucht, es zu umgehen. Hatte
Schlegel doch selbst gewagt, die strenge Form des Sonetts, in dem
Romeo und Julia auf dem Balle sich ihre ersten Herzensgrüße
sagen, um ein beträchtliches zu erweitern! Je entschiedener er sich
aber der nun erkannten Nothwendigkeit fügt, um so geläufiger
werden ihm auch die Mittel, die ihn bei dem Bestreben, jener ge=
rechten Forderung genug zu thun, wirksam unterstützen können.

Früher pflegte er einen jeden Vers, abgesondert für sich, ins Auge
zu fassen; bei der häufig eintretenden Unmöglichkeit, den Inhalt
eines Verses in gleicher Kürze wiederzugeben, mußte daher die Rede
in den aus mehreren Zeilen bestehenden Sätzen unversehens über
das gehörige Maß hinaus anschwellen. Jetzt aber lernt er den
Satz in seiner Gesammtheit als ein Ganzes erfassen; und im
Hinblick auf dies Ganze behandelt er jeden einzelnen Vers; er wägt
gleichsam diese einzelnen Verse, ihrem Inhalte nach, gegen einander
ab: wenn in dieser Zeile die Dichterrede sich etwas breiter und be=
haglicher dehnt, so verkürzt sie der Uebersetzer, damit er für den
folgenden Vers, in dem sich die Sprache wieder äußerst knapp und
gedrungen zeigt, um so freieren Raum gewinne; immer sicherer
übt er die schwierige Kunst, alles, was ohne Beeinträchtigung des
poetischen Gehaltes entbehrt werden kann, auszuscheiden, um dafür,
innerhalb des vom Dichter vorgezeichneten Umfanges, das Noth=
wendige und Unentbehrliche unverletzt und unverkürzt zu bewahren.
So hatte in jener Rede Titanias ursprünglich dem Verse 93: The ox
hath therefore stretch'd his yoke in vain ein völliger Vers
entsprochen: „Drob hat der Stier sein Joch umsonst ge=
schleppt;" — nun aber war Schlegel bei den zwei folgenden
Zeilen ins Gedränge gekommen, aus dem er einen sehr bedenklichen
Ausweg ergriff:

The ploughman lost his sweat, and the green corn Hath rotted ere his youth attain'd a beard.	Der Pflüger allen seinen Schweiß vergeudet, Das grüne Korn ist weggefault, bevor Sein junger Halm zum Bart gediehen war.

Hier läßt sich genau verfolgen, wie eine unnütze Zuthat die andere mit Nothwendigkeit nach sich zieht. Während Shakespeare sich mit dem einfachen his sweat begnügt, sagt Schlegel mit zweck= loser Uebertreibung: allen seinen Schweiß; und so wächst aus den sechs englischen Silben im Deutschen ein ganzer Vers hervor. Da nun aber die folgenden anderthalb Zeilen umöglich in einen Vers gepreßt werden konnten, so blieb nichts andres übrig, als ihnen in zwei vollen Versen den nöthigen Platz zu schaffen, bei welchem Anlaß denn auch das damals noch allzu verwegen erscheinende Bild von der unbärtigen Jugend des grünen Korns [128] mit einer zahmen Erläuterung begleitet und dadurch abgeschwächt ward. Als aber Schlegel die Umarbeitung vornahm, mußte er eine ganz verschiedene Auskunft zu finden. Er erkannte alsbald, daß es der eindringlichen Schilderung nicht den geringsten Abbruch thun würde, wenn er das Tempus, welches Shakespeare für sie gewählt, mit einem andern vertauschte und sie aus der Vergangenheit in die Gegenwart ver= setzte. Hierdurch gewann er in seinem ersten Vers den erwünschten Raum für mehrere Silben, die er nun aus dem zweiten herübernahm:

> Drum schleppt der Stier sein Joch umsonst, der Pflüger —

ferner ward jede unnöthige Erweiterung abgewiesen; das Bild er= schien in denselben einfach kräftigen Zügen, die der Dichter angedeutet hatte: und so blieb den drei deutschen Versen der volle Inhalt der drei englischen bewahrt:

> Drum schleppt der Stier sein Joch umsonst, der Pflüger
> Vergeudet seinen Schweiß, das grüne Korn
> Verfault, eh seine Jugend Bart gewinnt.

Ohne Zweifel ist nun jeder einigermaßen geschulte Uebersetzer mit derartigen Kunstgriffen längst vertraut; ja, mancher, im stolzen

---

[128] Der Kenner der Sonette erinnert sich hier der malerischen Verse 12, 7—8: And summer's green all girded up in sheaves, | Borne on the bier with white and bristly beard.

Bewußtsein erworbener Fertigkeit, lächelt vielleicht über den Anfänger, den schon geringe Schwierigkeiten so in Verlegenheit bringen konnten. Aber man bedenke, daß Schlegel auf diesem Gebiete, in jedem Sinne des Wortes, ein Anfänger war, ein Anfänger und Vollender seiner Kunst. Er hatte für die Uebersetzung neuerer Dichtwerke das feste künstlerische Princip erst zu entdecken; er mußte dessen Richtigkeit erst vor sich selbst durch die That bewähren, und nachdem er es in dieser Prüfung probehaltig erfunden, mußte er nach allen Seiten hin versuchend um sich greifen, um endlich zur sichern Begründung einer Technik zu gelangen. Diese Technik konnte hernach das Gemeingut aller werden, die seinen Leistungen die Grundsätze, nach welchen er sie ausgeführt, abzusehen vermochten. Bemerken wir nun, daß er gegen diese, von ihm selbst aufgestellten und thatkräftig zur Geltung gebrachten Grundsätze hie und da einen kleinen Verstoß begeht, so wird uns in unserm Urtheile die größte Schonung zur Pflicht. Gelegenheit, diese Schonung zu üben, findet sich, wie in den gereimten Versen, so auch manchmal in den reimlosen Jamben des Sommernachtstraumes. Dieselbe Rede der Titania, die uns eben ein belehrendes Beispiel von dem bei der Umarbeitung beobachteten Reduktionsverfahren lieferte, erinnert gegen ihren Schluß nur allzu deutlich an die ältere bequemere Kunstweise. Für die drei Verse 112—14 hatte Schlegel zuerst vier gesetzt; obgleich er später Einzelheiten des Ausdrucks änderte (vergl. S. 74), wußte er denselben doch nicht auf ein kürzeres Maß zurückzuführen, und wir lesen noch jetzt:

Der zeitigende Herbst, der zorn'ge Winter,	The childing autumn, angry winter, change
Sie alle tauschen die gewohnte Tracht, Und die erstaunte Welt erkennt nicht mehr	Their wonted liveries, and the mazed world,
An ihrer Frucht und Art, wer jeder ist.	By their increase, now knows not which is which.

So finden wir auch die Rede des Lysander 1, 1, 99—110 und die gleich darauf folgende des Theseus 111—126 um einen Vers verlängert. Das Gleiche gewahren wir an den lieblich rührenden Worten, mit denen Helena 3, 2, 192—219 der Hermia ihre Abtrünnigkeit und den Bruch der heilig geachteten Jugendfreundschaft vorwirft. Aus den achtundzwanzig Versen des Originals waren in der ersten Bearbeitung zweiunddreißig geworden; in der zweiten ward diese Zahl glücklich gemindert: es blieben nur neunundzwanzig Die Vergleichung der älteren und der späteren Form mag zeigen, wie Schlegel hier zu Werke ging:

1789.	1796.
Ha, die gehöret auch zu jener losen Rotte.	Ha! sie stimmt auch in die Verschwörung ein.
Nun merk' ich's: gegen mich verschworen sich die drey;	Nun merk' ich's, alle drey verbanden sich
Auf mich allein gemünzt ist ihre Mummerey.	Zu dieser falschen Posse gegen mich.
Ihr tückisches, ihr undankbares Mädchen!	Feindsel'ge Hermia, undankbares Mäd- (O falsche) chen!
So seyd ihr denn mit jenen einverstanden, Mich diesem schnöden Spiele Preis zu geben?	Verstandest du, verschworst mit diesen dich, Um mich zu necken durch so schnöden (im Druck: mit so schnödem) Spott?
Ist alle der geheim gepflogne Rath, Sind die Gelübde schwesterlicher Liebe,	(Ist all der Rath, den wir zusammen pflegen) Sind all die Heimlichkeiten, die wir tauschten,
Und jene Stunden, wo wir oft die Zeit, Die raschen Trittes, uns zu scheiden, kam,	Der Schwestertreu Gelübde, jene Stunden, Wo wir den raschen Tritt der Zeit verwünscht,
Unwillig schalten — alles das vergessen?	Weil sie uns schied: o alles nun vergessen? (das)
(Ach, schon vergessen, daß wir Schulgenossen,)	Die Schulgenossenschaft, die Kinder Unschuld?
Ach, schon vergessen unsre Kinder=Unschuld, Und Schulgenossenschaft? — [129]	
Damahls, zwey kunstbegabten Göttern gleich,	Wie kunstbegabte Götter schufen wir

---

[129] Die Handschrift a bietet diese Verse in folgender Gestalt: „Ach, schon vergessen, daß wir Schulgenossen, | Gespielen in der Unschuld Tagen waren?" (All school-days' friendship, childhood innocence?)

Erſchufen wir mit unſern Nadeln Blumen,	Mit unſern Nadeln Eine Blume beyde;
Auf Einem Canapee, nach Einem Muſter,	Nach Einem Muſter und auf Einem Sitz,
Ein Lied aus Einem Tone beyde trillernd,	Ein Liedchen wirbelnd, beyd' in Einem Ton,
Als wäre beyder Hand, und Stimm' und Leib	Als wären unſre Hände, Stimmen, Herzen
Und Seel' aufs innigſte verſchmolzen.	Einander einverleibt. So wuchſen wir
So wuchſen wir wie eine Doppelkirſche	Zuſammen, einer Doppelkirſche gleich,
Zuſammen auf, nur ſcheinbarlich ge-trennt,	Zum Schein getrennt, doch in der Tren-nung eins;
Und in der Trennung Eins. Zwo holde Beeren,	Zwey holde Beeren, Einem Stiel (feſt an
An Einen Stil geheftet: alſo wir	entwachſen, Einem Stiel)
Zwey Körper, wie es ſchien, doch nur Ein Herz;	Dem Scheine nach zwey Körper, doch Ein Herz;
Zwey Schildern eines Wapens glichen wir,	Zwey Schildern eines Wapens glichen wir,
Die unter Einem Helme friedlich ſtehn.	Die friedlich ſtehn, gekrönt von Einem Helm.
Und nun zerreißt ihr ſo die alte Liebe?	Und nun zerreißt ihr ſo die alte Liebe?
Geſellt zum Trotze gegen eure Freundin	Geſellt im Hohne eurer armen Freundin
Euch jenen Männern zu? Nicht freund-ſchaftlich,	Zu Männern euch? das iſt nicht freund-ſchaftlich,
Nicht jungfräulich iſt das von euch ge-than.	Das iſt nicht jungfräulich, und mein Geſchlecht
Ihr ſündigt gegen eu'r und mein Ge-ſchlecht,	So wohl wie ich, darf euch darüber ſchelten, (zur Rede ſtellen)
Wenn ſchon die Kränkung mich allein be-trifft.	Obſchon die Kränkung mich allein betrifft.

Auch hier zeigt ſich ſchon in der erſten Bearbeitung Schlegels Auffaſſungsvermögen bis zu einem hohen Grade entwickelt. Er er-kennt und empfindet Charakter und Ton dieſer lebhaft bewegten, und doch vom Hauche der Innigkeit ſo ſanft durchzogenen Rede, in welcher ſich die ganze Zartheit des verletzten jungfräulichen Gefühls ausſpricht. Aber was der Ueberſetzer dem Poeten ſo richtig nachempfindet, das kann er ihm noch nicht nachſchaffen. Dem Auffaſſungsvermögen ſteht noch nicht das gleiche Darſtellungsvermögen zur Seite.

Laſſen wir den Blick prüfend auf beiden Bearbeitungen ver-weilen, ſo wird uns deutlich, daß die künſtleriſche Sorgfalt ſich nicht allein auf die Beschränkung des allzu breiten Redeflusses richten durfte. Die Einheit des Stils herzustellen, das war die Forderung, die dem Uebersetzer stets mahnend vorschwebte. Es ist wahr, der Gegensatz, der in allen andern Theilen des Dramas zwischen der früheren und späteren Bearbeitung obwaltet, scheint da, wo die Blankverse eintreten, sich beträchtlich zu mildern, ja, an manchen Stellen gänzlich zu verschwinden. Sieht man aber schärfer zu, so wird uns dieser strenge Gegensatz auch hier in seiner ganzen Bedeutung anschaulich. Wie viele Bruchstücke der älteren Arbeit sich auch dem neuen Werke einfügen ließen, so war dies doch auf einer ganz verschiedenen Grundlage aufgeführt. Ein einheitliches Ganzes entsteht erst jetzt unter den Händen des sorgsam bildenden Uebersetzers. Seine Thätigkeit wird hier für Aug und Ohr nicht so unmittelbar auffällig, wie bei der Umgestaltung der gereimten Verse; sie ist geräuschloser, aber sie ist eben so umfassend, sie greift eben so tief und fordert von ihm vielleicht eine noch angespanntere Aufmerksamkeit auf alle jene unscheinbaren Einzelheiten, die in ihrer Gesammtheit den harmonischen Eindruck der Rede bedingen. Der zarte innere Bau der Sprache wird nun in allen Theilen gleich= mäßig und übereinstimmend ausgebildet. Das Verhältniß der Satz= elemente zum Ganzen des Verses wird mit sicherer Hand geordnet. Dem Verse wird jetzt erst das bewegtere dramatische Leben eingeflößt; wenn er früher oft weichlich und haltlos zerfloß, so muß er nun in kräftiger Geschlossenheit einherschreiten. Durch verschiedenartige Behandlung der Cäsur, durch wohlberechneten Wechsel männlicher und weiblicher Endungen wird die Eintönigkeit ferngehalten; und gerade die Kunst, welche die Rede dichterisch adelt und aus der be= schränkten Wirklichkeit heraushebt, ruft den täuschenden Schein jener Manigfaltigkeit hervor, die der Rede des wirklichen Lebens ihren eigenen Reiz gibt. Die folgenden Verse der Helena (3, 2, 237—44) können uns recht deutlich vergegenwärtigen, wie diese Thätigkeit des Uebersetzers in das ganze Gefüge seiner Sprache umformend eingreift:

1789.	1796.
	(trübe)
Schon recht! Fahrt nur so fort! Ver= stellet euch	Schon recht! Beharrt nur! Heuchelt ernste Blicke,
Zu trüben Blicken; kehr' ich dann den Rücken,	Und zieht Gesichter hinterm Rücken mir!
So zieht mir Mäuler, blinzt einander zu,	Blinzt euch nur zu! Verfolgt den feinen Scherz!
Und treibt das allerliebste Possenspiel,	
Das großen Ruhm euch bringen wird,	Wohl ausgeführt, wird er euch nach= (Nachruhm
zu Ende.	gerühmt. (bringen)

Doch lebt nun wohl! Zum Theil ists meine Schuld.	Doch lebet wohl! Zum Theil ist's meine Schuld.
Bald werd' ich durch Entfernung oder Tod	Bald wird Entfernung oder Tod sie büßen.
Dafür gebüßet haben.	

Wie ungeschickt ließ hier die frühere Bearbeitung die letzte Halbzeile nachschleppen, in welcher die erregten Worte der schmerz= erfüllten Helena einen so matten Abschluß finden.

Ebenso wichtig wie die Schönheit ist dem Uebersetzer die dra= matische Angemessenheit des Ausdrucks. Er will, daß seine Sprache, wie die Sprache des Originals, die feinen Accente und Nüancen, die leisen Nebentöne hören lasse, die, wie durch unwillkürliche Andeutung, uns den Charakter des Redenden bezeichnen oder dessen Stimmung verrathen. Einen großen Theil seiner wohlerwogenen Aenderungen hat er im Hinblick auf diesen Zweck vorgenommen. Zwar darf in der Sprache eines Schauspiels, das, wie der Sommernachtstraum, selbst in der vorwärts drängenden Bewegung des raschen Dialogs einen lyrischen Grundton gern festhält, das charakteristische Element nicht entschieden überwiegen. Anmuth, einschmeichelnder Wohllaut ist hier der Rede vor allem Bedürfniß. Immerhin aber konnte Schlegel sich hier in förderlichster Weise zu ernsteren Aufgaben vorbereiten; und mit völlig entwickelter Kraft trat er hernach an jene Dramen heran, in denen die wunderbar reich entfaltete Charakteristik sich auch in der Sprache auf das schärfste

ausprägt, in denen der Vers die lyrische Hülle sprengt und zur
wahrhaft dramatischen Freiheit durchbringt, um vielgestaltig und be=
weglich in immer neuen Wendungen und Verschlingungen die Rede
zu begleiten, die aus den aufgeregten Tiefen des Gemüths, wie mit
erschütternder Naturgewalt, hervorbricht.

Aehnliche Betrachtungen, wie sie durch die eben ausgehobenen
Beispiele uns nahe gelegt wurden, ließen sich bei jeder längeren
Versreihe erneuern. Ich setze noch die Rede her, in welcher Theseus
1, 1, 65—78 die dem Willen des Vaters widerstrebende Hermia auf
die unvermeidlichen Folgen ihres Ungehorsams mit freundlicher
Mahnung hinweist:

1789.	1796.
Den Tod zu sterben, oder immerdar	Den Tod zu sterben, oder immerdar
Den Umgang aller Männer abzuschwören.	Den Umgang aller Männer abzuschwören.
Drum fraget eure Wünsche, schönes Kind,	Drum fraget eure Wünsche, schönes Kind,
Bedenkt die Jugend, prüfet euer Blut,	Bedenkt die Jugend, prüfet euer Blut,
Ob ihr, wenn ihr des Vaters Wahl verwerft,	Ob ihr die Nonnentracht ertragen könnt,
Ertragen könnt, in einer Nonnentracht,	Wenn ihr der Wahl des Vaters widerstrebt;
Im dumpfen Kloster ewig eingesperrt,	Im dumpfen Kloster ewig eingesperrt,
Eur ganzes Leben gattenlos zu leben,	Als unfruchtbare Schwester zu verharren,
Und leise Hymnen mit dem Schwesternchor	Den keuschen Mond mit matten Hymnen feyernd.
Dem kalten unfruchtbaren Mond zu singen.	
Dreymahl beglückt, wer, seines Blutes Herr, [130]	O dreymahl selig, die, des Bluts Be= herrscher,
So jungfräuliche Pilgerschaft besteht!	So jungfräuliche Pilgerschaft bestehn!
Doch die gepflückte Ros' ist irdisch glück= licher	Doch die gepflückte Ros' ist irdischer be= glückt, [131]
Als jene, die, am keuschen Dorne welkend,	Als die, am unberührten Dorne welkend,
Im seb'gen Segensstande lebt und stirbt.	Wächst, lebt und stirbt in heil'ger Ein= samkeit.

[130] Bürger schlug hier vor: „Die, ihres Bluts Beherrscher", was Schlegel
mit geringer Veränderung beibehielt. Die beiden letzten Verse sollten nach
Bürgers Vorschlag lauten: „Als, die am Jungferdorn in ungepaarter | Glück=
seligkeit erwächst und lebt und stirbt".

[131] Diesen Sechsfüßler verdanken wir also der Umarbeitung. Dagegen ge=
hören einige andere, die uns der fünfte Akt in Theseus Reden zu vernehmen
gibt, der älteren Form an.

Wenn das glückliche Ergebniß der Umarbeitung in voller Deut=
lichkeit sich allerdings nur an den ausgedehnteren Reden nachweisen
läßt, so wird es doch auch oft an einzelnen Versen, die man nach
Belieben herausgreifen mag, sichtbar genug. Aeußerst selten stößt
man im Durchmustern der Handschrift auf eine mißlungene
Aenderung. Eine solche hat z. B. den Vers 2, 1, 234 (When
cowardice pursues and valour flies) betroffen, dem nun in der
revidirten Ausgabe durch Alexander Schmidt die nöthige Verbesserung
zu Theil geworden:

1789.	1796.
Schwaches Eilen!	Vergebne Eil!
Wenn Feigheit jagt und Tapferkeit ent=	Verfolgt die Zagheit, flicht die Tapfer=
flicht.	keit.

Dagegen blicke man auf folgende Beispiele! — Oberon ver=
kündet, was der verzauberten Titania bevorsteht (2, 1, 179):

Die erste Creatur, die beym Erwachen	Was sie zuerst erblickt, wann sie erwacht,
Ihr in die Augen fällt — sey's Wolf,	Sey's Löwe, sey es Bär, Wolf oder Stier,
sey's Bär,	
Löw' oder Stier, sey's ein geschäft'ger Aff',	Ein naseweiser Aff', ein Paviänchen,
Ein eitles Paviänchen, oder sonst	Sie soll's verfolgen mit der Liebe Sinn.
Ein Ungethüm — sie wird ihm mit der	
Seele	
Der Liebe folgen.	

Demetrius will die liebend ihm nachfolgende Helena von seiner
Seite wegschelten (2, 1, 189):

Wo mag Lysander, wo Elmire seyn?	Wo ist Lysander und die schöne Hermia?
Ihn möcht' ich morden, sie ermordet	Ihn tödten möcht' ich gern, sie tödtet
mich.	mich.
Du sagtest mir, sie hätten in den Wald	Du sagtest mir von ihrer Flucht hieher;
Sich hergeschlichen, und hier bin ich nun,	Nun bin ich hier, bin in der Wildniß wild,
Bin wild in diesem Walde, weil ich nicht	Weil ich umsonst hier meine Hermia suche.
Elmiren, meine Traute, finden kann.	

Oberon erzählt, wie er der Titania begegnete, da sie nach
Blumen suchte, die ihren eselsköpfigen Liebling schmücken sollten
(4, 1, 58):

| Jener Thau,
Der an den Knospen sonst wie stolze Perlen
Des Orients zu schwellen pflegte, stand | Derselbe Thau, der sonst wie runde Perlen
Des Morgenlandes an den Knospen schwoll, |
| Gleich Thränen in der seinen Blümchen Augen,
Die sie um ihre eigne Schmach vergossen. | Staub in der zarten Blümchen Augen jetzt
Wie Thränen, trauernd über eigne Schmach. |

Theseus fordert Hippolyta auf, in Gemeinschaft mit ihm sich an der Jagdmusik der Hunde zu ergetzen (4, 1, 114):

| Indessen wollen
Wir, schöne Fürstin, auf die Höhe steigen,
Und das Gebell, vom Echo wiederhohlt,
In musicalischer Verwirrung hören. | Komm, schöne Fürstin, auf des Berges Höh,
Dort laß uns in melodischer Verwirrung
Das Bellen hören samt dem Wiederhall. |

Demetrius bekennt, daß die Liebe zu Hermia, die ihn gepeinigt, aus seinem Herzen gewichen sei (4, 1, 161):

| Doch, bester gnäb'ger Fürst, ich kann nicht sagen,
Durch welche Macht (doch eine höh're Macht Ists wahrlich) meine Liebe zu Elmiren,
Wie Schnee zerronnen, nur noch wie ein Traum
Von einem eitlen Tande sich mir darstellt,
Worin ich einst als Kind vergafft gewesen. | Doch weiß ich nicht, mein Fürst, durch welche Macht
(Doch eine höh're Macht ists) meine Liebe
Zu Hermia, wie Schnee zerronnen, jetzt
Mir eines eitlen Tands Erinn'rung scheint,
Worein ich in der Kindheit mich vergafft. |

Ungern verzichte ich auf die Mittheilung weiterer Beispiele. Die andauernde Beschäftigung mit dieser Handschrift, welche die Signatur zweier Kunstepochen so deutlich aufweist, erregt in uns ein Mitgefühl mit der Freude, die den Künstler erfüllen mochte, als er, Schritt für Schritt mühsam vordringend, das Musterbild einer Uebersetzung, wie er es im Geiste trug, endlich der Verwirklichung entgegenführte.

Und so konnte denn Schlegel im Beginne des Sommers 1797 nach vieljährigen, mit zäher Tapferkeit bestandenen Mühen den

erſten Band des deutſchen Shakeſpeare in die deutſche Litteraturwelt
ausgehen laſſen. In einem bedeutſamen Zeitpunkte trat das Werk
hervor. Es war das Jahr, in deſſen letztem Viertel Hermann und
Dorothea erſchien, das Jahr, in welchem Schiller die noch immer
formlos daliegende Maſſe des Wallenſtein mit rüſtigem Angriffe zu
gewältigen begann. Unſere Litteratur war im mächtigſten Drange
des Fortſchreitens begriffen; das Höchſte ward geleiſtet oder vor=
bereitet; der deutſche Geiſt, von gleich raſtloſer Begier des Er=
kennens wie des Schaffens angetrieben, eröffnete ſich nach allen
Richtungen hin neue Wege des Forſchens; er übte ſich an den ver=
ſchiedenartigſten Stoffen, ergoß ſeine Fruchtbarkeit in die manig=
faltigſten Formen und bewährte ſeine geſtaltende Kraft in unver=
gänglichen Gebilden. In dieſer Zeit nun, in welcher Streben und
Vollbringen ſich ſo ſchön begegnen, ſehen wir den großen Dramatiker
der Germanen herzutreten, der dem Schöpfer des Fauſt als Genoß
des Weltgeiſtes erſchien; nicht wie eine aus der Vergangenheit müh=
ſam heraufbeſchworene Schattengeſtalt, — nein, durch die Kunſt des
deutſchen Wortes zu neuem Daſein und Wirken berufen, ſchreitet
er gleich einem Mitlebenden zu den Deutſchen heran; und dieſer
gewaltigſte aller Poeten, die in den Jahrhunderten zwiſchen Dante
und Goethe die europäiſche Welt erſtehen ſah, wird in den Kreis
unſerer nationalen Kunſtbildung aufgenommen, um, unſern ein=
heimiſchen Meiſtern verbrüdert, mit ihnen fortan die Herrſchaft über
unſere Dichtung zu theilen und dem deutſchen Sinn und Gemüth
als einer der Unſern vertraut zu werden.

III.

Ergänzte und berichtigte Stellen. Betrachtung einzelner Verse.

Nachdem wir, unter fortwährender Benutzung des von den Handschriften dargereichten Materials, die Entstehungsgeschichte des Schlegelschen Shakespeare bis zu dem Zeitpunkte verfolgt haben, wo die leitenden Grundsätze der Arbeit zur Festigkeit gediehen und mit kraftvoller Sicherheit zur Ausführung gebracht wurden, erscheint es nun geboten, eine Auswahl desjenigen vorzulegen, was die Manuscripte zur Ergänzung und Berichtigung des Textes enthalten.

Zuvörderst mustern wir eine größere Anzahl solcher Stellen, die ohne Schuld des Uebersetzers, zum Schaden bald des Sinnes, bald der dichterischen Wirkung, lückenhaft geworden. Es wird am schicklichsten sein, bei dieser Musterung die einzelnen Dramen in der Reihenfolge vortreten zu lassen, in der sie sich zuerst dem deutschen Leser gezeigt haben. Die Tragödie von Romeo und Julia stehe also voran!

1, 1, 59.

| Gregory. Do you quarrel, sir? | Sucht ihr Händel, mein Herr? |
| Abraham. Quarrel, sir? no, sir. | Händel, mein Herr? Nein, mein Herr! [132] |

---

[132] Die aus den Handschriften hier vorgelegten Ergänzungen und Berichtigungen sind im Folgenden durch gesperrten Druck ausgezeichnet.

Man sieht, Gregorys Frage und Abrahams Erwiederung haben denselben Schluß. Diese Gleichheit verschuldete den Ausfall der Worte Abrahams, die für den natürlich lebendigen Fortgang des ergetzlichen Dialogs nicht zu entbehren sind und welche Carolinens Abschrift uns deutlich bietet.

1, 5, 127.

Cap. More torches here! Come on then, let's to bed.	Mehr Fackeln her! — Kommt nun, ich will zu Bett.
Ah, sirrah, by my fay, it waxes late: I'll to my rest.	Wahrhaftig, es wird spät; ich will zur Ruh.

So hat Schlegel den im Druck ausgefallenen Vers eigenhändig in den Entwürfen verzeichnet; in Carolinens Abschrift liest man: „es ist spät".

Den Vers 2, 2, 42 ließ Schlegel, wie ich glaube, absichtlich aus, indem er sich hier, wie auch sonst häufig, der Quarto von 1597 anschloß, deren Lesart er bei Malone verzeichnet fand.

3, 1, 65.

Rom. Therefore farewell; I see thou know'st me not.	Drum lebe wohl! Ich seh', du kennst mich nicht.
Tyb. Boy, this shall not excuse the injuries	Nein, Knabe, dieß entschuldigt nicht den Hohn,
That thou hast done me; therefore turn and draw.	Den du mir angethan; kehr' um und zieh!
Rom. I do protest, I never injured thee,	Ich schwöre dir, nie that ich Hohn dir an.
But love thee better than thou canst devise,	Ich liebe mehr dich als du deuten kannst,
Till thou shalt know the reason of my love:	Bis du die Ursach' meiner Liebe weißt.
And so, good Capulet, — which name I tender	Drum, guter Capulet, ein Nahme, den
As dearly as my own, — be satisfied.	Ich werth wie meinen halte, sey zufrieden.

Diese sieben Verse finden sich übereinstimmend in Schlegels Entwürfen und Carolinens Abschrift. Schlegel war zuerst unschlüssig, ob er nicht devise durch rathen wiedergeben sollte.

Den Ausfall der Verse 4, 1, 13—14 hat aber nun Caroline zu verantworten:

Par. And in his wisdom hastes our marriage,	Und treibt in weiser Vorsicht auf die Heyrath,
To stop the inundation of her tears;	Um ihrer Thränen Ströme zu vertrocknen;
Which, too much minded by herself alone,	Gesellschaft nimmt vielleicht den Schmerz von ihr
May be put from her by society.	In den sie sich allein zu sehr (Worein) vertieft.

Für diese Fassung hatte, wie die Entwürfe ausweisen, Schlegel sich zuerst entschieden; dann aber durchstrich er die Verse und schrieb an den Rand: Vielleicht, daß die Gesellschaft von ihr nimmt; doch auch dies ward gestrichen, und wir finden von Carolinens Hand die Zeilen:

> Das nimmt vielleicht Geselligkeit von ihr
> Worein sie Einsamkeit zu tief versenkt.

Bei Anfertigung der Abschrift jedoch übersah die emsige Mit-arbeiterin die eigenhändig geschriebenen Worte, und so blieben diese dem Texte entzogen.

4, 5, 49.

Nurse. O woe! O woful, woful, woful day!	O weh! o Jammer= Jammer= Jammertag!
Most lamentable day, most woful day,	Höchst unglückselger Tag! betrübter Tag!
That ever, ever, I did yet behold!	Wie ich noch nimmer, nimmer einen sah!
O day! O day! O day! O hateful day!	O Tag! O Tag! O Tag! verhaßter Tag!
Never was seen so black a day as this!	Solch schwarzen Tag wie diesen gab es nie!
O woful day! O woful day!	O Jammertag! o Jammertag!

Auch hier trägt Caroline einen Theil der Schuld. Die Amme macht, eben so wie Julias Vater und Mutter, ihrem Jammer über den anscheinenden Tod des Lieblings in sechs Versen Luft. Von diesen ließ Caroline in der Abschrift den dritten ausfallen, und im Druck verschwand dann auch der folgende.

4, 5, 88.

Our solemn hymns to sullen dirges change,	Aus Feyerliedern werden Todtenmessen,
Our bridal flowers serve for a buried corse.	Der Brautkranz dient zum Schmuck für die Bahre.

Dieser Vers des alten Capulet ist im Entwurf wie in der Abschrift erhalten; eben so der folgende:

5, 3, 190.

What should it be, that they so shriek abroad? '	Was ists, daß draußen so die Leute schreyn?

Auch der Sommernachtstraum hat einige geringe Einbußen erlitten.

3, 1, 37.

Bet. Nay, you must name his name, and half his face must be seen through the lion's neck.	Ja, ihr müßt seinen Namen nennen (benamſen) und sein Gesicht muß halb durch des Löwen Hals gesehen werden.

3, 2, 307.

Hel. I evermore did love you, Hermia, Did ever keep your counsels, never , wrong'd you.	Ich lieb' euch immer, hab' euch nie beleidigt, Und stets bewahrt, was ihr mir anvertraut.

In dieser Form gingen die Verse aus a in b hinüber; nur ward hier die weibliche Endung des ersten beseitigt: „hab' euch nie getränkt".

4, 1, 197.

Zettel, in die natürlichen Grenzen seines Menschenthums zurückgekehrt, ruft erwachend, indem ihn die Erinnerung an seine künstlerische Thätigkeit gänzlich beherrscht:

When my cue comes, call me, and I will answer: my next is: „Most fair Pyramus".	Wenn mein Stichwort kommt, ruft mich und ich will antworten. — Mein nächstes ist: Allrschönster Pyramus! —

Nachdem die Schauspieler beschlossen haben, daß ein geschickt abgefaßter Prolog das Entsetzen beschwichtigen solle, welches die Katastrophe ihres tragischen Spiels bei ihrem vornehmen Publicum erregen möchte, verlangt Squenz, daß dieser Prolog in Acht und Sechsen (in eight and six, d. h. im herkömmlichen Balladenmaß) geschrieben werde (3, 1, 25). Zettel aber fordert nach Recht und Billigkeit für beide Verse die gleiche Länge: „Nein, machet zwey mehr; schreibet ihn in Acht und Achten." — Schlegel hat den Witz nicht etwa übersehen; die betreffenden Sätze sind in b aufgenommen, bei der Umarbeitung jedoch, weil das Komische hier dem deutschen Leser nicht gleich faßlich sein konnte, gestrichen worden. Ebenso hat Schlegel, im Anschluß an Eschenburg, im fünften Akt das Wortspiel zwischen ace und ass, das Wieland unglücklich genug verdolmetscht hatte, schon in der ersten Bearbeitung weggelassen. Das Gleiche sollte ursprünglich auch mit paramour und paragon (4, 2, 12) ge= schehen. Schlegel schrieb 1789: „Und für eine süße Stimme ist er ein rechtes Herzliebchen"; am Rande bemerkte er dazu: „Hier ist ein Wortspiel ausgelassen"; später jedoch glaubte er es durch Phönix = Phänomen wiedergeben zu können. —

Im Julius Cäsar fehlten der zweiten Scene des ersten Aktes nicht weniger als acht Verse; sie gehören zur herrlichen Rede des Cassius 134—161:

Now, in the names of all the gods at once.	Nun denn, im Nahmen der ge= samten Götter,
Upon what meat doth this our Caesar feed,	Mit was für Speise nährt der Cäsar sich,
That he is grown so great? Age, thou art shamed!	Daß er so groß ward? Zeit, du bist entehrt!
Rome, thou hast lost the breed of noble bloods!	Rom, du verlorst die Kraft des Heldenstamms!
When went there by an age, since the great flood,	Welch Alter schwand wohl seit der großen Flut,
But it was famed with more than with one man?	Das nicht geglänzt durch mehr als Einen Mann?
When could they say till now, that talk'd of Rome,	Wer sagte jemahls, wenn er sprach von Rom,
That her wide walls encompass'd but one man?	Es faß' ihr weiter Kreis nur Einen Mann?

So leicht und frei diese Verse einhergehen, so genau wird doch in ihnen die eigenthümliche Bewegung und die prägnante Ausdrucksform des Originals beobachtet. Vornehmlich war der Uebersetzer beflissen, das nachdrückliche one man am Schlusse der Verse wiederkehren zu lassen. In der drittletzten Zeile hatte er zuerst geschrieben: Das nicht durch mehr als Einen Mann geglänzt; hier war die nöthige Veränderung, die auch sonst dem Baue des Verses zu statten kommt, leicht anzubringen. Dagegen ließ sich für die letzte Zeile die schickliche Form nicht sogleich finden. Erst sollte Nur Einen an die Spitze gestellt werden; dann sollte der Vers beginnen: Ihr weiter Kreis umf—; hierauf ward gesetzt: Nur Einen Mann umschließ' ihr weiter Kreis. — Den Ausfall dieser acht Verse hatte schon Tieck bemerkt; sie waren von ihm in den Anmerkungen zum fünften Bande der ersten Gesammtausgabe nachgetragen worden; in den Text aber fanden sie hernach keinen Eingang, weil nicht nur die Verbesserungen, die Tieck den Schlegelschen Arbeiten angedeihen lassen, sondern auch die Anmerkungen, mit denen er diese begleitet hatte, aus den folgenden Ausgaben entfernt werden mußten. Hernach haben Mommsen und Alexander Schmidt die Lücke ergänzt. Anstatt die Tieckschen Verse hier der Vergessenheit zu entziehen, — sie würden den Schlegelschen gegenüber einen harten Stand haben — will ich lieber auf die Worte hinweisen, mit denen die Uebersetzung des Cäsar in jenen Anmerkungen gepriesen wird. „Sie ist", lesen wir dort, „so vollendet, daß man bei näherem Vergleich immer wieder über die Meisterschaft des Sprachkünstlers erstaunen muß." In der That gehört sie, obgleich kurz nach dem Romeo und dem Sommernachtstraum entstanden, zu den gediegensten und reifsten Arbeiten Schlegels. Alles Lob, das man ihr ertheilen könnte, ist jüngst durch den Ausspruch eines der ersten Uebersetzungskünstler unserer Tage, Otto Gildemeisters, vollauf bestätigt worden.

In der Komödie Was ihr wollt fehlt 1, 3, 113 der Rede, in welcher Sir Andrew seine Absicht eröffnet, die erfolglose

Werbung um Olivia anzugeben, der nothwendige Satz: der Graf selbst, hier dicht bey an, wirbt um sie (the count himself here hard by woos her). Um so unentbehrlicher sind diese Worte, da erst durch sie die folgende Rede des Tobias verständlich wird: She will none of the count.

Tobias ruft in seinem zügellosen Humor 2, 3, 60:

shall we rouse the night-owl in a catch that will draw three souls out of one weaver? shall we do that?	Sollen wir die Nachteule mit einem Trio auffstören, das einem Leinweber drey Seelen aus dem Leibe haspeln könnte? Sollen wir?

Im Manuscript findet sich catch überall durch Trio wiedergegeben; das richtige Wort Kanon stammt also aus der zweiten Abschrift. Die Worte des Narren aber (v. 65), die mit den verschiedenen Bedeutungen von catch spielen, mußten in beiden Abschriften wegfallen.

In Malvolios großem, von den Junkern und Fabio belauschtem Selbstgespräche (2, 5), von dem man auch nicht eine Silbe missen möchte, hat Schlegel die Worte for every reason excites to this, that my lady loves me allerdings übersehen; dagegen hat er das charakteristische Liebkosungswort in folgender Stelle wohl beachtet (v. 192):

thy smiles become thee well; therefore in my presence still smile, dear my sweet, I pri thee.	Dein Lächeln steht dir wohl; drum lächle stets in meiner Gegenwart, holder Liebling, ich bitte dich.

Gleichermaßen sind der Handschrift die Worte des Sebastian 2, 1, 16 zu entnehmen:

You must know of me then, Antonio, my name is Sebastian, which I called Roderigo.	Ihr müßt also wissen, Antonio, mein Nahme ist Sebastian, statt dessen ich mich Roderigo nannte.

Für die Worte, mit denen der Clown (1, 5, 68) seine Herrin aufheitern will — I must catechize you for it, madonna: good my mouse of virtue, answer me — gibt uns der Druck nur: „Ich muß euch dazu katechisiren, Madonna: antwortet mir." In

der Handschrift steht aber: „Antwortet mir, schönes Engels=
täubchen". Die beiden letzten Worte sind durchstrichen, aber
mittels darunter gesetzter Punkte wieder gültig gemacht. Hat nun
Schlegel sie dennoch aus der zweiten Abschrift wieder entfernt, oder
hat Caroline sie unachtsam übersehen? Ich möchte das erstere an=
nehmen. Selbst aus dem Munde des Hausnarren, dem zwar
manches verstattet war, klang die scherzhaft vertrauliche Anrede im
Deutschen doch allzu verwegen. Auch die gleich folgenden Worte
Olivias Well, sir — Gut, mein Freund hat Schlegel in der
zweiten Abschrift geändert; wir lesen in den Ausgaben: „Ich bins
zufrieden." —

Sebastian ruft im Sturm 1, 1, 43 dem schimpfenden Boots=
mann zu:

A pox o' your throat, you bawling, blasphemous, incharitable dog!	Die Pest fahr' euch in den Hals, bellen= der, gottesläfterlicher, unchristlicher Hund, der ihr seyd!

Auch hier hat die Gleichheit der Endsilben den Ausfall des
letzten Adjectivs veranlaßt. Der derbe Fluch Sebastians sollte zuerst
lauten: „Der Teufel stopf' euch das Maul."

Für den Hamlet können wir mehr als eine Zeile aus der
Handschrift zurückgewinnen. — Horatio erzählt 1, 2, 199:

A figure like your father, Armed at point, exactly, cap-a-pe, Appears before them,	Ein Schatten wie eu'r Vater, Geharnischt, ganz in Wehr, von Kopf zu Fuß, Erscheint vor ihnen,

Auf diesen ausgefallenen Vers bezieht sich die spätere Frage
Hamlets: Arm'd, say you?

Hamlet schließt seine Anrede an den Geist mit den drei Fragen,
die aus seinem erschütterten Gemüthe, aus seinem rathlosen Sinne
so natürlich aufsteigen (1, 4, 57):

Say, why is this? wherefore? what should we do?	Was ist dieß? sag! Warum? was sollen wir? (was soll geschehn)

Ein Blick auf die Handschrift läßt uns wahrnehmen, wie leicht beim Abschreiben der Vers übersehen werden konnte. Für den vorhergehenden Vers — With thoughts beyond the reaches of our souls — hatte Schlegel nicht weniger als drei verschiedene Fassungen gefunden und der Reihe nach verzeichnet:

Die unsre Seele nicht erreichen kann?
(erfassen)

Die außerm Kreise unsrer Seelen liegen?

Die jenseits dem Bezirke unsrer Seelen?

Die Entscheidung ward zu Gunsten des ersten dieser Verse getroffen; die beiden folgenden wurden mit dicken Federzügen durchstrichen, so daß der Abschreiber wähnen mochte, die Rede sei zu Ende, und daher sein Auge über die letzte Zeile hinweggleiten ließ. Wunderlicher Weise war dieselbe auch von Wieland übergangen worden.

1, 5, 74.

Thus was I, sleeping, by a brother's hand	So ward ich schlafend und durch Bruderhand,
Of life, of crown, of queen, at once dispatch'd:	Um Leben, Krone, Weib mit eins gebracht,
Cut off even in the blossoms of my sin,	In meiner Sünden Blüthe hingerafft,

Hamlet fordert Rosenkranz und Güldenstern zum Flötenspiel auf; da die Höflinge wiederholt und bestimmt erklären, nicht im Besitze dieser Kunst zu sein, fertigt der Prinz, der die Ursache ihrer Dienstbeflissenheit längst erkannt hat, sie mit folgender Gleichnißrede verächtlich ab (3, 2, 379):

Why, look you now. how unworthy a thing you make of me? You would play upon me; you would seem to know my stops: you would pluck out the heart of my mystery: —	Nun, seht ihr, welch ein nichtswürdiges Ding ihr aus mir macht? Ihr wollt auf mir spielen; ihr wollt thun, als kenntet ihr meine Griffe; ihr wollt in das Herz meines Geheimnisses dringen; —

Die einzelnen Satztheile beginnen mit den' gleichen Worten;

und so ward der Abschreiber oder Setzer verlockt, die eindringlich lebendige Rede empfindlich zu verkürzen.

In begeisterter Schilderung führt Hamlet seiner Mutter das herrliche Mannes- und Heldenbild seines Vaters vor (3, 4, 60):

A combination and a form indeed,	In Wahrheit, ein Verein und eine Bildung,
Where every god did seem to set his seal,	Auf die sein Siegel jeder Gott gedrückt, *(Der jeder Gott sein Siegel aufgedrückt)*
To give the world assurance of a man:	Der Welt Gewähr für einen Mann zu leisten: *(Der Welt für einen Mann Gewähr zu leisten)*
This was your husband.	Dieß war eu'r Gatte.

In dem nun zurückgewonnenen Verse hören wir Hamlets Wort: he was a man wiederklingen.

Zu den Zeilen 5, 1, 108 bemerkt der um das Studium Shakespeares so hochverdiente Karl Elze: „Schlegel und Tieck haben tenures unübersetzt gelassen; ob mit oder ohne Absicht, ist nicht zu ermitteln." Die Handschrift zeigt nun, daß Schlegel den Ausdruck wohl beachtet hat: er wollte ihn durch Lehensverbindlichkeiten wiedergeben, hielt es aber hernach für angemessen, das ungefüge Wort zu streichen. Ebenso strich er im Folgenden die Uebersetzung von double ones too — Werden ihm seine Bürgen, und noch dazu doppelte, nichts mehr u. s. w. Diese ganze Rede Hamlets liefert denjenigen, welche gern glauben möchten, daß Shakespeare sich des Rechtes befliffen, die willkommensten Beweise. Jedoch muß die Häufung der technischen Ausdrücke, deren eigentlicher Inhalt sich in unserer Sprache kaum durch Umschreibungen verständlich machen läßt, dem deutschen Leser zum Anstoß gereichen. Schlegel bleibt also auch hier seinem Grundsatze treu, die Nachdichtung von allem frei zu halten, was ihr das Ansehen einer ängstlichen Copie verleihen könnte. [133)]

[133)] Bei diesem Anlasse will ich doch einer ziemlich unbekannt gebliebenen Einzelausgabe des Hamlet gedenken: „Shakspeare's Hamlet, übersetzt von August Wilhelm Schlegel. Berlin, bei Johann Friedrich Unger. 1800." —

Dem Kaufmann von Venedig können wir gleichfalls manchen unrechtmäßig entwandten Vers zurückerstatten. Shylock berechnet (1, 3, 104):

Three thousand ducats; 'tis a good round sum.	Dreytausend Dukaten — 's ist 'ne runde Summe;
Three months from twelve; then let me see the rate.	Drey Mond' auf zwölf — laßt sehen, was das bringt.

Auch hier sieht man deutlich, wie der Ausfall entstehen konnte. Die früher gewählte Uebersetzung — Drey Monath — laßt mich sehn, was das beträgt — hatte Schlegel durchstrichen und die später gebilligte an den Rand geschrieben, wo sie unbemerkt blieb.

2, 2, 6.

My conscience says 'No; take heed, honest Launcelot; take heed, honest Gobbo,' or, as aforesaid, 'honest Launcelot Gobbo, do not run;	Mein Gewissen sagt: „Nein, hüte dich, ehrlicher Lanzelot, hüte dich, ehrlicher Gobbo; oder, wie obgemeldt, „ehrlicher Lanzelot Gobbo; lauf nicht,

2, 3, 4.

But fare thee well, there is a ducat for thee:	Doch lebe wohl, da hast du 'nen Dukaten.

Sie ward veranstaltet bei Gelegenheit der am 15. October 1799 in Berlin statt-gehabten Aufführung der Tragödie; man findet daher auch am Schlusse (S. 237 u. 38) ein Verzeichniß der „Auslassungen und veränderten Lesearten bei der Aufführung." — Schlegel fügte eine „Vorerinnerung" (S. III—VIII) hinzu, die volles Anrecht auf einen Platz unter seinen gesammelten Schriften hat. Er betont hier mit entschiedenen Worten, daß nichts als die selbstbewußte Thätigkeit des Genies Kunst zu heißen verdient, und daß die Gesetze der Poesie nichts anderes sind, als ihr Wesen in Begriffen ausgesprochen; er redet wegwerfend über das „Vorurtheil von der unfehlbaren Verbesserlichkeit der Werke Shakspeare's" und über die Behandlung, welche, solchem Vorurtheile gemäß, diese Werke auf deutschen und englischen Bühnen erfahren müssen; zugleich deutet er an, wie es nur bescheidener Veränderungen bedürfe, um diese großen Schöpfungen auch jetzt noch, bei dem so gänzlich ungewandelten Zustande der Bühne, einem empfänglich gestimmten Publicum mit Erfolg vorzuführen. — Die Einzelausgabe unterscheidet sich von dem Druck im dritten Bande der Uebersetzung durch einige Verbesserungen, aber auch durch manche schlimme Fehler, S. 16.: „So schritt er, grad um diese Stunde" — statt: „diese dumpfe Stunde". — S. 44: „Der Gran von Schlechterm zieht des edlen Werthes" — statt: „Schlechtem".

Indem Shylock seine Wuth über die Flucht der Tochter aus-
läßt, erinnert er sich seines, vom Bankrott bedrohten Schuldners
(3, 1, 48):

a beggar, that was used to come so smug upon the mart; let him look to his bond: he was wont to call me usurer; let him look to his bond:	ein Bettler, der so schmuck auf den Markt zu kommen pflegte. Er sehe sich vor mit seinem Schein! — er nannte mich immer Wuchrer — er sehe sich vor mit seinem Schein! —

Schlegel hatte zuerst geschrieben: er pflegte mich Wuchrer
zu nennen — und am Rande die Lesart angemerkt: Er denke
an seinen Schein! —

3, 1, 60.

I am a Jew. Hath not a Jew eyes? hath not a Jew hands, organs, —	Ich bin ein Jude. Hat nicht ein Jude Augen? Hat nicht ein Jude Hände, Gliedmaßen,

In halb banger, halb freudiger Erwartung harrt Portia des
entscheidenden Augenblicks, in dem Bassanio seine Wahl treffen
soll (3, 2, 5):

and you know yourself, Hate counsels not in such a quality. But lest you should not understand me well, — And yet a maiden hath no tongue but thought, — I would detain you here some month or two Before you venture for me.	und ihr wißt, Es räth der Haß in diesem Sinne nicht. Allein damit ihr recht mich deuten möch-tet — Und doch, ein Mädchen spricht nur mit Gedanken — Behielt' ich gern euch ein paar Tage hier, Eh' ihr für mich euch wagt.

Die Beschaffenheit der Handschrift erklärt hier abermals, wie
der liebliche Vers aus dem Texte verschwinden konnte. Schlegel hat
diese Stelle sehr sorgfältig durchgearbeitet. In der ersten Zeile
hatte er anfänglich geschrieben: Haß pflegt in diesem Sinne
nicht zu rathen; dann: der Haß räth eben nicht in diesem
Sinn; für den folgenden Vers wurden der Reihe nach drei verschiedene Fassungen aufgezeichnet:

Allein damit ihr recht mich deuten möchtet

Allein damit ihr (nicht mich) mich nicht misverstündet
(auch mich recht verhändet)

Allein damit ihr auch mich recht versteht —

Der Uebersetzer wählte die erste Form, durchstrich die beiden andern Zeilen und fuhr unmittelbar fort: „Behielt' ich gern euch ein paar Tage länger." Hernach erst nahm er wahr, daß er eine Zeile übergangen habe; er schrieb sie mit kleineren Lettern unmittelbar über die durchstrichenen Verse, so daß der Abschreiber dieselbe leicht übersehen oder glauben mochte, die energischen Striche sollten auch ihr gelten. —

Lanzelot entdeckt der Jeſſica seine Befürchtungen wegen ihres zukünftigen Heiles (3, 5, 3 :

I was always plain with you, and so now I speak my agitation of the matter:	Ich ging immer grade gegen euch heraus, und so sage ich euch auch jetzt meine Deliberazion über die Sache.

Lanzelot zeigt im Geſpräche mit Lorenzo seinen bedenten Witz, der sich besonders in Verdrehung des einfachen Wortsinnes gefällt (3, 5, 51):

Lor. Go in, sirrah; bid them prepare for dinner.	Geht ins Haus, Burſch; ſagt, daß ſie zur Mahlzeit zurichten.
Launc. That is done, sir; they have all stomachs.	Das ist geschehn, Herr, ſie haben alle Mägen.
Lor. Goodly Lord, what a wit-snapper are you! then bid them prepare dinner.	Lieber Himmel, welch ein Witz= ſchnapper ihr ſeyd! Sagt alſo, daß ſie die Mahlzeit anrichten.
Launc. That is done too, sir; only 'cover' is the word.	Das iſt auch geſchehn, es fehlt nur am Decken.
Lor. Will you cover then, sir?	Wollt ihr alſo decken?
Launc. Not so, sir, neither; I know my duty.	Mich nicht, Herr, ich weiß beſſer was (im Druck: Mich, Herr?) ſich ſchickt.
Lor. Yet more quarrelling with occasion!	Wieder Sylben geſtochen!

Man verliert freilich nicht viel, wenn dieſe Spiele des Wortwitzes etwas gekürzt werden, und es ist immerhin möglich, daß Schlegel in der zweiten Abschrift die Kürzung selbst vorgenommen hat. Mir ist indeß ein unbeabsichtigter Ausfall der Zeilen wahrscheinlicher. Shakespeare will hier ja eben, wie Lorenzos Reden zeigen, die modische leere Witzelei verspotten, die „um ein spitzes Wort die Sache preisgibt"; hier muß also die Mode auch recht grell hervortreten, damit der Spott um so berechtigter sei. Ferner enthalten die ausgelassenen Zeilen keine jener unschicklichen Anspielungen, die Schlegel sonst wohl zu beseitigen pflegt (man vergleiche die Worte Gratianos 3, 2, 220 stake down, und Nerissas 3, 4, 78 turn to men); und wenn der Witz nicht eben treffend ist, so bleibt er im Deutschen doch verständlich. Lorenzos Ausruf: „Wieder Sylben gestochen!" scheint auch auf die Worte: „welch ein Witzschnapper ihr seyd!" gleichsam zurückzudeuten. —

4, 1, 157.

he is furnished with my opinion; which — — — comes with him, at my importunity, to fill up your grace's request.	er ist von meiner Meynung unterrichtet, die er — — — auf mein Andringen mitgenommen hat, um Euer Hoheit Verlangen an meiner Statt Genüge zu leisten.

Portias Verhandlung mit Shylock ist um drittehalb Verse kürzer geworden (4, 1, 302); auch hier hat die Aehnlichkeit der wiederkehrenden Worte den Ausfall veranlaßt:

Por. A pound of that same merchant's flesh is thine: The court awards it, and the law doth give it.	Ein Pfund von dieses Kaufmanns Fleisch ist dein, Der Hof erkennt es, und das Recht ertheilt es.
Shy. Most rightful judge!	O höchst gerechter Richter!
Por. And you must cut this flesh from off his breast: The law allows it, and the court awards it.	Ihr müßt das Fleisch ihm schneiden aus der Brust, Das Recht bewilligts, und der Hof erkennt es.
Shy. Most learned judge! A sentence!	O höchst gelehrter Richter! Ha, ein Spruch! (Das in
Come, prepare!	Kommt, macht euch fertig.

5, 1, 129.

Por. Let me give light, but let me not be light;	Gern möcht' ich leuchten, doch nicht leicht erscheinen:
For a light wife doth make a heavy husband,	Ein leichtes Weib macht schwer des Gatten Leben,
And never be Bassanio so for me:	Und nie erfahr' Bassanio das von mir. (mag das Bassanio erfahren)
But God sort all! You are welcome home, my lord.	Doch lenk' es Gott! — Willkommen, mein Gemahl.

Auf diese Weise wollte Schlegel, im genauen Anschluß an das bei Shakespeare so beliebte Spiel zwischen den verschiedenen Bedeutungen von light [134] die Verse zuerst wiedergeben. Aber wo es der Inhalt der Rede nur irgend gestattete, vermied er es, den feinen Ton der vornehmen Gesellschaft, der in Portias Kreise naturgemäß herrscht, durch jene Anspielungen und Scherze zu stören, die den Zeitgenossen des Dichters so harmlos klangen, uns jedoch nicht mehr als Zierde einer gebildeten Unterhaltung erscheinen. So auch hier: er ersetzte die drei Zeilen durch folgende:

> Wenn mein Betragen nur das Licht nicht scheut,
> So mag mein Fußtritt wohl im Dunkeln wandeln.
> Ihr seyd zu Haus willkommen, mein Gemahl.

Den ersten der aus dem Manuscripte mitgetheilten vier Verse hat die Hand des Uebersetzers nicht durchstrichen; wenn er dennoch im Drucke fehlt, so mag es unentschieden bleiben, ob Schlegel ihn später absichtlich entfernt, oder ob auch hier das Auge des Copisten durch die derben Federzüge getäuscht worden, welche jede der drei benachbarten Zeilen zur Vernichtung bestimmten. Der Vers kann ja immer noch neben den folgenden fortbestehen, auch wenn er durch den Wortwitz nicht mehr so genau mit ihnen verknüpft ist; und an

---

[134] There is scarcely any word, bemerkt Johnson zu dieser Stelle, with which Shakspeare so much delights to trifle as with light, in its various significations. Doch solche Wortwitzeleien waren gleichsam Gemeingut der Dramatiker jener Zeit.

die vorhergehende Rede des Bassanio scheint er sich natürlich an=
zuschließen.

5, 1, 194.

If you did know for whom I gave the ring	Wär'euch bewußt, für wen ich gab den Ring,
And would conceive for what I gave the ring	Und faßt ihr ein, wofür ich gab den Ring,
And how unwillingly I left the ring,	Und wie unwillig ich mich schied vom Ring,
When nought would be accepted but the ring,	Da nichts genommen wurde als der Ring.

Mit Uebergehung der drei Schauspiele, die Schlegel selbst noch
einmal durchgesehen und überarbeitet hat (vgl. S. 24—28), wenden
wir uns gleich zum zweiten Theile Heinrichs des Vierten.

Frau Hurtig ruft (2, 1, 43) in lebhafter Aufregung den Gerichts=
dienern Klaue und Schlinge zu, ihre Pflicht zu thun, und den Ritter
Falstaff, der eben herbeikommt, festzunehmen:

Do your offices, do your offices:	Thut euren Dienst, thut euren Dienst, (im Druck: eure Dienste)
Master Fang and Master Snare, do me, do me, do me your offices.	Meister Klaue und Meister Schlinge; ihr müßt mich, und ihr müßt, und ihr müßt mich bedienen.

Zuerst hieß es in der Handschrift: „Thut eure Pflicht — — —
ihr müßt und ihr müßt und ihr müßt mir eure Pflicht thun." Als er
die Worte änderte, strich Schlegel aus Versehen auch das dritte und
ihr müßt. Es ist durchaus kein Grund vorhanden, die Sprech=
weise der Frau Hurtig abzukürzen; die beredte Wirthin liebt be=
sonders die nachdrückliche dreimalige Wiederholung eines gewichtigen
Ausdrucks; (v. 36 and I have borne, and borne, and borne,
and have been subbed off, and subbed off, and subbed off;
auch hier hat Schlegel den vollen Redestrom nicht beschränkt).

2, 1, 129.

Ch. Just. Pray thee, peace. Pay her the debt you owe her,	Still doch! — Zahlt ihr die Schuld (Seye nur still! Haltet euch still) aus, die sie an euch zu fodern hat,

Die Worte pray thee, peace gelten der Frau Hurtig, die so eben den Oberrichter unterbrochen und dessen Behauptung, daß Falstaff sie dahin gebracht, ihm sowohl mit ihrem Beutel als mit ihrer Person zu dienen, durch ein entschiedenes „Ja fürwahr" bekräftigt hatte. Nachdem er die Wirthin zur Ruhe verwiesen, wendet sich der Richter wieder an Falstaff, um die wohlverdiente Strafrede fortzusetzen.

2, 1, 160.

Come, an 'twere not for thy humours, there's not a better wench in England. Go, wash thy face, and draw the action.	Komm, komm, wenn nicht deine Launen (du nicht deine Grillen hätten) wären, so gäbe es kein beßres Weib (als dich) in England. Geh, wasch dein Gesicht und nimm deine Klage zurück.

Ebenso ist in Falstaffs Rede 2, 4, 371 Ey ausgefallen: Marry, there is another indictment upon thee — Ey, es giebt aber noch eine andre Klage wider dich.

Falstaff rühmt 4, 3, 105 die heilsamen Wirkungen des Sekts:

A good sherris-sack hath a two-fold operation in it. It ascends me into the brain; dries me there all the foolish and dull and crudy vapours.	Ein guter Spanischer Sekt hat eine zwiefache Wirkung an sich. Er steigt euch in das Gehirn, zertheilt da alle die albernen, dummen und rohen Dünste. (Dämpfe)

4, 4, 33.

Der König ermahnt seinen Sohn Clarence, sich das brüderliche Wohlwollen des Prinzen Heinrich zu bewahren; er schildert dessen milde Gemüthsart:

Yet notwithstanding, being incensed, he's flint,	Jedoch, wenn er gereizt, ist er von Stein, (entbrannt)
As humorous as winter and as sudden	So launisch wie der Winter, und so plötzlich
As flaws congealed in the spring of day.	Wie eis'ge Winde beym Beginn des Tags. (Wie Eises Anschuß)
His temper, therefore, must be well observed:	Deshalb ist sein Gemüth wohl zu beachten:

Dieser Vers fiel aus, weil Schlegel ihn unten am Rande der Handschrift mit kleineren Lettern verzeichnete, nachdem er die frühere Lesart „Drum muß man wohl beachten sein Gemüth" verworfen hatte. Für den ersten der hier vorgelegten Verse ist am Rande noch die Lesart angemerkt: „Jedoch, wenn er entzündet, ist er Stein."

Endlich hat auch **Heinrich der Fünfte** manche Einbuße erlitten, die wir ihm nun vergüten können.

Heinrich hält den Großen, die ihn verrathen, in längerer Rede ihre schmachvolle Treulosigkeit vor (2, 2, 84):

See you, my princes and my noble peers,	Seht, meine Prinzen und ihr edlen Pairs,
These English monsters! My Lord of Cambridge here,	Den Abschaum Englands! Mylord von Cambridge da, —
You know how apt our love was to accord —	Ihr wißt wie willig unsre Liebe war,

So hat Schlegel die zweite Zeile genau dem Originale nachgebildet. Las man nun aber im Druck:

Den Abschaum Englands! Mylord von Cambridge. —

so fand man nicht nur einen mißrathenen Vers, sondern mußte glauben, der König wolle den Grafen von Cambridge anreden: er weist aber nur auf den Verräther hin, während sein Wort sich an die um ihn versammelten Prinzen und Pairs richtet.

Der wackere Fluellen rühmt die Kriegserfahrung des schottischen Capitäns Jamy (3, 2, 84):

by Cheshu, he will maintain his argument as well as any military man in the world, in the disciplines of the pristine wars of the Romans,	bey Jesus, er behauptet sein Argument so gut als irgend ein Kriegsmann in der Welt, was Disciplinen aus den vormaligen Kriegen der Römer seyn.

3, 2, 148.

Jamy. A! that's a foul fault.	Ay, das ist ein garstiger Fehler!
(A parley sounded.)	(Es wird zur Unterhandlung geblasen.)
Gow. The town sounds a parley.	Die Stadt läßt zur Unterhandlung blasen.

3, 6, 61,

Flu. It is well.	**Es** ist gut.
Pist. The fig of Spain! (Exit.)	**Die Span'sche Feige.** (Tritt ab.)
Flu. Very good.	**Sehr wohl.**

Zuerst stand in der Handschrift: „Recht gut"; dies ward durch-strichen; dann: „Sehr gut"; dies letztere Wort durchstrich Schlegel gleichfalls, um „wohl" darüber zu setzen. So konnte der Abschreiber bei flüchtigem Anblick glauben, die ganze Zeile sei gestrichen worden.

Fluellen gedenkt der beleidigenden Reden des Bramarbas Pistol (3, 6, 68):

But it is very well; what he has spoke to me, that is well, I warrant you, when time is serve.	Aber es ist sehr gut; was er zu mir gesagt hat, das ist gut, ich stehe euch dafür, wenn die Zeit dienlich kommt.

Gower schildert das Gebaren jener „Mißzierden des Zeit-alters" (slanders of the age), als deren würdigster Vertreter Pistol erscheint (3, 6, 78):

and this they con perfectly in the phrase of war, which they trick up with new-tuned oaths:	Und dieß lernen sie vollkommen in der Soldatensprache, die sie mit neu-modigen Flüchen aufstutzen.

3, 7, 93.

Ram. Who will go to hazard with me for twenty prisoners?	Wer will sich mit mir an einen Wurf um zwanzig Englische Gefangene wagen?
Con. You must first go yourself to hazard, ere you have them.	Ihr müßt euch erst selbst daran wagen, ehe ihr sie habt.

Heinrich zählt die Abzeichen der königlichen Würde auf (4, 1, 281):

The throne he sits on, nor the tide of pomp	Der Thron, auf dem er sitzt, des Pom-pes Flut,
That beats upon the high shore of this world,	Die anschlägt an den hohen Strand der Welt:
No, not all these, thrice-gorgeous ceremony.	Nicht dieß ist's, dreimal prächt'ge Cärimonie,

In der Handschrift folgte dann noch eine andere Uebersetzung des Verses:

> Dieß, dreymal prächt'ge Cärimonie, nicht, —

Schlegel tilgte diese Zeile durch einen Strich, welcher die Aufmerksamkeit des Copisten auch von dem vorhergehenden Verse ablenkte. Dieser faßt alles, was in den sechs voranstehenden Zeilen genannt worden, noch einmal zusammen, und leitet über zu der zweiten Hälfte des großartig gebildeten Satzes, in welchem die schimmernde Herrlichkeit des ruhelos bewegten fürstlichen Daseins der gesunden Ruhe des arbeitseligen, in seiner Armuth befriedigten Sklaven gegenübergestellt wird.

Shakespeare giebt (4, 8) eine der Holinshedschen Chronik entnommene Liste der französischen Edlen, die bei Agincourt gefallen. Hier vermißt man im Druck folgende in der Handschrift verzeichnete Namen (v. 104):

> Fauconberg und Foix,
> Beaumont und Marle.

Die Prinzessin Catharina antwortet auf eine etwas verfängliche Frage ihres königlichen Bewerbers: „Ich nicht das weiß" (5, 2, 325), worauf der König scherzend fortfährt:

No; 'tis hereafter to know, but now to promise: do but now promise, Kate, you will endeavour for your French part of such a boy;	Ja, wissen kann man es erst in Zukunft, aber versprochen werden muß es jetzt; versprecht nur jetzt, Käthchen, daß ihr euch um euren Französischen Theil eines solchen Jungen bemühen wollt;

Aber nicht nur einzelne Wörter, Verse und Satztheile sind dem Texte dieses Schauspiels entzogen worden; es fehlt auch eine ganze prosaische Rede, die Rede Fluellens (4, 8, 26), mit welcher der biedere Walliser dem Könige den Soldaten Williams vorstellt, in dem er einen bösen Verräther entdeckt zu haben glaubt:

My liege, here is a villain and a traitor, that, look your grace, has struck the glove which your majesty is take out of the helmet of Alençon.

Gnädigster Herr, hier ist ein Schelm und ein Verräther, der, sehen Euer Gnaden, nach dem Handschuh geschlagen hat, den Eure Majestät vom Helme des Alençon nehmen that.

Die folgende Rede des Williams beginnt gleichfalls mit den Worten: „Gnädigster Herr", und so wird auch an dieser Stelle der Irrthum des Abschreibers oder Setzers begreiflich.

Die hier dargebotene Uebersicht der ergänzungsbedürftigen und nun durch Schlegels eigene Worte so glücklich ergänzten Sätze muß dem Philologen in hohem Grade belehrend sein und ihn zu weitgreifenden Betrachtungen anregen. Hier empfangen wir abermals Beweise von der Unsicherheit aller schriftlichen Ueberlieferung, Beweise, deren zwingende Kraft jeden Zweifel zurückscheucht. Hier werden wir abermals zur Anerkennung einer von manchen noch immer gern verkannten Nothwendigkeit gedrängt: handgreifliche Beispiele überzeugen uns, wie unerläßlich es sei, dieselbe Methode der Untersuchung, die wir an den Werken des Alterthums und des Mittelalters zu üben gelernt haben, auch auf die schriftlichen Erzeugnisse späterer Zeiten, die schon ganz nahe an unsere Gegenwart gränzen, in ungemilderter Strenge zu übertragen. Denn das Werk, das uns diese Beispiele in so reicher Anzahl liefert, gehört nicht längst verflossenen Jahrhunderten an; nur nach Jahrzehnten können wir sein Dasein berechnen; und ein so junges Werk erlitt so vielfache Schäden, ja, ward von manchen derselben betroffen, noch ehe es zum Druck gelangte!

Als vor etlichen Jahren mehre Werke Goethes zuerst einer streng nach den Gesetzen der Kritik durchgeführten Prüfung unterworfen wurden, traten unerwartete Ergebnisse hervor. Sie wurden als unzweifelhaft anerkannt von allen, die dem Sinne und der Sprache des Dichters vertraut waren und vorurtheilsfrei die vereinte Kraft innerer Beweise und äußerer Zeugnisse auf sich wirken ließen. Trotzdem konnte jemand, dem eine solche Vertrautheit sowohl wie die Fähigkeit, einer methodisch geübten Kritik mit sicherm Verständniß zu folgen, gänzlich abging, sich mit Zweifeln und Einwürfen hervorwagen, die andern, welche mit ihm die gleiche Unfähigkeit theilten, als begründet und stichhaltig erscheinen mochten. Vor den Ergebnissen jedoch, die wir aus der Prüfung der Schlegel'schen Handschriften gewinnen, muß auch der verstockteste und böswilligste Zweifler verstummen. Die Beweise, die hier zum Vorschein kommen, müssen auch dem blöden Auge einleuchten. Hier bedarf es keiner Prämissen, keiner mit kritischem Scharfsinn abgeleiteten Schlußfolgerungen, um darzuthun, daß der Text von Verderbnissen heimgesucht worden, von denen wir ihn zu befreien verpflichtet sind, und von denen wir ihn auch befreien können. In andern Fällen führt man da, wo äußere Zeugnisse keine Hilfe gewähren, den inneren Beweis auf Grund des klar erkannten Zusammenhangs zwischen den Gedanken und Worten des Autors: man prüft den Inhalt des einzelnen Satzes, indem man die gesammte Ausdrucks= und Sinnesweise des Schriftstellers zugleich in Betracht zieht; man entscheidet was dieser hat sagen müssen, und was er demgemäß auch wirklich gesagt hat. Hier sind wir jedoch aller solcher kritischen Mühen überhoben. Die Stelle des inneren Beweises vertritt der englische Text. Shakespeares Worte sagen uns, was der Uebersetzer hat schreiben müssen, und die Handschrift zeigt uns, was er in der That geschrieben hat. Sie läßt uns zugleich den Ursachen der vielfältigen Verderbnisse auf die Spur kommen. Wir überblicken die ganze Reihe der Möglichkeiten, welche den Text eines Schriftwerkes mit der Gefahr der Entstellung bedrohen, und wir schließen diese Musterung mit der neu bestärkten Ueberzeugung, daß den Texten auch solcher Werke, die der jüngsten Vergangenheit entstammen, die Wohlthat einer zugleich freien und strengen methodischen Kritik immer entschiedener zu Gute kommen muß.

Noch festere Stützen werden dieser Ueberzeugung geliehen, wenn wir, nach Betrachtung der lückenhaften Verse und Sätze, nun die Aufmerksamkeit auf das vielfache Verderben richten, dem einzelne

Wörter zum Opfer gefallen. Manche Beispiele solcher Corruptionen
sind schon im Verlaufe dieser Untersuchung, insbesondere im ersten
Abschnitte S. 5—6 ausgehoben worden. Wir dürfen uns jedoch
keineswegs der Pflicht entziehen, eine noch reichere Anzahl derselben
vorzulegen. Wie oft mußte man glauben, daß Schlegel sich eines
mehr oder minder ernsten Versehens schuldig gemacht! Nun aber
sprechen ihn in häufigen Fällen die Handschriften frei, und der
Abschreiber oder Setzer erscheint als der Schuldige. Diese Fehler
haben gleich im frühesten Drucke, den Schlegel für den correctesten
hielt, den Text entstellt; sie sind zum größten Theile erst bei der
gründlichen Säuberung, welche Schmidt und Elze vorgenommen, entfernt worden. Bedenkt man, wie viele sorgsame, wie viele begeisterte
Leser Shakespeares im Laufe so mancher Jahre ohne Anstoß über
diese Fehler hinweggegangen sind, so fühlt man sich geneigt, in den
Bentleyschen Ausruf einzustimmen, der sich in der Erfahrung immer
von neuem bewahrheitet: Vah, quam multa prava et absurda
nos effugiunt; dum quae pueri admirari solebamus, postea
secure et supine grandiores natu percurrimus. —

Wenn in Romeo und Julia 2, 1 Mercutio den Freund,
dem er vergebens nacheilt, mit einer gar verwegenen Beschwörungs-
formel herbeilocken will, so gibt ihm Benvolio zu bedenken, Romeo
werde, wofern diese ausgelassenen Reden zu seinem Ohre drängen,
in Zorn gerathen. Mercutio jedoch fährt sorglos in seiner kecken
Weise fort, und setzt sogar hinzu: My invocation | Is fair and
honest — „Meine Anrufung | Ist gut und ehrlich." Schmidt
änderte mit gutem Grunde das letzte Wort in e h r b a r, und bemerkt
dazu: „Daß Schlegel honest mit ehrlich übersetzt, läßt fast vermuthen,
daß er die ganze Rede nicht verstanden hat, was ihm wenigstens
moralisch eher zum Lobe als zum Vorwurf gereichen würde." Aber
sowohl im Entwurfe wie in Carolinens Abschrift finden wir e h r -
b a r; und selbst der Druck in den Horen zeigt das richtige Wort.
Der Setzer brachte alsdann das ihm geläufigere „ehrlich" in den
Text. So hatte z. B. auch in Goethes Clavigo 3, 1 der gewöhn-

lichere Ausdruck „Heldenmuth" den ungewöhnlicheren „Heldengang"
verdrängen können.

Julia sagt 2, 2, 178, sie wollte, daß Romeo ginge, „doch weiter
nicht als wie ein tändelnd Mädchen | Ihr Vögelchen der Hand ent-
schlüpfen läßt" — Who lets it hop a little from her hand. —
Enthüpfen schrieb Schlegel im Entwurf; „entschlüpfen" stand zuerst in Carolinens Abschrift; es ward aber hernach gestrichen, und
mit deutlichen Lettern fügte Schlegel selbst die richtige Lesart ein;
nichtsdestoweniger gelangte die falsche, nachdem sie sich schon in den
Horen gezeigt hatte, auch in die erste Ausgabe.

Im Julius Cäsar 4, 3, 97 klagt Cassius, er werde von
Brutus „wie ein Kind gescholten"; — check'd like a bondman.
Schmidt fragt hier: „Druckfehler?" und man kann mit einem zu-
versichtlichen Ja antworten. In der Handschrift steht „wie ein
Sklav"; in der zweiten Abschrift änderte Schlegel „Knecht", welches
Wort sich dann unter der Hand des Setzers in „Kind" umwandelte.

5, 1, 126. Come, ho! away! Kommt und fort! Schlegel
hat geschrieben: Kommt nur! fort![135]

Diesen Fehlern mag auch ein Versehen beigezählt werden, in
Folge dessen ein Vers in Was ihr wollt seine richtige Form eingebüßt hat. Viola ruft 1, 2, 28, nachdem sie vom Schiffshauptmann
den Namen des Herzogs erfahren hat:

> Orsino! den hört' ich meinen Vater
> Wohl nennen;

Schlegel bricht die Regel des Verses, wenn das Original eine
Unregelmäßigkeit zeigt. Er schreibt im Hamlet 1, 2, 108:

> Als einem Vater; denn wissen soll die Welt —
> As of a father: for let the world take note

Am Rande der Handschrift zeichnete er die Lesart auf, welche
den Vers regelrecht gemacht hätte: „denn die Welt soll wissen"; ab-

---

[135] Der gesperrte Druck bezeichnet die aus den Manuscripten geschöpften
richtigen Lesarten.

ſichtlich behielt er die erſte bei, welche ſich der Urſchrift genauer an=
paßte. [136] Violas Vers aber gab durchaus keinen Anlaß, wider
die Regel zu verſtoßen; es iſt ein Blankvers, dem der Dichter weder
eine Silbe zu viel noch zu wenig ertheilt hat:

> Orsino! I have heard my father name him —

Der Ueberſetzer lieferte daher auch einen völlig kunſtgerechten
Vers:

> Orſino! Ja, den hört' ich meinen Vater.

So wie das Wort im Manuſcripte daſteht, läßt ſich begreifen,
daß Caroline bei flüchtigem Anblick glauben mochte, es ſei geſtrichen
worden, und es daher in ihrer Abſchrift ausließ.

Hamlet 1, 4, 19.

„Man heißt uns Säufer, hängt an unſre Namen | Ein ſchmutzig
Beywort — They clepe us drunkards, and with swinish
phrase | Soil our addition — „hängt an unſern Namen"; zu=
erſt: „und beſchmutzt den Namen | Mit ſchnödem Beywort".

1, 4, 70. „Vielleicht zum grauſen Wipfel jenes Felſen" — Or
to the dreadful summit of the cliff — „grauſen Gipfel"; die
Einzelausgabe des Hamlet bietet hier das richtige Wort.

2, 2, 343. Hamlet erkundigt ſich, warum die Schauſpieler, von
deren baldiger Ankunft ihm Roſenkranz ſo eben Nachricht gegeben,
ihren feſten Aufenthalt in der Stadt verlaſſen haben: „Wie kommt
es, daß ſie umherſtreifen? — How chances it they travel? -
umherſtreichen.

---

[136] Anders verhält es ſich mit dem Vers 5, 2, 480 in Heinrich dem
Fünften: „Den Haß beenden; und dieſes theure Bündniß" — May cease thei
hatred, and this dear conjunction. Hier konnte die Unregelmäßigkeit vom
Ueberſetzer nicht beabſichtigt ſein, da ja auch das Original keine Spur derſelben
zeigt. Schlegel hatte anfänglich geſchrieben: „Abſtehn vom Haß, und dieſes theure
Bündniß". Als er hernach die erſte Hälfte des Verſes umbildete, vergaß er in
der zweiten Hälfte „dieſes" in „dies" zu verkürzen.

3, 2, 341. „Kommt kein Nachsatz, der dieser mütterlichen Be=
wunderung auf dem Fuße folgt?" — But is there no sequel at
the heels of this mother's admiration? — „mütterlichen Ver=
wunderung"; übereinstimmend mit den vorhergehenden Worten
des Rosenkranz: „euer Betragen hat sie in Staunen und Ver=
wunderung gesetzt" (amazement and admiration). An beiden
Stellen hatte Schlegel zuerst „Bewunderung" geschrieben; an
beiden hat er dann die erste Silbe in Ver geändert; an der
zweiten Stelle jedoch blieb die Aenderung vom Abschreiber unbe=
merkt. [137])

3, 3, 98. Umsonst hat der König versucht, seine schuldbeladene
Seele im reuigen Gebete zu Gott zu erheben: „Wort ohne Sinn
kann nicht zum Himmel dringen"— Words-without thoughts
never to heaven go; „kann nie zum Himmel dringen." Man
spreche sich den Vers nur laut vor, um zu empfinden, wie viel er
an Nachdruck durch diese Lesart gewinnt, welche überdies von dem
Original die sicherste Beglaubigung empfängt.

Endlich sei hier noch eines kleinen Fehlers gedacht, der sich gleich
in die ersten Verse des Stücks eingeschlichen! Wir lesen in den Aus=
gaben: „Marcellus. Holla, Bernardo, sprecht!" Das „sprecht!"
gehört aber dem Bernardo, der auf den Anruf des Marcellus er=
widert: „Sprecht! | He, ist Horatio da?" — Und so hat Schlegel
geschrieben.

---

[137]) Dagegen hat im Kaufmann von Venedig 4, 1, 68 der Uebersetzer
selbst vergessen, auf eine Aenderung Rücksicht zu nehmen, die er im Vers 58
angebracht; dieser lautete zuerst: „Daß er, beleidigt, selbst beleid'gen muß" —
As to offend, himself being offended; Schlegel änderte „belästigt" und be=
läst'gen; er unterließ es aber, dem Vers 68, der offenbar auf diese Worte
zurückweist, dieselbe Verbesserung zu ertheilen: Every offence is not a hate at
first — „Beleidigung ist nicht gleich immer Haß — Nicht immer ist Beleidigung
gleich Haß — Beleidigung geschieht nicht gleich aus Haß". — Von diesen drei
Lesarten wählte Schlegel die erste, nachdem sie noch mit einer trefflichen Ver=
besserung bedacht worden war: „Beleidigung ist nicht sofort auch Haß". In den
über die Zeile geschriebenen Worten „sofort auch" glaube ich Carolinens Hand
zu erkennen.

Kaufmann von Venedig 1, 3, 65:

Antonio fragt den Bassanio: „Ist er (Shylock) unterrichtet, | Wie viel er wünscht? — Is he yet possess'd | How much ye would? „Wie viel ihr wünscht."

2, 2, 31. „Der Feind giebt mir einen freundschaftlichen Rath" — a more friendly counsel — „einen freundschaftlicheren".

2, 3, 16. Jessica, entschlossen, sich von dem Vater lieblos abzuwenden, vermag doch die aufsteigenden Vorwürfe ihres Gewissens nicht gänzlich zurückzudrängen: „Ach nein, gehässig ist es nicht von mir, | Daß ich des Vaters Kind zu seyn mich schäme" — Alack, what heinous sin it is in me — „Ach, wie gehässig ist es nicht von mir;" zuerst hieß es: „doch von mir."

2, 4, 34. Lorenzo preist seine Jessica: „Kommt ja der Jud', ihr Vater, in den Himmel, | So ists um seiner holden Tochter willen" — If e'er the Jew her father come to heaven — „Kommt je der Jud'" —; und dem Mädchen selbst, meint der entzückte Liebhaber, darf nie ein Unglück sich nahen, „Es möchte denn mit diesem Vorwand seyn, | Daß sie von einem falschen Juden stammt" — And never dare misfortune cross her foot, | Unless she do it under this excuse — „Es müßte denn mit diesem Vorwand seyn." — Die Handschrift zeigt die beiden Verse in vielfältigen Formen: 1. „Und keine Schickung darf ihr feindlich nahn — Und keine Schickung darf den Fuß ihr kränken — Kein Unfall darf sich ihren Tritten nahn — Und nie darf Unglück in den Weg ihr treten — 2. Wenn er es nicht mit diesem Vorwand thut — Wenn sie's nicht unter diesem Vorwand thut — Er (Sie) müßt' es denn mit diesem Vorwand thun." —

3, 4, 32. „Ich ersuch' euch, | Lehnt nicht den Antrag ab" — Not to deny this imposition — „Lehnt nicht den Auftrag ab".

4, 1, 84. Bassanio bietet dem Juden anstatt der ihm zukommenden dreitausend Dukaten sechstausend. Shylock weist das Anerbieten zurück: „Wär jedes Stück von den dreytausend Dukaten

Sechsfach getheilt" — If every ducat in six thousand ducats — „Wär jedes Stück von den sechstausend Dukaten".

Heinrich der Vierte. Zweiter Theil 1, 3, 19.

Lord Bardolph räth, daß die Verschworenen sich nicht eher öffentlich gegen den König erklären, als bis sie der kräftigen Mitwirkung des Northumberland versichert sind: „Doch finden wir uns ohne ihn zu schwach, | So denk' ich, sollten wir so weit nicht gehn" — My judgment is, whe should not step too far — „So denk' ich, sollten wir zu weit nicht gehn." (Zuerst: „Doch wenn wir ohne ihn zu schwach uns finden (dünken), | So ist mein Urtheil, gehn wir nicht zu weit.")

2, 4, 171. Pistol sagt im Verlaufe seiner aus den Fetzen theatralischer Tiraden zusammengeflickten Reden: „Holt Lein' und Angel" — Hold hook and line — „Halt Lein' und Angel"; ferner 211: „Dann wieg mich, Tod, in Schlaf! Verbirg die Jammertage" — abridge my doleful days — „Verkürz die Jammertage."

4, 1, 70. „Wir sahn, wohin der Lauf der Zeiten geht" — Wo see which way the stream of time doth run — „Wir sehn." Eben so stand kurz vorher „wohlbewahrter Führer" anstatt wohlbewehrter (well-appointed), bei welchem Worte Schlegel in Malones Ausgabe die richtige Erklärung von Steevens fand: completely accoutred.

4, 1, 82. Der Erzbischof nennt die Beweggründe, die ihn und seine Genossen zum Aufstand getrieben haben: „— denn die Fälle, Die jegliche Minute jetzt noch liefert" — and the examples | Of every minute's instance, present now — „dann die Fälle". Hier ist, zur Verwirrung des Lesers, „denn" für „dann" in den Text gekommen, während sonst häufig das Umgekehrte stattfindet, z. B. in der gleich folgenden Rede des Mowbray: „Was büßt' an Ehre dann mein Vater ein?" und im Hamlet 2, 2, 90: „Weil Kürze dann des Witzes Seele ist"; an beiden Stellen zeigen die

Handschriften ein deutliches denn, das auch in die Einzelausgabe des Hamlet übergegangen ist.

4, 1, 123. Mowbray schildert, wie sein Vater und Bolingbroke zum tödtlichen Zweikampfe auf einander losstürmen wollten: „Die Augen sprühend durch des Stahles Gitter | Und die Trompete sie zusammen blasend; | Um, da, als nichts vermochte, meinen Vater Vom Busen Bolingbroke's zurückzuhalten" — So, völlig sinnlos, lauten die Verse im ersten Druck. Das „Um", dem nichts im Original entspricht, verdankt seinen Ursprung einem Versehen des Setzers, der auf das „Und" der vorhergehenden Zeile zurückblickte. Die späteren Ausgaben suchten den Fehler zu verbessern; man las: „Und da"; Schlegel hat aber genau das Original wiedergegeben: „Da, da, als nichts vermochte, meinen Vater" — Then, then, when there was nothing could have stay'd. Man braucht den ganzen Satz nur laut zu sprechen, und man wird einsehen, daß eine solche, durch Verdoppelung des Wortes bewirkte Steigerung des Vortrags hier vom Uebersetzer wie vom Dichter beabsichtigt ward. Mowbray will die Einbildungskraft seiner Hörer bei dem entscheidenden Momente festhalten, da der König, zu seinem und seines Landes Unheil, den Zweikampf der wuthentbrannten Gegner durch sein Machtwort hinderte.

4, 1, 174. „Und schnelle Ausführung von unserm Willen | Uns zugesichert ist, von unserm Zweck" — And present execution of our wills | To us and to our purposes consign'd (so las Schlegel nach Malone, welcher consign'd erklärt durch sealed, ratified, confirmed) — „Uns zugesichert ist und unserm Zweck."

4, 2, 17. Wer weiß nicht, — sagt der Prinz Johann zum Erzbischof, — wie tief ihr bewandert seid in den Büchern Gottes? „Und setzt ihr Sprecher seines Parlaments" — To us the speaker in his parliament — „Uns setzt ihr Sprecher seines Parlaments".

4, 2, 25. „Wie falsche Jünglinge" — as a false favourite — „Günstlinge."

4, 2, 47. „So wird von Unheil eine Rach gebohren" — And

so success of mischief shall be born — „eine Reih gebohren“.
Eine frühere Lesart lautet: „So wird aus Unglück (Unfall) der Erfolg gebohren“. Schlegel fand aber bei Malone die Erklärung
Warburtons: success for succession. Reih ward übrigens schon
von Tieck aufgenommen, mußte aber aus den folgenden Ausgaben
wieder verschwinden.

4, 4, 2. „Der Zwist, der jetzt an unserm Throne blutet“ —
that bleedeth at our doors — „an unsern Thoren.“

4, 5, 43. Prinz Heinrich ergreift die Krone, die neben seinem,
in todesgleichen Schlummer versunkenen Vater auf dem Kissen ruht
und setzt sie sich aufs Haupt: „Hier sitzt sie, seht! | Der Himmel
schütze sie; — nun legt die Stärke | Der ganzen Welt in Einen Riesen-
arm“ — and put the world's whole strength — und legt die
Stärke. Durch die richtige Lesart wird zugleich die Verbindung der
einzelnen Satztheile in dieser lebendig fortschreitenden Rede deutlicher.

4, 5, 75. Dem Tode nah, vergleicht der König die Väter, welche
die kostbaren Güter für ihre lieblosen Söhne aufspeichern, den Bienen,
welche jede Blume schätzen „um ihre süße Kraft“ — culling from
every flower | The virtuous sweets — „jede Blume schätzend |
Um ihrer Süße Kraft (um kräftig Süß).“

5, 1, 69. Falstaff meint, wenn man ihn in Portionen sägen
wollte, so könnte man vier Dutzend solcher bärtigen Klausnerstücke
wie Meister Schaal aus ihm machen — four dozen of such
bearded hermits' staves — „Klausnerstäbe“.

Heinrich der Fünfte 1, 2, 244.

Der König richtet an den französischen Gesandten die Auf-
forderung, ohne Scheu zu reden: „Darum sagt | Mit freyer, un-
gehemmter Offenheit, | Des Dauphins Meynung aus“ — Tell us
the Dauphin's mind — „Des Dauphins Meynung uns“.

2, 3, 3. Pistol ergeht sich beim Abschiede wieder in tragischen
Redeweisen: „Nein, denn mein männlich Herz klopft weh“ — No;
for my manly heart doth yearn — „klagt weh“.

4, 1, 181. Der König schildert den Krieg als Gottes Geißel, als Werkzeug der göttlichen Rache an den Menschen: „wo sie den Tod fürchten, haben sie das Leben davon gebracht, und wo sie sich zu sichern dachten, kommen sie um" — where they feared the death — „wo sie den Tod fürchteten". Das Präteritum ist für das Verständniß des Satzes unentbehrlich. —

Haben wir nun Schlegel von der Schuld so manches schein= baren Versehens befreien und sie dem Abschreiber oder Setzer zu= schieben können, so darf dagegen nicht verborgen bleiben, daß an einigen andern Stellen, wo man geneigt war, einen Druckfehler vorauszusetzen, das Versehen ihm selbst zur Last fällt. So schrieb er im Sturm 1, 2, 274: „Dich ihrem großen Werk entzogst", nicht, wie Delius vermuthete: „Wort" (her grand hests; die Les= art findet sich gleichmäßig in beiden Aufzeichnungen des ersten Akts und in den Horen); er schrieb 2 K H IV, 4, 5, 131 „gezähmter Frechheit", nicht „gezäumter" (curb'd license); K H V 2, 4, 110 „Ruf", nicht „Recht" (claim); 3, 3, 32 „starrem Morde", nicht „jähem" (heady murder); und gleich hernach v. 47 „so wichtigem Ersatz", nicht „so mächtigem" (to raise so great a siege). Im Kaufmann von Venedig 1, 2, 28 zeigt die Handschrift deutlich die Worte: „daß ich nicht Einen wählen, und doch keinen ausschlagen darf — nicht: „auch keinen"; im Manuscript Richards des Zweiten finden wir 1, 1, 201 „Den Zwist des Hasses, den ihr steigend nährt" (The swelling difference of your settled hate), nicht „steigernd"; und 2, 1, 150 „Welt, Leben" (Words, life) nicht „Wort". — Mancher von diesen Fehlern mag freilich nur ein Schreibfehler sein. Daß auch Schlegels geübte Hand vor solchen Fehlgriffen nicht gänz= lich geschützt war, konnten wir schon einmal beobachten (Anmerk. 27); im zweiten Theil Heinrichs des Vierten läßt uns das Manuscript ein noch auffälligeres Versehen wahrnehmen: dort liest man in der Rede des Oberrichters 5, 2, 81: „Worauf, als den Beleid'ger meines Vaters" statt „eures" (as an offender to your father).

Lesen wir im Kaufmann von Venedig 1, 1, 83 Gratianos

Worte: „Weswegen follt' ein Mann mit warmem Blut | Da fitzen wie ein Großpapa, gehaun | In Alabaster? (Sit like his grandsire cut in alabaster) — fo können wir nicht umhin, einen Druckfehler anzunehmen: Schlegel muß geschrieben haben: „fein Großpapa". Er hat jedoch in der That „ein" geschrieben; die Handschrift zeigt uns die Entstehung des Fehlers: like his grandsire war zuerst über=fetzt: „wie ein alter Herr"; Schlegel verwarf mit gutem Grunde diefen matteren, vom Original ohne Noth abweichenden Ausdruck und nahm den „Großpapa" vom Rande des Manuscripts, wo er fich zuvor befunden, mitten in den Text hinüber, vergaß nun aber, den unbestimmten Artikel in das Pronomen umzuändern.

In Was ihr wollt 4, 2, 1 fagt Maria zum Narren, der die Rolle des Pfarrers übernehmen foll: „Nun, fey fo gut, und leg diefen Mantel und Kragen an" — im Original finden wir this gown and this beard; Schmidt änderte daher „und diefen Bart", indem er auch hier einen Druckfehler vermuthete. Schlegel hatte aber zuerst gleichfalls „und diefen Bart" geschrieben; an den Rand fetzte er noch: „Perücke?" — er entfchied fich dann aber weislich für „Mantel und Kragen"; es ift die volksthümliche Bezeichnung für den Geistlichen. Dem jungen Goethe war diefe Zusammenstellung befonders geläufig: „Im feidnen Mantel und Kräglein flink, | Das ift doch gar ein ander Ding" 13, 111 (Bahrdt); „Wird er hernach in Mantel und Kragen | In feinem Seffel fich wohlbehagen" 56, 20 (der ewige Jude); in den Briefen an Herder begegnet der Ausdruck mehrmals S. 28, 52 und 59: „Einen langen Mantel von fchwarzer Seid', | Ein Kräglein wohl in Saum gelegt." Auch Wieland braucht diefe Bezeichnung; im Teutschen Merkur 1776 April S. 107 fpricht er von „der Dummheit, die in Mantel und Kragen am übelthätigften ift." 138)

---

138) Die Volksthümlichkeit des Ausdrucks kann ich felbst durch eine heitere Erinnerung aus meinen in Hamburg verlebten Jugendjahren bezeugen. Dort pflegen zur Weihnachtszeit zahlreiche Buden der Spiel=, Putz= und Eßwaaren=händler inmitten der Straßen errichtet zu werden. Unter den Verkäufern, die

Aber nicht blos den Stellen, an welchen Schlegels richtige Uebersetzung ohne seine Schuld im Drucke verfälscht worden, gebührt unsere Aufmerksamkeit; sie mag für einen Augenblick auch bei den andern Stellen verweilen, in denen der Uebersetzer zuerst das Richtige gewählt, es aber hernach unglücklicher Weise wieder beseitigt hat. Schon im ersten Abschnitte ward angedeutet, daß Schlegel in solchen Fällen manchmal dasselbe Wort in den Text hatte aufnehmen wollen, das nun Alexander Schmidt, in ungeahnter Uebereinstimmung mit der ursprünglichen Absicht des Uebersetzers, in die revidirte Ausgabe wirklich aufgenommen hat. Dies mag durch einige Beispiele anschaulich werden! Im gesperrten Druck sollen die Lesarten heraustreten, die, anfangs gewählt und dann verworfen, jetzt durch Schmidts glückliche Verbesserungen ihr gutes Recht wiedererlangt haben.

Jul. Caes. 1, 2, 197. He is a noble Roman and well given — Er ist ein edler Mann und wohlbegabt — wohlgesinnt (an den Rand geschrieben und nicht gestrichen. Schon Wieland hatte das richtige Wort).

Twelfth-Night 2, 1, 23 from the breach of the sea — aus dem Schiffbruch) — aus der Brandung.

Tempest 2, 1, 141. It is foul weather in us all, good sir, | When you are cloudy — Es ist schlecht Wetter bey uns allen, Herr, | Wenn ihr betrübt seyd — bewölkt seyd. — Die Handschrift zeigt keine andere, als diese Lesart. Die Aenderung ist also erst in der zweiten Abschrift vorgenommen worden, — wenn nicht etwa auch hier der Setzer unbefugter Weise eingegriffen und das gewöhnlichere Wort an die Stelle des selteneren gebracht hat. Schmidt bemerkt sehr richtig, daß der bildliche Ausdruck, den Schlegel

---

ihre Waare lebhaft anpriesen, that sich einer durch seine laute Stimme besonders hervor; er hatte aufgeputzte Gliederpuppen feilzubieten, unter welchen ein Pastor im vollen Ornat als Prachtstück dastand. Der Handelsmann wagte aber nicht, beim Ausrufen seiner Kunstwerke den Pastor ohne weiteres als solchen zu bezeichnen; er begnügte sich vielmehr mit einer allgemein verständlichen Andeutung und schrie über die ganze Breite der Straße hinüber: „Nen Mantel und Kragen — Ich darfs nicht sagen — Drei Schilling!"

sonst nicht vermeidet und einmal sogar da braucht, wo das Original ihm keinen Anlaß dazu gibt, hier mehr am Platze sei, als irgend anderswo.

Im Hamlet 5, 2, 172 hat Elze die Worte „in zwölf Stößen von beiden Seiten" (a dozen passes between yourself and him) geändert: „in zwölf Gängen zwischen euch und ihm" — und dies war in der That Schlegels erste Lesart. In happy time (v. 214) übersetzt Schlegel „In Gottes Namen"; Elze schrieb: „Zur guten Stunde" — und diese Worte finden sich durchstrichen am Rande der Handschrift.

Merchant of Venice 1, 3, 12. You call me misbeliever — Ihr scheltet mich abtrünnig — ungläubig.

4, 1, 123. Not on thy sole, but on thy soul, harsh Jew, — An deiner Seel', an deiner Sohle nicht, | Machst du dein Messer scharf, halsstarr'ger Jude! — fühlloser Jude! Das richtige Wort ist an den Rand geschrieben und durchstrichen.

2 K H IV 1, 1, 207. Tells them he doth bestride a bleeding land — Sagt ihnen, er beschreit' ein blutend Land — beschirm' ein blutend Land. Auch hier ist das richtige Wort an den Rand geschrieben, aber nicht durchstrichen. Die richtige Erklärung des Ausdrucks ward dem Uebersetzer durch eine in Malones Edition übergegangene Note Johnsons dargeboten: stands over his country to defend her as she lies bleeding on the ground. Am deutlichsten prägt sich dieser Sinn des Wortes aus in Comedy of Errors 5, 1, 192 When I bestrid thee in the wars and took | Deep scars to save thy life und Coriolanus 2, 2, 96 he bestrid | An o'er-press'd Roman. Uebrigens hatten Wieland und Eschenburg das Verbum in seiner richtigen Bedeutung gefaßt, wenn sie übersetzten: „er eile einem blutenden Lande zu Hülfe" und „er schütze ein blutendes Land". Richards Worte 2 K H VI 5, 3, 9 Three times bestrid him lauten bei Schlegel gleichfalls „Beschritt ihn dreymal". Er glaubte also wohl, durch unser „beschreiten" den Sinn des englischen Wortes ausdrücken zu können.

2, 2, 14 these humble considerations — diese demüthigen
Rücksichten — Betrachtungen — an den Rand gesetzt und
gestrichen.

3, 2, 276. Care I for the limbs, the thewes — Frage ich
nach den Gliedmaßen, dem Fleisch — den Sehnen. Am Rande
finden sich die durchstrichenen Worte „thewes Sehnen, S. Hamlet." [139]) Schlegel deutet natürlich auf die Worte des Laertes
1, 3, 11 For nature, crescent, does not grow alone | In thews
and bulk. Er hätte sich auch der Stelle im Jul. Cäsar 1, 3, 81
erinnern können, wo thews und limbs sich gleichfalls neben einander finden.

Beachtenswerth sind nun aber auch manche andere, dem Texte
nicht eingefügte Lesarten: sie enthalten freilich die von Schmidt für
nöthig befundenen Correcturen nicht eben dem Wortlaute nach in
sich; aber sie beweisen doch mit unverkennbarer Deutlichkeit, daß
Schlegel an solchen Stellen der allein richtigen Auffassung weit
näher war, als wir nach der endgültig gewählten und im Druck
uns vorliegenden Uebersetzung muthmaßen dürften.

Zu 2 K H IV 1, 1, 135 gibt Morton in ausführlicher Darstellung einen Bericht über das Unheil, welches über Northumber-
lands Partei und Familie hereingebrochen; er schließt die ergreifende
Erzählung mit dem, eben durch seine schmucklose Einfachheit wirksamen Satze: This is the news at full — „Da habt ihr den Bericht" lesen wir im Deutschen. Schmidt bewährt auch hier seinen
ausgebildeten Sinn für alle Eigenthümlichkeiten der Shakespeareschen
Dichtersprache, indem er hervorhebt, daß diese Uebersetzung nicht
allein vom Original ohne Noth abschweife, sondern auch am Schlusse
der Rede einen gar nicht beabsichtigten drastischen Effect hervor-

---

[139]) In gleicher Weise hat er dem Verse in K II V 1, 1, 59 die Worte
beigeschrieben: „S. Romeo and Juliet publick haunt of men — auf öffent-
lichem Markt". Er meint die Rede Benvolios 3, 1, 53. — Jener Vers in
Heinrich dem Fünften — From open haunts and popularity — sollte zuerst
lauten: „Von Weltlichkeit und offnem freuem Volksverkehr". Dann ward
geändert: „Von freyem Zulauf und von (Welt-) Volksgewühl".

bringe. Nun hatte aber Schlegel auch wirklich eine Uebersetzung
gefunden, welche die beiden eben gerügten Fehler glücklich vermied.
„Das ist die Nachricht ganz" steht am Rande der Handschrift; die
Worte sind nicht durchstrichen, und vielleicht ist blos der Zufall
Schuld daran, daß sie bei der zweiten Abschrift nicht in den Text
übergegangen. [139a])

Northumberland schließt seine erschütternde Rede, in welcher
der Schmerz über das eben vernommene Unheil zum vollsten Aus-
bruche kommt, mit dem Verse, der selbst dem schwer zu rührenden
Johnson als extremely striking erschien (2 K H IV 1, 1, 160):
And darkness be the burier of the dead — „Und Finsterniß
die Todten senk' ins Grab!" — Aber die Finsterniß soll ja, wie
Schmidt hervorhebt, selbst das Grab sein, in das alles Geschaffene
versinkt. Entschiedenen Vorzug verdient daher die von Schlegel ge-
strichene Lesart: „Und Finsterniß begraben mag die Todten (die
Todten mag begraben)".

Im Sommernachtstraum 4, 1, 143 sagt der eben ver-
wirrt aus dem Schlummer auffahrende Lysander zum Theseus:
„Mein Fürst, ich werd' erstaunt euch Antwort geben. | Halb wachend,
halb im Schlaf noch, schwör' ich euch, | Ich weiß nicht recht, wie ich
hieher mich fand." — Aber hier sind die Worte des Originals vom
Uebersetzer gar seltsam verstellt worden — My lord, I shall reply
amazedly, | Half sleep, half waking: but as yet, I swear, | I
cannot truly say how I came here; — Schon 1789 waren diese
Verse, zwar in vier Zeilen, aber dem Sinn und der Wortstellung
gemäß wiedergegeben worden: „Mein Fürst, ich werde staunend und
verwirrt, | Halb wachend, halb im Schlaf euch Antwort geben. | Bis
jetzt, betheur' ich, bin ich nicht im Stande, | Zu sagen, wie es zu-
gegangen ist". Bei der Umarbeitung ward die Rede enger zusammen-

---

[139a]) So finden wir im Hamlet den Vers 1, 1, 118 übersetzt: „Die Sonn'
umnebelt, und der feuchte Stern". Die später gebilligte und bei der zweiten
Abschrift in den Text aufgenommene Lesart: „Die Sonne fleckig" zeigt sich nur
am Rande der Handschrift.

gezogen, und die drei Verse schlossen sich genau den englischen an: „Mein Fürst, ich werd' erstaunt euch Antwort geben, | Halb wachend, halb im Schlaf: noch, schwör' ich euch, | Weiß ich nicht recht, wie ich hieher mich fand." — In der für den Druck bestimmten Abschrift geschah die Aenderung, für welche ein bestimmender Grund sich kaum ersinnen läßt.

Nachdem Malvolio in Was ihr wollt (2, 5) den für ihn so verhängnißvollen Liebesbrief gelesen, erinnert er sich in der Aufregung seiner Einbildungskraft ganz deutlich daran, daß Olivia seine gelben Strümpfe und seine absonderlichen Kniegürtel gelobt habe — und hier nöthigt sie mich „mit einer feinen Wendung zu diesen Trachten nach ihrem Geschmack"; — die frühere Lesart „durch eine Art von Befehl" (with a kind of injunction) stand jedenfalls dem Original näher.

Im Sturm 2, 1, 216 sind Antonios Worte wink'st | Whiles thou art waking seltsam entstellt: „taumelst, | Indessen du doch wachst". Schon Wielands Uebersetzung: „Du wachst mit geschloßnen Augen" ließ wenigstens die Bedeutung des Verbum to wink richtig erkennen. Die Handschrift zeigt nun eine Lesart, welche doch nicht alle Verwandtschaft mit dem Sinn des englischen Wortes verläugnet: „blinzest, | Indessen du doch wachst (Derweil du wachst — Derweil du wachend bist)". Erst in der zweiten Abschrift ward Schlegel zu dieser wunderlichen Aenderung verleitet.

Nerissa tröstet im Kaufmann von Venedig 1, 2, 36 ihre Herrin mit der Hoffnung: von keinem unter den Freiern wird das rechte Kästchen gewählt werden, but one who you (so las Schlegel in Malones Ausgabe) shall rightly love — „als von einem der euch recht liebt". In der ersten Lesart der Handschrift wird you ganz richtig als Accusativ gefaßt. Hernach aber ward der Uebersetzer bedenklich, und indem er in you den Nominativ, in who (für whom) den Accusativ erblickte, änderte er: „den ihr recht liebt".

Im Vers des Dogen 4, 1, 33 ist „zärtliche Gefälligkeit" durchaus keine zutreffende Uebersetzung von tender courtesy. Die am

Rande durchstrichene Lesart „liebevoller Freundlichkeit" wäre dem Richtigen näher gekommen. — Bellarios Brief an den Dogen schließt mit dem Satze: I leave him to your gracious acceptance, whose trial shall better publish his commendation — „ich überlasse ihn eurem gnädigen Empfange (im Druck: eurer gnädigen Aufnahme), seine Prüfung wird ihn am besten empfehlen (wird seine vortrefflichen Eigenschaften am besten bekannt machen)". Hier hat Schlegel whose fälschlich auf him bezogen, während es doch an ein, aus dem your zu entnehmendes you anknüpft. Die der richtigen Auffassung folgende Lesart ist an den Rand verwiesen und durchstrichen: „dem gnädigen Empfange Eurer Hoheit, deren Prüfung u. s. w.

Poins behauptet (2 K H IV, 2, 2, 71), das Schlimmste, was man von ihm sagen könne, laufe darauf hinaus, daß er ein jüngerer Bruder sei und a proper fellow of my hands. — Wielands Dolmetschung „und daß ich flinke Hände habe", äußerte offenbar ihren Einfluß auf Schlegel, als er zuerst schrieb: „und ein flinker Geselle von Händen"; dann: „und meine Hände tüchtig zu gebrauchen weiß"; hierauf schrieb er an den Rand: „und ein Geselle, der sich gut zu rühren weiß". Und bei dieser letzteren Uebersetzung hätte er es immer können bewenden lassen; sie zeugte wenigstens von einem richtigeren Verständniß des englischen Ausdrucks, als die endlich nach so langem Schwanken gewählte Redensart: „und ein tüchtiger Geselle auf meine eigne Hand". Dies schließliche Mißverständniß — mit Recht nennt Schmidt es ein verzeihliches — werden wir um so milder beurtheilen, wenn wir gewahren, daß die Erklärer, die Schlegel in Malones Ausgabe an dieser Stelle so wie in den Lustigen Weibern 1, 4, 26 und im Wintermärchen 5, 2, 177 zu Rathe ziehen konnte, in ihren Ansichten nicht völlig übereinstimmten und ihm keine zuverlässige Belehrung darzubieten vermochten.

In Westmorelands Worten 2 K H IV 4, 1, 149 Mowbray, you overween to take it so scheint Schlegel den Sinn von overween, ben er an anbern Stellen richtig getroffen hat, zu verkennen, indem er schreibt: „Mowbray, ihr blendet euch"; am Rande des Manuscripts finden wir angemerkt: „ihr überspannt, übertreibt"; in der zuerst gewählten Lesart war wenigstens die Bedeutung des Wortes klarer zu erkennen: „Mowbray, ihr wähnt zu stolz." — Ebenso zeigt die für den Vers 199 (For he hath found to end one doubt by death) ursprünglich gewählte Uebersetzung, daß Schlegel zuerst wohl eingesehen, doubt müsse hier im Sinne von fear gefaßt werden: „Er fand ja, Eine Furcht durch Tod beenden (Er fand, durch Tod beenden Eine Furcht)". Er warb jedoch wieder unsicher und griff zu der ihm geläufigeren Bedeutung des Wortes, die hier aber durchaus nicht am Platze ist: „Er fand, durch Tod den einen Zweifel enden." — Wieland und Eschenburg hatten gesetzt: „daß jeder Argwohn, dem er durch den Tod ein Ende macht." — Wie Schlegel hier unter den verschiedenen Bedeutungen eines Wortes schließlich die falsche Wahl trifft, so beharrt er auch bei einer un-richtigen Auffassung des Wortes jealousy in Heinrich dem Fünften 2, 2, 126. Der König ruft dem ehemaligen, nun zum Verräther gewordenen Freunde zu: O how hast thou with jealousy infec-ted | The sweetness of affiance — „O wie hast du vergällt mit Eifersucht (O wie hast Du mit Eifersucht befleckt, — vergiftet) Die Süßigkeit des Zutrauns." — Es darf kein Zweifel darüber bestehen, daß diese Uebersetzung völlig unstatthaft ist. „Argwohn" wäre das einzig richtige Wort für jealousy gewesen. Dies muß auch Schlegel empfunden haben, indem er an den Rand schrieb: „O wie hast du mit Argwohn angesteckt". — Aber das Richtige warb gestrichen und das Falsche beibehalten. — Ein ähnliches unsicheres Schwanken der Auffassung gewahren wir in der Handschrift beim Verse 4, 1, 302 My lord, your nobles, jealous of your absence, | Seek through your camp to find you — „Herr, eure Edlen, um eur Abseyn bange, | Durchsuchen euer Lager euch zu finden — Herr, eure Edlen suchen euch im Lager, | Weil euer Abseyn sie in Sorgen setzt — Ihr setzt durch euer Abseyn (die Entfernung) sie in Sorgen." — In

14*

diesen verschiedenen Lesarten war der richtige Sinn von jealous zur
Geltung gekommen. Nun aber drang auch hier der ganz ungehörige
Begriff von „Eifersucht" herein: „Um euer Absehn voller Eifersucht.
— Herr, eure Edlen, voller Eifersucht! Um euer Absehn, suchen
euch im Lager." — Zuletzt jedoch neigte sich hier das Zünglein der
so lange schwankenden Wage zur richtigen Seite: die „Eifersucht"
ward gezwungen, der „Sorglichkeit" den Platz zu räumen, und der
erste dieser beiden Verse lautet nun: „Herr, eure Edlen, voller
Sorglichkeit". Schon lange zuvor hatte Schlegel in Was ihr
wollt 3, 3, 8 für jealousy eine dem Sinne durchaus entsprechende
Uebersetzung gefunden: „Kümmerniß".

Einen der seltsamsten Mißgriffe zeigt der Vers 4, 3, 76 in
Heinrich dem Fünften. Vor dem Beginne der Entscheidungs-
schlacht wünscht Westmoreland (in den Quartos ist es Warwick),
daß von den vielen, die jetzt müßig in England weilen, nur zehn-
tausend zugegen wären, um das schwache englische Heer zu verstärken.
Heinrich aber will von einem solchen Wunsche nichts wissen; in
kräftig eindringender Rede, die den Muth und das Selbstvertrauen
der Seinen heben muß, führt er aus, welch herrlicher Ruhm den
wenigen beschieden sei, die gegen eine so gewaltige Uebermacht
kämpfen und, mögen sie nun sterben oder lebend ins Vaterland
heimkehren, die Ehre des englischen Namens retten werden. Als
nun gleich hernach die Kunde gebracht wird, daß die Feinde zum
Angriff herbeiziehen, fragt Heinrich: Vetter, wünschest du noch aus
England Verstärkung herbei? Und Westmoreland erwidert: „Herr,
wollte Gott, daß ihr und ich allein | Ohn' andre Hülfe föchten diese
Schlacht." [140]) Darauf der König: Why, now thou hast unwish'd
five thousand men — „Nun hast du weggewünscht fünftausend

---

[140]) Might fight this battle out las Schlegel in der Ausgabe Malones,
der aus den Quartos diese Lesart (anstatt could fight this royal battle in
der Folio) herüber nahm, ebenso wie er den Quartos den Vers 48 entlehnt
hatte (And say Those wounds I had on Crispin's day), welchen demgemäß
Schlegel denn auch seiner Uebersetzung einverleibte.

Mann", — oder, wie am Rande steht: „Fünftausend Mann hast du nun weggewünscht". — Vollkommen richtig! Indem Westmoreland den Wunsch geäußert, er allein mit seinem königlichen Herrn möchte diesen Kampf ausfechten, hat er das gesammte englische Heer gleichsam fortgewünscht. So war auch von Eschenburg — Wieland hatte Heinrich den Fünften aus seiner Uebersetzung ausgeschlossen — der ganz unzweideutige Satz aufgefaßt worden: „Sieh, nun hast du fünftausend Mann weggewünscht". Welcher Scrupel mag nun unsern Schlegel bewogen haben, das Richtige, das er schon mit sicherer Hand ergriffen hatte, wieder fahren zu lassen? Er änderte „du hast fünftausend nun zurückgewünscht" — hier könnte man durch eine etwas gewagte Deutung des Wortes „zurück" den Sinn des Verses noch retten: Zurück — d. h. nach England zurück; aber auch dies Wort mußte weichen, um durch „herab" ersetzt zu werden: und nun war die Rede des Königs unrettbar in ihr völliges Gegentheil verkehrt: „Du hast fünftausend nun herabgewünscht". —

Mehrfach giebt Schlegel to belie durch „belügen" wieder (K J 3, 4, 44. K R II 2, 2, 77. 1 K H IV 1, 3, 113. 2 K H IV 1, 1, 98). Ihm war nicht etwa die Bedeutung des englischen Wortes unklar geblieben; — hatte er doch in Was ihr wollt den Vers 1, 4, 30 For they shall yet belie thy happy years vollkommen treffend übersetzt: „Denn der verläumdet deine frohen Jahre"; — nein, er glaubte vielmehr, jene Bedeutung unserm „belügen" noch ferner erhalten zu können. Ich sage absichtlich: noch ferner erhalten; denn er hat dem Worte nicht, wie Schmidt annimmt, einen neuen Sinn aufprägen, er hat es nur in seinem alten herkömmlichen Sinne anwenden wollen, zu einer Zeit, da der gewöhnliche Sprachgebrauch es diesem Sinne allmählich entfremdete. In der That stimmen to belie und beliegen in ihrer Bedeutung völlig überein. Für die Sprache des Mittelalters mag dies der eine Vers in Gottfrieds Tristan bezeugen und im sin reine wip belogen 14932. Aber auch bei Luther — ich verweise auf das vorzügliche Wörterbuch von Ph. Dietz 1, 252ᵇ — heißt beliegen nichts

andres als „Falsches von jemand aussagen"; und noch Frisch
1, 627ᶜ stellt diese Bedeutung des Wortes (mendaciis adspergere
aliquem, falsa de aliquo dicere) der jetzt allein gangbaren voran.
So hat denn auch Wieland und nach ihm Eschenburg kein Bedenken
getragen, sich in allen oben angeführten Versen des Wortes in
seinem ehemals gültigen Sinne zu bedienen; [141]) ja, Eschenburg läßt
noch in seiner zweiten Ausgabe den Herzog in Was ihr wollt
sagen: „denn wer dich einen Mann nennte, würde deine glücklichen
Jahre belügen". Schlegel jedoch hatte hier seine Bedenken; das
zeigen uns die Handschriften; er beachtete die Wandlung des Sprach-
gebrauchs, und wollte daher in K R II zuerst schreiben: „Thät'
ich's, so straft' ich die Gedanken Lügen", oder: „so bestraft' ich die
Gedanken"; und in 2 K H IV sollte es heißen: „Und der nur
sündigt, der auf Todte (von Todten) lügt". Er blieb aber schließlich bei dem Worte, dessen ehemalige Bedeutung, wie er annehmen
durfte, vielen seiner Leser noch geläufig war.

Auch da, wo ihm der Sinn eines einzelnen Wortes gänzlich
verborgen bleibt, wird Schlegel doch durch sein feines Gefühl leise
gemahnt; er scheint das Mißverständniß, in dem er befangen ist, zu
ahnen. So hat er das Compositum crafty-sick im Prolog zum
zweiten Theil Heinrichs des Vierten ganz verkehrt durch „schwer
krank" wiedergegeben, [142]) während er doch den Sinn von crafty

---

[141]) Im K J schrieb Wieland allerdings: „Du versündigest dich, daß du
das glaubst" — denn er folgte der Lesart Rowes to believe me so; aber noch
in Eschenburgs zweiter Ausgabe steht: „Du bist sehr frech, daß du mich so belügst". In K R II und 2 K H IV setzen Wieland und Eschenburg übereinstimmend: „so müßte ich meine Gedanken belügen", und „der sündigt, der den
Todten belügt". In 1 K H IV hatte Wieland geschrieben: „Du lügst zu seinem
Vortheil, Percy, du lügst" — aber Eschenburg ändert auch hier; ich finde noch
in seiner zweiten Ausgabe: „Du belügst ihn, Percy, du belügst ihn". — Es ist
zu bedauern, daß dem Worte diese ältere Bedeutung so völlig verloren gegangen.
[142]) Ich hatte früher vermuthet, er möchte scheintrank geschrieben haben;
die Deutlichkeit der handschriftlichen Züge läßt jedoch keinen Zweifel mehr zu.
Schlegel ist hier durch Eschenburg verführt worden (Wieland hatte den Prolog
ganz weggelassen); denn in der ersten Ausgabe stand: „krank niederliegt"; die

madness Haml. 3, 1, 8 und crafty love K J 4, 1, 53 vollkommen klar ausgedrückt hatte. Bei jener falschen Uebersetzung war es ihm denn auch nicht ganz geheuer; er schrieb crafty-sick an den Rand, und setzte ein bedenkliches Fragezeichen dazu.

Für das Adjectiv frank in Romeo und Julia 2, 2, 131 (But to be frank, and give it thee again) ist „unverstellt" gewiß eine durchaus verfehlte Uebersetzung; aber Schlegel hat sie nicht leichtsinnig gewählt; die vielfachen Umarbeitungen des Verses zeigen vielmehr, daß er, seiner Unsicherheit bewußt, nach der richtigen Auffassung des Wortes angestrengt suchte. Im Entwurf stand zuerst: „Ich wär' dann offen, gäb' ihn dir zurück (gäb' ihn dir aufs neu)"; dann ward an den Rand gesetzt: „Um ihn großmüthig dir zurück zu geben". In Carolinens Abschrift finden wir: „Um ihn frey= müthig dir zurück zu geben"; mit eigener Hand trug dann Schlegel die Aenderung ein: „Um unverstellt ihn dir zurück zu geben". Durch „großmüthig" wäre er dem eigentlichen Sinne des Wortes (freigebig) noch am nächsten gekommen.

Doch nun genug dieser Einzelheiten, deren Aufzählung man mir nicht verargen wird. Mir lag daran, durch eine längere Reihe von Beispielen nachzuweisen, daß Schlegel oft auch da, wo er zu einer sichern Auffassung nicht durchgedrungen, dem Richtigen wenig= stens auf der Spur gewesen, und daß er auch bei seinen entschieden= sten Mißgriffen zuweilen eine leise Ahnung dieses Richtigen behielt. Einen solchen Beweis zu führen, mußte mir um so angelegener sein, weil nun allerdings immer noch eine Zahl von Fehlern übrig bleibt, die nur aus einem augenblicklichen Nachlassen der gewohnten Sorg=

zweite (1802) brachte das Richtige: „Sich krank stellt". — Auch die „Figuren" (Figures 2 K II IV 1, 3, 56) stammen aus Eschenburgs erster Ausgabe; in der zweiten steht ebenso unrichtig: „im Umriß". Endlich ist auch der „stotternde" Heißsporn (speaking thick 2 K II IV 2, 3, 24) auf Wieland und Eschenburg zurückzuführen: beide ließen den jugendlichen Helden „mit der Zunge anstoßen". Schlegel scheint hier über seine Auffassung gar keinen Zweifel gehegt zu haben; der Vers zeigt in der Handschrift nicht die geringste Variante.

falt und strengen Aufmerksamkeit zu erklären sind.[143] Manche dieser Fehler waren sogar leicht zu vermeiden, · wenn Schlegel sich nur der Uebersetzung seiner Vorgänger hätte anschließen wollen.[144]

Mögen wir auch noch so lange in scharfer Prüfung bei den einzelnen Fehlern verweilen, der Ruhm der Schlegelschen Arbeit erleidet dadurch in unserer Schätzung keinen Abbruch. Denn nirgends sind sie bedeutsam genug, um die Gesammtwirkung des Dichterwortes zu schmälern; ja, sie verschwinden in nichts, sobald sich die Trefflichkeit des Ganzen uns vor Augen stellt. Je ernstlicher wir die Schwierigkeit der Aufgabe überdenken, um so mehr wächst unser Staunen, daß dieser Arbeit nur so wenige Flecken anhaften, die so leicht tilgbar sind, und auch, wenn sie ungetilgt bleiben, den reinen Genuß der Shakespeareschen Dichtung nicht stören können. Schlegel hat sich nicht nur als Uebersetzungskünstler ruhmwürdig gezeigt, er hat sich zugleich als Philolog bewährt.

Lasse sich der heutige Forscher von seinen Gedanken doch einmal rückwärts in jene Tage führen, da Schlegel sich zu seinem Unternehmen rüstete! Wie viele von den Hilfsmitteln, mit denen wir jetzt an das Studium des Dichters herangehen, lagen damals dem Uebersetzer schon bereit? Ihm war keine Deliussche Ausgabe zur Hand, die nun dem Dolmetscher die einst so unwegsamen, dornichten Pfade säubert und bequem gangbar macht; ihm stand kein Rathgeber wie Alexander Schmidt zur Seite, der über alles Eigenartige im Shakespeareschen Sprachgebrauch gründlichen Bescheid ertheilen konnte. Im Vaterlande des Dichters richtete man zwar die emsigste Nachforschung auf

---

[143] So wußte er to bear one in hand 2 K H IV 1, 2, 42 nicht richtig zu fassen, während er doch im Hamlet 2, 2, 67 falsely borne in hand ganz sachgemäß übersetzt hatte.

[144] Damit diese Behauptung, für die sich übrigens im Vorhergehenden schon manche Bestätigung findet (vgl. auch Anmerkung 25), doch hier nicht ganz ohne Beweis bastehe, so deute ich auf Tw N 2, 3, 31 (when all is done; vgl. M S N D 3, 1, 15), K R H I, 1, 113 slander of his blood, 2 K H H 2, 2, 123 (takes upon him). 2, 3, 20 (move). 5, 2, 52 (fashion). An diesen und an gar manchen andern Stellen war entweder schon bei Wieland oder bei Eschenburg das Richtige zu finden.

ältere Sprache und Sitte, und förderte einen reichen, kostbaren Stoff
zu Tage, aus dessen Fülle noch bis auf den heutigen Tag alle Aus=
leger schöpfen müssen. Aber wie unstet schwankte auch dort das Ur=
theil hin und wieder! Die ästhetische Kritik war noch von den her=
kömmlichen Anschauungen beengt und hatte wenig gethan, die Leser
des Dichters dem wahren Geiste desselben näher zu bringen; die
philologische hatte noch keinen festen Grund und Boden gewonnen,
von dem aus sie zu einer sichern Behandlung der verschiedenen Texte
gelangen konnte, um aus verdunkelter Ueberlieferung das Wort
Shakespeares in möglichster Lauterkeit wiederherzustellen.

Aber selbst von den Hilfsmitteln, die sich zu jener Zeit schon
darboten, waren nur wenige für Schlegel erreichbar. [145] Er besaß
nicht, wie Eschenburg, eine Shakespeare=Bibliothek; die Anschaffung
einer solchen, meinte er in späteren Jahren (Werke 7, 286), hätte
leicht das Doppelte und Dreifache des Honorars für die Uebersetzung
verschlungen. Ihm war die Ausgabe von Johnson und Steevens,
wahrscheinlich die dritte von 1785, zur Hand; [146] diese mag er in

---

[145] Freilich war er immer noch besser daran, als einst sein Vorgänger
Wieland; denn dessen Hilfsmittel bestanden — wenn anders dem Berichte in
Böttigers Litterar. Zuständen und Zeitgenossen 1, 196 Glauben zu schenken
ist — in Warburtons Ausgabe, Bowyers French and engl. Dictionary und
einem kleinen Wörterbuch über Shakespeares Wörter und Phrasen, das La Roche
ihm als unentbehrlich mitgetheilt hatte. — Bedenkt man die Kärglichkeit dieses
Apparats, so wird man nicht umhin können, mit Lessing zu sagen: „ein jeder
anderer, als Herr Wieland, würde in der Eil noch öfter verstoßen, und aus
Unwissenheit oder Bequemlichkeit noch mehr überhüpft haben".

[146] Die betreffenden Worte in der Vorrede zum ersten Bande der Ueber=
setzung lauten: „In Ansehung des englischen Textes habe ich mich hauptsächlich
an eine Ausgabe: London 1786, gehalten, worin er aus der Malone'schen abge=
druckt ist, zugleich aber auch die ältere Ausgabe von Johnson und Steevens
zu Rathe gezogen." — Was es mit dieser Londoner Ausgabe von 1786, die
auch Wagner dem Abdrucke der dramatic Works (Braunschweig 1797) zu
Grunde legte, für eine Bewandtniß hat, weiß ich nicht zu sagen. Die zwei reich
ausgestatteten Supplementbände Malones zur zweiten Johnson - Steevens'schen
Edition erschienen 1780. Die bekannte selbständige Edition Malones erschien
nicht vor 1790: die Vorrede des zehnbändigen Werkes trägt das Datum des
25. October 1790. Wie es sich nun aber auch mit jenem von Schlegel benutzten
Abdrucke verhalten mag, — durch eine umfassende Vergleichung habe ich die

Göttingen bei der Arbeit am Sommernachtstraum benutzt haben. Später jedoch ward sein eigentlicher Führer Malone, dessen Ausgabe — eine für jene Zeit höchst vorzügliche Leistung — im Jahre 1790 ans Licht trat. Von dem Texte, wie er hier erschien, rühmte Schlegel, daß er „unstreitig die größte kritische Authenticität habe" (Werke 11, 233); diesem Texte glaubte er daher zuversichtlich folgen zu können; auf ihn verwies er (Athenäum 3, 331—33) die unberufenen Tadler, die, auf Grund der unberechtigten Lesarten älterer Ausgaben, ihm Fehler verrückten, die er gar nicht begangen hatte.

Scheint also Schlegel sich bald den Quartos, bald der Folio anzuschließen, so schließt er sich eben nur seinem Führer Malone an, der mit einer damals noch erlaubten und auch jetzt noch nicht ganz verpönten Inconsequenz bald der Folio, bald den Quartos die ihm zusagende Lesart entnimmt. So finden wir in der Uebersetzung des Hamlet sehr häufig den Text der Quarto von 1604 wiedergegeben, weil Malone dieser eine entschiedene Vorliebe zuwandte, wie er ja überall die Quartos mit günstigem Blicke zu betrachten geneigt war; [147] in dem berühmten Monolog aber liest Schlegel 3, 1, 86 mit der Folio pith und nicht pitch, weil hier Malone sich dem Ansehn der Folio unterwarf. Ebenso übersetzt Schlegel 2, 2, 182 die von Johnson so bewunderte Conjectur Warburtons a god kiss-

---

zweifellose Gewißheit gewonnen, daß es eben Malones Ausgabe von 1790 ist, an welche sich der Uebersetzer gehalten. Ich konnte diese in einem vollständigen und sorgfältigen Abdruck benutzen, der zu Dublin 1794 in 16 Bänden veröffentlicht worden. Das Exemplar, das mir vorlag — es gehört dem hochverehrten Verleger dieses Buches — stammt aus Jena; es könnte möglicherweise dasselbe sein, das Schlegel vor Augen gehabt.

[147] Indem Malone in seiner Vorrede der Quartos gedenkt, spricht er sich folgendermaßen über ihren kritischen Werth aus: The players, (die Herausgeber der Folio) when they mention these copies, represent them all as mutilated and imperfect; but this was merely thrown out to give an additional value to their own edition, and is not strictly true of any but two of the whole number: The Merry Wives of Windsor, and K. Henry V. — With respect to the other thirteen copies, though undoubtedly they were all surreptitious, that is, stolen from the playhouse and printed without the consent of the author or the proprietors, they in general are preferable to the exhibition of the same plays in the folio. —

ing carrion und 3, 3, 7 Theobalds Conjectur lunes, weil Malone
beiden die Ehre der Aufnahme in den Text gegönnt hatte; und er
mußte wohl 5, 2, 120 mit den späteren Quartos raw lesen, weil
das yaw der Quarto von 1604 gar nicht in Malones Ausgabe
verzeichnet war. So folgte er auch im K R II 3, 4, 22 der Les=
art And I could weep; denn Malone hätte, gleich seinen Vor=
gängern, diese Verbesserung Popes, die Schmidt mit Recht verflachend
nennt, beibehalten; und 4, 1, 38 übersetzte er nach der falschen Inter=
punction der Folio, weil Malone die richtige, welche die Quartos
boten, unbeachtet gelassen.

Allerdings gab Schlegel sein Urtheil nicht knechtisch unter die
Autorität Malones gefangen; er erlaubte sich mit eigenen Augen zu
sehen. Im Athenäum 3, 333 benachrichtigt er sogar seine Recen=
senten, daß er zuweilen Lesearten folge, die nicht im Texte stehen,
weil Malone seines Bedünkens die unnützen Conjecturen immer
noch nicht genug herausgeworfen habe, so wie er denn auch in
seinen eignen sehr unglücklich sei. Demgemäß verwarf Schlegel
z. B. in 2 K H IV 4, 1, 71 (And are enforced from our most
quiet there) die Conjectur Warburtons sphere, und blieb bei der
Lesart der Folio (in der Quarto fehlt dieser Theil der Rede des
Erzbischofs); am Rande der Handschrift finde ich angemerkt: „dem
stillen Kreis Sphere — alte Lesart: there dem stillen dort". [145]
In der schwierigen Stelle 2 K H IV 3, 1, 36, die wir nur in der

---

[145] Im Vers 50 derselben Scene las Schlegel graves = greaves; Malone
schwankte, ob er diese Emendation von Steevens, die eigentlich nur eine Erklärung
der älteren Schreibweise war, annehmen sollte; dem Uebersetzer schien sie einen
schicklicheren Sinn zu bieten. — Zu dem Manuscript des Sommernachtstraums
ward 1789 dem Verse 2, 1, 69 beigeschrieben: „Nach Capell ist die bessere Lesart
in diesem Verse step nicht steep". und demzufolge lautete die Uebersetzung „Von
Indiens entferntestem Revier". Bei der Umarbeitung jedoch ward die in Malones
Ausgabe befolgte Lesart steep angenommen, und daher übersetzt: „Von Indiens
entferntestem Gebirg". — Wie aufmerksam Schlegel den Andeutungen der
Commentatoren nachging, mag eine handschriftliche Note zu 2 K H IV 2, 1, 66
bezeugen. Falstaff schimpft hier auf die Wirthin los: I'll tickle your catastrophe —
„Ich will dir das Obersübchen (richtiger hieße es wohl: Hintersübchen) fegen".

Folio finden, und welche die Verbesserungs= und Vermuthungslust
der Herausgeber so sehr gereizt hat, sehen wir Schlegel ebenfalls
von Malone abweichen. Dieser begnügt sich damit, die Conjectur
Johnsons in this present quality of war in den Text zu setzen,
weil sie den Versen wenigstens einen leidlichen Sinn gibt; daß mit
ihr die Rede, wie sie aus der Feder des Autors gekommen, wieder=
hergestellt sei, glaubt er nicht; er meint vielmehr, daß der Zusam=
menhang durch Verlust eines Verses unheilbar gestört worden. [149)]
Zugleich erwähnt er, daß Steevens geneigt sei, die alte Lesart if
gelten zu lassen, wenn man in die folgende Zeile impel statt indeed aufnähme, für welches letztere Wort Henley und Mason viel=
mehr induced einführen wollten. Keinem dieser Vorschläge gibt
der Uebersetzer seine Zustimmung: er verdeutscht die Verse, so be=
merkt er am Rande, „nach der alten Lesart und Interpunktion" —
und fügt hinzu: „nur statt Indeed the lies: Indited". — In dem
Verse K H V, 4, 5, 11, der in der Folio unvollständig und unver=
ständlich überliefert ist (Let us die in once more back again),
liest Malone: Let us die in fight; Schlegel jedoch bemerkt hier:
„Conj. Let us not die in't — Let us die in it" — und übersetzt
demgemäß: „O Schand' und ew'ge Schande, nichts als Schande! |
Laßt uns nicht sterben drin! Noch 'mal zurück!" — oder: „Laßt
uns drin sterben! noch einmal zurück!" — Der letztere Vers ward
gestrichen, und die zuerst verzeichnete Lesart behielt den Vorzug.

Aber nur selten fühlt sich Schlegel zu solchen Auflehnungen
gegen Malone versucht; und auch da, wo er sich selbstständig seine

---

Schlegel bemerkt dazu: „den Dodsley nachzusehen". Und wozu sollte Dodsley
hier dienen? Darüber klären uns die Worte von Steevens auf: This expression
(catastrophe) occurs several times in the Merry Devil of Edmonton.
Dies Stück, das man dem Shakespeare aufbürden wollte, ist in Dodsleys Samm=
lung alter Schauspiele enthalten, aus welcher es Tieck für sein Alt = Englisches
Theater (2, 115—204) übersetzte. Schlegel wollte sich also dort Gewißheit holen
über die Bedeutung von catastrophe, das übrigens von Tieck S. 139 und 195
ganz einfach durch Catastrophe wiedergegeben wird.

[149)] In seinem Supplement 1, 190 finde ich diese Ansicht, die jetzt auch
Staunton theilt, noch nicht ausgesprochen.

Lesart festsetzt, geschieht dies meist mit Benutzung des von jenem dargebotenen Apparats. So hält er sich zwar in Romeo und Julia 2, 6, 16 an die unzuverlässige Ueberlieferung der Quarto von 1597 (vgl. S. 124), während Malones Ausgabe hier, wie in der ganzen Scene, sich dem vollständigen und authentischen Texte anschließt. [150] Aber Schlegel fand den Text dieser Scene, wie er in der ältesten Quarto erscheint, in den Noten abgedruckt; er fand außerdem eine Anmerkung von Steevens, in welcher dem Reim= paare: So light a foot ne'er hurts the trodden flower; | Of love and joy see, see the sovereign power! ein entschiedener Vorzug ertheilt ward vor den fünf reimlosen Versen, die später dessen Stelle einnahmen. — Im Hamlet 2, 1, 11 'folgt die Uebersetzung einer Interpunction und Lesart, die in Malones Texte sich nicht findet, aber in der Note vom Herausgeber angeführt wird: The late editions read, and point, thus: — come you more near'er; Then your particular demands will touch it: — Diese, einer späten Quarto entstammende Lesart ward, wie die Cambridger Herausgeber mich belehren, durch Pope in den Text eingeführt; [151] ich finde sie auch in Theobalds Ausgabe beibehalten.

Wahrnehmbar wird der Einfluß der Maloneschen Edition auch bei Uebertragung solcher Wörter, denen Schlegel ihren eigentlichen Sinn nicht abzugewinnen und die er deshalb auch nicht klar und präcis wiederzugeben vermochte. Bei Uebersetzung des Adjectivs modern (R J 3, 2, 120 modern lamentation; As y. l. i. 2, 7, 156 modern instances; K J 3, 4, 42 modern invocation⟩ ver=

---

[150] Dagegen hat es allerdings der Malonesche Text verschuldet, daß Schlegel auch 5, 3, 12 der ältesten Quarto folgt.

[151] Hamlet. edited by Clark and Wright. Oxford. Clarendon Press 1872. p. 149. — Im Hamlet 2, 2, 262 übersetzt Schlegel: „wenn nur meine schlimmen Träume nicht wären" — were it not that I have bad dreams. — Dazu schreibt er an den Rand: „wenn ich nur keine schlimmen Träume hätte, bad—had dreams. wenn ich nur nicht Träume gehabt hätte": — in Malones Ausgabe finde ich aber wirklich were it not that I have had dreams.

räth sich überall ein Schwanken der Auffassung; es wird wiedergegeben durch „sanftre, neuste, mäß'ge". [152] Aber die Commentatoren, auf deren Aussprüche Schlegel hören mußte, schwankten in
gleicher Weise. Besonders Johnson war ziemlich rathlos; er wollte
das Wort bald durch slight, inconsiderable, bald durch late oder
auch common erklären, und bemerkte außerdem: I believe, it was
in his (Shakespeare's) time confounded in colloquial language
with moderate. Steevens traf das Rechte, indem er sagte:
Modern means trite, common. Aber wer möchte es dem
Uebersetzer zum Vorwurf machen, daß er, in seiner Unsicherheit, es
vorzog, die verschiedenen Erklärungen anzunehmen, welche durch die
Autorität des großen Lexikographen einigermaßen gesichert erschienen? [153] — Commodity 2 K H IV 1, 2, 278 hat er durch
„Vortheil" übersetzt, weil er dem Worte die Erklärung von Steevens
beigegeben fand: Profit, self-interest; ja, er wollte diesen
falschen Sinn sogar noch deutlicher ausdrücken durch Lesarten wie
„Renten ziehen, Wucher treiben". Im Kaufmann von Venedig 1, 1, 178, wo die wahre Bedeutung „Handelsartikel" so nahe
lag, hatte ihm seine Ausgabe gar keine Erklärung dargeboten; und
so lesen wir denn dort: „Mir fehlts an Geld und Anstalt" (Neither
have I money nor commodity). — Seltsam genug, daß wir
einer solchen Unsicherheit der Auffassung sogar einen jener Ausdrücke
verdanken, die durch den Schlegelschen Shakespeare ein klassisches
Gepräge erhielten und, gleich den kräftig bezeichnenden Worten
unserer eigenen Dichter, lebendig fortdauern. Der Kenner weiß, daß
die „fragwürdige" Gestalt sich eigentlich nicht im Shakespeareschen
Hamlet findet. Das berühmte Adjectiv entspricht sehr unvollkommen
dem questionable des Originals. Schlegel hat dies eben so unklar

---

[152] Bei der Revision des Königs Johann schrieb Schlegel „schwache" —
eine Lesart, die, soviel ich weiß, Tieck 1825 aufgenommen hatte.

[153] In As you like it ist der Vers: „Voll weiser Sprüch' und neuester
Exempel" zum Theil eine genaue Uebersetzung von Johnsons Worten: full of
old sayings and late examples.

aufgefaßt wie das unquestionable in As you like it 3, 2, 393. Jenes bedeutet: einladend, auffordernd zum Gespräch; es bezeichnet jemanden, der das Ansehen hat, als ob er mit sich sprechen ließe; und hieraus ergiebt sich die gegensätzliche Bedeutung von unquestionable. [154] Ueberblickt man nun die verschiedenen Erklärungen, die in Malones Ausgabe neben einander stehen, so mag man sich vorstellen, in welche Ungewißheit Schlegel durch diese Orakelstimmen versetzt ward. Hanmer erklärt: By questionable is meant provoking question, und dieser Meinung scheint Johnson beizutreten. Steevens, der bei aller prosaischen Nüchternheit des Geistes sich als der scharfsinnigste unter den älteren Commentatoren bewährt, findet auch hier die richtige Erklärung: propitious to conversation, easy and willing to be conversed with. Nun aber kommt Malone zweifelnd hinterher: vielleicht bedeutet es nur capable of being conversed with. Welche von diesen Belehrungen sollte Schlegel nun als die gültige annehmen? Die verschiedenen Deutungen geben Anlaß zu den verschiedenen Lesarten der Handschrift: „Du kommst in solcher lockenden Gestalt — in solch ein= ladender"; dann sollte ein Versuch gemacht werden mit „fragbaren"; aber das duldete der Vers nicht; endlich ward der Ausdruck gefunden, der uns zwar nicht den Begriff des englischen Wortes gibt, den wir aber dennoch in unserm dichterischen Sprachschatze nur un= gern missen würden: „Du kommst in so fragwürdiger Gestalt". —

Wie manches Beispiel wäre den eben verzeichneten noch anzu= reihen! Und so würde uns bei fortgesetzter Untersuchung immer von neuem die Anerkennung abgedrungen werden, daß von den einzelnen Fehlern, die wir jetzt bei genauester Prüfung in dem Werke Schlegels entdecken, er selbst eigentlich nur wenige verschuldet hat. Er arbeitete zu einer Zeit, da die Kritik, auf deren Vorarbeit er sich stützen mußte, noch keine feste Methode kannte und daher

---

[154] Vortrefflich übersetzt es Schmidt durch „ungesellig": Schlegel hatte gesetzt: gleichgültig, nach Johnsons Erklärung: a spirit not inquisitive, a mind indifferent to common objects and negligent of common occurences.

auch keine festen Ergebnisse zu liefern vermochte; hätte ihm ein ge=
sichteter und wohlgeordneter Apparat, wie er uns jetzt in der
rühmenswerthen Cambridger Ausgabe vorliegt, zu Gebote gestanden,
er würde wahrlich nicht gesäumt haben, einen solchen Vorrath auch
für seine Zwecke auszubeuten. Und ferner arbeitete er, gleich so
manchem deutschen Gelehrten, unter Verhältnissen, die ihm einen
freien und bequemen Gebrauch der immerhin schon zahlreichen, für
das Studium seines Autors förderlichen Hilfsmittel nicht verstatteten.
Er konnte sich in keine weitgreifenden Untersuchungen einlassen, um
die Geschichte der verschiedenen Textesgestaltungen genau zu ver=
folgen, den Werth der Einzelausgaben scharf abzuwägen und ihre
Beziehungen zu der in der Folio enthaltenen Ueberlieferung aufzu=
klären. Er konnte keine tiefdringenden und den ganzen Kreis der
Shakespeareschen Poesie durchlaufenden Forschungen anstellen, um
die Begriffsbestimmung eines Wortes, das von den Landsleuten des
Dichters selbst verschieden gedeutet ward, selbständig festzusetzen und
jedem Ausdruck die Bedeutung anzuweisen, die ihm nach dem
Sprachgebrauche des Poeten gebührt. Er konnte es nicht; und hätte
er es gekonnt, so möchte man fragen, ob er es hätte wollen dürfen.

Ihm war die Aufgabe gesetzt, Shakespeare deutsch zu machen,
dem englischen Dichter im Bereiche unserer Litteratur, im weiten
Umkreise unseres Geisteslebens seinen Platz für immer zu sichern.
Nur aus der Vereinigung wahrhaft philologischer Bildung und
wahrhaften Künstlersinnes konnte die Fähigkeit entspringen, einer
solchen Aufgabe genug zu thun.

Wir wissen, wie alles, was hier erfordert ward, in Schlegels
Natur sich zusammenfand, um in edler Mischung sich wechselseitig
zu durchdringen. Der Philolog brachte den wohl zubereiteten Stoff
dem Künstler entgegen, der ihn alsdann zu vollkommener Gestalt aus=
bildete. Mochte der Philolog hier aber auch noch so streng zu Werke
gehen, er mußte sich begnügen, auf Grundlage eines Textes zu arbeiten,
den er im Großen und Ganzen für zuverlässig halten durfte und in
dessen Verständniß einzudringen er mit ernstlicher Mühe beflissen war.

Der bedeutsamste Theil der Aufgabe fiel dem nachbildenden Künstler zu. Indem Schlegel die Dichtung Shakespeares in deutsche Worte kleidete, wollte er ein deutsches Werk schaffen. Dies Werk der Nachbildung, das sich so treu und fest dem Urbilde anschloß, sollte doch nirgends eine sklavische Abhängigkeit von dem Original verrathen; es sollte in der natürlichen Energie des Ausdrucks, in der eben so freien und sichern, wie sorgfältigen Behandlung der Form die charakteristischen Züge künstlerischer Selbständigkeit aufweisen. Man mache sich den ganzen Umfang der Forderungen deutlich, die in diesen Worten enthalten sind, und man erkennt alsbald, wie der Begriff der Uebersetzungskunst hier zu einer neuen Entwickelung gelangt, wie er erweitert und vertieft wird.

Auf einen Punkt mußte Schlegel alle seine Kräfte gemeinsam wirken lassen, um nicht gar zu weit hinter diesen Forderungen zurückzubleiben. Wie er nun während der Arbeit, im Hinblick auf dies eine Ziel, alle seine Kräfte stetig angespannt erhielt, davon geben uns die Handschriften das lehrreichste, das anschaulichste Bild.

Bisher mußte ich dem geduldig aufmerksamen Leser so manche Einzelheiten vorführen, die nur, wenn man sie unter einen weiteren Gesichtspunkt zusammenbringt, wahre Bedeutung gewinnen. Jetzt möchte ich, gleichsam zur Entschädigung dafür, ihm durch umfangreiche Auszüge aus den Handschriften noch zum Schluß einen umfassenden Einblick in das Werden des deutschen Shakespeare eröffnen. Doch auf diesen Wunsch muß ich verzichten; denn selbst wenn mir hier die ausführlichsten Mittheilungen aus den Manuscripten gestattet wären, sie würden doch von dem Inhalte dieser Hefte nur eine ungenügende Vorstellung erwecken.

Zwar ergriff ich achtsam jeden Anlaß, der sich im Laufe der bisherigen Darstellung bot, um durch Aufzeichnung der manigfachen Lesarten, durch Erwähnung der verschiedenen Uebersetzungsversuche das allmähliche Entstehen der einzelnen Verse anzudeuten. Wer aber dem Entstehen des Ganzen folgen will, muß sich zu den Handschriften selbst wenden. Dort mag man den regsamen, im strengen

und doch heitern Dienste der Kunst unermüdlich thätigen Fleiß bewundern; [155] dort mag man gewahren, wie der Künstler, gezwungen,
eine unablässige Selbstkritik zu üben, doch die Begeisterung nicht
erkalten läßt, die allein ihm den Muth befeuern kann, um den
Andrang so gehäufter Schwierigkeiten siegreich zu bestehen; dort
endlich mag man des schönen Schauspiels froh werden, wie die
Kraft des Uebersetzers aus dem geistigen Verkehr mit dem Autor
immer neue Nahrung zieht. Indem er den Geistesblick scharf auf
das Shakespearesche Wort richtet, muß er sich bald bemühen, seinen
Vers charakteristisch zu bilden, damit dieser, gleich dem Verse der
Urschrift, mit sinnlicher Lebendigkeit in Gang und Bewegung den
Inhalt der Rede anzeige und begleite; [156] bald muß er auf den Wohl=

[155] Adam Müller widmete im Jahre 1808 dem deutschen Shakespeare
warme Lobesworte, in die er jedoch einen gelinden Tadel einfließen ließ, der etwa
andeuten sollte, dem Genie des Uebersetzers sei der Fleiß nicht gleichgekommen.
Wäre ihm eine Durchsicht der Handschriften vergönnt gewesen, er hätte diesen
Vorwurf unterdrückt. Müllers Worte finden sich in den Fragmenten über
William Shakespear (Phöbus, Heft 9 und 10. September u. October 1808);
sie mögen hier, als ein Zeugniß der Anerkennung aus früherer Zeit, mitgetheilt
werden: „Unter allen Uebersetzungen des Dichters ragt eine einzige so weit hervor, daß neben ihr von den übrigen nicht die Rede sein kann, und dieses ist,
mit Stolz sei es gesagt, eine deutsche: es ist August Wilhelm Schlegels Uebersetzung der einen Hälfte der Shakespearschen Dramen, im Rhythmus und im
Geiste des Originals. Hätte der Fleiß vollendet und retouchirt, was das Genie
so siegreich begonnen, so würde der grämlichste Pedant einsehn müssen, was die
Besseren fühlen, daß nemlich durch diese Uebersetzung Shakespear auf ein halbes
Jahrhundert hin, Eigenthum der deutschen Nation geworden sei: so lange müssen
die andern leben, bis sie und ihre Sprachen einer gleichen Aneignung fähig
sind." — Die in den letzten Worten enthaltene Prophezeiung ist mehr als erfüllt
worden. — Wie freudig übrigens in gewissen litterarischen Kreisen die Aussicht
auf einen deutschen Shakespeare begrüßt ward, gleich nachdem die Horen die ersten
Proben gebracht hatten, das kann man wahrnehmen an den Aeußerungen in
Reichardts Deutschland Bd. 3. St. 7, S. 81 und St. 8, S. 219.

[156] Es ist sehr anziehend, zu verfolgen, wie im Fortschritte der Arbeit Schlegel
immer bewußter und entschiedener nach wahrer dramatischer Freiheit in Behandlung
des Verses strebt. Romeos Vers in der Abschiedsscene Let me be ta'en, let
me be put to death lautet im Entwurf — die ganze Scene ist dort von
Carolinens Hand geschrieben — „Laß sie mich greifen, laß sie tödten mich"; in
der Abschrift zeigt der Vers eine ganz andere Bewegung: „Laß sie mich greifen,
ja laß sie mich tödten!" — Aber solche Verse eben waren es, die damals von

laut, den geschmeidigen Fluß eines längeren Satzes bedacht sein, bald auf die kraftvoll hervortretende Deutlichkeit eines bildlichen Ausdrucks, der mächtig zur Phantasie sprechen soll. Hier bedrängt ihn die dem Englischen eigene Kürze: er möchte mit dem Original gleichen Schritt halten; aber nach einigem Sträuben muß er sich doch entschließen, seine Rede um eine halbe Zeile oder gar um eine ganze zu verlängern. [157] Dort stößt ihm ein Witzwort auf, das im Deutschen nothwendig seinen Witz verliert, gleich daneben vielleicht eine Anspielung, welche den deutschen Lesern nur durch einen Commentar verständlich zu machen ist; nun muß er mit sich zu Rathe gehen, ob er das Witzwort weglassen, die Anspielung be=

den Kritikern des Tages als holprig und ungelenk verurtheilt wurden. Es half nichts, daß Schlegel im Vorworte zum ersten Bande ausdrücklich bemerkt hatte: „Ueberhaupt muß der Vorleser ja keine genauere Regelmäßigkeit im Sylbenmaße erzwingen wollen, als der Uebersetzer, der auch hierin den Charakter des Originals auszudrücken suchte, beabsichtete; sondern dem Accente des Sinnes sein volles Recht widerfahren lassen." — Schlegel leistete durch seinen Shakespeare für die Belebung und Vermanigfaltigung des dramatischen Verses so viel, wie er damals zu leisten wagen durfte, wenn er nicht einen beträchtlichen Theil seiner Leser abschrecken und seine Verse in den Verruf der Unregelmäßigkeit bringen wollte. Welch einen Entwickelungsgang überblickt man, wenn man von seinem Blankvers auf die Jamben zurücksieht, in welche sein Oheim, der treffliche Johann Elias, Congreves Mourning Bride zu übertragen begonnen. Diesen Jamben war noch vom Alexandriner als unselige Erbschaft das Gesetz des regelmäßigen Wechsels männlicher und weiblicher Endungen vermacht worden.

[157] In dem überaus geistreichen Gespräche über Klopstocks grammatische Gespräche, mit welchem das Athenäum 1798 so glücklich eröffnet ward, läßt Schlegel den Deutschen, in Klopstocks Sinne, sich rühmen, seine Sprache habe kürzere Wörter, als die römische, worauf der Engländer einfällt: „Wenn es darauf ankommt, so nehmt es einmal mit mir auf." Was das heiße, es mit der Kürze der englischen Wörter aufnehmen, hatte Schlegel oft genug an sich selbst erfahren können. Gewiß war es ihm immer peinlich, sich in diesem Wettstreite besiegen zu lassen. So hatte er sich schon darein gefunden, im 2 K II IV 1, 1, 170 zwei Verse durch drei wiederzugeben: You knew he walk'd o'er perils, on an edge, | More likely to fall in than to get o'er: „Ihr wußtet, daß er auf Gefahren wandte, | Am Abgrund, wo es minder glaublich war | Er komm' hinüber, als er fall' hinein". Trotzdem wagte er noch einen Versuch der Kürzung, der aber mißlang: „Am Abgrund, ausgesetzt, hinein zu stürzen". Die ausführlichere Form mußte bestehen bleiben. — Hätte er in späteren Jahren das Ganze seiner Arbeit einer Revision unterworfen, so wäre es ihm wohl gelungen, noch manche glückliche Kürzung anzubringen. In 1 K II IV 1, 3, 138 hatte er

seitigen, oder beide aus eigener Erfindungskraft ersetzen soll.[157]) Zuweilen ist es nur ein Name, der ihn aufhält; aber solche hartnäckige Namen drohen das Gefüge des Verses zu sprengen und lassen sich, nach vielen vergeblichen Versuchen, sie schicklich einzuordnen, endlich nur mit Mühe unter das Joch des Metrums bringen. Nicht selten treffen nun gar mehre dieser Nöthen und Bedrängnisse in einem Verse zusammen. Und Schlegel war der

gleichfalls aus zwei Versen drei gebildet: N o r t h u m b e r l a n d. Bruder, der König hat uns euren Neffen | Ganz toll gemacht. W o r c e s t e r. Wer hat denn diese Hitze, | Nachdem ich weggegangen, angeschürt?" — Wie leicht zogen sich diese Verse bei der Revision zusammen: „Der König machte euren Neffen toll? | Wer schlug dies Feuer auf, nachdem ich ging?" — Brother, the king hath made your nephew mad. | Who struck this heat up after I was gone? — Inwiefern Schlegels Kunstübung in diesem Punkte noch einer Vervollkommnung fähig war, läßt sich aus einer Vergleichung mit Gildemeisters Arbeit ersehen. Ich verweise insbesondere auf die Historien von Heinrich IV und V. Niemand hat von Schlegel mehr gelernt, niemand ihn einsichtsvoller bewundert, als Gildemeister; niemand ist würdiger, neben ihm genannt zu werden, als er.

[158]) So sind in 2 K H IV 2, 4, 2 die apple-johns vortrefflich durch a r m e R i t t e r verdeutscht (am Rande sind noch Johannisäpfel angemerkt) und man begreift kaum, wie Eschenburg, nachdem dieser Witz einmal gefunden war, noch in seiner zweiten Ausgabe sich mit den „Aepfelhansen" begnügen mochte. — In Tw N 1, 3 verdreht Junker Tobias die Worte des Kammermädchens your cousin, my lady, takes great exceptions to your ill hours: er nimmt except in dem Sinne, in welchem es als juristischer Terminus gebraucht wird. Schlegel wollte das Wortspiel nicht fahren lassen und hat sich vielfach an ihm abgemüht: „Eure Nichte, mein Fräulein, hat viel an euren unschicklichen Zeiten auszusetzen — hat an euren unschicklichen Zeiten viel Anstoß genommen — hat eure unschicklichen Zeiten sehr übel aufgenommen. T o b i a s. Mag sie doch, ausgenommen das oben ausgenommene". — Wo war da der Witz zu finden? Caroline griff nun wieder auf „Anstoß" zurück, und schrieb nicht unpassend: „Laß sie Anstoß nehmen, nur nicht anstoßen (geben)". Aber schließlich gerieth Schlegel auf eine durchaus schickliche, juristisch gefärbte Redeform: „Eure Nichte, das gnädige Fräulein, hat viel Einrede gegen eure unschicklichen Zeiten. T o b i a s. So mag sie bey Zeiten Einrede thun, hernachmals aber still schweigen" (still fehlt im Druck). — Wenn er hier vom Texte nichts opfern wollte, so hat er hingegen wohl daran gethan 1, 3, 135 mistress Mall's picture und 3, 2, 51 the bed of Ware wegzulassen. Ueberhaupt ist er wohl immer im Recht, wenn er sich eine Auslassung gestattet; am allerwenigsten darf man sich durch den Tadel beirren lassen, den Tieck im Phantasus (Schriften 4, 106) über die Beseitigung der Verse im Hamlet 4, 7, 171 fg. geäußert hat.

erste, der hier überall die Auskunftsmittel finden mußte, und sie meist so glücklich gefunden hat, daß er in allem, was die Technik der Ueberseßungskunst angeht, noch jeßt von solchen, die aus seiner Ausübung die Lehre zu ziehen wissen, als der oberste Lehrmeister anerkannt wird.

„Stundenlang habe ich zuweilen auf einen einzigen Vers gesonnen", schrieb er an Schiller; — in den Handschriften liegt die Bestätigung dieser Worte vor uns. Und doch, wie oft mußte er ablassen, ohne in dem endlich Erreichten eine völlige Befriedigung zu finden! Wir hören es ihn im April 1804 gegen Schleiermacher aussprechen, daß er in seinem Shakespeare „vieles anders haben möchte"; und dieser Wunsch mag nicht erst damals, er mag schon früher, schon in der Hiße der Arbeit sich häufig in ihm geregt haben. Der Freude über das Vollbrachte hat sich gewiß nicht selten der Mißmuth über das minder Gelungene beigemischt. Und dieser Mißmuth konnte nicht beschwichtigt werden durch die deutliche Erkenntniß, daß es der Charakter unserer Sprache selbst sei, der einem vollständigen und allseitigen Gelingen unübersteigliche Schranken entgegensetze. Wenn er im vorwärtseilenden Drange der künstlerischen Thätigkeit hart an diese Schranken stieß, war er wohl geneigt, den Ausspruch Wielands zu unterschreiben, daß es vielleicht in keiner europäischen Sprache schwerer sei, schöne Verse zu machen, als in der unsrigen; und Schillers harte Schelt- und Klageworte über diese so schwankende, unbiegsame, breite, gothische, rauhklingende Sprache schienen ihm dann wohl gerechtfertigt. Er erfuhr täglich, welche Mühen mit der Ausbildung einer höheren Technik verknüpft waren. Es verdroß ihn daher, wenn man in der Freude über diese, dennoch mit so erstaunlicher Schnelligkeit fortschreitende Ausbildung alles Verdienst um dieselbe mit kurzsichtigem Patriotismus unserer „vortrefflichen Sprache" aneignen wollte (Athenäum 2, 281). Er vor allen hatte das Recht, zu verlangen, daß man auch den Eifer, den muthvollen Fleiß derer in Anschlag bringe, die nun vollführten, was vor kurzem noch unausführbar erschienen.

Trotzdem waren wenige so wie er von Herzen bereit, die viel
tönige Herrlichkeit der deutschen Rede mit liebevoller Bewunderung
anzuerkennen. Er wußte, daß ein mit dem innersten Wesen dieser
Sprache vertrauter Meister ihr die Fülle des sanftesten Wohllauts
abzuschmeicheln vermag; und wenn auch das gefälligere musikalische
Element in ihr nicht so voll entwickelt ist, wie in den Sprachen,
die unter einem scheinbar günstigeren Himmelsstriche gediehen, wenn
die Schönheit des Klanges nicht schon aus jedem einzelnen Worte
mit freiwilliger Leichtigkeit hervorquillt, so können wir solche, oft ge-
fahrbringenden Vorzüge gleichmüthig entbehren; wird uns doch in
der wundervollen Manigfaltigkeit energischer, scharf und mächtig
charakterisirender Töne der reichste Ersatz dafür geboten! Die Vielseitigkeit der deutschen Sprache steht in naturgemäßer Uebereinstimmung mit der Vielseitigkeit, mit welcher der deutsche Geist der Kunst-
und Sinnesweise fremder Völker entgegenkommend sich verbrüdert.
Schlegel wünschte dieselbe zur Allseitigkeit entfaltet zu sehen, damit
die Dichtungen aller Völker in treuer Nachbildung ein sorgsam
gehegtes Eigenthum unserer Litteratur würden. Er spricht in jugend-
freudigem Muthe die verwegene Absicht aus, „alles in seiner Form
und Eigenthümlichkeit poetisch übersetzen zu können, es mag Namen
haben wie es will: antikes und modernes, klassische Kunstwerke und
nazionale Naturprodukte". Ja, es taucht schon in ihm der Wunsch
auf, der später so schön befriedigt ward, der Wunsch, sich auch dem
Sanskrit und den andern orientalischen Sprachen unmittelbar zu
nähern, um Geist und Form morgenländischer Urpoesie gleichfalls
zu uns überzuleiten. Nur im Vertrauen auf die Kraft unserer
festgefugten, starkgegliederten und doch so beweglichen Sprache konnte
er solche Absichten hegen, solche Wünsche ausbilden. Bei der Verdeutschung Shakespeares hatte er diese Kraft erprüft, er hoffte durch
sie auch die starr widerstrebenden Eigenthümlichkeiten fernab liegender
Idiome zu bezwingen.

Freilich konnte nur eine immer thätige, allumfassende und auch
das Geringste nicht verschmähende Sorgfalt der Behandlung unsere

Sprache für solche große und edle Zwecke tauglich machen. Schlegel
ermüdete in dieser Sorgfalt nicht. Indem er, stets von neuem zum
Versuche ansetzend, den Ausdruck nach allen Seiten hin biegt und
bildet, indem er die Möglichkeit oder Schicklichkeit verschiedener Rede-
wendungen erprobt, behält er unablässig die Bedingungen im Auge,
unter denen er der Sprache die Schönheit des Klanges bewahren
oder die oft tief verborgenen Reize des Wohllautes entlocken
kann. Er meidet die Härten, er meidet aber noch sorgfältiger die
Glätte und charakterlose Weichlichkeit; und auch die Härte wird als
ein Kunstmittel angewandt, wo sie den Nachdruck, die Energie der
Rede durch scharf hervortretende sinnliche Kraft fördern soll. Alle
hierauf bezüglichen Fragen hatte Schlegel so reiflich überdacht, daß
er in späteren Jahren behauptete, leicht eine Abhandlung bloß über
die Elision kurzer Vokale und den Gebrauch des Apostrophs schreiben
zu können. Wen eine genaue Durchprüfung der Handschriften zum
unmittelbaren Zeugen seiner Arbeit gemacht hat, den wird diese
Behauptung nicht allzu verwegen dünken.

So entschieden war Schlegel zum Uebersetzungskünstler bestimmt,
daß seine Sprache sich nur da im vollen Besitze aller ihrer Vorzüge
behauptet, wo er die Schöpfungen fremder Dichter nachschafft. Will
er als selbständiger Dichter sich vernehmen lassen, so scheint aus
ihr das innere Leben meist zu entfliehen. Wahrhaft belebt ist die
Sprache in einigen leidenschaftlicher gefärbten Jugendpoesien oder in
solchen Gedichten, welche, wie die Zueignung von Romeo und Julia,
aus ächter Empfindung hervorgegangen sind und sich doch zugleich
an fremde Dichtung anlehnen; [159] am kräftigsten regt sie sich in
den Erzeugnissen seiner satirischen Muse, in deren Lobe man allerdings kaum zu freigebig sein kann. In allem, was er sonst selbständig hervorgebracht, muß unter der innern Unfruchtbarkeit der
Phantasie auch die Sprache leiden. Selbst in den mit so vieler

---

[159] Man vergleiche Schillers lobendes und doch boshaftes Urtheil im Briefe
an Körner vom 20. October 1797 mit den Worten an Goethe vom 6. October.

Liebe gearbeiteten und mit so manchem glücklichen Verse ausgestatteten
Sonetten und Stanzen, in denen er, gewiß nach den Eingebungen
eines wahren Gefühls, die glorreichen Erscheinungen der christlichen
Kunst feiert, — selbst dort kann die dichterische Rede nicht zu vollkommen freier Bewegung gelangen; es fehlt ihr die ergreifende
Wahrheit, die ununterbrochen fortreißende Gewalt; es fehlt ihr die
natürliche Melodie, in welche die Empfindung wie von selbst über-
strömt; vor allem aber mangelt die Einheit des Tons, welche uns
von der geschlossenen Einheit des Kunstwerkes auch äußerlich überzeugt und uns den Glauben abnöthigt, daß alle Elemente desselben
freiwillig und doch mit innerer Nothwendigkeit sich zusammengefunden
und zu einem wahrhaft lebendigen Ganzen fest aneinander geschlossen
haben. Schlegel scheint vielmehr die Sprache seiner eigenen Gedichte
aus dem reichen Vorrathe fremder Poeten zusammenzuborgen und
nicht ohne künstlichen Zwang aneinander zu stücken; kaum das
Trugbild eines Ganzen kann hier entstehen. Schlegels Uebersetzungen
sind mit dem unverkennbaren Gepräge der Originalität bezeichnet;
seinen originalen Hervorbringungen glaubt man oft die Unsicherheit
mühsam gekünstelter Uebersetzungen anzumerken. Könnte man nicht
mit gutem Grunde in den Terzinen seines „Prometheus" die Nachbildung irgend eines italienischen Gedichtes vermuthen, dessen Autor
es etwa verstanden hätte, sich in den Kreis deutscher Gedanken und
Anschauungen zu versetzen?

Schlegel empfängt seine wahre Originalität erst aus der zweiten
Hand; durch die innige Berührung mit einem großen Dichtergenius
wird alles, was ihm von geistiger Schöpferkraft zuertheilt worden,
erweckt und zu lebendiger Thätigkeit entzündet. Wie der Dichter
die flüchtige Wirklichkeit ergreift und umbildet, so daß eine selbstständig
geschaffene Welt zu dauerndem Dasein aus ihr hervorgeht, so erfaßt
dieser größte der Uebersetzer die ewigen Gestalten der Dichterwelt,
um sie für uns in unserer Sprache neu zu schaffen; er bringt sie
uns entgegen, so daß unser Geist sich mit ihnen befreunden mag;
aber er raubt ihnen darum doch nichts von der Eigenthümlichkeit

ihres Wesens. Einem solchen Nachbildner müssen wir auch schöpferische Kraft zugestehen. Er ist — man verzeihe den kecken Ausdruck — er ist der Dichter seines Dichters geworden.

Die Sprache ist es, die ihm diesen Spielraum zur Entfaltung jener schöpferischen Kraft bietet. Als Schlegel sein Werk begann, waren drei Jahrzehnte verflossen, seitdem man den ersten Uebersetzer des englischen Dichters mit dem Ausrufe begrüßt hatte: „Von Rechtswegen sollte man einen Mann wie Shakespeare gar nicht übersetzt haben"; [160] — und eine Uebersetzung, wie sie damals allein möglich war, mochte wohl einen solchen Ausspruch rechtfertigen. Nun war aber in Gemeinschaft mit dem teutschen Kunstgeiste die teutsche Dichtersprache zu ungeahnter Ausbildung fortgeschritten, und ein Uebersetzer war aufgetreten, der den Kreis, in welchem sie sicher und stolz sich bewegte, mit der Machtvollkommenheit, die sonst nur dem ächten Poeten zusteht, noch weiter ausdehnte.

In der Art, wie Schlegel die Personen Shakespeares sprechen läßt,

---

[160] Dieser Spruch, dessen Goethe in Dichtung und Wahrheit (25, 92) gedenkt, befindet sich genau so, wie er dort angeführt ist, in der Allg. teutsch. Bibliothek 1, 1, 300. Mit ihm beginnt eine kurze Anzeige des vierten und fünften Bandes der Wielandschen Uebersetzung. Einen ähnlichen Richterspruch hatte auf Anlaß des ersten Bandes schon Meinhard gefällt in der Biblioth. d. schön. Wissenschaften 9, 259. Den hier kundgegebenen Ansichten lag nicht etwa Geringschätzung des Dichters zu Grunde; man hielt sich vielmehr versichert, daß an seiner angestammten Originalität jeder Versuch einer Uebertragung scheitern müßte; und zugleich fürchteten die Hüter des teutschen Geschmacks die unabsehliche Reihe elender Nachahmer, mit welcher ein teutscher Shakespeare die Litteratur bedrohte. Gegen Meinhards Kritik suchte Wieland in der Nachrede zum achten Bande sich zu verantworten. Aber seine Vertheidigung bestand zum guten Theil in einer lächerlichen Anklage seines Dichters. Er nahm es als eine selbstverständliche Sache an, daß Shakespeare überhaupt in Absicht des Ausdrucks roh und incorrect sei. „Shakespear ist an tausend Orten in seiner eignen Sprache hart, steif, schwülstig, schielend; so ist er auch in der Uebersetzung." — Den Eindruck, den unsere correcten Dichter von Wielands Shakespeare empfingen, spricht Uz, einer ihrer würdigsten Vertreter, im Briefe an Gleßner aus: „Haben Sie den ersten Theil von Wielands Uebersetzung des Shakespear gelesen? Er muß Ihnen gefallen, wenn Sie den größten Unsinn neben dem größten Genie ertragen können. Die Uebersetzung ist besser gerathen, als ich gehofft habe." (20. Januar 1763.)

bethätigt sich eine wahrhaft sprachschöpferische Kraft. Brutus und Percy, Hamlet und Shylock, Miranda und Portia, und die ganze herrliche Schaar der Haupt- und Nebengestalten, die sich in Shakespeares Welt nach dem Willen des Dichters durcheinander bewegen, — sie alle reden jene vom Hauche des unmittelbaren Lebens durchdrungene Sprache, in welcher das innerste Wesen sich unwillkürlich verräth oder absichtlich enthüllt. Diese Sprache ist reich an den kernfesten, gediegenen Worten, die ihren Inhalt für immer erschöpfend bezeichnen und die ein Dichter für den dauernden Gebrauch seiner Landsleute zu prägen scheint; sie ist nicht minder reich an jenen leisen Accenten und zarten Seelenlauten, die uns das ahnen lassen, was nicht voll ausgesprochen wird. Nie vielleicht hat ein Uebersetzer, der an so manigfaltigen Aufgaben seine Kraft wechselnd üben mußte, seine Sprache so gelinde behandelt. Er scheint ihr nichts abzuzwingen; aus ihren gehaltvollen Tiefen reicht sie ihm herauf, was er bedarf. In ungestörter Sicherheit bewegt er sich in der Mitte zwischen beiden Sprachen, deren Eigenthümlichkeiten er gegen einander aus zugleichen sucht. Er strebt nie darnach, die eine der andern zu unterjochen. Seine Enthaltsamkeit ist nicht minder bewundernswerth, als seine Kühnheit. Er weiß genau, wo das Unübersetzbare in der Rede seines Dichters beginnt: dort hält er inne und hütet sich, die Freiheit der deutschen Sprache, im erfolglosen Ringen nach dem Unerreichbaren, preiszugeben. Vielleicht hat er uns eben deshalb einen so ganz deutschen Shakespeare geliefert, weil er sich oft weise damit begnügte, von der übergewaltig tönenden Rede des Dichters nur ein Echo zu uns herüberzuleiten. [161])

---

[161]) Dem Genius des großen Britten
    War ich begeistert nachgeschritten,
    Doch lockt' ich auf die deutsche Flur
    Ein Echo seiner Worte nur. (Werke I, 295.)

J. D. Fall glaubte, „Herr Schlegel müßte sich bey seiner, im Ganzen so meisterhaften, Uebersetzung besonders nur vor zwey Klippen gewarnt seyn lassen". Er müßte sich nämlich hüten vor „einer zu willkührlichen Zerstückelung des

Wenn uns nun die Handschriften verstatten, die künstlerischen Anstrengungen des Uebersetzers theilnehmend zu verfolgen, so zeigen doch nicht alle Stücke in gleichem Maße die Spuren mühseliger Entstehung. Manche Dramen, wie Julius Cäsar, Sturm, Was ihr wollt bieten sich einer bequemeren Lectüre dar. Hier hatte Schlegel das Meiste und Wichtigste der Arbeit schon in den ursprünglichen Entwürfen vollbracht, und die Veränderungen, wenn auch immer noch zahlreich genug, überdecken doch nicht den Text in seiner ganzen Ausdehnung. Als ich vor Jahren diese Hefte zum erstenmal mit einer gewiß nicht unlöblichen Neugier durchblätterte, erregte es mir eine eigene Empfindung, gerade manche von den am vollkommensten gelungenen Stellen, die sich dem Freunde des deutschen Shakespeare so leicht in Geist und Herz einprägen, hier in sauberer Schrift, frei von Correcturen, zu erblicken. So findet sich z. B. auch nicht die leichteste Veränderung in den Versen, in welchen Viola (Was ihr wollt 2, 4, 112) durch schüchterne Andeutungen ihre Liebe halb bekennt und doch verbirgt, indem sie das Lebensgeschick einer Schwester schildert, die niemals ihre Liebe sagte:

Plastischen in seinem Autor"; und zweitens sollte er darauf bedacht sein, denselben „nicht gar zu hochdeutsch zu machen". — Wenn diese in die Form von Warnungen eingekleideten Vorwürfe überhaupt etwas bedeuteten, so konnten sie nur dagegen gerichtet sein, daß Schlegel die sinnliche Gewalt und Derbheit des Shakespeareschen Ausdrucks vielfach gemildert und seine Sprache dem Muster angenähert hatte, welches damals in den vollendetsten Dichtwerken unserer einheimischen Litteratur aufgestellt worden. Aber Schlegel hätte es gar nicht für erforderlich gehalten, solche Vorwürfe abzuwehren: denn das hier getadelte Verfahren hatte er mit vollem Bewußtsein und mit wohlberechtigter Absicht befolgt; es stimmte durchaus zu dem Einen Zwecke, den er stets klar vor Augen behielt: den Deutschen ein deutsches Werk zu schaffen. Im Hinblick auf diesen Zweck mußte er nicht nur den Gegensatz der Sprachen, in welchem die gegensätzlichen Anschauungen der verschiedenen Völker zum Ausdruck kommen, sondern eben so sorgfältig den Gegensatz der Zeitalter beachten; er durfte nie vergessen, daß sein Autor zweihundert Jahre alt war. — Caroline gibt (2, 139) zornerfüllt ihrem Gemahl Nachricht von jenen Vorwürfen Falks, die sich aber nicht, wie der Herausgeber annimmt, im Taschenbuch für Freunde des Scherzes und der Satire auf 1801, sondern im folgenden Jahrgange S. 319—323 finden.

Sich härmend, und in bleicher, welker Schwermuth
Saß sie wie die Geduld auf einer Gruft,
Dem Grame lächelnd. [162])

Zwar gewähren auch diese Manuscripte an vielen Stellen den lehrreichsten Einblick in das von so festen Grundsätzen geleitete Verfahren des Künstlers, der wählt und verwirft, bildet und umbildet, und das Künstliche und Prunkhafte, das sich ihm zuerst darstellte, bei Seite schiebt, um zu der treffenden Wahrheit des einfachen Ausdrucks zu gelangen; andere Handschriften jedoch, vornehmlich die der Historien, lassen uns noch fast den ganzen Umfang der mühevollen Arbeit überschauen. Und zwar sind es keineswegs die auffälligeren Stellen, die in der Ursprache durch poetischen Glanz sich auszeichnen oder in der Uebersetzung durch besondere Trefflichkeit hervorleuchten — es sind nicht diese, bei denen wir den Künstler am anhaltendsten verweilen sehen. So suchen wir z. B. vergebens nach einer Variante in dem vorzüglichen Vers 2 K H IV 2, 3, 34:

---

[162]) Schon Rowe hatte in seiner Biographie des Dichters diese Verse als etwas Wundersames hervorgehoben, und so geschah es, daß sie frühzeitig der Bewunderung auch deutscher Leser empfohlen wurden. Eine Uebersetzung derselben ist uns aus den Jahren 1753 im vierten Stück der „Neuen Erweiterungen der Erkenntnis und des Vergnügens" aufbehalten. Sie findet sich dort in der „Merkwürdigen Lebensbeschreibung des Herrn William Shakespears" (275—97) und wird auf diese Art eingeleitet: „Shakespears Bilder waren alle abgepasset, und seine Ausdrückungen rein und nett. Wenn er von einer verliebten Jungfrau spricht, so läßt er sich folgender Gestalt hören:

Von ihrer Liebe hat sie niemand was erzählt,
Und sich als wie ein Wurm, wenn er gedrückt, verhehlt.
Der Wangen Rosenroth entdeckt uns ihr Verlangen,
Jedoch verbirgt sie auch das, was ihr Herz gefangen,
Sie gleichet der Geduld, die uns ein Denkmaal zeigt,
Die voller Sorgen ist, und die die Noth gebeugt." —

So übersetzte man vierzig Jahre vor Schlegel. Gegen diese Art der Dolmetschung gehalten, müßte Wielands Arbeit allerdings als rühmenswerth erscheinen. Um aber auf einen so völligen Gegensatz der Schlegelschen Kunstweise zu stoßen, braucht man gar nicht auf das Jahr 1753 zurückzugehen. Man blicke nur auf die von Schatz übersetzten Stellen Shakespeares in der dritten Auflage von Meinhards Uebertragung der Elements of Criticism 1790.

> Second to none, unseconded by you
> Der keinem wich, von dem nicht ihr zurück:

auch bei Hamlets Worten „von der angebornen Farbe der Entschließung, der des Gedankens Blässe angekränkelt wird", gewahren
wir keine Verschiedenheit der Lesart.[163] Oft findet man den
Uebersetzer am angestrengtesten beschäftigt bei solchen leichtern Rede-
wendungen, über die man im Englischen wie im Deutschen achtlos
wegzugehen pflegt. Welcher Leser sollte glauben, daß ein so einfacher
Vers, wie der folgende in K H V 1, 2, 3:

> Shall we call in the ambassador, my liege? —

daß dieser Vers nicht weniger als vier verschiedene Formen in der
Handschrift erhalten hat:

---

[163] Heinrich Schmidt erzählt in den „Erinnerungen eines weimarischen
Veteranen" S. 108, daß er auf Herders Verlangen diesem den Monolog Hamlets
nach Schlegels Uebersetzung vortrug: „als ich gegen den Schluß zu der Stelle
kam: der angebornen Farbe der Entschließung wird des Gedankens Blässe angekränkelt, sagte Herder wie für sich: „Sicklied o'er with the pale cast of
thought" und lächelte dann über die Wortspielerei, wie er sich ausdrückte, die
sich auf dem Theater possirlich genug ausnehmen müsse." — Aber Schlegel
hatte gewiß nicht lange und ängstlich auf diese Wortspielerei gesonnen, als er
jene Verse schuf, die von der genialen Selbständigkeit seiner Uebersetzersprache ein
so glänzendes Zeugniß geben und sich kühn neben das Original stellen dürfen.
Der Schlegelschen Bearbeitung des Dante hatte Herder seinen vollen Beifall
ertheilt; wir wissen aber, wie er hernach allem, was mit der Romantik in Beziehung stand, entfremdet und feindlich ward. Als er in der Adrastea über
Shakespeare sprach, und einige Verse aus dem Hamlet anführte, ließ er Schlegels
Uebersetzung unbenutzt. — Es mag nicht vielen bekannt sein, daß auch Moses
Mendelsohn uns eine Uebertragung des Hamletschen Monologs, und zwar in
jambischen Fünffüßlern hinterlassen hat. Sie ist den „Betrachtungen über das
Erhabene und das Naive in den schönen Wissenschaften" eingefügt (zuerst in der
Bibliothek d. schön. Wissensch. 2, 229 fgg.; dann umgearbeitet in Mendelsohns
Philosophischen Schriften. Die besprochenen Verse lauten: „Die Ueberlegung
tränkt mit bleicher Farbe | Das Angesicht des feurigsten Entschlusses." — Von
Voltaires Uebersetzung des Monologs hatten Lessings und Mylius' Beyträge zur
Historie und Aufnahme des Theaters schon 1750 eine widerliche Nachbildung
in ungereimten Sechsfüßlern gebracht.

Wird der Gesandte vorgerufen, Herr?
Mein Fürst, wird der Gesandte vorgerufen?
Mein König, soll man den Gesandten rufen?
Herr, soll man den Gesandten vor euch rufen?

So stehen im Manuscript die vier Verse hinter einander; der dritte ward der Aufnahme in den Text würdig befunden.

Im Kaufmann von Venedig 4, 2, 12 sagt die verkleidete Nerissa zu der verkleideten Portia (die Worte bilden die zweite Hälfte eines Verses; Gratiano hat eben gesagt: „Das will ich thun"):

Sir, I would speak with you.
Herr, ich muß mit euch sprechen.
Ich muß euch sprechen, Herr.
Herr, laßt euch etwas sagen.
Ich wollt' euch etwas sagen, Herr.
Herr, noch ein Wort mit euch. [164]

Schlegel wußte wohl, daß die Mühe, welche er auf diese unscheinbaren Bindeglieder des Dialogs wandte, ihm reichlich vergolten ward. Er mußte nicht bloß da mit seinem Autor wetteifern, wo dieser seine Poesie zum höchsten Schwunge sich erheben läßt; auch in den unbedeutenderen Bestandtheilen seiner Rede wollte er neben der ungezwungenen Einfachheit des lebhaft sich fortbewegenden Gesprächs, neben der Geschmeidigkeit der natürlichen Wendungen zugleich die Einheit des Kunststils wahren, die hier im Kleinen und Kleinsten vielleicht am schwierigsten zu behaupten ist. Eben durch die Sorgfalt, die er solchen scheinbar geringfügigen Einzelheiten gönnte, hat er es erreicht, daß seine Uebersetzung zu einem gleichmäßig ausgebildeten Ganzen ward, aus dem überall die lebendigen Züge eines Originals uns ansprechen.

Durch wie viele Beispiele ließe es sich hier darthun, daß gerade die Verse, welche den leichtesten Gang und Klang haben, dem Ueber-

---

[164] Bei Anführung auch dieser Beispiele wird die schließlich aufgenommene Lesart durch gesperrten Druck bezeichnet.

setzer die schwerste Mühe bereiteten! Brutus richtet die letzten
Worte an seinen Diener Strabo (Jul. Caes. 5, 5, 46):

> Thy life hath had some smatch of honour in it.
> Dein Leben hat von Ehrgefühl gezeugt.
> Dein Leben zeugte stets von Ehrgefühl.
> Dein Leben hat gezeigt, du hältst auf Ehre.
> Dein Leben zeugt von einem Funken Ehre.
> Ein Sinn für Ehre spricht aus deinem Leben.
> Du hegtest einen Funken Ehre stets.
> Du hegtest immer einen Funken Ehre.

Endlich sehen wir nach so verzweifelten Mühen Carolinens
Hand rettend eingreifen:

> In deinem Leben war ein Funken Ehre.

Im fünften Akte des Kaufmanns von Venedig sagt Jessica nach
jenen Versen, in welche Shakespeare die Musik seiner eigenen Seele
ergossen hat:

> I am never merry when I hear sweet music.
> Nie hör' ich fröhlich liebliche Musik.
> Nie bin ich froh, spielt liebliche Musik.
> Nie bin ich froh, wenn ich Musik vernehme.
> Nie bin ich froh bey lieblicher Musik.
> Caroline: Nie war bey lieblicher Musik ich lustig.
> Nie macht die liebliche Musik mich lustig.

Hat nun in solchen und in mehren gleichen Fällen Caroline
ihre Erfindungskraft selbständig in Thätigkeit gesetzt und die richtige
Entscheidung getroffen? Oder hat sich Schlegel über so schwierige
Stellen mit ihr berathen, so daß sie dann nur das Ergebniß, das
aus der gemeinsamen Berathung hervorgegangen, niederzuschreiben
hatte? Eine völlige Gewißheit bleibt uns hier versagt. Daß
Schlegels Gattin nicht nur an der Abhandlung über Romeo und
Julia, sondern auch an der Uebertragung Antheil gehabt, ist schon
früher behauptet worden. [165] In den Entwürfen zum Romeo sehen
wir, außer manchen einzelnen Zeilen, die fünfte Scene des dritten

---

[165] Man sehe die Note von Waitz in der Vorbemerkung zu Caroline
S. V.

Aktes bis zum Vers 92 und etwa fünfundzwanzig Verse aus der
ersten Scene des vierten Aktes von ihrer Hand geschrieben. Indeß
finden wir hierin keine durchaus zuverlässige Gewähr dafür, daß sie
diese Theile des Werkes auch übersetzt hat. Die Möglichkeit, ja
die Wahrscheinlichkeit ist allerdings nicht zu bestreiten. Caroline kann
aber auch diese Scenen, ebensowohl wie hernach die ganze Tragödie,
bloß abgeschrieben haben, und zwar aus früheren, auf einzelnen
Blättern zerstreuten Entwürfen Schlegels. Daß ihr jedoch bei der
schließlichen Bezwingung so mancher einzelnen widerspenstigen Verse
das Verdienst einer selbstständigen Mitarbeiterschaft zusteht, das könnte
man wohl aus einer Notiz Schlegels folgern, die wir in den Entwürfen zum Romeo entdecken. Julia, aus dem todesähnlichen
Schlummer erwachend, fragt den Mönch:

> O comfortable friar, where is my lord?
> O güt'ger Vater! wo ist mein Gemahl?

Mit dieser Uebersetzung Schlegels war Caroline nicht zufrieden;
und sie hatte Recht; denn der Begriff des Tröstlichen, Hilfreichen
(comfortable) durfte hier nicht abgeschwächt werden. Der Gemahl
durchstrich daher die Worte: „O güt'ger Vater", konnte aber selbst
nichts Schicklicheres finden, und begnügte sich, am Rande zu bemerken: „C. will mit Gewalt auf etwas andres denken". Caroline
erdachte denn auch etwas andres und besseres; sie schrieb darunter:
O Trostesbringer!

Hat Caroline wirklich überall da, wo ihre Hand sichtbar wird,
ihr selbstständiges Urtheil walten lassen, so müssen wir den Feinsinn
der seltenen Frau, die Sicherheit ihres künstlerischen Gefühls hier
von neuem bewundern.

Rom. a. Jul. 5, 3, 94. Thou art not conquer'd; beauty's ensign yet
Is crimson in thy lips and in thy cheeks,
And death's pale flag is not advanced there.

Noch bist du nicht besiegt: der Schönheit Fahne
Weht noch auf Lipp' und Wange dir; noch pflanzte
Der Tod da nicht sein bleiches Banner auf.

Caroline: Weht purpurn noch auf Lipp' und Wange dir;
Hier pflanzte nicht der Tod sein bleiches Banner.

Merch. o. Ven. 5, 1, 154. And that it should lie with you in your grave.
> Er (der Ring) sollte mit euch liegen in dem Sarg — in dem Grab.

Car.: Er sollte selbst im Sarge mit euch ruhn.

Hamlet 2, 2, 275. for, to speak to you like an honest man, I am
most dreadfully attended — denn, um wie ein ehrlicher Mann mit euch zu
reden, ich werde ganz abscheulich bedient — **Caroline:** mein Gefolge ist abscheulich.

Haml. 4, 7, 193. How much I had to do to calm his rage!
> Now fear I this will give it start again.
> Wie hatt' ich Mühe, seine Wuth zu stillen!
> Nun, fürcht' ich, facht (schürt) sie dieß von neuem an
> giebt ihr dieß von neuem Schwung
> setzt sie dieß von neuem frey

Caroline: Nun, fürcht' ich, bricht dieß wieder ihre Schranken.

Carolinens Aenderungen und Verbesserungsvorschläge zeigen
eine gemeinsame Eigenthümlichkeit darin, daß sie eine entschiedenere
Einfachheit des Ausdrucks und der Satzbildung bezwecken. Im
Kaufmann von Venedig 5, 1, 140 hatte Schlegel geschrieben:
„Es muß sich anders zeigen als in Worten, | Drum kürz' ich diese
Hauchbegrüßung ab" (Therefore I scant this breathing courtesy).
Sie änderte: — als in Reden, | Drum kürz' ich diese
Wortbegrüßung ab,

Manchmal will sie auch den Vers, der ihr zu stocken scheint,
in leichteren Fluß versetzen; aber hierin kann der Gemahl, der vor
allem die verschiedenen Erfordernisse des dramatischen Verses zu
bedenken hat, ihr nicht immer zu Willen sein.

Merch. o. Ven. 5, 1, 92. When the moon shone, we did not see the candle.
> Da der Mond schien, sahn wir die Kerze nicht.

Nach Carolinens Willen sollte der Vers weicher dahinfließen:
„Beym Mondenschein sahn wir die Kerze nicht"; — aber Schlegel
behielt seine Lesart bei, die sich dem Gange der englischen Worte
genau anschließt. So mußte sie auch sonst wohl sich eine Zurück-
weisung ihrer Vorschläge gefallen lassen. Die Worte des Sir
Andrew in Was ihr wollt 1, 3, 125 and yet I will not

compare with an old man hatte Schlegel verdeutscht: „Doch will ich mich nicht mit einem alten Mann messen". Caroline setzte an den Rand: „Doch will ich mich eben nicht rühmen wie ein alter Mann". Schlegel strich aber sowohl ihre wie seine Worte, und hielt .es für keinen Raub, dem Texte die mystische Rede des tiefsinnigen Junkers gänzlich zu entziehen. — Gratianos Verse im Kaufmann 5, 1, 144 wollten sich durchaus nicht zwingen lassen, das Joch der deutschen Sprache mit leichtem Anstand zu tragen:

> Would he were gelt, that had it, for my part,
> Since you do take it, love, so much at heart.

> Wär er dafür verschnitten, meinetwegen,
> Weil euch, mein Herz, so viel daran gelegen.

— — — — — — — — — — — — — — —

> Weil es euch, Liebste, so hat kränken mögen.
> Ich wollt' er wär verschnitten, der ihn nahm,
> Weil es euch, Liebste, macht so großen (vielen) Gram.

Nun wird Schlegel zweifelhaft, ob er die Verwünschung in ihrer ganzen Derbheit beibehalten kann:

> Ich wollt' er möchte ewig dran gedenken,
> Weil's euer Herz, Geliebte, so kann kränken.

Caroline sucht aber wieder den Wortsinn des Originals zur Geltung zu bringen:

> Möcht er verschnitten seyn der ihn genommen
> Weils euch mein Schatz so übel will bekommen.

Sie durfte nicht darüber zürnen, daß Schlegel diesen Vorschlag ablehnte; und nun fand der Meister endlich eine Form, die er genehmigen konnte:

> Wär er verschnitten, dem ich ihn geschenkt,
> Weil ihr euch, Liebste, so darüber kränkt.

Doch wie sollte ich zum Schlusse kommen, wenn ich aus dem aufgehäuften Vorrath, wie ihn die Handschriften bieten, auch nur

das Belehrendste und Bemerkenswertheste vollständig herausheben
wollte. Die Neigung, in Gemeinschaft mit meinen Lesern noch
länger im Kreise dieser Betrachtungen zu verweilen, kann nur durch
einen kräftigen Entschluß bezwungen werden. Also nur noch wenige
Beispiele aus einer überreichen Masse, und dann sei diesen Mit=
theilungen ein Ende gemacht!

Indem Julia, von Schauern der Angst ergriffen, sich in' nächt=
licher Einsamkeit bereitet, den Schlummertrunk zu nehmen, sagt sie
mit Anwendung einer bildlichen Redeweise, die bei Shakespeare so
häufig wiederkehrt, hier aber besonders eindrücklich wirkt:

> My dismal scene I needs must act alone.
> Mein grauses Spiel muß ich allein vollführen.
> Ich muß allein die Schreckensszene spielen.
> die grause Szene spielen.
> den düstern Auftritt spielen.
> Mein düstres Spiel muß ich allein vollenden.

Jul. Caes. 4, 3, 9. Let me tell you, Cassius, you yourself
Are much condemn'd to have an itching palm;
> Laßt mich euch sagen, Cassius, daß ihr selbst
> Verrufen werdet, weil die Hand euch jücke;
> Verschrien seyd, weil ihr hohle Hände macht.

4, 3, 25. And sell the mighty space of our large honours
For so much trash as may be grasped thus?
> Und unsrer Würden stolzen (großen) Umfang feil,
> Für so viel Plunders, als die Hand faßt, bieten?

So die Handschrift; im Druck:

> Und unsrer Würden weiten Kreis verkaufen
> Für so viel Plunders, als man etwa greift?

I had rather be a dog, and bay the moon,
Than such a Roman.
> Ich wollt' ein Hund ja lieber seyn und bellen
> Zum Mond hinan, als solch ein Römer.
> Ich möcht' ein Hund seyn und den Mond anbellen,
> Eh solch ein Römer.
> Ein Hund seyn lieber, und den Mond anbellen,
> Als solch ein Römer.

1 K H IV 1, 3, 53. Percy schildert den geschniegelten Höfling, der ihm die Gefangenen abgefordert:

> for he made me mad
> To see him shine so brisk and smell so sweet —

mich macht' es toll,
Daß er so glänzend stand, und roch so süß.
Daß er so blant aussah, und roch so süß.

1, 3, 283. And 'tis no little reason bids us speed.
To save our heads by raising of a head.
Und eilen heißt uns kein geringer Grund,
Durch Stirne bieten unsern Kopf zu retten.
Und was uns eilen heißt, ist nichts geringes:
Durch einen Hauptstreich unser Haupt zu retten.

2, 3, 50. In thy faint slumbers I by thee have watch'd,
Wenn du leicht schliefst, hab' ich bey dir gewacht,
Bey deinem leichten Schlaf hab' ich gewacht,
Ich habe dich bewacht in leichtem Schlummer,
In leichtem Schlummer hab' ich dich bewacht.

2, 3, 102 Nay, tell me if you speak in jest or no.
Sagt, redet ihr im Scherze oder nicht?
Sprecht ihr im Scherze, sagt mir, oder nicht?
Nein, sagt mir, ob das Scherz ist oder Ernst?

5, 1, 94. I have a truant been to chivalry
Ich war im Ritterthum ein Müßiggänger,
Ich war ein Zögerer im Ritterthum,
Ich habe ganz das Ritterthum versäumt.

5, 2, 45. Which cannot choose but bring him quickly on.
Es muß durchaus ihn schnell zum Angriff bringen.
Es kann nicht anders als ihn schnell heranziehn.
Es treibt unfehlbar schleunig ihn heran.
Unfehlbar treibt es schleunig ihn heran.

5, 2, 86. An if we live, we live to tread on kings:
If die, brave death, when princes die with us!
Wenn wir am Leben bleiben, leben wir
Auf Könige zu treten; sterben wir,
O wackrer Tod, wenn Fürsten mit uns sterben!
Wir treten Kön'ge nieder, wenn wir leben;
Wenn sterben: wackrer Tod, mit Fürsten sterben!

2 K H IV 3, 1, 26. Canst thou, O partial sleep, give thy repose
 To the wet sea-boy in an hour so rude,
 And in the calmest and most stillest night,
 With all appliances and means to boot,
 Deny it to a king? Then happy low, lie down!
 Uneasy lies the head that wears a crown.

Giebſt du, o Schlaf, parteyiſch deine Ruh
Dem Schiffer(knaben)jungen in ſo rauher Stunde,
Und weigerſt in der ruhig ſtillſten Nacht,
Bey jeder Förderung ſie einem König?
Beglückte Niebre, dann euch nieder legt! — nieder euch gelegt!
Unruhig liegt das Haupt, das Kronen (das eine Krone) trägt.
  (ein)
Bey allen Mitteln und Beförderungen
Sie einem König? Dann, beglückte Niebre, raſtet!
Unruhig liegt, wen eine Krone laſtet.
So legt euch denn, beglückte Niebre, hin!
Der Krone Laſt bringt Unruh zum Gewinn.
So legt, ihr Niebern! nieder euch, beglückt;
Schwer ruht das Haupt, das eine Krone drückt.

Haml. 1, 2, 85. But I have that within which passeth show;
  These but the trappings and the suits of woe.
Ich trag' in mir das, was kein — was nicht der — Schein verleiht,
All dieß iſt nur des Kummers Zier und Kleid.
Ich trag' in mir, was über allen Schein,
Dieß kann des Kummers Zier und Kleid nur ſeyn.
Ich trage, was kein Schein erreicht, in mir,
Was (mehr als aller) über allen Schein, trag' ich in mir,
All dieß iſt nur des Kummers Kleid und Zier.

1, 2, 133. How weary, stale, flat and unprofitable —
Wie ſchaal, wie ekel, flach und ungenießbar
Wie ekel, ſchaal und flach und unerſprießlich —

1, 3, 18. For he himself is subject to his birth
Denn die Geburt macht ſelbſt abhängig ihn.
Ihn macht ja ſelbſt abhängig die Geburt.
Er ſelber hängt von der Geburt ja ab.
Er hängt ja ſelber ab von der Geburt.
Er ſelbſt iſt der Geburt ja unterthan.

1, 3, 58. And these few precepts in thy memory
  See thou character. Give thy thoughts no tongue
  Nor any unproportioned thought his act.

Und diese wen'gen Regeln präge dir
Zu dein Gedächtniß. Keine Zunge gieb
Dem, was du denkst, und denk nicht (nie) ungebührlich.
Und diese Regeln präg' in dein Gedächtniß.
Gieb den Gedanken, die du hegst, nicht Zunge,
Noch einem ungebührlichen die That.

1, 4, 90. Something is rotten in the state of Denmark.
Etwas ist faul im Staate Dänemarks.
Etwas steht schlimm —.(an die Seite geschrieben).

1, 5, 188. The time is out of joint: O cursed spite,
              That ever I was born to set it right.
Die Zeit ist aus den Fugen: Schmach und Gram,
Daß ich zur Welt, sie einzurichten, kam!

                            o verhaßt!   (an die Seite
Sie einzurichten, fällt auf mich die Last.   geschrieben.)

3, 1, 98. And, with them, words of so sweet breath composed
              As made the things more rich: their perfume lost,
Und Worte von so süßem Hauch zugleich,
Daß köstlicher dadurch die Dinge wurden.
Doch da der Duft von jenen nun dahin —

— — — — — — — — — — — — — — —

Allein, da jener Wohlgeruch dahin —
Und Worte süßen Hauchs dabey, die reicher
Die Dinge machten: da ihr Duft dahin —

3, 3, 88. Up, sword; and know thou a more horrid hent:
Schwert, in die Scheide! lerne grauser treffen! (grausre Stöße)
Hinein, (mein) du Schwert! sey schrecklicher gezückt!

Du scheint mir von Carolinens Hand geschrieben.

4, 5, 35. White his shroud as the mountain snow,
              Larded with sweet flowers;
          Which bewept to the grave did not go (so liest Malone nach den
              With true-love showers.   alten Drucken.)

Weiß wie Schnee sein Grabtuch scheint,	Sein Leichenhemb weiß wie
(Leichenhemb)	Schnee zu sehn,
Bestedt mit Blümlein schöne;	Geziert mit Blumensegen
Drauf, als es zum Grab ging, ward	Das unbethränt zum Grab
	(weint)
geweint	mußt' gehn
Kein' Liebesthräne.	Von Liebes Regen.
	(Treulieb)

3, 1, 62. The heart-ache and the thousand natural shocks
    That flesh is heir to,

Das Herzweh und die tausend Stöße endet,
Die unserm Fleisch anhängen
Die unsers Fleisches Loos sind
Die unsers Fleisches Erbtheil.

3, 1, 68   there's the respect
      That makes calamity of so long life.
                  das ist die Rücksicht,
Die Ungemach so lange leben läßt,
      so lang' am Leben hält
      so lang' erhält am Leben
Die Elend zu so hohem Alter bringt
Die Ungemach so langes Lebens macht,
Die Elend läßt zu hohen Jahren kommen.

5, 2, 368. So tell him, with the occurrents, more and less,
    Which have solicited, — The rest is silence.

Das sagt ihm, nebst den Fällen mehr und minder,
Die es herbeygeführt —
Das sagt ihm, samt der ungefähren Fügung,
Die vorbereitet — aufgefordert — hat —
Das sagt ihm, samt den Fügungen des Zufalls,
Die es dahin gebracht — Der Rest ist Schweigen.

————

Bei den Lesern, die mit geduldigem Wohlwollen mir bis hier-
her gefolgt sind, braucht es keiner Rechtfertigung, daß ich so häufig
sie bei Einzelheiten aufgehalten, ja ihnen oft das Einzelste des
Einzelnen vors Auge gebracht habe. Ich kann vielmehr darauf
vertrauen, daß vor ihrem Blicke sich alles Einzelne zu einem lebendigen Ganzen aneinanderschließe; hoffen muß ich wenigstens, daß
durch diese Einzelheiten, mag hier auch noch so vieles sich der Darstellung gänzlich entziehen, dennoch die Methode, nach welcher Schlegel
sein Werk angelegt und ausgeführt, bis zu einem gewissen Grade
anschaulich geworden ist. Auch hier also müßte aus dem Kleinen
das Große, aus dem Zerstreuten und Zerstückelten das zu innerer
Einheit Verbundene sich erkennen oder doch ahnen lassen.

Ein ächtes Kunstwerk gewinnt in unserer Schätzung, je tiefer
die forschende Beobachtung in das Einzelne dringt. Und so hat sich

uns der Schlegelsche Shakespeare hier von neuem als ächt bewährt.
Aber neben dem künstlerischen Gehalte dieser Uebersetzung ist uns
auch die geschichtliche Bedeutung derselben in vollem Lichte erschienen.
Die Stellung, die sie innerhalb der Entwickelungsgeschichte unserer
Litteratur einnimmt, kann wohl nun erst mit vollkommener Genauig-
keit bestimmt werden.

Einem früheren Dichtergeschlechte hatte sich Shakespeare als
der Befreier vom Zwange der gewaltsam aufgedrungenen Regel
gezeigt. In leidenschaftlich sehnsüchtigem Verlangen nach der Wahrheit
der Natur strebte man, bewußt und unbewußt, ins Formlose hinaus;
man konnte daher auch in Shakespeare nur den verwegenen, jede
Form verschmähenden Poeten erblicken, der im Bereiche der Kunst
als Verkünder der Natur und ihrer unbedingten Freiheit aufgetreten war. Eine solche Auffassung vom Wesen des Dichters ward
begünstigt durch eine Uebersetzung, welche, unfähig, die Kunstform
nachzubilden, den Inhalt der Shakespeareschen Poesie nackt hinzustellen
sich begnügte.

Aber nachdem man die Willkürherrschaft der Regel gestürzt
hatte, ward durch die größten Thaten, die jemals der deutsche Geist
auf dem Gebiete der Philosophie und Dichtung vollbracht, die Herrschaft des ewigen Kunstgesetzes aufgerichtet. Nun erst vermochte
man mit reinem, unbestochenem Blicke in Shakespeare den Künstler
zu erkennen, der nicht durch äußeren Knechtesdienst diesem Gesetze
gehuldigt, sondern dies Gesetz lebendig wirkend in seinem Innern
getragen. Nun erst konnte eine Nachdichtung entstehen, in welcher
seine Schöpfungen als vollendete Kunstwerke erschienen.

Wir haben wahrgenommen, wie Schlegel diesen Entwickelungsgang, der unserer Litteratur vorgezeichnet war, auf seine Weise
durchmachte. Wir haben ihn begleitet auf dem Wege, den er durchschreiten mußte, um von Bürger zu Schiller und Goethe zu gelangen.

Es ist fortan nicht erlaubt, den deutschen Shakespeare ein
Erzeugniß der romantischen Schule zu nennen. Uns gilt er vielmehr als eine von den vielen Früchten jener Verbindung von

Wissenschaft und Dichtung, die sich zum unvergänglichen Ruhme des deutschen Geistes in unserer classischen Litteratur vollzogen hat. Es gab noch keine romantische Schule, Schlegel selbst war noch ganz unberührt von den Einflüssen romantischer Kunst= und Welt= anschauung, er stand vielmehr in jedem Sinne den großen Führern unserer Litteratur nahe, als er das Werk begann, das unter allem, was er zur Erweiterung des deutschen Bildungskreises ruhmwürdig unternommen und ausgeführt, sich als das fruchtbarste erwiesen hat.

Konnte man die Entstehungsgeschichte des deutschen Shakespeare bisher nicht in genügender Klarheit überblicken, so hat man dagegen über die Wirkung, die von ihm ausging, niemals in Zweifel sein können. Freilich muß es schwer fallen, das Maß dieser Wirkung in jedem einzelnen Falle genau anzugeben. Schlegel mochte wohl gegen Ende seines Lebens behaupten, er habe durch seine Uebersetzung das deutsche Theater umgestaltet und von ihm habe Schiller die Behandlung des dramatischen Verses gelernt. Es braucht hier nicht erörtert zu werden, daß er mit dieser Behauptung zu weit greift. Der Vers in Schillers reifsten Werken steht in keinem Verhältniß der Abhängigkeit oder auch nur der nahen Verwandtschaft mit dem Verse, in dem der deutsche Shakespeare zu uns spricht. Sicherlich aber ist die Erscheinung des ächten Shakespeare in deutscher Sprache auf Schillers Kunstübung im Großen und Ganzen nicht ohne Einfluß geblieben. Mehre Monate, nachdem der erste Band des Schlegelschen Werkes in die Oeffentlichkeit getreten war, entschloß sich Schiller, der inzwischen die Uebersetzung des Julius Cäsar schon aus der Handschrift kennen gelernt, seinen Wallenstein durch die metrische Form zum wahren Kunstwerk zu adeln. Aus seinen eigenen Worten wissen wir, welchen fruchtbaren Eindruck er hernach durch die im Jahre 1803 erfolgte Aufführung des Julius Cäsar empfangen, und Goethe bezeugte damals dem Uebersetzer, daß nur durch seine Leistung eine solche Darstellung möglich geworden. Doch es bedarf keiner einzelnen Zeugnisse, wo die gesammte Litteratur seit dem Beginne unseres Jahrhunderts ein einhelliges Zeugniß ablegt.

Die Fähigkeit des deutschen Geistes, sich das Große aller Zeiten thätig anzueignen, erscheint in Schlegels Uebersetzung auf ihrem Gipfel. In andern selbständigen Litteraturen pflegt erst dann, wenn die einheimische Schöpferkraft versiegt ist, die Uebersetzungsthätigkeit nach streng künstlerischem Maßstab geübt zu werden. Bei uns verschlingt sich die Uebersetzungskunst in die lebendigste und reichste Entfaltung der vaterländischen Poesie; und in derselben Zeit, da die Meister unserer Litteratur das Größte schufen, sind die größten Dichterwerke aller Zeiten und Völker unser Eigenthum geworden.

Diese Stellung der Uebersetzungskunst innerhalb unserer Litteratur ist bezeichnend für das Wesen des deutschen Volksgeistes. Im liebevollen Verkehr mit allem Großen, was die Kraft fremder Völker geschaffen, ist der deutsche Genius erstarkt. Ja, es konnte ihm selbst auf die Dauer keinen Schaden bringen, wenn er von den Fremden in harte Zucht genommen ward oder sich demüthig zu ihnen in die Lehre begab. Aus der Fülle ureigner Kraft hat er sich stets wieder emporgerungen und sich in neuen, herrlichen Thaten offenbart. Die fremde Zucht fürchten wir nicht mehr; die fremde Lehre werden wir nur dann annehmen, wenn unsere freie Ueberzeugung sich zu ihr bekennt. Aber in jenem liebevollen Verkehre zu beharren, ist dem deutschen Genius Gesetz. Fern von uns jene engsinnige Vaterlandsliebe, die nur der böswilligste unserer Feinde uns anwünschen kann, jene Vaterlandsliebe, die uns hochmüthig bereden möchte, der deutsche Geist müsse sich nun streng in sich selbst ab- und einschließen! Der deutsche Genius, seiner Kraft bewußt, wird auch seine Freiheit, aus der ihm diese Kraft erwächst, ungefährdet zu bewahren wissen. Freudig stolz auf alles, was er selbst geschaffen, wird er mit erkennender Liebe auch ferner alles umfassen, an allem sich üben und stärken, was fremde Völker Herrliches geboren. Dann mag er, wenn er in die Vergangenheit freudigen Blickes zurückschaut, auch mit unerschütterter Zuversicht den kommenden Jahrhunderten entgegensehen.

Anhang.

Brief von Schlegel an Herder; Briefe zwischen Schlegel und Eschenburg.

Dem Wohlwollen des Herrn Geheimen Staatsraths Stichling in Weimar ist es zu danken, daß ich dies Buch mit dem folgenden Briefe Schlegels an Herder schmücken kann. Etwa ein halbes Jahr nach Abfassung dieses Briefes entwarf Schlegel die schöne Charakteristik des Herderschen Geistes, welche die Recension der Terpsichore einleitet, und zu welcher der Brief an Schütz vom 10. Decbr. 1797 eine werthvolle Ergänzung bietet. (Werke 10, 376 fg.)

Von den Briefen Schlegels an Eschenburg, welche die Wolfen=büttelsche Bibliothek verwahrt, hat mir Herr Dr. O. von Heine=mann, Herzogl. Braunschweig=Lüneburgischer Bibliothekar, auf meine Bitte mit dankenswerther Freundlichkeit genaue Abschriften zukommen lassen. Von Eschenburgs Briefen habe ich selbst im Spätsommer 1869 Abschrift genommen. Die hier mitgetheilten sind in A. Klettes Katalog der von Schlegel nachgelassenen Brief=sammlung mit den Nummern 3. 4. 5. bezeichnet. —

Die zweite Edition des Eschenburgischen Shakespeare (es erschien neben der kostbar ausgestatteten auch eine einfachere) ward 1798 bis 1806 in zwölf Bänden veröffentlicht. Es mag bemerkt werden, daß sich in Eschenburgs Vorrede keine namentliche Erwähnung seines Mitbewerbers findet. Wir lesen dort nur, daß es ihm erfreulich gewesen, „die Schätzung dieser Meisterwerke in seinem Vaterlande immer mehr zunehmen, einzelne Stücke neu bearbeitet, und selbst glückliche Versuche neuer Uebersetzungen ans Licht treten zu sehen". Mag nun auch die Vorrede vor dem Erscheinen des Schlegelschen

erſten Bandes abgefaßt ſein, ſo hatten doch die ſchon ſeit geraumer
Zeit in den Horen und in Reichardts Deutſchland bekannt
gemachten Proben wohl verdient, ausdrücklich hervorgehoben und
gerühmt zu werden. Was hier unterblieb, ward dann acht Jahre
ſpäter im zwölften Bande nachgeholt. Dort ſagt Eſchenburg im
Anhange zu Romeo und Julia S. 613: „Eine vortreffliche Zergliederung dieſer Schönheiten gab mein ſehr geſchätzter Freund,
Herr Auguſt Wilhelm Schlegel, im ſechſten Stücke der Zeitſchrift, die Horen, v. J. 1797. Sie iſt im erſten Bande der von
ihm und ſeinem Bruder herausgegebenen Charakteriſtiken und
Kritiken wieder abgedruckt. Auch hatte ſchon das dritte Stück
der Horen v. J. 1796 Scenen dieſes Trauerſpiels als die erſte
Probe ſeiner neuen metriſchen Ueberſetzung geliefert, die dem deutſchen
Leſer die Schauſpiele unſers Dichters ſo meiſterhaft, und in einer
der Proſa und dem begränztern Talente unerreichbaren Vollkommenheit wiedergab". — Im Uebrigen ſei hier noch daran erinnert, daß
viel entſchiedener als in dem erſten Briefe an Schlegel, ſich Eſchen-
burgs Unmuth ausſpricht in dem Briefe an Schütz vom 24. Novbr.
1797 (Chr. G. Schütz 2, 84).

———

Schlegel an Herder.

Jena, d. 22. May 1797.

Erlauben Sie mir, Ihnen hier den Anfang meiner Ueberſetzung Shakſpeare's
zu übergeben, für welche Sie die Güte hatten, ſich mehrmals mikrobſch zu
intereſſiren. Ich begleite ſie mit dem lebhaften Wunſche, daß Ihnen der Dichter,
deſſen Eigenthümlichkeit Sie mit ſo ſeelenvollen Blicken durchſchauen, nicht verfehlt zu ſeyn ſcheinen möge. Dieß würde mir ein ſicherer Beweis von dem
Gelingen meiner Bemühungen ſeyn und meinen Eifer, damit fortzufahren, neu
beleben. Sie haben die Kunſt, die verſchiedenſten Arten der Natur- und Volks-
poeſie jede in ihrem Ton und ihrer Weiſe nachzubilden auf eine vorher nie
erreichte Höhe gebracht: ich würde ſtolz darauf ſeyn, wenn das aufmerkſamſte,
häufig wiederhohlte Studium alles deſſen, was Sie der Welt in dieſem Fache
geſchenkt, mir Anſprüche auf den Nahmen Ihres Schülers darin geben könnte.
So viel ſtärker man neben ſolchen Vorbildern auf der einen Seite die Unzulänglichkeit ſeiner Kräfte fühlt, ſo fordern ſie doch auf der andern zur Beſiegung
von Schwierigkeiten auf, die ſonſt vielleicht unüberſteiglich geſchienen hätten, und

gewiß würde meine Arbeit weniger mangelhaft ausgefallen seyn, wenn wir eine Uebersetzung auch nur von einem einzigen Stücke Shakspeare's in dem Geiste besäßen, worin Sie wenige einzelne Stellen übertragen haben.

Meine Gattin empfiehlt sich Ihnen und Ihrer Frau Gemahlin, der ich ebenfalls meine Ehrerbietung zu bezeugen bitte, auf das angelegentlichste.¿Ich ersuche Sie um die Fortdauer Ihrer wohlwollenden Gesinnungen, und habe die Ehre mit der aufrichtigsten Verehrung unabänderlich zu seyn

Ihr gehorsamster Diener

AW Schlegel.

(Auf der Rückseite:)

Herrn

Vice=Präsidenten Herder

Hochwürden.

Briefe zwischen Schlegel und Eschenburg.

Jena, d. 25. May 97.

Die Erscheinung des ersten Bandes meiner Uebersetzung Shakspeares bietet mir eine sehr erwünschte Gelegenheit dar, mein werthester Herr Hofrath, nach einer mehr als jährigen Entfernung von Braunschweig mein Andenken bey Ihnen zu erneuern und mich der Fortdauer Ihrer freundschaftlichen Gesinnung zu empfehlen. Wie viel ich bey der Arbeit, die ich Ihnen hier zu überreichen die Ehre habe, meinen Vorgängern verdanke, werde ich nie vergessen, so wenig als das Verdienst, das Sie mit dem verehrungswürdigen Wieland theilen, unsere Nation zuerst auf eine gründliche Art mit dem größten dramatischen Dichter der Neueren bekannt gemacht zu haben, je im Fortgange der Zeit verdunkelt werden kann. Ich habe mich daher lebhaft gefreut, aus einer Ankündigung der Drellschen Buchhandlung zu sehen, daß mein Versuch kein Hinderniß geworden ist, (was er auf keine Weise sollte noch konnte) ein Werk von so geprüftem und anerkanntem Werthe als Ihre Uebersetzung Shakspeare's von neuem zu verbreiten. Wären Sie bey dem Vorsatze geblieben, den Sie mir vorigen Sommer mündlich äußerten, sich nicht weiter mit einer neuen Ausgabe derselben zu beschäftigen, so hätte ich mir den Vorwurf zu machen gehabt, daß ich dem deutschen Publikum einen Verlust zugezogen, den meine Arbeit, wäre sie auch noch so gut gelungen, ihm wegen der gänzlichen Verschiedenheit ihres Zweckes, ihm durchaus nicht hätte ersetzen können. Mit Ungeduld sehe ich besonders den zu erwartenden Zusätzen zu Ihren scharf= sinnigen Bemerkungen über einzelne Stellen des Dichters, und Ihren gelehrten Abhandlungen über das Ganze seiner Stücke entgegen, woraus ich über Kritik, Auslegung und Litteratur Shakspeare's manche neue Belehrung zu schöpfen hoffe.

Niemanden werden die Schwächen meiner Arbeit weniger entgehen können als Ihnen, der Sie das Original durch und durch ergründet haben. Dagegen übersehen Sie aber auch den ganzen Umfang der Schwierigkeiten. Ich bin daher in hohem Grade interessirt Ihren Beyfall zu gewinnen, und Ihr Urtheil, das mir immer Achtung für Ihre Einsichten eingeflößt hat, ist in diesem Falle besonders von dem größten Gewichte für mich.

Ich hoffe und wünsche, bald zu hören, daß es Ihnen und allen Mitgliedern Ihrer werthen Familie vollkommen wohl geht. Was mich betrifft, so lebe ich hier sehr vergnügt und in den angenehmsten Verhältnissen. Meine ganze Zeit ist litterarischen Beschäftigungen gewidmet. — Meine Gattin und mein Bruder, der seit vorigem Herbst hier lebt, lassen sich Ihnen bestens empfehlen. Ich habe die Ehre mit der wärmsten Ergebenheit und aufrichtigsten Hochachtung zu seyn,

mein werthester Herr Hofrath,

Ihr gehorsamster

AWSchlegel.

Einige Druckfehler, die sich eingeschlichen haben, werden Sie leicht bemerken. Sie würden mich verbinden, wenn Sie bey Gelegenheit Herrn Stadtrichter Cruse freundschaftlich von mir grüßen wollten.

***

Braunschweig, d. 5. Jun. 97.

Es konnte mir nicht anders als sehr angenehm und erfreulich seyn, mein theuerster Herr Rath, den Anfang Ihrer metrischen Uebersetzung des Shakspeare, deren Verdienste und Vorzüge ich willig anerkenne, aus den Händen ihres von mir längst hochgeschätzten Verfassers selbst zu erhalten. Empfangen Sie also für diesen Beweis Ihrer freundschaftlichen Gewogenheit meinen wärmsten Dank. Ueberzeugt von den wesentlichen Vortheilen, welche die deutschen Leser des Dichters durch Ihre glückliche und talentvolle Bearbeitung erhalten würden, war ich wirklich schon so gut wie entschlossen, meine bisherige Hoffnung und vorläufige Veranstaltung einer neuen Ausgabe der ältern Uebersetzung völlig aufzugeben, vollends nachdem ich erfuhr, daß Sie mit meinen Verlegern in Zürich über den Verlag Ihrer Arbeit in Unterhandlungen begriffen wären, deren Vollziehung dann von selbst jene Hoffnung würde vereitelt, und die neue Uebersetzung ganz in die Stelle der alten würde gesetzt haben. Ich hatte ohnehin der litterarischen Beschäftigungen genug, um die Aufopferung dieser so sehr nicht bereuen zu dürfen, und meine Eigenliebe müßte sehr groß gewesen seyn, wenn ich diese Aufopferung für sonderlichen Verlust für unser deutsches Publikum hätte halten können. Ich kann es daher auch nur für eine allzu höfliche und schmeichelhafte Aeußerung Ihres Briefes ansehen, wenn Sie mir, bei meinem Bewußtsein von jenen Unterhandlungen, die Versicherung geben, Ihre Arbeit habe auf keine Weise ein Hinderniß an der Wiederholung der meinigen seyn sollen und können, und Sie würden sich aus der Unterbleibung der letztern einen Vorwurf gemacht haben, wenn ich bei meinem Entschlusse, den ich Ihnen im vorigen Sommer mündlich, und nicht lange hernach in der deutschen Monatsschrift öffentlich äußerte, geblieben wäre. Auf Ehre kann ich Ihnen versichern, daß es mir mit diesem Entschlusse voller

Ernst war, und daß ich meiner Seits keinen Schritt gethan habe, ihm zuwider zu handeln. Daß ich ihm aber nicht treu blieb, wurde durch den Antrag meiner Verleger veranlaßt, die mir meldeten, daß sich die Unterhandlungen mit Ihnen zerschlagen hätten, und daß sie Willens wären, eine zwiefache neue Auflage der von mir besorgten Uebersetzung zu veranstalten. Jetzt glaubte ich es mir und den Meinigen schuldig zu seyn, diesen Antrag nicht von der Hand zu weisen, zumal da die Verleger meine Bedingungen ohne Bedenken eingiengen, und da die Rede von einer Arbeit war, zu der ich mich schon mehrere Jahre hindurch angeschickt hatte, und auf deren Veranstaltung ich bisher einiges gegründete und nächste Recht zu haben glaubte. Ich machte mich also daran, und habe die neue Durchsicht des ersten Bandes schon vor zwei Monaten vollendet, und nach Zürich übersandt. So verhält sich die Sache buchstäblich; und bei unsern bisherigen freundschaftlichen Verhältnissen glaube ich Ihnen diese freimüthige Eröffnung schuldig zu seyn. Ich bin außer Verantwortung, wenn die Unternehmung meiner Verleger mißlingt, wenn das Publikum, das immer gern nach allgemeiner Vergleichung urtheilt, hier aber nicht blos dem Neuen, sondern auch dem Bessern, den Vorzug geben würde, eine neue Auflage der ältern Uebersetzung gleichgültig aufnimmt.

Bei der neuen Ausgabe werde ich die in den neuesten Ausgaben des Originals gewählte Ordnung der Schauspiele befolgen; und der erste Band wird den Sturm, die beiden Veroneser, und die lustigen Weiber zu Windsor enthalten.

Mir, dem häusliche Glückseligkeit mehr gilt, als aller gelehrte Ruhm, kann es nicht anders, als äußerst angenehm seyn, daß Sie die meinige immer noch interessirt, und daß auch Sie dieses auf die Dauer doch gewiß vorzüglichsten Glücks gleichfalls genießen. Wir sind alle wohl; mein ältester Sohn ist vor fünf Wochen, die Rechte zu studiren, nach Göttingen abgegangen, wo er bei dem Sup. Wagemann Wohnung und Tisch gefunden hat, und sehr gut aufgehoben ist.

Ihrer würdigen Frau Gemahlin und Ihrem Herrn Bruder, dessen öffentliche Arbeiten mich freuen und belehren, empfehlen Sie mein und meiner guten Frau ferneres Andenken.

Der Ihrige,

Eschenburg.

Herrn Justizrath Huseland und Hofr. Schütz empfehle ich mich bestens.

Jena, d. 28. Jul. 97.

Mein werthester Herr Hofrath!

Ihr gütiger, freundschaftlicher Brief veranlaßt mich zu einer kleinen Er-läuterung, die ich Ihnen schuldig war, und die ich in meinem vorigen Briefe nur durch Vergessenheit übergehen konnte. Es mußte Sie befremden, von meinen Verhandlungen mit den Zürcherischen Buchhändlern zu hören, da Sie nicht wußten, wie ich dazu veranlaßt worden, und wie passiv ich mich eigentlich bey der ganzen Sache verhielt. Ein Buchhändler, mit dem ich schon ganz einig ge-worden war, war nachher nicht im Stande seine Bedingungen zu halten, und ich war genöthigt, mich nach einem andern Verleger umzusehen. Als ich aber schon die wahrscheinliche Aussicht hatte, daß Unger sich auf die Unternehmung einlassen würde, erwähnte ein Freund von mir, der in Weimar mit Wieland Geschäfte hatte, der Buchhändler Göschen, gegen jenen meine Uebersetzung Shakspeare's. Wieland wurde aufmerksam und äußerte, dieß würde wohl ein Verlagsartikel für die Orellsche Handlung seyn, bey der sein Schwiegervater*) damals noch interessirt war. Ich hatte Gründe zu wünschen, daß meine Uebersetzung im nördlichen Deutschlande, und nicht in einer so weiten Entfernung von mir erscheinen möchte, indessen drang Göschen so lebhaft in mich, den ertheilten Wink nicht unbeachtet zu lassen, daß ich bewogen ward, meine Bedingungen aufzusetzen. Doch machte ich etwas höhere Forderungen, als auf die ich mich mit Ungern einzulassen willens war, und erklärte zugleich, daß ich keine Noten zu der Uebersetzung hinzufügen könne, ob man mir gleich gesagt hatte, daß die Handlung dergleichen wünschen würde. Hr. Ober-Consistorialrath Böttiger hatte als Freund Wielands und des jungen Geßners die Güte, meinen Zettel mit der Bedingung nach Zürich zu besorgen. Es erfolgte bald darauf die Antwort, die ich mit Zuverläßigkeit erwartet hatte, und ich machte nun die Sache mit Unger vollends richtig. Es freut mich daß dieser von mir gethane Vorschlag wenigstens kein Hinderniß für die Wiedererscheinung Ihrer Uebersetzung geworden ist; doch wäre dieß auch geschehen, so wäre ich immer in so fern unschuldiger Weise dazu gekommen, daß ich nach Ihren Erklärungen glauben mußte, Sie hätten für die Zukunft diesem Werke Ihre Pflege ganz entzogen.

Ich danke Ihnen für die Nachricht von dem Fortgange Ihrer neuen Ausgabe. Ich hoffe noch auf manche Belehrung aus derselben, denn auf alles was nur durch ausgebreitete Gelehrsamkeit und literarische Hülfsmittel für Kritik des Textes und Auslegung geleistet werden kann, muß ich im Voraus bey meiner Uebersetzung Verzicht thun. Ob der zweyte Theil noch auf die Michaelismesse erscheinen wird, weiß ich nicht gewiß. Er wird Julius Cäsar und Was ihr wollt enthalten. Da die Anordnung der Stücke doch zum Theil willkührlich bleiben muß, und ich überhaupt noch nicht weiß, wie weit mein Shakspeare gedeihen wird, so mag ich meinen Lesern und mir für jetzt das Vergnügen der größten Mannigfaltigkeit nicht versagen. — Ein ästhetischer Aufsatz von mir über die Charakter und die ganze Zusammensetzung von Romeo und Julia wird im sechsten Stücke der Horen erscheinen.

Mein Bruder, dem Ihr gütiges Andenken sehr schmeichelhaft gewesen ist, hat uns jetzt auf einige Zeit verlassen und ist nach Berlin gegangen. Meine Frau läßt sich Ihnen und Ihrer Frau Gemahlin, bey der ich ebenfalls mein Andenken zu erneuern bitte, auf das angelegentlichste empfehlen. Leben Sie recht wohl und glücklich, ich bin mit den hochachtungsvollsten Gesinnungen.

Ihr

gehorsamster

A W Schlegel.

*) Hier kann nur Wielands Schwiegersohn, Heinrich Geßner, gemeint sein, wie auch aus dem Folgenden hervorgeht.

Braunschweig, d. 20. Nov. 97.

Verzeihen Sie, liebster Herr Rath, daß ich Ihnen meinen herzlichen Dank für den mir gütigst geschenkten zweiten Band Ihres Shakspeare nicht schon früher abgestattet habe. Er ist jetzt desto inniger und lebhafter, da ich mich nun schon auch durch diese Fortsetzung von dem großen innern Werthe Ihrer verdienstvollen Arbeit überzeugt, und neue Anlässe gefunden habe, Ihr äußerst glückliches Talent zu bewundern.

Ihrer würdigen Frau Gemahlin, dem Hufelandischen Hause, und Allen, die sich dort meiner erinnern, empfehle ich mich recht sehr, und bin mit vorzüglicher Ergebenheit und Hochachtung

der Ihrige

Eschenburg.

Jena d. 7. März 1798.

Mein werthester Herr Hofrath,

Gestern, da ich erst Abends zurückgekommen war, brachte mir Hr. Horn den ersten Band von der neuen Ausgabe Ihres Shakspeare, welchen Sie die Güte gehabt, ihm für mich mitzugeben. Ich eile, Ihnen meinen verbindlichsten Dank für dieß werthe Geschenk zu sagen. Bis jetzt habe ich nur noch einen flüchtigen Blick hineinwerfen können, bald hoffe ich aber bey mehr Muße hauptsächlich den Sturm mit dem Originale zu vergleichen, weil er das einzige Stück ist, das ich von den drey in diesem Bande befindlichen auch schon übersetzt. Ich bin daher begierig zu erfahren, in wie fern ich bey den Stellen, wo meine Uebersetzung dem Sinne nach von der ersten Ausgabe der Ihrigen abweicht, mit Ihnen zusammengetroffen bin.

Daß ich es so lange verschoben, Ihren letzten freundschaftlichen Brief zu beantworten, davon ist bloß der Wunsch Schuld, Ihnen sogleich den dritten Band meiner Uebersetzung mitzuschicken. Leider wird mir dieß vereitelt, da der Druck nicht auf die Messe fertig geworden ist, ob ich gleich mein Manuscript zeitig genug nach Berlin geschickt. Indessen hoffe ich, daß der dritte Band noch während des Sommers erscheinen wird.

So eben habe ich in Weimar eine interessante Bekanntschaft an einem Engländer, Mr. Melish, gemacht,*) der sich in unserer Nachbarschaft niederlassen wird, und ein sehr guter Kenner unserer Sprache und Litteratur ist. Er hat mir versprochen, mir Kritiken über meine Uebersetzung mitzutheilen. — Mit Hr. Tieck, den Sie ein paarmal anführen,**) stehe ich schon seit einiger Zeit in

---

*) Vgl. Goethe an Schlegel 1. Mai, an Schiller 2. Mai 1798. Wäre hiernach das Datum des obigen Briefes zu ändern?

**) Auf S. 155 erwähnt Eschenburg „die scharfsinnige Abhandlung über unsers Dichters Behandlung des Wunderbaren, die Herr Ludwig Tieck seiner neulichen Bearbeitung dieses Stücks für das Theater (Berlin und Leipzig 1796. 8.) vorangesetzt hat". — Auf S. 181 wird Tieck „ein geschickter und mit dem Studium der brittischen Dramatiker vertrauter junger Mann" genannt.

Briefwechsel. Die Arbeit im Sturm hat er schon beträchtlich früher gemacht, als sie im Druck erschienen ist, und jetzt hält er sie nicht mehr des Dichters würdig. Er hat aber viel über den Shakspeare studirt, und mir verschiedene Konjekturen, auch Bemerkungen über die für unächt gehaltenen Stücke, deren Aechtheit er zu beweisen suchen wird, mitgetheilt. — Vielleicht haben Sie eine Kritik der in England herausgekommenen Kupfer zum Sh. gelesen, die schon vor geraumer Zeit in der Bibliothek der schönen Wissenschaften gestanden hat,*) und auch von ihm herrührt.

Ich bin jetzt auf dem Punkte, eine Reise nach Berlin zu machen, von wo aus ich nach Dresden gehen werde, um dort den Ueberrest des Sommers zuzubringen.

Ich bitte Sie, mich Ihrer Frau Gemahlin bestens zu empfehlen, und bin mit unabänderlichen Gesinnungen der Hochachtung und Ergebenheit

der Ihrige

A. W. Schlegel.

Braunschweig, d. 15. Okt. 9⁶.

Auch bei der Ueberreichung des zweiten Bandes meines neu herausgegebenen Shakspeare, bedarf ich Ihrer ganzen freundschaftlichen Nachsicht, liebster Herr Rath, um so mehr, je lebhafter und aufrichtiger ich die Vorzüge Ihrer Arbeit vor der meinigen fühle.

Zugleich danke ich Ihnen recht sehr für die mir verschaffte sehr angenehme Bekanntschaft des jungen Muilman, der Ihrer Bildung sichtbar so viel verdankt, und seines sehr würdigen Begleiters. Empfehlen Sie mich ihrem Andenken aufs neue, wenn Sie anders sie nicht schon früher dort bei Sich gesehen haben.

Zu Ihrer Anstellung in Jena**) wünsche ich Ihnen selbst und der Akademie herzlich Glück. Mich und die Meinigen empfehle ich Ihrem und Ihrer trefflichen Frau Gemahlin gewogenem Andenken angelegentlichst und

gehorsamst

Eschenburg.

---

*) Jetzt im ersten Bande der Kritischen Schriften.
**) Vgl. Haym, Romantische Schule 369.

www.ingramcontent.com/pod-product-compliance
Lightning Source LLC
Chambersburg PA
CBHW030641030726
47497CB00006B/1895